NELLY BERLIN

GLÜCKS KEKSE UND STERNEN HIMMEL

ROMAN

Glückskekse und Sternenhimmel

Lektorat: Bella Reppalk

Korrektorat: Jennifer Kriesel, www.berlin-lektorat.net

Umschlaggestaltung: Laura Newman, www.lauranewman.de

Layout: M.Y.S.

Version 1.0, August 2023

ISBN: 9798856327044
Independently published

Nelly Berlin
c/o Kanzlei Sauer und Kollegen
Kurfürstendamm 30
10719 Berlin
info@nellyberlin.com

1. Kapitel

»Ben, ich habe eine Annonce für dich aufgegeben: Millionär, gutaussehend, liebenswürdig, sucht passende Partnerin für gemeinsamen Lebensweg.«

Ben starrte auf den Bildschirm vor sich. »Du hast was?«, fragte er abgelenkt. Der Prototyp des Flugzeugflügels sah einfach überhaupt nicht so aus, wie er sich das vorgestellt hatte. Er musste die Berechnungen noch einmal überprüfen.

»Ich habe eine Annonce für dich aufgegeben«, wiederholte Pops und ließ sich schwungvoll auf den Sessel neben Bens Schreibtisch fallen.

Ben drehte sich zu ihm um. »Entschuldige, Pops, ich bin gerade beschäftigt …«

»Du arbeitest zu viel«, urteilte sein Großvater entschieden. Er trug ein mit reichlich Farbe verschmiertes Hemd und quer über sein Gesicht verlief ein taubenblauer Strich. Dem Aussehen nach war er gerade dabei, eine weitere Wand in ihrer gemeinsamen Wohnung zu streichen. »Du solltest mal was unternehmen. Ich bin der Einzige, der hier ein buntes Leben führt!«

Ben musste lachen. Bunt – das konnte man wohl sagen. Seit sein Großvater bei ihm eingezogen war, verging kein Tag, an dem die Wohnung nicht farbiger geworden wäre. Vorbei waren die Zeiten mit langweilig weißen Wänden und ordentlichen Zimmern. Die Küche strahlte jetzt tiefrot, das Badezimmer elegant hellblau, das Zimmer seines Großvaters in einem Smaragdgrün, das Ben niemals gewählt hätte, das aber zugegebenermaßen sehr schön aussah. Zu den Farben gesellte sich das sehr lebendige Chaos, das sich scheinbar wie von selbst um seinen Großvater ausbreitete und das mittlerweile auch Bens Arbeitszimmer erreicht hatte.

»Was streichst du denn gerade?«, fragte Ben und musterte die Farbe im Gesicht seines Großvaters.

»Den Flur.«

»In Taubenblau?« Das war ja für seinen Großvater eine geradezu gemäßigte Farbwahl.

»Nur die eine Wand, für die andere habe ich ein kräftiges Anthrazit ausgesucht. Es wird toll aussehen, und wenn nicht, ändern wir das wieder.« Pops schaute Ben unternehmungslustig an.

Ben lächelte. »Soll ich dir helfen?«, bot er an, schielte dabei aber auf die endlose To-do-Liste auf seinem Laptop. Er hatte heute noch so viel zu tun. Wie immer, um ehrlich zu sein.

»Das Streichen schaffe ich alleine. Aber du musst etwas in deinem Leben ändern«, forderte Pops und beugte sich zu Ben hinüber. »Du bist Mitte dreißig, mein Junge, und noch nicht einmal verheiratet. In deinem Alter war Daniel schon das erste Mal geschieden.«

Bens Lächeln verblasste. Verrückt, dass er ausgerechnet in diesem Punkt mit seinem älteren Bruder verglichen wurde! Und das von seinem Großvater, der doch genau wusste, dass die Liebe absolut nicht berechenbar war.

»Erstens bin ich dreiunddreißig und noch nicht Mitte dreißig. Und zweitens, findest du es erstrebenswert, geschieden zu sein?«

»Natürlich nicht.« Pops wurde unerwartet ernst. »Aber es geht um die Liebe! Das Wichtigste im Leben. Du solltest ihr mal eine Chance geben.«

Ben dachte an das letzte Mal, als er der Liebe eine Chance gegeben hatte. Es hatte in einer absoluten Katastrophe geendet. Jetzt noch bekam er ein flaues Gefühl im Magen, wenn er nur daran dachte. Und er konnte es nicht einmal verhindern, seine Ex-Freundin zu treffen, denn sie war jetzt Ehefrau Nummer zwei von seinem Bruder. Wenn das Liebe bedeutete, dann vielen Dank.

»Ich glaube, ich halte mich lieber an meine Flugzeugbauteile«, sagte Ben. »Die brechen einem wenigstens nicht das Herz.«

Pops nickte nachdenklich. »Ben, ich weiß, die Sache mit Juli war übel. Aber deshalb kannst du dich doch nicht für den Rest deiner Tage hinter der Arbeit verschanzen. Du weißt ja gar nicht, wie schön das Leben sein kann! Mit der richtigen Frau an deiner Seite …«

Seine Stimme verebbte und Ben wusste, dass sein Großvater jetzt an seine verstorbene Frau dachte.

»Es hat halt nicht jeder so ein Glück wie du«, antwortete Ben.

Zweiunddreißig Jahre lang war sein Großvater mit Klarissa verheiratet gewesen, bevor sie im letzten Jahr ganz plötzlich gestorben war. Pops war durch ihren Tod so durcheinandergekommen, dass Ben ihm angeboten hatte, bei ihm einzuziehen. Jetzt wohnten sie zusammen mitten in München in einer Dachgeschosswohnung voller Schrägen und Winkel. Und sein Großvater brachte Leben in die Bude. Seit er eingezogen war, kam ständig jemand zu Besuch, und nicht selten begegnete Ben jetzt spätabends in der Küche einem Nachbarn, den er flüchtig vom Sehen kannte, oder frühmorgens alten Familienfreunden, die er seit Jahren nicht mehr getroffen hatte. Pops werkelte und kochte und versuchte sich ständig an neuen Dingen, aber Ben wusste, dass er Klarissa trotzdem unfassbar vermisste.

»Klarissa war unvergleichlich«, sagte Pops und seine Stimme wurde ganz warm. »So eine Frau wünsche ich dir auch.«

»Danke.« Ben drückte die Hand seines Großvaters. Das war ein guter Wunsch, aber von einer Klarissa war in seinem Leben weit und breit nichts zu sehen.

Pops legte den Kopf schief, als könne er Bens Gedanken lesen. »Ich weiß, dass du gerade nicht an die Liebe glaubst, aber ich glaube hundertprozentig daran, und deshalb habe ich diese Annonce für dich aufgegeben. In der Zeitung.«

Ruckartig blickte Ben auf. »Du hast *was*? Aber ich bin doch gar nicht auf der Suche nach einer Frau!«

»Aber du solltest es sein.«

Ben verdrehte die Augen. Es war nicht das erste Mal, dass Pops sein Privatleben zum Thema machte. Seit Pops eingezogen war, bekam Ben regelmäßig Beziehungstipps – nicht nur von Pops, sondern auch von dessen Freunden, und neulich sogar von der Frau aus dem Kiosk gegenüber, der Pops offenkundig das Leid von seinem unverheirateten Enkelsohn geklagt hatte.

Ben unterdrückte einen Seufzer. »Okay, ich verstehe, dass du das wichtig findest, aber ich möchte keine Frau über eine Anzeige suchen. Ich will überhaupt keine Frau suchen. Bitte lösche die Annonce wieder.«

Wie von selbst schaute er wieder auf die Simulierung des Flugzeugflügels.

Doch für seinen Großvater schien damit nicht alles erledigt zu sein. »Ben, es ist eine richtige Anzeige in der gedruckten Zeitung, die ich nicht einfach löschen kann. Ich weiß, dass es auch Partnerbörsen im Internet gibt, aber da kenne ich mich nicht aus. Also habe ich mich für eine gute, altmodische Annonce entschieden, genau wie früher. Nur um es etwas moderner zu gestalten, habe ich deine E-Mail-Adresse angegeben.«

»Du hast meine E-Mail-Adresse angegeben?«, hakte Ben nach. »Aber hoffentlich nur für die Rechnung.« Eine kleine, aber steile Falte erschien auf seiner Stirn. Was um alles in der

Welt würde Pops als Nächstes für eine Überraschung aus dem Ärmel schütteln?

»Nicht für die Rechnung, die bezahle ich natürlich. Ich habe deine Arbeits-E-Mail-Adresse als Kontakt angegeben. Ich dachte, da wärst du am besten zu erreichen.«

Ben fuhr sich durch die kurzen dunklen Haare.

Seine Arbeits-E-Mail-Adresse – na, herzlichen Glückwunsch. Immerhin hatte Pops sich nicht gleich für ihre Privatadresse entschieden. Ben wollte sich gar nicht vorstellen, wie es wäre, wenn sich alle möglichen Interessentinnen hier bei ihnen zu Hause einfinden würden. Sein Großvater wäre wahrscheinlich begeistert, würde alle bekochen und es wäre noch mehr los als sowieso schon. Aber diesem Schicksal war er noch einmal entgangen. Doch dann zuckte er zusammen. Seine Arbeits-E-Mailadresse bestand aus Vor- und Nachnamen: *Benjamin.prinz@prinz-airtec.com* Das war deutlich mehr Information, als er in der Zeitung von sich lesen wollte. Nervös begann Ben mit den Fingern auf seinen Laptop zu trommeln. Das war nicht nur nicht gut, das war wahrscheinlich sogar richtig schlecht. Du lieber Himmel, wie war Pops nur auf diese Schnapsidee gekommen? Ben fuhr sich abermals durch die Haare. Und so wie sich das anhörte, konnte er es nicht einmal mehr aufhalten!

Doch dann kam ihm ein beruhigender Gedanke. Wie viele Frauen würden sich schon melden, wenn sein Großvater eine Annonce für ihn aufgab? Drei? Fünf? Ben versuchte sich zu erinnern, welche Zeitung sein Großvater las.

»Wo erscheint die Annonce?«

»In jeder großen deutschen Tageszeitung. Ich konnte doch nicht nur die ›Süddeutsche‹ nehmen oder den ›Münchner Merkur‹. Vielleicht ist die Frau deines Lebens ja Berlinerin?«

»Um Himmels willen«, stöhnte Ben.

»Was hast du gegen Berlin?«, erkundigte sich Pops. Er klang ehrlich verblüfft.

»Nichts. Ich meinte nur, dass es ein Problem werden könnte, wenn deine Annonce überall erscheint. Wie lautete der Text noch mal genau?«

»Großvater sucht für jungen Millionär – gutaussehend, liebenswürdig – passende Partnerin für gemeinsamen Lebensweg.«

»Aber ich bin doch gar kein Millionär«, protestierte Ben und sah seinen Großvater vorwurfsvoll an.

»Aber du bist auf dem besten Weg dahin.«

»Eines Tages. Vielleicht«, erwiderte Ben gedehnt.

Pops zuckte die Achseln. »Na ja, du suchst doch auch eine Frau für immer und nicht nur für jetzt.«

»Ich suche überhaupt keine Frau, wenn ich dich daran erinnern darf«, ließ Ben sich mit mehr Nachdruck hören.

Aber das beeindruckte Pops offenkundig nicht im Mindesten. »Jetzt suchst du schon, mein Junge«, entgegnete er gut gelaunt. »Außerdem, wenn du dich nicht selbst um dich kümmerst, muss ich diese Aufgabe eben in meine alten schwieligen Hände nehmen.« Er machte eine Bewegung, als würde er eine kaum hebbare Last hochstemmen.

Wider Willen musste Ben doch lächeln. Das war wohl wieder eine von Pops' fixen Ideen, genau wie die, während Bens letzter Geschäftsreise nach England die Wände in seinem Zimmer in dutzenden unterschiedlichen Farben zu streichen, um ihm zu zeigen, welche Vielfalt es gab.

»Also gut«, gab Ben nach. »Aber nur diese eine Anzeige. Wenn das nicht klappt, lässt du mich in Ruhe. Einverstanden?«

»Das wird bestimmt ein Erfolg, du wirst schon sehen«, versicherte Pops. »Wenn du willst, helfe ich dir auch bei der Auswahl. Aber jetzt muss ich erstmal fertig streichen. Ich möchte doch nicht, dass es ungleichmäßig wird.« Etwas mühsam stand er auf.

»Viel Spaß«, wünschte Ben, als Pops aus dem Zimmer schlurfte.

»Den werde ich haben, schließlich macht es immer Spaß, neue Frauen kennenzulernen!«

»Aber das meinte ich doch nicht …«

Doch da war Pops schon verschwunden.

Ben schüttelte den Kopf, während er seine Augen wieder auf den Bildschirm richtete. Hilfe bei der Auswahl würde er sicher nicht brauchen. Wie auch? Die Mails, die er bekam, würde er ungelesen in den Gelöscht-Ordner verschieben. Viele würden es im Übrigen ja wohl nicht sein. Wer las denn heute schon noch die Beziehungsanzeigen in der Printausgabe einer Zeitung?

***

Clara

»Guten Tag, mein Name ist Clara Mentling von Mentling-Glas. Ich habe um 15.30 Uhr einen Termin bei der Geschäftsführung«, sagte Clara zum Pförtner. Endlich war sie an der Reihe! Es war ja der Wahnsinn, was hier los war. Beim Pförtner hatte sich eine erstaunlich lange Schlange gebildet und es hatte gedauert, bis sie endlich drankam. Verwundert hatte Clara beobachtet, dass nur Frauen hier warteten, wenn man mal den LKW-Fahrer abzog, der irgendein Spezialteil liefern sollte, aber den falschen Eingang gewählt hatte.

Der Pförtner in seiner Loge wirkte gestresst, dünnhäutig und abweisend. Neben ihm stapelten sich Geschenke und Pakete, mehrere Blumensträuße und sogar eine Magnumflasche Champagner. An der Seite entdeckte Clara eine Schokoladentorte in einer Pappschachtel mit durchsichtigem Deckel. Vielleicht hatte jemand Geburtstag?

Der Pförtner nieste zweimal hintereinander, während er langsam mit dem Adlersuchsystem ihren Namen eintippte.

»M-E-N-T-L-I-N-G«, buchstabiert Clara in der Hoffnung, dass es so etwas schneller ginge.

Hibbelig strich sie sich über ihre kinnlangen welligen blonden Haare, die auf der Radfahrt hierher ganz schön durcheinandergekommen waren. Eigentlich hatte sie der Wichtigkeit des Termins entsprechend mit dem Auto fahren wollen, aber ihr Wagen war nicht angesprungen und so hatte sie sich kurzerhand das Rennrad ihres Stiefbruders ausgeliehen. Immerhin trug sie eine elegante weiße Bluse mit Stehkragen zu dunkelblauen Businesshosen. Und ihre Haare würde sie gleich noch auf dem Weg nach oben in Ordnung bringen. Wenn das doch nur heute klappte und sie einen Deal aushandeln könnte!

Clara arbeitete als Glasspezialistin erster Güte bei Mentling-Glas, in der Firma ihres Vaters. Ihr Spezialgebiet war die Reflexionsminimierung von Oberflächen und aus diesem Grund war sie heute hier. Prinz-Airtec war einer der führenden Hersteller für großflächige Flugzeugteile aus Aluminium und Titan. Für eine neue Serie emissionsreduzierter Flugzeuge suchten sie ein leichtes, reflexionsvermindertes Spezialglas, und Clara wollte ihnen genau das liefern. Bei Mentling-Glas produzierten sie großartige Spezialgläser für Touchscreens, Displays und Bedienelemente und Clara war überzeugt, dass sie das beste Glas auf dem Markt anbieten konnte. Jetzt musste sie nur noch die Prinzen davon überzeugen. Unwillkürlich räusperte sich Clara. Das war eindeutig leichter gesagt als getan, denn die Prinzen galten als supererfolgreiche Geschäftsmänner und knallharte Verhandler.

Der Pförtner wischte sich mit einem karierten Taschentuch über die tränenden Augen. Dann nieste er erneut. Es ist schien ihm wirklich nicht gut zu gehen.

»Gesundheit«, wünschte Clara, machte aber eine kleine Ausweichbewegung nach hinten.

»Es sind die Blumen«, schniefte der Pförtner. »Ich bin allergisch gegen Pflanzen aller Art.«

»Das ist ja ungünstig«, meinte Clara mitfühlend.

»Sonst gibt es hier nie Blumensträuße, ich arbeite schließlich absichtlich nicht in einer Gärtnerei, aber heute …« Der Pförtner schniefte abermals. »Hier habe ich Sie, Frau Mentling. Ich melde Sie an.« Er griff nach dem Telefonhörer und drückte auf eine Taste seiner beeindruckenden Telefonanlage, auf der etliche Lichter permanent blinkten.

»Besetzt«, meinte er nach einem Augenblick. »So wird das ja nie etwas.«

»Mit meinem Termin?«, fragte Clara besorgt.

»Nein, nein. Sondern damit, dass endlich jemand die Blumen für Benjamin Prinz abholt. Meine Allergie bringt mich noch um.« Wie zum Beweis nieste er scharf und trompete anschließend wie ein Elefant in sein Taschentuch. »Ich erkläre Ihnen, wie Sie zum Konferenzraum kommen.« Unentwegt schniefend gab der Pförtner Clara eine Wegbeschreibung. »Am Ende der Halle sind die Aufzüge. Vierter Stock, dort halten Sie sich links, den Gang hinunter, bis Sie zu einem Quergang kommen. Dort halten Sie sich abermals links. Direkt neben dem Büro von Benjamin Prinz finden Sie den Konferenzraum Nummer 1. Dort werden Sie erwartet, der Termin ist im System bestätigt.«

»Danke.« Clara hob ihren Rucksack hoch. Dann mal los, dachte sie und spürte, wie sie immer nervöser wurde. In ihrem Bauch und in ihren Beinen kribbelte es, und das nicht nur wegen der schnellen Fahrradfahrt.

Der Pförtner nieste erneut, diesmal noch lauter als zuvor.

»Soll ich die Blumen mitnehmen?«, bot Clara an. »Sie haben doch gesagt, der Konferenzraum liegt direkt neben dem Büro von Benjamin Prinz.«

Aus dem bis dahin recht abweisenden Bulldoggen-Pförtner wurde innerhalb einer Sekunde ein triefäugig blickender friedfertiger Basset. »Das würde Sie tun? Wie nett von Ihnen! Sie können die Blumen einfach bei der Assistentin von Herrn Prinz abgeben.«

Er sprang auf und reichte ihr rasch einen Blumenstrauß nach dem anderen, bis Clara sich wie ein lebendiger Blumenladen fühlte. Bepackt bis oben hin trug Clara die Blumenauswahl zum Aufzug. Ob Benjamin Prinz wohl heute Geburtstag hatte? Dann war er hoffentlich gut gelaunt, und etwas gute Laune bei ihren Gesprächspartnern konnte Clara nur zu gut gebrauchen. Am Aufzug musste sie sich fast verrenken, um ihn mit dem Ellbogen zu rufen. Während sie wartete, dachte sie an das eine Mal, an dem sie bisher hier gewesen war. Damals hatte sie ihren Vater begleitet. Sie war noch zur Schule gegangen und der jüngere Sohn des Prinzen, besagter Benjamin Prinz, war abgestellt worden, sich um sie zu kümmern. Er war ihr blass und langweilig vorgekommen, ganz anders als sein älterer Bruder Daniel, ein Herzensbrecher erster Güte. Er hatte Clara angeboten, mit ihr fliegen zu gehen, und sie hatte anschließend wochenlang vergeblich auf seinen Anruf gewartet. Es gab ihr jetzt noch einen unangenehmen Stich, wenn sie daran dachte, dass sie seine Worte ernst genommen hatte, während er sie wahrscheinlich umgekehrt sofort wieder vergessen hatte.

Der Aufzug kam. Die Blumen in ihrem Arm drückten und die Lilien in einem sperrigen Strauch rochen unangenehm stark. Clara fragte sich, ob sie diese Sträuße wohl gern in ihrem Büro stehen haben würde. Die Antwort war ein klares Jein. Diese überkandidelten Blumen mussten es nicht unbedingt sein, aber zu einer schönen Glasvase würde sie nicht nein sagen …

Mit dem Ellenbogen drückte sie auf den Knopf für den vierten Stock. Seit sie denken konnte, liebte Clara Glas. Hätte man sie gefragt, was das schönste Material auf der Welt sei, hätte sie sicherlich ohne zu zögern alle Diamanten dafür links liegen gelassen. Sie liebte die absolute Glätte von Glas, seine fantastische Lichtdurchlässigkeit und seine unglaubliche Vielfältigkeit. Schon als kleines Mädchen hatte sie am liebsten mit Glasmurmeln gespielt. Bei Mentling-Glas kombinierte sie Glas mit einer Vielzahl von Kunststoffen, Polymeren und Carbon, um die perfekten Eigenschaften für die jeweilige Anwendung zu erhalten, und bekam so Sicherheitsglas, Vielkomponentengläser und reflexionsgemindertes Glas. Genau das, was Prinz-Airtec jetzt suchte.

Während der Aufzug hochfuhr, fiel Clara ein, dass sie sich eigentlich noch um ihre Haare kümmern sollte, aber daran war gerade nicht zu denken. Also würde sie die Sträuße schnell bei der Assistentin abwerfen und es dann erledigen. Ihre welligen Haare waren widerspenstig und nutzten jede Gelegenheit, sich zu verwuscheln. Die angedeuteten Locken waren ein Erbe ihrer Mutter, genau wie ihre hohen Wangenknochen. Ansonsten kam Clara mehr nach ihrem blonden Vater mit seinen widerborstigen Haaren. Oder das war zumindest das, was man ihr sagte, sie selbst konnte sich nur noch sehr verschwommen an ihre Mutter erinnern, die gestorben war, noch bevor Clara vier wurde.

Der Aufzug hielt an. Clara sah auf der Anzeigetafel, dass sie erst den zweiten Stock erreicht hatten. Die Türen öffneten sich und zwei Männer stiegen zu. Clara machte mit den Sträußen in ihren Armen einen Schritt zur Seite, um ihnen Platz zu machen.

»Schöne Blumen«, lobte der eine.

»Tolle Auswahl«, meinte der andere.

»Hm«, machte Clara. Sie war zu nervös für Smalltalk, und mit jedem Schritt dichter an das Meeting heran wurde ihr Hals enger und ihr Herzschlag schneller.

Die Türen schlossen sich und der Aufzug fuhr weiter.

Die beiden Männer griffen ihre Unterhaltung wieder auf. »Verrückt, was hier heute los ist. Vorhin ist sogar schon der Server abgestürzt. Die Prinzen können sich gar nicht retten vor Angeboten.«

»Die sind wirklich unglaublich. Wahrscheinlich könnten sie noch aus Asche Gold machen.«

Clara atmete stockend ein. Die Prinzen konnten sich nicht retten vor Angeboten? Das war gut und schlecht zugleich für sie. Gut, weil sie so sicherlich die Mittel hatten, Mentlings Luxusglas zu kaufen. Schlecht, weil sie sie mit beliebig vielen Konkurrenzangeboten unter Druck setzen konnten. Aber Clara wollte diesen Auftrag. Nein, das traf es nicht. Die Wahrheit war, sie brauchte ihn. Unbedingt. Schließlich waren in den letzten Jahren die Schwierigkeiten in den Lieferketten nicht spurlos an Mentling-Glas vorbeigegangen. Dazu kam die Kostensteigerung bei der Energie. Langjährige Kunden, die ebenfalls unter Druck standen, kauften auf einmal einfachere oder billigere Produkte. Zu diesem Elend kam noch das hausgemachte Problem mit der Laserschneidemaschine. Clara hatte sich vehement für den Erwerb dieser riesigen ultramodernen Anlage eingesetzt, weil sie sich sicher war, dass sie damit ihre Produkte noch makelloser herstellen könnten. Die luxuriöse Maschine hatte ein Vermögen gekostet, war aber ständig kaputt und stand die meiste Zeit still. Die Wahrheit war nicht zu leugnen: Dieser Kauf war eine unfassbar teure Fehlentscheidung gewesen. Und jeder in der Firma wusste, dass es ihre Entscheidung gewesen war. Lebhaft konnte sich Clara vorstellen, wie ihr Stiefbruder Jörn sich heimlich darüber freute. Äußerlich gingen sie zwar höflich miteinander um, aber Clara wusste genau, dass er ihr jeden Misserfolg von Herzen gönnte. Die Konkurrenz zwischen ihnen war schon in Kindertagen heftig gewesen, aber seit Jörn ebenfalls in der Firma arbeitete, war es richtig unangenehm geworden. Es war Clara ein Dorn im Auge, dass es Jörn vor allem ums Geld ging. Sie setzte auf Qualität und darauf, dass es sich letztendlich rechnen würde, an den hohen Standards festzuhalten. Doch Jörn beurteilte die Situation ganz anders. Der finanzielle Erfolg sollte seiner Meinung nach an erster Stelle stehen, und er gewann zunehmend mehr Einfluss auf die Entscheidungen ihres Vaters. Es machte Clara wahnsinnig, dass Jörn immer nur über Gewinn und ähnliche Dinge sprach, und darüber, die Produktion ins Ausland zu verlegen, etwas, was sich Clara nicht einmal vorstellen wollte. Deshalb brauchte sie den Auftrag von Prinz-Airtec. Und sie brauchte ihn jetzt sofort.

Die Aufzugtüren öffneten sich im vierten Stock. Clara stieg leicht benebelt vom Blumenduft mit fleißig klopfendem Herzen aus. Ihr Blick fiel als Erstes auf das Modell eines kleinen Flugzeugs in einem Glaskasten. Es war hübsch anzusehen mit seinen klaren Linien und den eleganten Schwingungen der Flügel, die in kleinen Winglets ausliefen. Clara musterte es, aber sie hatte keine Zeit zu vertrödeln. Der alte Prinz galt als streng, was Dinge wie Pünktlichkeit und Ordentlichkeit anging. Genau deshalb hatte sie auch die perfekte Angebotsmappe zusammengestellt, die hoffentlich die Radtour in ihrem Laptop-Rucksack unbeschadet überstanden hatte. Während Clara den Gang hinuntereilte, spürte sie das nervöse Kribbeln in ihrem Bauch zunehmen. Am liebsten wäre sie einfach wieder gegangen!

Doch dann dachte sie daran, wie Ava, ihre beste Freundin, ihr den Rücken gestärkt hatte. »Du schaffst das, zeig es diesem Märchenpersonal!!!«

Wahrscheinlich gehörten die Prinzen wirklich ins Märchen, so gut wie ihre Firma lief. Dann sollten sie jetzt mal die gute

Fee für Clara spielen und sie von ihren Sorgen befreien. Ach, wäre das schön, wenn es klappen würde, dachte Clara nervös.

Sie lief an etlichen geschlossenen Türen vorbei, bis sie zu der Abbiegung des Ganges kam, von der der Pförtner gesprochen hatte. Direkt davor stand eine Tür nur angelehnt und Clara konnte jemanden im Zimmer laut sprechen hören. Es war eine ungewöhnlich tiefe Männerstimme und Clara kam unwillkürlich ins Stocken. Das war Daniels Stimme, sie erinnerte sich. Wie von selbst blieb sie stehen und hörte zu.

»Es ist absolut verrückt, was hier passiert. Wie lange kann es dauern, bis dieses absurde Interesse wieder abflaut und du mal wieder Zeit für meine Sachen hast?«

Im Hintergrund klingelte ein Telefon. Dann bimmelte noch ein zweites.

»Keine Ahnung,«, erwiderte eine Frauenstimme über das Klingeln hinweg. »Der Ansturm von Angeboten ist wirklich der Wahnsinn.«

Clara zog eine Augenbraue hoch. Sie hatten hier sogar einen Ansturm von Angeboten? Du lieber Himmel, das war ja noch krasser, als sie gedacht hatte.

»Es ist verrückt. Komplett verrückt.« Das war wieder Daniel. »Ich würde ja lieber hierbleiben, aber ich muss jetzt ins Meeting mit dieser Frau von der Glasfirma. Hoffentlich ist sie halbwegs gut vorbereitet, ich fürchte, die Firma könnte ein echter Loserladen sein.«

Was redete er denn da? Halbwegs gut vorbereitet, Loserladen?

Clara spürte ihren Herzschlag stolpern.

Mit den Blumen im Arm stürmte sie weiter und bog ausgesprochen schwungvoll um die Ecke. Das Nächste, was sie spürte, war ein Vollkontakt mit den Blumensträußen in Gesicht, Brust und Bauch.

»Oh nein«, wollte sie sagen, aber es kam kein Geräusch dabei heraus, stattdessen füllte sich ihr Mund mit Blütenblättern.

»Was zum Teufel …«, schimpfte jemand.

Clara machte einen Schritt rückwärts, woraufhin es um sie

herum Blüten und Blätter zu regnen begann. Einer der Blumensträuße segelte kopfüber zu Boden, Rosen ließen ihre abgeknickten Köpfe hängen und die stark riechenden Lilien sahen nur noch wie Pressblumen aus. Allerdings wie Blumen, die ausgerechnet auf Claras Bluse gepresst worden waren.

Entgeistert schaute Clara an sich herunter, während sie sich mit dem Handrücken die Blätter aus dem Gesicht wischte. Ihre Bluse war eindeutig paniert mit Blütenstaub und sie wirkte nicht mehr wie jemand Professionelles, der gerade eines der wichtigsten Meetings seines Lebens vor sich hatte, sondern wie jemand, der im Wald mit Bäumen kuschelte. Der Typ ihr gegenüber war einen Hauch besser bei dem Zusammenstoß davongekommen, wenn man davon absah, dass aus der Brusttasche seines Hemdes eine halbe Petunie hing und seine Hosen und Schuhe großzügig mit Blumenbestandteilen dekoriert waren.

»Hören Sie«, sagte er und seine Stimme klang sehr, sehr abweisend. »Ich bin kein Millionär und ich bin auch nicht auf der Suche. Bitte nehmen Sie Ihre Blumen und gehen Sie wieder. Jetzt. Sofort.«

Entgeistert sah Clara ihn an. Was redete der Typ denn da?

»Hä?«, fragte sie und erinnerte sich erst einen Augenblick später, dass das eigentlich *wie bitte* hieß. Aber das war jetzt auch egal.

Doch noch bevor sie etwas sagen konnte, sprach er schon weiter. »Es tut mir leid, Sie haben sich ja anscheinend in Unkosten gestürzt. Aber ich hatte eigentlich unten Bescheid gegeben, dass der Pförtner niemanden hochlassen soll. Ich suche keine Frau.« Die dunklen Haare des Mannes waren komplett verwuschelt und sie wurden es noch mehr, als er jetzt mit der Hand hindurchfuhr.

»Sie suchen keine Frau?« Clara fragte sich, wo sie hier gelandet war? Im Irrenhaus?

»Nein. Es ist alles ein Missverständnis. Mein Großvater … Ach egal, ich bezahle Ihnen die Blumen, wenn Sie wollen.«

»Sie müssen mir überhaupt nichts bezahlen, das sind nicht meine Blumen. Die gehören Benjamin Prinz. Ich wollte sie nur dem Pförtner zuliebe wegen seiner grässlichen Allergie mit nach oben nehmen und bei Herrn Prinz' Assistentin abgeben«, erwiderte Clara, immer noch etwas aus dem Tritt gekommen.

»Benjamin Prinz?« Der Typ fuhr sich noch einmal durch die Haare.

Genau in diesem Moment wurde Clara bewusst, wen sie vor sich hatte. Das war Benjamin Prinz! Okay, er war vielleicht zwei Köpfe gewachsen, seit sie ihn das letzte Mal gesehen hatte, und hatte sich vom hässlichen Entlein in einen Schwan verwandelt. Vielleicht nicht in einen Schwan, aber doch in einen mehr als passablen Mann – zumindest vom Aussehen her.

In diesem Augenblick kam Daniel Prinz dazu.

»Ben, wir haben jetzt das Meeting mit …« Seine Stimme verebbte. »Was macht ihr denn hier? Blüten-Catchen oder so?«

»Nein«, erwiderte Benjamin Prinz fest. »Diese Dame war so freundlich …«

In diesem Moment schien auch bei ihm der Groschen zu fallen.

»Du bist Clara«, sagte er und wurde prompt unfassbar rot.

»Clara?«, wiederholte jetzt Daniel. »Ihr seid schon per du? Dann würde ich sagen, die Annonce war ein Erfolg.«

»Ich bin Clara Mentling«, sagte Clara so fest sie konnte. Aber sie hörte selbst, dass ihre Stimme leicht zitterte. »Ich komme von Mentling-Glas und bin hier für die Besprechung.«

»Du lieber Himmel«, mischte sich in diesem Moment eine weitere Stimme ins Gespräch. »Und warum sehen Sie dann so aus?«

***

Der alte Prinz schien ihr jedes Blütenblatt auf dem Fußboden seines Flures persönlich übel zu nehmen, oder so kam es Clara zumindest vor. Er grillte sie mit seinen Fragen und schien nur auf einen Fehler von ihr zu warten. Clara versuchte alles, was sie konnte, um sich nicht von ihm in die Enge treiben zu lassen, aber es fiel ihr von Minute zu Minute schwerer. Und das bei ihrem Lieblingsthema! Dazu kam, dass Daniel sie die ganze Zeit wortlos anstarrte, bis Clara irgendwann klar wurde, dass ihr genau auf Brusthöhe noch eine halbe Lilie auf der Bluse klebte, die sie schleunigst entfernte. Aber auch danach wurde es nicht wirklich besser, denn dann schaute er die ganze Zeit auf einen Punkt über ihrem Kopf, und das so eindringlich, dass Clara sich beherrschen musste, nicht nachzuschauen, was es dort zu sehen gab. Er machte sie ganz verrückt. Zu allem Überfluss regneten bei jeder ihrer Bewegungen Blütenblätter und Staub aus ihren Haaren und von ihrer Kleidung. Der alte Prinz sah sie dann immer besonders vorwurfsvoll an. Der Einzige, der sich halbwegs normal benahm, war Ben. Allerdings traf es »halbwegs« leider ziemlich genau. Permanent leuchtete sein Handy mit eingehenden Nachrichten auf. Zusätzlich kam seine Assistentin mehrfach herein, um etwas mit ihm abzuklären, und dann erschien noch jemand von der IT, um Bescheid zu geben, dass der Server für ankommende Mails abermals abgestürzt wäre. Benjamin wurde bei jeder Störung sprunghafter und seine Unruhe schien durch den ganzen Raum zu wabern. Er ließ sogar die Glasproben fallen, die Clara zur Demonstration mitgebracht hatte, und die zum Glück den Sturz auf den hässlichen Teppichboden des Konferenzraums unbeschadet überstanden. Geistesgegenwärtig hob sie daraufhin hervor, wie belastbar dieses Verbundglas war. Immerhin waren Bens Fragen zu den verschiedenen Glaskomponenten und Beschichtungen gut und Clara konnte glänzen, als er sich nach dem Spannungs-koeffizienten und der thermischen Belastbarkeit erkundigte. Doch je mehr Sicherheit sie bei der Beantwortung der Fragen im Laufe des Meetings gewann, desto fahriger erschien er.

Clara bemühte sich, möglichst ruhig und gelassen darüber hinwegzugehen. »Die von uns angebotene Kombination aus getemperten Glas mit verschiedenen Kunststoffschichten schafft es, eine enormen Stabilität bei großen Spannungsveränderungen aufrechtzuerhalten. Gleichzeitig besteht eine niedrigere Anfälligkeit gegenüber UV-Strahlung und eine deutliche Reflexionsverminderung. Damit ist unser Glas genau das, was Sie brauch….« Wie oft hatte sie nicht vor Ava diesen Satz geübt, und er hätte auch sicherlich perfekt geklappt, wäre Ben nicht genau in diesem Moment aufgesprungen und aus dem Zimmer gelaufen. Aus dem Konzept gekommen blickte Clara ihm nach.

»Und der Preis?«, fragte Prinz senior in die Pause hinein.

»Wie bitte?«, fragte Clara und schaute zurück zu dem Mann ihr gegenüber.

»Der Preis, Frau Mentling. Jetzt geht es um die Zahlen.«

Clara streckte den Rücken durch. Nun ging es ans Eingemachte. Tagelang hatte sie darüber nachgegrübelt, wie sie die Preise gestalten sollte. Nicht, dass sie viel Spielraum gehabt hätte. Sie wollte einen anständigen Preis, einen, der es ihr ermöglichte, gut zu produzieren und trotzdem noch einen adäquaten Gewinn zu machen. Gleichzeitig wusste sie, dass sie das Spiel verlieren würde, wenn sie jetzt auch nur einen Cent zu viel verlangte.

»Bei den Unterlagen, die ich Ihnen gegeben habe, ist auch eine Preisübersicht«, sagte sie und hoffte, dass man ihrer Stimme nicht ihre gnadenlose Nervosität anhörte. Sie musste einfach tough und stark rüberkommen. Keinesfalls durften die Prinzen spüren, wie wichtig dieser Deal für sie war. Sie bemühte sich, jede Regung von ihrem Gesicht zu wischen und ganz gelassen zu erscheinen, auch wenn gerade schon wieder ein Stück Blume aus ihren Haaren in ihren Ausschnitt segelte.

Prinz senior musterte die Seite kurz, dann schlug er die Unterlagen zu, die sie so sorgfältig vorbereitet hatte. »Das sind ja Fantasiepreise. Verraten Sie mir, wie viel Prozent Sie uns noch entgegenkommen können. Und ich rate Ihnen, es einen hohen Prozentsatz sein zu lassen.«

Er wollte sie auf einen schlechten Preis festnageln. Claras Gedanken schossen fieberhaft in ihrem Kopf hin und her. »Sie haben sich bisher beim genauen Auftragsvolumen sehr bedeckt gehalten. Sagen Sie mir, über welche Menge und welche Lieferfristen wir sprechen, dann kann ich noch einmal kalkulieren. Aber ich muss Ihnen sagen, dass ich keinen großen Spielraum mehr habe. Sie bekommen bei uns außergewöhnlich gut gearbeitetes Material, das perfekt an die Parameter ihrer Bauteile angepasst wird. Das kostet eben.«

Der alte Prinz schnaubte.

»Ich nehme an, Sie verlangen für Ihre Ware auch einen angemessenen Preis«, fügte Clara höflich, aber bestimmt hinzu, obwohl ihr das Herz bis in den Hals schlug.

»Ja, natürlich verlangen wir angemessene Preise«, wehrte Prinz senior ab. »Aber Sie sind in einer anderen Lage als ich.«

Er weiß es, dachte Clara auf einmal und spürte einen Hauch von Panik. Er weiß, wie sehr ich unter Druck stehe. In diesem Moment ging die Tür auf und Ben kam zurück. Er wirkte noch gestresster als zuvor, und Clara fragte sich, was mit ihm nicht in Ordnung war. Er war ja fast noch nervöser als sie!

Aus der Tasche seines blauen Jacketts holte der alte Prinz einen kleinen weißen Zettel. Er griff nach einem der Kugelschreiber und schrieb eine Zahl darauf. Dann schob er den Zettel zusammen mit dem Stift Clara zu. »Was ich aufgeschrieben habe, ist das Auftragsvolumen. Schreiben Sie mir Ihren Preis auf. Wenn der Preis passt, haben wir einen Deal.«

Clara nahm den Zettel und las die Zahl, die der alte Prinz notiert hatte. Ihr Herz begann zu galoppieren. Das war ein Riesenauftrag, viel, viel größer, als sie angenommen hatte! Wenn sie dieses Geschäft abschließen könnte – sie wagte kaum, sich vorzustellen, was das bedeuten würde.

Bleib ruhig, verlangte sie stumm von sich. Sie schaute auf und blickte für eine Sekunde den alten Prinzen an. Sie wusste, was er beabsichtigte: Indem er ihr den möglichen Deal direkt vor Augen hielt, wollte er sie dazubekommen, den Preis massiv zu senken. Clara biss die Zähne zusammen, dann schrieb sie scheinbar gelassen eine Zahl auf die Rückseite des kleinen weißen Zettels und schob ihn bewusst langsam zurück.

Der alte Prinz schaute kurz darauf, dann schob er den Zettel weiter an Daniel, der ebenfalls einen Blick drauf warf.

Eins, zwei, drei, zählte Clara lautlos. Wenn sie doch jetzt nur »ja« sagen könnten! Immer noch keine Ablehnung – allerdings auch keine Zustimmung.

Clara verschränkte ihre zitternden Hände. Sag ja, flehte sie stumm.

Plötzlich stand der alte Prinz auf. »Vielen Dank für Ihr Angebot, Frau Mentling. Leider werden wir uns so nicht handelseinig.«

Clara fühlte den Schock wie einen Eimer eiskaltes Wasser im Nacken. Nein, dachte sie panisch. Nein, bitte nicht!

Aber der alte Prinz schob seinen Stuhl unter den Tisch. »Ich bin zu dem Schluss gekommen, dass wir unseren Auftrag ausschreiben sollten. Es steht Ihnen natürlich frei, sich auf die Ausschreibung zu bewerben. Ich fand vieles sehr interessant, was Sie gesagt haben, aber leider sind Ihre Konditionen so für Prinz-Airtec nicht attraktiv. Auf Wiedersehen, Frau Mentling.« Er nickte ihr knapp zu.

Clara war so erschüttert, dass sie nichts tat, sondern einfach stumm sitzenblieb. Ihre Konditionen waren nicht attraktiv? Das war alles? Keine weiteren Verhandlungen?

»Aber warum …«, begann sie, doch da hatten der alte Prinz und Daniel das Zimmer schon verlassen.

Clara schluckte. Verdammt, sie stellten das beste Glas her, das allerbeste! Das gab es eben nicht zum Nulltarif. Sie stand auf und spürte ihre Beine so zittern, dass sie kaum stehen konnte. In ihr kreiste eine seltsame Mischung aus Verzweiflung und Wut. Verzweiflung, weil alles umsonst gewesen war. Das war ihre Chance gewesen – ihre letzte Chance. Dazu Wut, dass sie einfach so abgespeist wurde. All die Arbeit in der Vorbereitung dieses Meetings, all ihre Hoffnungen auf einen Erfolg – alles für die Katz. Und das negative Ergebnis war das, was sie ihrem Vater und Jörn mitteilen musste.

Mit einem Plopp fiel die Tür hinter Prinz senior und Daniel ins Schloss. Clara rührte sich nicht, sie konnte nicht. Wenn sie wenigstens allein gewesen wäre! Aber der verrückte Ben war ja noch im Raum. Er war aufgestanden und in der Nähe der Tür stehengeblieben. Er sah blass aus.

»Brauchst du etwas?«, fragte er sie nach einem Moment.

Ein neues Leben, dachte Clara. Aber sie antwortete nicht, sondern schob mit zitternden Fingern ihre Unterlagen in den

Rucksack. Alles umsonst, echote es immer wieder in ihrem Kopf wie bei einer hängengebliebenen Schallplatte.

»Du wirst dich doch für die Ausschreibung bewerben, oder?«, fragte Ben.

Clara zuckte die Achseln. Wahrscheinlich würde sie sich überhaupt nie wieder für irgendetwas bewerben. Aber das würde sie ihm kaum erklären. Stattdessen griff sie nach ihrem Rucksack, ging an ihm vorbei zur Tür und riss sie auf.

»Auf Wiedersehen«, sagte er hinter ihr.

Wir werden uns nicht wiedersehen, dachte sie, zwang sich aber, irgendetwas zu murmeln, was man für einen Gruß halten konnte.

Dann stürmte sie zurück zum Aufzug. Mit jedem Schritt, den sie machte, spürte sie eine größere Wut auf die Prinzen und die Ungerechtigkeit des Lebens.

Sie hatte sich solche Mühe gemacht für dieses Gespräch und ein »Sie können sich ja auf die Ausschreibung bewerben« war das einzige Ergebnis. Sie fand es geradezu grotesk, fast schlimmer, als hätten die Prinzen ihr von vornherein keine Chance gegeben.

Als sie an dem Modell des kleinen Flugzeugs in seinem Glaskasten vorbeikam, hätte sie am liebsten dagegen getreten. Aber sie riss sich zusammen und drückte stattdessen den Aufzugsknopf. Es kam derselbe, mit dem sie auch hochgefahren war. Auf dem Boden lagen verstreut einige Blütenblätter. Sie sahen trocken und verwelkt aus.

Claras Wut verrauchte und auf einmal fühlte sie sich nur noch unglaublich traurig. Sie lehnte den Kopf an die Wand des Fahrstuhls. Die Tränen kamen ganz von allein, aber Clara hielt sie irgendwie zurück, bis sie am Pförtner vorbei war. Dann rannte sie fast aus dem Gebäude, während die Tränen der Enttäuschung und Wut über ihre Wangen zu laufen begannen. So schnell sie konnte, ließ Clara Prinz-Airtec hinter sich und rannte zu der Stelle, an der sie Jörns Rennrad am Zaun angeschlossen hatte. Das Fahrrad war noch da, aber es hatte vorn einen Platten. Clara schloss die Augen. Das hatte ihr gerade noch gefehlt.

2. Kapitel

Ben

Nie im Leben hätte Ben geglaubt, dass so viele Leute noch die Print-Zeitung und dort die Beziehungsanzeigen lesen würden. Er selbst konnte sich nicht erinnern, das jemals gemacht zu haben. Aber es änderte nichts daran, dass Pops mit seinen Worten anscheinend genau den richtigen Ton getroffen hatte und Ben sich jetzt vor Antworten kaum retten konnte. Und nicht nur in Mailform. Etliche Frauen kamen auch gleich zu Prinz-Airtec oder schickten etwas. Im Laufe der Stunden wurde es noch schlimmer, nachdem jemand die Anzeige bei Twitter und Insta hochgeladen hatte. Wenn Pops wenigstens eine Chiffre verwendet hätte, aber mit Bens vollem Namen zog es geradezu magische Zahlen von Interessentinnen an. Zwar hatte die IT sofort Bens Foto von der Firmenhomepage genommen und bemühte sich jetzt redlich, einen geeigneten Filter vor die ganzen Mails zu schalten, aber es war zu spät und sowohl Foto als auch sein Lebenslauf kreisten schon im Orbit. Interessanterweise waren unter den Mails, die eingingen, gar nicht so viele Antworten auf die eigentliche Anzeige. Stattdessen gab es zahllose Anfragen, ob er nicht dieses oder jedes Projekt unterstützen wolle, wo er doch so wohlhabend wäre. Dazu jede Menge Offerten für sein persönliches Wohlbefinden. *Sie sehen gestresst aus, Sie brauchen einen Personaltrainer, Sie sehen aus, als müssten Sie mal in den Urlaub, Sie brauchen …*

Dazu kamen einige Hassmails von Leuten, die Fliegen verabscheuten, und endlose Telefonanrufe, die die gesamte Telefonanlage lahmlegten. Bis die IT darauf reagiert hatte, war es ein Leichtes gewesen, Bens Telefonnummer oder zumindest den Kontakt seiner persönlichen Assistentin Lara herauszubekommen. Sogar ein Fernsehsender rief an, der Ben als Kandidaten für ein Bachelorformat anwerben wollte. Und das war so ziemlich das Letzte, was Ben sich wünschte. Er fühlte sich leicht flau, wenn er nur daran dachte. So viel Aufmerksamkeit zu bekommen, und das nur, weil er noch Junggeselle war, erschien ihm vollkommen absurd. Daniel stand vielleicht gern im Scheinwerferlicht, aber er wirklich nicht.

Unglücklich stand er auf und trat an sein Bürofenster. Zu gern würde er einfach verschwinden, aber das stand nicht zur Debatte, vielmehr musste er sich Gedanken machen, wie er überhaupt in seine Wohnung gelangen wollte, ohne auch noch seine private Adresse zu verraten.

Langsam wandte er sich vom Fenster ab, drehte sich um und wäre beinahe zusammengezuckt. Juli war ohne anzuklopfen in sein Büro gekommen und saß jetzt auf einem Stuhl gegenüber von seinem Schreibtisch. Am liebsten wäre Ben aus dem Zimmer gelaufen, aber das konnte er nicht tun, ohne sich total zum Affen zu machen. Mit ihr zu sprechen war allerdings das Allerletzte, was er gerade noch zu seinem Glück brauchte.

»Hallo Ben«, sagte sie mit ihrer tiefen Stimme. Zum ersten Mal, seit er sie kannte, fragte er sich, ob sie ihre Stimme eigentlich zu Beginn eines Gesprächs immer absichtlich so tief klingen ließ, denn wenn sie weitersprach, wurde ihre Tonlage wieder höher.

Immerhin tat es ihm nicht mehr weh, sie zu sehen. Vor einem Jahr noch, da hätte er sich auf dem Boden vor Schmerzen krümmen können, wenn sie nur in seine Nähe gekommen war.

»Hallo Juli«, antwortete er. Er ließ sich auf seinen Schreibtischstuhl fallen. »Was kann ich für dich tun?«

Seit sie ihm gesagt hatte, dass sie sich in seinen Bruder verliebt hatte, war es ihm ein Anliegen gewesen, sie auf maximale Distanz zu halten. Am Anfang war es grauenhaft gewesen, wenn sie zu Besuch zu seinem Bruder in die Firma gekommen war. Ben hatte es gehasst, sie nebenan in Daniels Büro zu wissen und durch die nicht ganz geschlossene Tür lachen zu hören. Daniel, der wirklich herzlos sein konnte, war selbst vollkommen überfordert von der Situation. Aber er hatte immerhin verstanden, dass es für Ben schlimm war, Juli in seiner Nähe zu haben, und er hatte sein Büro mit seiner und Bens persönlicher Assistentin getauscht. Jetzt saß Lara im Zimmer zwischen ihnen. Aber es blieb immer noch ein komisches Gefühl für Ben, in Julis Nähe zu sein. Entsprechend ihrem Job als Moderatorin und Produzentin war Juli perfekt zurechtgemacht. Sie sah immer so aus, als würde sie jeden Moment eine Kamera in ihrer Nähe erwarten. Ihre langen Haare waren wunderschön frisiert und sie strich sich elegant eine Strähne, die wie zufällig nach vorn gefallen war, nach hinten. »Ich hätte nie gedacht, dass du mir nicht Bescheid sagst, wenn du auf der Suche nach einer neuen Frau bist.« Sie klang fast vorwurfsvoll und Ben schaute sie ungläubig an.

»Juli, du hast mich verlassen und bist die Frau meines Bruders geworden. Mal abgesehen davon, was das mit mir gemacht hat, warum um alles in der Welt sollte ich meine Beziehungswünsche ausgerechnet mit dir besprechen?«

Doch Juli schien sein Widerspruch vollkommen kalt zu lassen. »Na ja, ich könnte dir helfen, jemanden zu finden, der wirklich zu dir passt. Ich kenne so viele Frauen, allein durch meinen Job. Überleg doch mal, wenn wir das bekannt machen, dass du suchst, welche Möglichkeiten sich dann eröffnen würden! Und ich kenne dich gut, ich weiß, wie deine Seele von innen aussieht.«

»Nein, das weißt du nicht.« Ben fühlte sich auf einmal fast wütend bei dieser anmaßenden Bemerkung. Wieso glaubten denn alle, dass sie wussten, wer er war oder was er wollte? »So lange waren wir nicht zusammen.«

»Das ist doch keine Frage der Dauer einer Beziehung«, gab Juli würdevoll zurück und legte ihre schönen Hände mit den sorgfältig manikürten Nägel aufeinander. »Wir waren uns nah. Oder willst du jetzt etwa behaupten, wir wären das nicht gewesen?«

Ben senkte den Kopf leicht. »Nein, das will ich nicht«, sagte er dann. Ja, Juli war ihm nah gewesen, aber um bis in seine Seele zu schauen? Da brauchte es wohl noch ein wenig mehr.

Es klopfte.

»Ja«, sagte Ben.

Lara steckte den Kopf durch die Tür. Sie sah gestresst aus, was Ben ihr nicht verdenken konnte. Wenn dieser furchtbare Tag erst einmal herum war, würde er sich bei ihr auf Knien bedanken müssen, dass sie so gut die Stellung gehalten hatte. Ohne sie wäre alles garantiert noch viel schrecklicher geworden.

»Ich will nicht stören«, sagte Lara sofort, als sie Juli entdeckte. Ben wusste, dass Lara einen Bogen um Juli machte, aber gerade wollte er viel lieber hören, was Lara zu sagen hatte, als mit Juli zu reden.

»Du störst nicht«, sagte Ben daher, »komm rein.«

»Das hier ist im Konferenzraum liegen geblieben.« Lara brachte zwei Glasproben zu seinem Schreibtisch. »Ich weiß nicht, ob sie noch gebraucht werden, aber Frau Mentling war schon weg und ich konnte sie nicht mehr fragen.«

»Ich kümmere mich darum.« Ben griff nach dem Verbundglas. Behutsam, als würde er es sonst noch einmal fallen lassen, legte er es neben seinen Laptop.

Dann reichte Lara ihm eine Aufstellung. »Toulouse hat angerufen. Die Time Slots für die Testung eures neuen Materials sind verschickt worden. Es hat wohl eine Verwirrung gegeben und wir wurden nicht rechtzeitig informiert. Immerhin war die Testleiterin so nett, noch mal bei uns anzurufen, als sie keine Rückmeldung bekommen hat. Hier sind die Zeiten. Ich habe sie sicherheitshalber schon bestätigt, damit nicht noch etwas damit schiefgehen kann.«

Ben schaute auf die Aufstellung. »Danke.«

Seine Assistentin lächelte. »Ich weiß ja, wie wichtig euch die Testung ist. Es ist nur leider sehr kurzfristig. Ich habe schon mit der Transportabteilung gesprochen und sie haben mir versprochen, alles so schnell wie möglich vorzubereiten.« Durch die geöffnete Tür hörte Ben das Telefon in ihrem Zimmer klingeln.

»Vielleicht sind sie das schon mit Neuigkeiten.« Rasch verließ Lara sein Büro und ließ die Tür hinter sich ins Schloss fallen.

Ben und Juli blieben für einen Moment schweigend zurück. Ben studierte den Zettel in seiner Hand. Er hatte endlos auf diese Testung gewartet. Bei Airbus konnte man auch als Externer seine Produkte prüfen lassen, aber die eigene Produktion ging immer vor, sodass man ewig auf die wenigen heißbegehrten Time Slots wartete. Jetzt war es endlich soweit und er und Daniel konnten herausfinden, ob sie mit ihrem neuesten Material einen Volltreffer gelandet oder das letzte Jahr arbeitstechnisch komplett sinnlos verpulvert hatten.

»Gute Nachrichten?«, erkundigte sich Juli.

Ben schaute auf. »Wir können endlich das neue Material für die Flügel testen lassen.«

Doch dann runzelte er unwillkürlich die Stirn, als er wieder auf den Zettel schaute. Kurzfristig, hatte Lara gesagt? Das sah eher nach unmöglich aus. Die ersten Testreihen waren schon für übermorgen angesetzt. Das bedeutete, dass ihnen gerade mal sechsunddreißig Stunden blieben, um das Material nach Toulouse zu schaffen. Das war verdammt knapp.

»Mist«, murmelte er und griff nach seinem Telefon. Doch Laras Leitung war besetzt. Er sprang auf, lief an Juli vorbei und riss die Zwischentür zwischen den beiden Büros auf.

Der Anblick, der sich ihm bot, war so unerwartet, dass Ben abrupt mitten in der Bewegung abbremste. Da standen sein Bruder und Lara und aßen beide Schokotorte aus der Hand. Besonders Lara war komplett mit Schokolade verschmiert.

»Guten Appetit«, wünschte Ben.

Daniel drehte sich um. Er hatte Schokolade auf der Nase, aber schien nicht im Mindesten peinlich berührt zu sein. »Ben«, sagte er fröhlich. »Du hast doch nichts dagegen, dass wir von deiner Schokotorte essen?«

Hinter ihm gab es einen Krach und Ben fuhr herum. Juli war so abrupt aufgestanden, dass der Stuhl hinter ihr umgekippt war. Sie starrte Daniel an. »Daniel, weißt du überhaupt, wie viele Kalorien das hat? Schokoladentorte ist ein absolutes No-Go!«

Ben räusperte sich. »Die Termine für die Testung sind gekommen, aber sie sind viel zu kurzfristig. Stimmen sie wirklich?«

»Ja, die Termine wurden soeben bestätigt«, antwortete Lara und ließ die Hand mit dem Stück Schokotorte sinken. »Ich habe bei der Transportabteilung schon Druck gemacht.«

Ben fuhr sich durch die Haare. Die Verpackungs- und Transportabteilung war der lahmste Verein im ganzen Haus. Wenn die etwas regeln sollten, würde es nie klappen.

Dann schaute er Daniel an. »Wie sieht dein Terminkalender aus?«

Daniel machte eine sehr große Bewegung mit beiden Händen. »Voll. Ich habe die Gespräche für die neuen Winglets. Und bei dir?«

»Sieht es nicht viel besser aus«, antwortete Ben. »Aber das ändert nichts daran, dass einer von uns beiden fahren muss.«

»Ich kann ja mal schauen, bei wem ich die Termine besser verlegen kann«, schlug Lara vor. Sie klappte die Schachtel mit dem Schokoladenkuchen zu.

»Gute Idee.« Ben nickte. Das war die vernünftigste Lösung.

Währenddessen ging Daniel an ihm vorbei und gab seiner Frau einen schokoladigen Kuss. »Juli, ich wusste gar nicht, dass du hier bist.« Er legte ihr den Arm um die Schultern.

»Bleib mir vom Leib, ich esse keine Schokolade. Ich bin nur hergekommen, um Ben bei der Suche nach einer neuen Freundin behilflich zu sein. Damit er nicht noch mehr solcher läppischen Anzeigen schalten muss.«

»Juli, danke, aber …« Ben hob abwehrend die Hand.

»… es ist wirklich nett, dass du dich um Ben sorgst«, beendete Daniel den Satz seines Bruders unbekümmert.

»Um mich muss sich niemand sorgen oder kümmern. Sorgen müssen wir uns eher, wie wir die Teile irgendwie nach Toulouse schaffen können, und das noch pünktlich«, meinte Ben.

In diesem Moment kam auch noch Pops herein. Er hatte sich chic gemacht, das hieß, er trug zur Abwechslung mal keine Malerklamotten.

»Ben«, sagte er und strahlte. »Heute ist dein Glückstag.«

»Mein was?« Ben blinzelte. Auf diese Idee war er noch nicht gekommen.

»Die Annonce war ein voller Erfolg und ich habe die perfekte Frau für dich gefunden. Du kannst mit dem Suchen aufhören, denn ich bin mir sicher, dass du begeistert sein wirst.«

»Ich suche nicht«, erwiderte Ben wie auf Autopilot.

»Du hast recht, jetzt nicht mehr!« Pops klopfte ihm vergnügt auf die Schulter. Er wirkte so zufrieden, als habe er die Quadratur des Kreises vollbracht.

Ben unterdrückte ein Stöhnen. Warum dachten denn alle, dass sie wussten, was er wollte? Dann schoss ihm ein anderer Gedanke durch den Kopf. »Wo hast du sie denn gefunden?«, fragte er. »Und warum du, in der Anzeige stand doch *meine* Arbeits-Mail-Adresse?«

»Sie hat bei uns geklingelt und gleich eine Schokoladentorte mitgebracht. Ich habe sie Lara gegeben.«

Bei ihnen geklingelt? Selbst Daniel sah auf einmal fast erschrocken aus.

»Aber Pops«, meinte er, »was ist mit eurer Privatsphäre? Das mit der Firmen-E-Mail war schon echter Mist, aber bei euch zu Hause?«

Doch ihr Großvater winkte nur würdevoll ab. »Ihr müsst euch keine Sorgen machen, es gibt einen guten Grund, warum sie uns ausfindig machen konnte. Sie ist Detektivin. Also Ben, du kannst sie heute Abend gleich kennenlernen, ich habe sie zum Abendessen eingeladen.«

»Ich fahre nach Frankreich«, entschied Ben plötzlich. »Ich bringe die Teile hin. Am besten heute Abend schon. «

Vier überraschte Augenpaare wandten sich ihm zu.

Es war Daniel, der sich als Erster wieder fing. »Weißt du was, Ben, wenn ich mir das alles hier so anhöre, ist das vielleicht gar keine so schlechte Idee.«

***

Clara

Als Clara die Haustür aufschloss, fragte sie sich, was eigentlich der mieseste Moment an diesem elenden Tag gewesen war. Als der alte Prinz sie so ätzend abserviert hatte? Oder als sie anschließend mühsam mit Jörns Rennrad zur Firma gelaufen war und es unterwegs zu schütten begonnen hatte? Zwar war es dank der frühlingshaften Temperaturen nicht mehr eisig, aber sie war trotzdem unangenehm nass geworden. Oder war der mieseste Moment gewesen, als sie endlich bei Mentling-Glas angekommen war, nur um dort festzustellen, dass Jörn und ihr Vater zusammen zu einem Essen mit einem wichtigen Geschäftspartner gegangen waren, ohne ihr Bescheid zu geben? Clara schäumte jetzt noch, wenn sie daran dachte. Gehörte sie schon nicht mehr dazu, oder was war hier los? Kurzerhand hatte sie das Rad mit dem Platten vor Jörns Büro abgestellt und war nach Hause gestiefelt.

Jetzt stand sie hier im Hauseingang und leerte ihren Briefkasten. Entnervt zog sie einen Stapel Post heraus und blätterte ihn rasch durch. Aber so wie es aussah, gab es wieder nur Rechnungen für Ava und sie. Frustriert stieg Clara die Treppe in den dritten Stock hoch und schloss dann dort die Wohnungstür auf. Drinnen erwartete sie das totale Chaos.

Weder sie noch Ava hatten in letzter Zeit aufgeräumt. Offenbar hatten sie mittlerweile den kritischen Punkt der Unordnung überschritten und der Flur war kaum noch betretbar. Vor Clara auf dem Boden lagen vier Blusen, die sie heute früh anprobiert hatte, bevor sie sich für die weiße entschieden hatte, die jetzt vor Blütenresten klebte. Auf der kleinen Kommode an der Seite des Flurs stand eine halbleer gegessene Schale mit Müsli und ein vergessener Espresso, den Ava sich wahrscheinlich gemacht und dann in der Hektik des Morgens stehen gelassen hatte. Clara legte ihren Wohnungsschlüssel und die Post daneben, schlüpfte aus ihren Schuhen, zog die Bluse aus und warf sie im Badezimmer auf den Boden, wo sich die Schmutzwäsche nur so stapelte. Sie wusste, dass sie jetzt als Erstes aufräumen und eine Ladung Wäsche in die Maschine stopfen sollte, aber dazu konnte sie sich nicht aufraffen. Hastig zog sie ihre Hosen aus und warf sie ebenfalls auf den enormen Stapel. Vom Boden fischte sie einen hellblauen, überlangen Flauschpulli, der eigentlich der deutlich größeren und schlankeren Ava gehörte und der für sie schon fast ein Kleid war. Aber er war wunderbar kuschelig und das war genau das, was Clara gerade brauchte. Sie zog ihn über, krempelte die Ärmel zweimal um, bevor sie die Post nahm und hinüber ins Wohnzimmer ging, das zugleich auch die Küche und ihr erklärter Lieblingsort in der Wohnung war. Ein riesiges Fenster zog sich über die ganze Zimmerbreite und machte den Raum hell und freundlich – zumindest, wenn das Wetter nicht ganz so trüb und regnerisch war wie gerade. Aber auch hier war die Unordnung so groß, dass Clara über alles Mögliche drübersteigen musste, um sich überhaupt einen Weg zur Couch zu bahnen. An den Wänden hingen zwei neue Fotodrucke von Bäumen, die Ava gemacht und offenkundig heute Morgen dort aufgehängt hatte. Normalerweise liebte Clara Avas Aufnahmen, aber gerade war sie zu deprimiert und frustriert, um auch nur irgendetwas schön finden zu können. Sie warf die Post auf den völlig überladenen Tisch neben der Küchenzeile, wonach sie prompt wieder abstürzte und einigen Krimskrams mitriss. Clara beugte sich hinunter, um die Briefe aufzusammeln, und ihr Blick fiel auf ein Kuvert, das sie bis dahin noch nicht bemerkt hatte. *Madame Clara Mentling-Gramont de Mer.* Irritiert musterte Clara den Umschlag von beiden Seiten, während sie abgelenkt den Rest der Post aufhob und vorsichtig in der Mitte des Tisches deponierte, damit er nicht erneut abrutschte. Mit dem Kuvert in der Hand ging sie zum Sofa hinüber. Darauf stapelten sich Avas Skizzen und die Arbeitsunterlagen von Mentling-Glas, an denen Clara bis spät in die Nacht gearbeitet hatte. Zuoberst lag eine Firmenbroschüre von Prinz-Airtec. Gestern hatte sie Clara aus welchen Gründen auch immer noch hoffnungsfroh gestimmt, aber jetzt ließ sie Wut und Enttäuschung so mächtig über Clara hinwegfegen, dass es ihr für einen Moment richtig heiß wurde. Diese elenden Prinzen!

Es steht Ihnen natürlich frei, sich auf die Ausschreibung zu bewerben, erinnerte sie sich an die Worte des alten Prinzen. Fuck off, dachte sie wütend und fegte alle Unterlagen kurzerhand auf den Fußboden. Dann ließ sie sich mit dem Kuvert in der Hand auf das Sofa fallen. Es gab ein ganz unangenehmes Knacken und Clara sprang hektisch wieder auf. Sie beugte sich herunter und sah, dass sie sich auf ihr iPad gesetzt hatte, das in die Ritze zwischen zwei Sofakissen gerutscht war. Es passte zu ihrem Pech, dass das Display tatsächlich einen Sprung in der linken oberen Ecke abbekommen hatte. Und das, obwohl es aus stabilem Glas war.

Aber nicht aus Mentling-Glas, dachte Clara wütend. Sie schaltete das iPad ein und stellte erleichtert fest, dass es immerhin noch funktionierte. Aus purer Gewohnheit tippte sie auf ihre Mails und sah, dass Benjamin Prinz ihr geschrieben hatte. Sofort begann ihr Herz schneller zu klopfen und die Hoffnung in ihren Kopf aufzusteigen wie perlender Sekt. Vielleicht hatten die Prinzen sich doch noch umentschieden? Hastig öffnete sie die Mail und spürte kurz darauf die Enttäuschung wie eine kalte Dusche.

Hallo Clara, Du hast Deine Glasproben bei uns vergessen. Ich werde sie Dir morgen Vormittag vorbeibringen. Grüße! Ben

Die lächerlichen Glasproben? Sie konnte in der Firma an einem Tag mehr Glas herstellen, als sie jemals benötigen würde. Da konnte sie getrost auf die kleinen Proben, die sie zu Prinz-Airtec mitgenommen hatte, verzichten. Mit fliegenden Fingern tippte sie eine wütende, abweisende und frustrierte Antwort an den hektischen, verrückten Ben. Doch dann überlegte sie es sich anders. Sollte er die Proben doch bei Mentling-Glas vorbeibringen, es war ihr egal.

Was die Arbeit anging, würde ihr von jetzt an sowieso alles egal sein müssen. Aber allein durch Bens Nachricht spürte sie die Enttäuschung wieder wie eine brennende Flamme zu dicht an der Haut. Es brannte viel schärfer und qualvoller, als Clara für möglich gehalten hätte.

»Ach verdammt«, murmelte sie, schloss die Mails und warf das iPad neben sich auf das Sofa. Aber auch das half nichts, stattdessen spürte sie eine solche Verzweiflung, dass es an ihrem Herz riss. Sie wollte Mentling-Glas nicht verlieren! Langsam ließ sie den Kopf sinken. Dabei fiel ihr Blick auf das Kuvert, das auf ihrem Schoß lag. *Madame Clara Mentling-Gramont de Mer.* Wer schrieb so etwas?

Sie riss den Brief auf. Darin war das formale Anschreiben eines Anwalts und ein zusammengefaltetes Stück Papier. *A Clara, fille du Manon Gramont de Mer*, stand darauf.

An die Tochter von Manon Gramont de Mer.

Clara biss sich auf die Unterlippe. Manon Gramont de Mer, das war ihre Mutter gewesen. Die Frau, an die sie sich höchstens noch schemenhaft erinnern konnte.

Langsam faltete sie das Stück Papier auseinander. Es war ein handschriftlicher Brief. Als sie ihn aufklappte, fielen drei Fotos heraus. Clara hob sie auf, las dann aber zuerst den Brief.

Liebe Clara,

ich hoffe, dass ich Dich so erreichen kann, schließlich haben wir schon seit vielen Jahren nichts mehr von Dir gehört. Ich bin Deine Cousine Amélie. Meine Mutter Claire ist die Schwester von deiner Mutter Manon. Wie du an den Namen siehst, standen die Schwestern sich sehr nahe.

Clara runzelte die Stirn. Manon und Claire – wo war denn da die Ähnlichkeit? Doch dann fiel es ihr wie Schuppen von den Augen. Clara und Claire war die Kombination, die Amélie gemeint haben musste. Ihre Mutter hatte sie offenbar nach ihrer Schwester benannt. Rasch las sie weiter.

Wir finden es sehr schade, dass wir gar nicht wissen, wie es Dir geht, aber wir hoffen, dass alles gut ist! Auf alle Fälle schicke ich Dir viele liebe Grüße – auch von meiner Mutter und meiner Schwester Emma. Der Grund, warum ich Dir schreibe, ist leider ein trauriger. Unsere Großmutter Jeanne ist vor drei Monaten verstorben. Wir hätten Dir das lieber persönlich gesagt, aber wir konnten Dich nicht erreichen, deshalb versucht Jeannes Anwalt es jetzt auf diesem Weg. Vielleicht hast Du Lust, zu uns nach San Michelle zu kommen? Wir würden uns sehr freuen, Dich wiederzusehen. Du erreichst mich am besten auf meinem Handy (+331 6 775493). Ich freue mich, von Dir zu hören! Liebe Grüße von Deiner Amélie.

Clara starrte auf die Zeilen. Das sollten Angehörige von ihr sein? Von der Seite ihrer Mutter? Es kam ihr so unwahrscheinlich vor, dass sie zunächst noch einmal den Absender überprüfte. Olivier Martin, Advocat, Rue de la Plage, San Michelle. War das ein geschickt gemachter Betrug? Davon hörte man doch immer wieder. Wenn sie jetzt Geld überweisen sollte …

Doch dann sah sie sich Amélies Brief noch einmal an. Das klang nicht nach Betrug. Außerdem stand da nichts von Geld oder Zahlungen. Clara versuchte sich zu erinnern. Hatte sie eine Cousine? Amélie? Amélie. Ganz tief unten in ihrer Erinnerung spürte sie ein schwaches Wiedererkennen, aber es war kaum mehr als ein längst vergangenes und fast vollständig verklungenes Echo.

Clara las den Brief ein drittes Mal, dann betrachtete sie die beiliegenden Fotos. Das erste zeigte drei Frauen, die sich um eine ältere weißhaarige Dame in einem Sessel gruppierten. Alle lächelten fröhlich und die Jüngste winkte in die Kamera. Clara schaute sich das Bild genau an, doch niemand kam ihr bekannt vor. Die Frauen sahen nett aus, aber vollkommen fremd. Das zweite Bild zeigte ein kleines zweistöckiges Steinhaus mit weißen Fensterläden. Das flache Dach war mit rot-braunen Schindeln gedeckt und die Fenster, die im Erdgeschoss bis zum Boden reichten, standen weit offen. Davor sah man eine Terrasse mit einem aufgespannten taubenblauen Sonnenschirm neben einer altmodischen Hollywoodschaukel. Clara wusste nicht wieso, aber die Schaukel zog ihre Aufmerksamkeit besonders auf sich. Sie sah so einladend aus. Erst nach einer ganzen Weile löste Clara ihren Blick davon. War das das Haus ihrer Familie? Der Himmel über dem Haus war leuchtend blau und alles sah sonnig und einladend aus. Wie konnte es sein, dass sie noch nie dort gewesen war? Oder erinnerte sie sich nur einfach nicht mehr daran?

Sie betrachtete das dritte Bild. Es zeigte zwei kleine Mädchen am Strand, die mit Schäufelchen und Eimerchen Sandkuchen backten. Das eine Kind war etwas älter als das andere, aber beide trugen identische kleine Sonnenmützen und die Jüngere patschte mit ihrer Schaufel gerade in den Eimer der Älteren. Clara fiel es nicht schwer, sich selbst als das kleinere Mädchen zu erkennen. War die Größere daneben vielleicht Amélie? War ihr der Name deshalb so bekannt vorgekommen, weil sie Amélie als kleines Mädchen erlebt hatte? Weiter hinten im Bild konnte man noch eine Frau mit welligen dunklen Haaren erkennen, die an den Kindern vorbei zur Seite schaute. Clara umfasste das Foto fester. Das musste ihre Mutter sein. Manon. Clara hatte nur wenige Bilder von ihr, und die wirkten alle gestellt oder ernst. Die Frau am Strand aber sah entspannt und gut gelaunt aus, als wäre sie einig mit sich und der Welt. Ihre Mutter. Clara schluckte. Dann fiel ihr noch etwas auf. Amélie hatte ihr auf Französisch geschrieben und sie hatte es beim Lesen nicht einmal bemerkt. Natürlich war ihr klar, dass sie gut Französisch sprach. Das hatte sie schon immer getan und das war ja auch nichts Besonderes für die Tochter einer Französin. Aber normalerweise bemerkte sie, wenn sie die Sprache wechselte. Aber hier? Hier hatte es so gut gepasst, dass sie es erst jetzt bemerkte.

Früher hatten sie und ihr Vater auch häufiger Französisch miteinander gesprochen. Das hatte erst aufgehört seit …? Clara überlegte, aber sie konnte es nicht genau sagen. Es war, als wäre das Französische irgendwann einfach aus ihrem gemeinsamen Leben verschwunden.

Abermals schaute sie sich das Strandbild mit ihrer Mutter an und plötzlich ging ihr eine Melodie durch den Kopf. Hm hm hm, summte sie leise vor sich hin. Es war eine einfache Tonfolge, wie ein Schlaflied. Kinderlieder waren nicht gerade Teil ihres Alltags, aber das Lied war auf einmal da und es wirkte sehr real. Fast, als hätten das Foto und der Brief Clara, ohne dass sie es steuern konnte, auf eine Zeitreise geschickt. Zurück in die Vergangenheit zu etwas, das vor Ewigkeiten passiert war, das aber gefühlsmäßig in ihr noch genauso klar war wie die Erinnerung an gestern. Wenn es stimmte, was Amélie da schrieb, hatte sie viel mehr Verwandte, als sie gedacht hatte. Das ist meine Familie, dachte Clara, und es fühlte sich wahr und gleichzeitig völlig unglaublich an.

Sie schloss die Augen und ließ ihre Gedanken zu ihrer Mutter wandern, die nur noch ein ferner Stern für sie war, und von da zu ihrem Leben, das aktuell überhaupt nicht so lief, wie sie sich das wünschte.

***

»Wie war dein Meeting?«, fragte Ava Clara als Erstes, als sie spät am Abend nach Hause kam. »Ich habe den Sekt schon mal kalt gestellt.« Sie schlüpfte aus ihren Businessblazer und ließ ihn achtlos auf einen Stuhl am Küchentisch fallen. »Bitte sag mir, dass wir jetzt feiern können?«

»Leider nein«, erwiderte Clara und spürte einen neuen Schwung von dem Kummer, der sie schon den ganzen Abend quälte. »Das Ganze ist einfach nur furchtbar gelaufen.«

»Oh nein, wirklich?« Ava ließ sich neben Clara aufs Sofa fallen. Im letzten Moment konnte Clara noch das iPad und den Brief aus Frankreich zur Seite ziehen.

»Es hätte kaum schlechter laufen können. Der alte Prinz war so unangenehm und seine verdammten Söhne waren einfach nur unfassbar arrogant.« Sie schilderte Ava das Treffen und sein furchtbares Ende. Prompt breitete sich das Gefühl von Unglück mit Lichtgeschwindigkeit wieder in ihr aus.

Voller Mitgefühl legte Ava Clara die Hand auf den Arm. »Du hättest echt was anderes verdient!«

Clara schniefte leise. »Und bei dir?«

Ava hatte dunkle Ringe unter den Augen und sah vollkommen k.o. aus. Seit sie in dieser vermaledeiten Werbeagentur angefangen hatte, gingen ihre Arbeitszeiten völlig durch die Decke und von der gut gelaunten, immer unternehmungslustigen Ava blieb nur noch ein Schatten. Auch jetzt sah sie so aus, als müsse sie dringend mal wieder Urlaub machen. Sie zog ihre Haarspange heraus, ließ ihre langen dunklen Haare herunterfallen und lehnte sich bequemer an der Sofalehne an. »Bei mir herrscht der ganz normale Wahnsinn. Zu allem anderen Elend ist die bescheuerte Praktikantin wieder da. Ich fand sie schon das letzte Mal entsetzlich, aber jetzt wurde sie auch noch mir zugeteilt. Den ganzen Tag redet sie nur Müll und hält sich dabei noch für ein Geschenk des Himmels. Ungefähr so bescheuert wie Jörn. Ja, die beiden würden perfekt zusammenpassen.«

Allem Elend zum Trotz musste Clara grinsen. Ava hielt Jörn für überheblich, dumm und arrogant, in genau dieser Reihenfolge. Absurderweise fand er sie umgekehrt total super und wollte sich immer mit ihr verabreden.

Dann stellte Ava die Frage, die Clara an diesem Abend schon endlos oft durch den Kopf gegangen war. »Und was bedeutet diese Absage für dich jetzt genau?«

Clara hob die Schultern und ließ sie wieder sinken. »Ich weiß es nicht«, erwiderte sie ehrlich. Wenn sie den Auftrag von den Prinzen bekommen hätte, dann hätte sie sich gegen Jörn und seine Sparpläne behaupten können. Aber so?

Schlagartig wuchs der Kummer in ihrer Brust noch weiter an, bis Clara das Gefühl hatte, es keinen Augenblick länger aushalten zu können. Abrupt stand sie auf. »Ich gehe ins Bett.«

»Gute Idee«, sagte Ava, die so aussah, als könne sie auch jede Sekunde Schlaf gebrauchen, sie die irgendwie erhaschen konnte. »Schlaf trotz allem gut. Und morgen ist ein neuer Tag.«

Ja, dachte Clara, aber sie wusste nicht, ob das eine gute Aussicht war.

Sie putzte sich die Zähne und kroch dann in ihr Bett, das kühl und wenig einladend war. Clara zog die Decke hoch und schloss die Augen. Doch natürlich konnte sie nicht einschlafen. Sie fand einfach keine Ruhe, und das, obwohl sie eigentlich hundemüde war. Aber die quälenden Gedanken drehten sich in der Dunkelheit in ihrem Kopf immer weiter. Je mehr Zeit verging, desto hilfloser und ausgelieferter fühlte Clara sich. Irgendwann setzte sie sich auf und knipste ihre Nachttischlampe an. Doch das Licht machte nichts besser, es warf nur harte Schatten an die Wände. Clara wollte die Lampe wieder ausstellen, doch da fiel ihr Blick auf den Brief aus Frankreich, den sie zusammen mit dem lädierten iPad auf ihren Nachttisch gelegt hatte. Clara betrachtete ihn. Was sollte sie in dieser Angelegenheit tun?

Als Kind hatte sie sich immer vorgestellt, dass ihre Mutter eine Königin in einem fernen Land sei. Vielleicht war in San Michelle ihr Schloss? Dazu passte auch, dass Claras Stiefmutter Jutta bei den seltenen Malen, an denen Clara sie nach ihrer Mutter gefragt hatte, immer betont hatte, Manon sei eine Prinzessin gewesen, die nie gearbeitet habe. Bei Jutta hatte es abfällig geklungen, aber in Claras Vorstellung war es so schön. Für sie war ihre Mutter eine Königstochter mit aller Freiheit, zu tun und zu lassen, was sie wollte.

Vielleicht sollte ich Amélie mal anrufen?, überlegte Clara. Was hatte sie schon zu verlieren? Sie nahm ihr iPad zur Hand und googelte San Michelle. Malerische Bilder von einem kleinen, bezaubernden Herzogtum an der Côte d'Azur wurden angezeigt. Es gab eine Hauptstadt gleichen Namens und dazu etwas Hinterland, das sich bis in die Seealpen erstreckte. Clara erfuhr, dass es schon seit Jahren zu den drei lebenswertesten Orten der Welt gewählt wurde und dass praktisch niemand wegzog, den es einmal dorthin verschlagen hatte.

»San Michelle«, flüsterte Clara. Allein der Name hörte sich doch traumhaft an. Doch dann ging Clara ein anderer Gedanke durch den Kopf. War es nicht seltsam, dass Amélie sich vorher nie gemeldet hatte? All die Jahre hatte sie nie etwas von ihr oder ihrer Familie gehört, und jetzt, nach dem Tod der Großmutter, wandte sie sich plötzlich über einen Anwalt an sie? Und warum über einen Anwalt?

Das wirkte doch faul. Clara biss sich auf die Unterlippe. Dann gab sie die Namen Amélie Gramont de Mer und San Michelle ein, aber das Internet fand keinen Treffer. Nicht einen einzigen.

Die vielversprechende Sonne der Côte d'Azur verblasste vor Claras Augen und sie fühlte sich mit einem Mal wieder so niedergeschlagen wie in dem Moment, als sie heimgekommen war. Frustriert legte sie sich wieder hin und knipste das Licht aus. Egal, was sie tat, ihr Leben blieb, wie es war. Ohne Auftrag von Prinz-Airtec und ohne klaren Plan, wie es wieder besser werden sollte.

3. Kapitel

Ben

Ben fühlte sich komplett verspannt nach einer Nacht auf der Couch in Daniels Büro. Trotz aller Bemühungen war das Material für die Testung in Toulouse am Vorabend noch nicht transportfertig gewesen, und Ben hatte sich entschieden, lieber in der Firma zu übernachten als der ominösen Detektivin zu begegnen, die Pops zum Abendessen eingeladen hatte. Aber jetzt war er sich nicht mehr so sicher, ob das wirklich eine gute Entscheidung gewesen war. Sein eigenes Bett war hundert Mal bequemer und hier fühlte er sich eher so, als hätte er auf Steinen geschlafen. Warum hatte Daniel auch so eine harte Couch? Ben ging hinüber in sein eigenes Büro und versuchte, seine verkrampften Schultermuskeln zu entspannen, während er die Mails in seinem Postfach überflog.

Leider war das allgemeine Interesse an der Annonce über Nacht nicht abgeflaut, wie er gehofft hatte, und Offerten aller

Art verstopften sein Postfach. *Ich liebe Dich* stand da genauso wie *Du dreckige Umweltsau* und *Traumfrau zu vernaschen.* Ben löschte alle Nachrichten ungelesen.

»Morgen!« Daniel kam herein. »Boah, siehst du fies aus. Hast du nicht geschlafen?«

»Doch, Bruderherz, aber es war nicht gerade kommod auf deinem Sofa.«

»Na ja, immerhin hast du jetzt Südfrankreich vor dir.« Daniel wies hinaus in das trübe Wetter vor dem Fenster. »Dort gibt es reichlich Sonnenschein und leckeres Essen. Dazu die Filmfestspiele von Cannes, die gerade laufen, wie Juli mich hat wissen lassen.«

Die Filmfestspiele waren so ziemlich das Letzte, was auf Bens Liste stand. Und ehrlich gesagt war ihm gerade nicht einmal Sonnenschein wirklich wichtig. Er fuhr sich über die müden Augen.

Die Tür zwischen Bens und Laras Arbeitszimmer ging auf.

»Guten Morgen!« Lara erschien ebenso gut gelaunt wie Daniel und hatte einen ganzen Stapel Papiere und einen dicken Umschlag in der Hand. »Haben alle gut geschlafen?«

»Ich schon«, erwiderte Daniel und machte eine Bewegung, als wolle er die Welt umarmen.

Ben unterdrückte ein Gähnen. »Ich nicht.«

Lara legte einen Teil der Papiere auf Bens Schreibtisch und reichte ihm den Rest. »Im Umschlag sind die Spezifikationen für den Test.«

»Danke!« Ben griff danach. Wenigstens das lief.

»Die Transportabteilung hat Bescheid gegeben, dass sie in Kürze mit dem Packen fertig sind«, verkündete Lara. »Es gab wohl irgendwelche Schwierigkeiten mit dem Transporter, aber jetzt ist alles klar.«

Daniel zog die Augenbrauen hoch, aber Ben zuckte nur die Schultern. »Hauptsache, ich kann fahren.« Er schaute auf seine Uhr. »Pops hat versprochen, mir noch Kleidung und sowas vorbeizubringen.«

Prompt klopfte es an der Tür.

»Wenn man vom Teufel spricht …« Daniel riss die Tür auf.

Davor stand Pops mit einer altmodischen Reisetasche.

»Guten Morgen, allerseits«, meinte er fröhlich, dann wandte er sich an Ben. »Ich habe alles eingepackt, was du wolltest. Deine Badehose liegt gleich obenauf.«

»Meine Badehose? Toulouse liegt aber nicht am Meer«, erwiderte Ben milde irritiert.

»Ich glaube, bei Pops ist es mit den Geographiekenntnissen wie mit den Zeitungsannoncen, beides kommt aus der hohlen Hand«, ließ sich Daniel süffisant vernehmen.

Aber Pops lächelte nur gut gelaunt. »Das Meer lohnt auf alle Fälle jeden Umweg.«

»Andere Dinge auch«, betonte Daniel. »Wie nachdenken, überlegen, bevor man etwas tut.«

»Das Telefon lohnt sich weniger«, seufzte Lara und verschwand nach nebenan.

»Es war übrigens nicht ganz schlecht, dass du gestern Abend nicht da warst …« Pops ließ seine Finger knacken. Was er gern machte, wenn ihm eine Situation nicht ganz angenehm war. Ben, der gerade den Umschlag mit den Materialspezifikationen eingesteckt hatte, schaute auf.

»War die Detektivin nichts?«, fragte Daniel unverblümt.

»Nein, und sie war leider auch keine Detektivin.« Mehr verriet Pops allerdings nicht.

»Erzähl weiter«, forderte Daniel ihn auf.

Pops strich sich über das Kinn. »Beim Essen kam heraus, dass sie zusammen mit Ben studiert hat und damals mit ihm in einer Lerngruppe war. So konnte sie sich an seine Adresse erinnern. Sie hatte nur vorgegeben, Detektivin zu sein, weil sie fand, dass das spannender klang.«

»Patrizia«, sagten Ben und Daniel wie aus einem Munde und wechselten einen bedeutungsschweren Blick.

»Ja, genau«, erwiderte Pops überrascht. »Woher wisst ihr, dass sie das war?«

Daniel tat so, als wolle er sich mit einem Karatekick verteidigen. »Du hast sie hoffentlich direkt wieder hinauskomplimentiert, Pops?«

Pops schaute etwas unglücklich.

Ben spürte das ganz untypische Bedürfnis, die Faust auf den Tisch zu donnern. Diese verfluchte Anzeigennummer wurde ja von Stunde zu Stunde schlimmer. Die Vorstellung, dass die grässliche Patrizia bei ihnen in der Wohnung gewesen war, setzte dem Ganzen noch die Krone auf.

»Ab wann kann man unerwünschte Aufmerksamkeit eigentlich als Stalken bezeichnen?«, erkundigte sich Daniel.

»Bei Patrizia jede«, erwiderte Ben grimmig und warf seinen Großvater einen wütenden Blick zu.

»Okay, okay.« Pops hob beide Hände. »Ist nicht perfekt gelaufen. Aber das ist die erste Bekanntschaftsanzeige, die ich je aufgegeben habe, und zumindest was den Rücklauf angeht, braucht keiner zu meckern.«

»Nein, der ist wirklich beeindruckend«, meinte Daniel ironisch. »Genau das, was wir hier in der Arbeit brauchen. Nur leider hilft auch der beste Rücklauf nichts, wenn niemand Passendes dabei ist.«

Lara kam zurück ins Zimmer. »Mir hat gerade eine Anruferin einen Wellnessgutschein versprochen, wenn ich ein Date mit dir für sie arrangiere. Aber ich habe großherzig darauf verzichtet.« Sie klimperte mit den Wimpern.

Ben fuhr sich durch die Haare. »Ich kaufe dir gern einen Wellnessgutschein, wenn du *kein* Date für mich ausmachst.«

»Einverstanden!« Lara lachte. »Und Ihnen habe ich alle Mails ausgedruckt, die sich speziell an den Großvater wenden«, meinte sie dann zu Pops. »Hier ist das Paket.«

»Ein ganzes Paket?« Pops strahlte. »Ich glaube, ich hätte Werbetexter werden sollen. Oder ich gründe noch auf meine alten Tage eine Partnerschaftsvermittlung.«

»Auf keinen Fall«, widersprach Ben sofort.

»Keine gute Idee«, sagte Daniel.

»Jungs, gebt mir doch mal 'ne Chance. Vielleicht finde ich die perfekte Frau für Ben, bis er aus Frankreich zurückkommt.«

»Es gibt keine perfekte Frau«, entgegnete Ben genervt.

»In diesem Punkt, kleiner Bruder, muss ich dir leider zustimmen.« Daniel schaute nachdenklich. »Aber sag mal, warum klingelt dein Telefon denn gar nicht?«

»Ich habe es ausgestellt«, erklärte Ben. »Ich kann das Klingeln nicht mehr hören.«

»Findest du nicht …«, begann Pops.

»… dass du übertreibst?«, vollendete Daniel den Satz. »Es geht doch nur um die perfekte Frau fürs Leben.«

»Exakt«, antwortete Ben. »Und genau die will ich nicht.«

***

Clara

»Bonjour, papa.« Clara ließ sich auf den Stuhl gegenüber von ihrem Vater fallen. »Comment vas-tu?«

Ihr Vater sah auf. »Guten Morgen, Clara, es geht mir gut.« Er antwortete auf Deutsch und schien erst nach einem Moment überhaupt zu bemerken, dass sie Französisch gesprochen hatte. Er runzelte die Stirn.

»Früher haben wir häufiger Französisch miteinander geredet«, sagte Clara. »Vermisst du das nicht? Ich meine, es ist immerhin die Sprache deiner verstorbenen Frau.«

Noch mehr Falten erschienen auf der sowieso nicht ganz glatten Stirn ihres Vaters. »Nein, ich vermisse das nicht«, betonte er dann ungewohnt streng.

»Warum haben wir eigentlich damit aufgehört?« Obwohl Clara ihre Frage so locker in den Raum stellte, ließ sie ihren Vater nicht aus den Augen.

»Ach, weißt du, Clara, es hat sich einfach so ergeben. Deutsch ist doch auch eine schöne Sprache.« Ihr Vater griff nach irgendwelchen Unterlagen auf seinem Schreibtisch und schob sie zur Seite.

»Ergeben?« Clara setzte sich gerader hin. Sie hatte ein gutes Gespür, wenn jemand die Unwahrheit sagte. Ganz besonders, wenn es sich dabei um jemanden handelte, der ihr so nahestand wie ihr Vater. »Kennst du Jeanne, Claire, Amélie und Emma?«

Ihr Vater legte seine Finger aneinander und stützte das Kinn dagegen. Er antwortete nicht.

Clara spürte, wie sich innerlich ihre Ungeduld aufheizte. »Warum antwortest du mir nicht?«

»Emma kenne ich nicht, die anderen schon«, gab ihr Vater nach einem Moment zu.

Clara spürte einen scharfen Schmerz. Also gab es ihre französische Familie doch!

»Warum hast du mir nichts über sie erzählt? Sie sind ein Teil meiner Familie.« Claras Tonfall wurde schärfer, ohne dass sie etwas dagegen tun konnte.

»Deine Familie besteht aus Oma, mir, Jutta, Jö…«, begann ihr Vater dagegenzuhalten, aber Clara unterbrach ihn sofort. »Die anderen gehören zu Mamas Familie und sind damit auch meine Familie. Je suis la fille de Manon«, schob sie noch hinterher, als würde es das klarer machen.

Ihr Vater schien bei der Erwähnung dieses Namens förmlich zusammenzuzucken. Überhaupt wirkte er zunehmend blass, fand Clara. Das machte sie noch ungeduldiger.

»Warum haben wir keinen Kontakt zu ihnen?«, wollte sie wissen.

Ihr Vater schwieg.

»Sie haben mir einen Brief über einen Anwalt geschrieben, weil sie mich nicht anders erreichen konnten. Weißt du davon, dass sie es versucht haben?«

Ihr Vater lehnte sich zurück und faltete seine Hände, aber er sagte immer noch nichts.

»Bitte, Papa, es ist wichtig für mich.« Mühsam unterdrückte Clara die zunehmend brodelnde Ungeduld.

Ihr Vater ließ langsam die Hände sinken und sah sie an. »Ja, ich weiß davon«, gab er dann zu und seine Stimme hörte sich auf einmal alt und müde an.

Clara sah ihn fassungslos an. »Warum hast du es mir nicht gesagt?«

»Ich … wir … also ich …« Ihr Vater brachte den Satz nicht zu Ende.

»Papa!«

Ihr Vater schaute vor sich auf den Schreibtisch. »Ich habe Jutta versprochen, den Kontakt nach Frankreich abzubrechen. Das war ihre Bedingung dafür, mich zu heiraten.«

»Die Bedingung dafür, dich zu heiraten?« Clara erschien das vollkommen absurd. »Und deshalb kenne ich meine Familie nicht. Wegen Jutta?« Ihre Stimme wurde von Wort zu Wort lauter.

»Es ist schwierig, einen Witwer mit einem kleinen Kind zu heiraten.« Nun flüsterte ihr Vater fast.

Clara konnte es nicht glauben, was sie da hörte. »Ach was, tatsächlich? Und es war viel einfacher, eine Geschiedene mit einem kleinen Sohn zu ehelichen?«

Ihr Vater schaute auf. »Ja, es war einfacher, sogar deutlich. Immer wenn ich wollte, konnte ich mir Juttas Ex-Mann ansehen und mich selbst davon überzeugen, was für ein Idiot er ist. Bei deiner Mama war das anders.«

»Sie war keine Idiotin«, stellte Clara fest und ihre Stimme wurde zwanzig Grad kühler. »Und deshalb musste sie bis auf die kleinste Spur aus unserem Leben verschwinden?«

»Ich wollte, dass du wieder eine Mutter hast und ich eine Frau.«

Clara schüttelte den Kopf. »Du hast meine Frage nicht beantwortet. Mussten Manon und ihre Familie deshalb bis auf die letzte Spur aus unserem Leben verschwinden?«

»Ja«, sagte ihr Vater schließlich. »Ich habe mich so entschieden.«

»Ohne mich zu fragen?« Obwohl sie äußerlich noch relativ gelassen war, kochte Clara innerlich. »Mich hast du nicht gefragt, stattdessen hast du mir einfach so meine Familie weggenommen?«

»Clara, du warst vier. Wie solltest du da so etwas entscheiden? Es war doch nur zu deinem Besten.«

Clara begann, mit dem Fuß auf den Boden zu klopfen. »Nein, es war zu *deinem* Besten. Um mich ging es da nicht. Jetzt ist Jeanne gestorben und ich habe meine Großmutter nicht einmal gekannt!« Sie strich sich mit der Hand die Haare aus dem Gesicht.

Die welligen Haare, die sie von ihrer Mutter geerbt hatte.

Ihr Vater schwieg.

»Und meine französische Familie – hast du ihnen jemals gesagt, warum wir einfach so mir nichts, dir nichts aus ihrem Leben verschwunden sind?«

Ihr Vater reagierte nicht. Aber das musste er auch nicht. Clara verstand auch so, was er zum Ausdruck bringen wollte. Sie spürte, wie sich eine unhaltbare Aggression in ihr auftürmte.

»Und sie haben nie versucht, Kontakt mit dir und mir aufzunehmen? Sie haben dich einfach so ziehen lassen?« Es war, als hätte all die versteckte und unterdrückte Wut, die Clara in den letzten Jahren gefühlt hatte, ohne zu wissen, wieso, genau auf diesen Moment gewartet.

Sie spürte ihr Herz schneller schlagen und ihr wurde warm, ja fast heiß. Warum hatte sie das nicht schon längst gefragt? Warum hatte sie sich selbst nie auf die Suche nach ihrer Mutter gemacht?

Clara erwartete, dass ihr Vater sich rechtfertigen würde und mit irgendeinem idiotischen Grund ankommen würde, aber das passierte nicht. Für eine ganze Weile passierte überhaupt nichts, dann stand ihr Vater auf und ging zu dem großen Schrank an der Seite seines Büros. Dieser Schrank enthalte sein ganzes Leben, scherzte er manchmal. Und tatsächlich war er bis obenhin voll mit Heftern und Aktenordnern, Ergebnissen aus der Forschungsabteilung und anderen wichtigen Geschäftspapieren. Innen an der Tür hingen Bilder, die Clara im Kindergarten und in der Grundschule für ihn gemalt hatte, und die schon verblasst waren. *Bester Papa der Welt*, stand da, und *hapi bürfdai* mit großen, ungelenken Kinderbuchstaben. Einen kleinen Moment lang schaute ihr Vater auf diese Bilder, dann streckte er sich, griff in das oberste Fach und zog einen unbeschrifteten Karton hervor. Es war eine unauffällige graue Schachtel wie die, in denen sie das Firmenbriefpapier geliefert bekamen. Clara hätte der Schachtel vom Äußeren keine Bedeutung beigemessen, aber als ihr Vater jetzt damit auf sie zukam, wusste sie, dass sie wichtig war. Ja, mehr als das. Dieser Karton beherbergte etwas unfassbar Kostbares. Die Hände ihres Vaters zitterten, als er ihr den Karton reichte.

Langsam öffnete Clara ihn. Darin lagen lauter Briefumschläge. Manche kleiner, manche größer, immer adressiert an sie beide oder an Clara allein. Und fast alle waren ungeöffnet.

Clara musste sie nicht umdrehen, um zu wissen, wer die Absenderinnen sein würden. Jeanne, Claire, Amélie und Emma Gramont de Mer.

Ihre riesige Wut zerstob und übrig blieb eine unfassbare Traurigkeit.

Du hast mich um meine Familie gebracht, dachte sie und sah ihren Vater an. Sein Gesicht war aschfahl und sie wusste, dass ihm klar war, was sie dachte, auch wenn sie es nicht laut aussprach.

***

Ben

»Leider klemmt die Beifahrertür etwas und Sie müssen direkt vom ersten in den dritten Gang schalten, weil der zweite Gang nicht geht«, erklärte der Chef der Transportabteilung. »Aber wenn Sie daran denken, kommen Sie mit dem Wagen bis an den Südpol.«

»Mir reicht es, wenn ich bis Toulouse komme.« Ben musterte die schon etwas verblichene Werbeaufschrift *Ich fahre für Prinz-Airtec.* Das war der einzige Wagen, der so kurzfristig zu bekommen war, nachdem der Praktikant am Tag zuvor den eigentlichen Transporter volle Kanne gegen die Wand gesetzt hatte.

Herzlichen Glückwunsch, dachte Ben.

»Bis Südfrankreich sollte es problemlos klappen«, versicherte der Chef der Transportabteilung und reichte Ben die Schlüssel. »Wann fahren Sie los?«

Doch bevor Ben antworten konnte, sagte jemand laut hinter ihm: »Ben?«

Er drehte sich um und sah Juli in Begleitung einer zweiten Frau auf sich zukommen. Juli trug schwindelerregend hohe Stiefeletten und war auch ansonsten ziemlich auffällig gekleidet in einem schräg geschnittenen Designerkleid in einem grellen Pink. Ihre Begleiterin war nicht minder auffällig angezogen in hautengen Jeans, die das Prädikat Slim Fit wirklich verdienten, und einem lässigen Anzughemd, dessen oberste Knöpfe offenstanden, genauer gesagt, bei dem nur die untersten geschlossen waren. Sie trug einen Weekender in der Hand und eine Prada-Handtasche über der Schulter.

»Hallo, mein Lieber«, sagte Juli und beugte sich vor, um Ben ein Küsschen rechts und links auf die Wangen zu hauchen. »Daniel hat gesagt, dass ich dich hier finde.«

Ben lächelte leicht gequält. Auf diese Küsschennummer konnte er von Herzen gern verzichten. »Ich bin eigentlich schon weg.«

»Dann ist es ja gut, dass ich dich doch noch erwischt habe. Ich dachte, ich besorge dir eine Mitfahrerin, damit du nicht so alleine unterwegs bist. Das ist Veronique. Sie ist eine Hammer-Influencerin und eine unendlich gute Freundin von mir und du wirst es nicht glauben, aber sie muss auch nach Südfrankreich.«

»Nein, das glaube ich nicht«, murmelte Ben.

Falls Juli ihn gehört hatte, ließ sie es sich nicht anmerken. »Die Filmfestspiele sind in vollem Gange und Veroniques Flug wurde storniert, aber sie ist dort unabkömmlich.«

»Hm«, machte Ben. Was auch immer unabkömmlich bedeutete.

»Veronique, das ist Ben; Ben, das ist Veronique. Ich bin mir sicher, ihr werdet eine fantastische Fahrt zusammen haben. Ihr passt einfach perfekt zusammen.« Juli legte in ihre sowieso schon laute Stimme noch ein paar Dezibel obendrauf.

Ben sah, wie der Chef der Transportabteilung fast zurückzuckte und dann zwischen der todschicken Veronique und Ben in seiner ausgeblichenen Jeans und dem alten Shirt, das Pops irgendwo hinten im Schrank gefunden haben musste, hin und her blickte. Die perfekte Übereinstimmung konnte er anscheinend genauso wenig ausmachen wie Ben.

Aber Juli war noch nicht fertig. »Außerdem, Ben, für dich ist es ja nur ein kleiner Umweg.«

Ben runzelte die Stirn. »Ein kleiner Umweg? Von Toulouse nach Cannes sind es fünf, sechs Stunden.«

»Aber das ist doch nicht viel«, gurrte Juli. »Und für so eine angenehme Reisebegleitung …«

»Herr Prinz, ich gehe dann mal«, ließ sich der Chef der Transportabteilung hören. »Gute Fahrt!«

»Danke, die werden wir haben«, hauchte Veronique und winkte ihm zu. Dann beugte sie sich vor und knallte Ben ebenfalls zwei Küsse auf die Wangen. »Wunderbar, dass du mich mitnimmst. Ich mache gleich mal ein Foto von uns beiden.« Mit diesem Worten rückte sie so dicht an Ben heran, dass er kaum noch etwas sehen konnte, hielt ihr Handy hoch und sagte »lächeln«. Ben reagierte zu langsam, aber anscheinend war Veronique auch zufrieden mit einem nicht lächelnden Ben, denn sie scrollte schon durch die Fotos, die sie gemacht hatte, und drückte dabei Ben ihren Weekender in die Hand.

»Was soll ich damit?«, erkundigte sich Ben.

»Einladen natürlich!« Veronique sah ihn verblüfft an. Zumindest glaubte Ben, Irritation in ihren Augen zu erkennen, denn in ihrem Gesicht bewegte sich wenig.

Ben stellte die Tasche ab. »Das geht leider nicht. Alles rappelvoll. Ich kann keine Mitfahrgelegenheit anbieten. Sorry.«

Aber Juli war schon auf dem Weg um den Transporter und legte ihre Hand auf den Griff der Ladetür. »Da finden wir doch sicher noch ein Eckchen.«

Ben machte einen Satz in ihre Richtung und hielt die Tür zu. »Da ist das superwichtige Material drin, da kommt nichts mehr dazu.«

Doch Veronique schien auch diese klare Ansage nicht zu entmutigen. »Kein Problem, dann stelle ich die Tasche eben neben mich.« Sie stiefelte zur Beifahrertür und riss an ihr. Sie ging nicht gleich auf. Erst als sie zog und zerrte, öffnete sie sich schließlich mit einem furchtbaren Quietschen. »Siehst du, hier ist noch massig Platz.«

»Das sieht nur so aus, da muss noch etwas rein«, improvisierte Ben.

»Und was? Ich brauche ja nicht so viel Raum.« Veronique strich mit der Hand über ihre sehr schmale Taille.

Ben sah sich um. An der Seite stand ein riesiger Karton. *Extra Verpackungsmaterial* hatte jemand mit schwarzem Edding draufgeschrieben. Kurzerhand ging Ben hinüber, hob den Karton hoch, der ganz leicht war, und trug ihn so zur Beifahrertür, als müsste er schwer schleppen. Mit einem gepressten Ausatmen lud er ihn auf dem Beifahrersitz ab.

»Puh«, machte er. »Seht ihr, leider kein Platz.« Er blieb so davor stehen, dass die beiden Frauen die Aufschrift nicht sehen konnten.

Veronique schob ihre Unterlippe vor und auch Juli schien alles andere als begeistert. »Ben, sei doch nicht so ein Idiot, du musst doch auch mal flexibel handeln. Dann bleibt der Karton eben da.«

»Bist du irre?«, mischte sich nun eine tiefe Stimme ins Gespräch und Daniel bog um die Ecke. »Ben muss mitnehmen, was er in Toulouse braucht, und das ist definitiv nicht Veronique.«

»Das weißt du doch gar nicht«, fauchte Juli laut zurück. »Diese Reisebegleitung kann vielleicht die Wichtigste in seinem Leben sein.«

»Das glaube ich kaum.« Daniel stellte sich neben Ben und verschränkte die Arme vor der Brust. »Hast du alles?«, fragte er seinen Bruder.

»Ja«, sagte Ben.

»Dann los, oder?«

Die Brüder wechselten einen Blick.

»Gute Fahrt und bring die Ergebnisse mit, die wir brauchen.« Als Ben zur Seite trat, haute Daniel die Beifahrertür zu. Dabei fiel sein Blick auf die Beschriftung der Kiste und er grinste Ben an.

»Gute Entscheidung«, sagte er und hob den Daumen.

»Tja, dann mal Tschüss«, sagte Ben zu den Frauen und stieg so schnell auf der Fahrerseite ein, dass er fast das Gleichgewicht verlor und mit mehr Wucht auf dem Sitz landete als geplant.

»Hey, warte mal«, rief Juli laut.

»Ich habe meinen Follower*innen schon ein Special über unsere Fahrt angekündigt«, ließ sich auch Veronique hören. »Ich muss einfach mit. Außerdem hast du doch geschrieben, dass du auf der Suche nach einer Frau bist. Da habe ich gedacht, die Suche und das Finden inszenieren wir perfekt.«

Nur mit Mühe unterdrückte Ben den Impuls, auch noch die Türverriegelung zu betätigen. Stattdessen ließ er das Fenster herunter.

»Es tut mir leid, Veronique. Aber es geht einfach nicht.« Er steckte den Schlüssel ins Zündschloss und startete den Motor.

»Du kannst doch nicht …« Jetzt wurde auch Julis Stimme höher.

Daniel ließ das Tor aufgehen. Draußen regnete es. Ben stellte den Scheibenwischer an und fuhr dann vorsichtig im ersten Gang los. Als der Wagen rollte, schaltete er ziemlich hektisch in den dritten Gang. Der Motor protestierte und Ben hätte ihn fast abgewürgt, wenn er nicht ordentlich Gas gegeben hätte. Der Transporter machte einen Satz nach vorn. Die Kiste auf dem Beifahrersitz fiel um und eine ganze Ladung Schaumstoffflips ergoss sich in den Fußraum.

»Alles voll«, murmelte Ben. Dann dosierte er das Gas besser und fuhr aus der Halle in den Regen.

Toulouse, ich komme, dachte er und schloss das Seitenfenster wieder. Allein, fügte er hinzu, als er im Seitenspiegel sah, wie Juli und Daniel offenbar laut zu streiten begonnen hatten und Veronique hinter ihm ihr Handy hochhielt und neue Selfies zu machen schien.

***

Clara

Geschockt saß Clara vor dem Schreibtisch ihres Vaters. Ihre Familie hatte sie nicht vergessen! Ganz im Gegenteil, offenkundig hatten ihre Tante, ihre Großmutter und ihre Cousinen wieder und wieder geschrieben. Der ganze Karton war voll mit Briefen und sie hatte nichts davon gewusst, ja, es nicht einmal geahnt. Wie auch? Clara schloss die Augen, sie konnte ihren Vater nicht ansehen. Gerade war sie so unfassbar wütend auf ihn, dass sie hätte ausflippen können. Er hatte ihr einen ganzen Teil ihres Lebens einfach vorenthalten, weil Jutta es so gewollt hatte! Jutta, ihre Stiefmutter, die sie dafür aus vollem Herzen verabscheute. Wie hatte diese Frau nur so selbstsüchtig sein können? Clara hatte doch schon die Mutter verloren, da hätte man ihr doch nicht noch die Tante und die Großmutter wegnehmen müssen.

Schweigend saß ihr Vater ihr gegenüber. Clara schwieg ebenfalls, krampfhaft bemüht, ihre Gedanken und Gefühle irgendwie zu ordnen, ohne auszurasten oder zu zerfließen.

Die Tür ging auf. Clara spürte den Luftzug und drehte sich automatisch um. Es war Jörn, der ins Zimmer kam.

»Nicht jetzt«, sagte Clara, aber Jörn tat so, als höre er es nicht, schloss die Tür hinter sich, kam zum Schreibtisch herüber und ließ sich lässig auf den Stuhl neben Clara fallen.

»Na, Clärchen, alles schick?«, fragte er.

Normalerweise flippte sie aus, wenn er diesen bescheuerten Spitznamen verwendete, aber gerade fühlte sie sich zu taub, um zu reagieren.

»Ich nehme deine Nicht-Antwort mal als Nein. Das passt auch zu dem, was mir mein Vögelchen bei Prinz-Airtec gezwitschert hat.« Er zog sein Handy aus der Hosentasche und spielte damit herum. »Tja, Clara, letzte Chance vorbei. Du hast keinen Auftrag bekommen. Dann müssen wir das Spiel wohl so spielen, wie ich das denke.«

Er beugte sich vor, um ihr ins Gesicht zu schauen. »Hat Dad dir schon gesagt, was wir beschlossen haben?«

Abrupt schaute Clara zu ihrem Vater. »Nein, hat er nicht. Was habt ihr also ohne mich beschlossen?«

Jörn ließ sein Handy auf dem ausgestreckten Zeigefinger kreisen. »Es gibt zwei Möglichkeiten. Entweder verlagern wir die Produktion ins Ausland oder wir verkaufen gleich.«

»Verkaufen?«, echote Clara tonlos. »Davon war doch noch nie die Rede.«

»Du warst einfach zu sehr damit beschäftigt, Geld für irgendwelche sinnlosen Laseranlagen zu verschwenden, um mitzubekommen, was hier läuft, Schwesterlein«, sagte Jörn gönnerhaft. »Fakt ist, dass wir ein sehr gutes Übernahmeangebot bekommen haben.«

»Übernahme? Aber du kannst unsere Firma doch nicht einfach verkaufen!«

»Wer sagt denn einfach? Außerdem möchte ich dich daran erinnern, dass du in letzter Zeit nicht besonders viel für den Nettogewinn der Firma getan hast.« Jörns Stimme klang ironisch-bevormundend und Clara spürte auf einmal die Wut aus ihrem Bauch bis in ihre Brust hochlodern.

»Du kannst nicht verkaufen«, herrschte sie ihn an.

»Dann geht die Produktion ins Ausland. Hopp oder top. Aber Clara, bevor du dir zu viele sinnlose Gedanken darüber machst, du wirst nicht an dieser Entscheidung beteiligt sein.«

Clara starrte ihn an. »Das ist nicht dein Ernst.«

»Oh doch, Claralein. Ab jetzt wird die Firma Profit machen, das ist die oberste Priorität.«

Clara sah zu ihrem Vater. Sie zitterte so sehr vor Wut, dass die Briefe in dem Karton auf ihrem Schoss raschelten.

»Papa, ist das dein Ernst?«

»Clara«, unterbrach sie Jörn, aber sie machte nur eine energische Handbewegung in seine Richtung, um ihn zum Schweigen zu bringen.

»Ist das dein Ernst?«, wiederholte sie an ihren Vater gewandt. »Das ist unsere Firma – deine und meine.«

»Rein rechtlich gehört sie nur Dad«, mischte Jörn sich ein.

Clara hatte das Gefühl, sich nicht länger beherrschen zu können. »Halt die Klappe«, sagte sie zu ihm und ihr Tonfall war so, dass Jörn tatsächlich ein wenig zurückwich.

Clara sah ihren Vater an. »Papa, wir kommen durch diese Krise, wir schaffen das, aber wir müssen hierbleiben, hier an unserem Standort in gewohnter Qualität produzieren.«

»Clara, Jörn und ich …«, wich ihr Vater aus.

Da wusste Clara, dass es wirklich schon entschieden war. Die Firma würde von hier weggehen, vielleicht ganz verkauft werden.

Sie stand auf. Für eine Sekunde befürchtete sie, dass ihre Beine sie nicht tragen würden, aber zumindest diese Sorge war unberechtigt.

»Dann gehe ich«, entschied sie ruhig.

»Das ist eine ausgezeichnete Idee«, sagte Jörn, der offenbar seine Stimme wiedergefunden hatte.

Clara warf ihm einen eisigen Blick zu. »Du hast keine Ahnung von Glas. Du kannst das nicht alleine durchziehen.«

Er zuckte unbeeindruckt die Schultern. »Dann verkaufe ich halt. Das, was du kannst, braucht kein Mensch. Nicht mal die Typen von Prinz-Airtec wollten es haben.«

»Jörn«, mahnte ihr Vater.

Aber Clara wartete nicht länger ab. Mit dem Karton in der Hand ging sie zur Tür.

»Clara«, rief ihr Vater hinter ihr. Aber sie blieb nicht stehen. Mit einer Hand öffnete sie die Tür, während sie mit der anderen den Karton an sich presste. Ohne innezuhalten, ging sie in ihr eigenes Büro hinüber, legte den Karton auf ihren Schreibtisch, stellte ihren Computer aus, griff nach ihrem Laptop-Rucksack und stopfte alles hinein, was ihr irgendwie wichtig war. Eisern versuchte sie dabei, sich zusammenzureißen. Wenn die Firma verkauft würde, wollte sie nicht dabei sein. Sie biss sich so fest auf die Unterlippe, dass es wehtat. Dann schlüpfte sie in ihren Regenmantel, warf sich den Rucksack auf den Rücken warf und griff nach dem Karton. In ihr loderte es und gleichzeitig drängten die Tränen unaufhaltsam hoch. Aber niemand sollte sehen, wie es ihr ging. Sie ließ ihren Firmenschlüssel auf dem Schreibtisch liegen und stürzte aus ihrem Büro. Mit eiligen Schritten verließ sie den Ort, der so lange ihr Zuhause gewesen war. Sie bemühte sich um ihre Fassung, aber es wurde von Schritt zu Schritt schwerer, die Tränen zurückzuhalten. Nicht jetzt und nicht hier, sagte sie sich, und presste den Karton an sich, während sie schnell und schneller durch die Firma zum Ausgang lief.

***

Ben

Ben stellte den Transporter auf dem Parkplatz von Mentling-Glas ab. Immerhin nieselte es nur noch, aber die Straße war nass. In der kurzen Fahrt hierher hatte Bens Handy zwei Mal geklingelt. Lara hatte ihn informiert, dass zwei Ehekandidatinnen in ihrem Büro standen, die es am Pförtner vorbeigeschafft hatten und die sich jetzt weigerten zu gehen. Und Daniel ließ ihn wissen, dass Lara ihm die falschen Produktspezifikationen ausgedruckt hatte, er ihm die korrekten aber gleich per Mail schicken würde.

Ben griff nach den Glasproben und öffnete die Fahrertür des Transporters. Sein Handy klingelte schon wieder.

»Ja«, bellte Ben in den Apparat.

»Ich habe die Richtige«, verkündete Pops freudig. »Sie war bei dem Stapel E-Mails, die Lara für mich ausgedruckt hat.«

»Bitte nicht«, sagte Ben, sprang vom Fahrersitz und knallte die Tür hinter sich zu.

»Doch wirklich! Ihre Worte sind wunderbar. Du wirst begeistert sein.«

»Nein!«

»Jetzt hab dich doch nicht so«, tadelte Pops. »Man könnte meinen, du hättest was gegen die perfekte Frau.«

Automatisch musste Ben an Juli denken. Vor Ewigkeiten war sie ihm auch wie die perfekte Frau vorgekommen, und was er davon hatte, sah man ja.

»Können wir das bitte verschieben, bis ich wieder da bin?«, bat er und sah sich nach dem Eingang von Mentling-Glas um. Ah, dort drüben, oberhalb einer imposanten Eingangstreppe.

»Aber es ist wichtig«, insistierte Pops. »Warte, ich lese dir die Zuschrift vor, dann kann ich gleich für dich antworten, wenn du auch so begeistert bist wie ich.« Ben hörte es im Hintergrund rascheln. Was für ein Wahnsinn!

Pops begann in einem dramatischen Tonfall vorzutragen: »Du und ich, wir sind wie die Teile eines Steins, der bei einem

Erdbeben zerborsten ist. Eine Urgewalt hat uns getrennt und bringt uns jetzt wieder zusammen.« Pops unterbrach sich und erklärte dann deutlich nüchterner: »Mit der Urgewalt meint sie die Annonce.«

Ben fragte sich, ob die Malerfarben vielleicht zu viel giftige Lösungsmittel enthielten. Wie konnte Pops nur so einen Schwachsinn gut finden?

»Du und ich, wir sind wie Feuer und Eis, wir können nur in einer anderen Daseinsform zusammen sein«, las Pops weiter.

»Ja, in einer brennenden Gefriertruhe«, murmelte Ben. »Sorry Pops, aber das geht gar nicht für mich.«

»Du bist nicht romantisch«, klagte Pops. Allerdings klang er so, als fände er die Zuschrift beim lauten Vorlesen auch nicht mehr ganz so gut wie zuvor.

»Wir sprechen uns.« Ben legte kurzerhand auf und schob sein Handy in die Hosentasche. Was für ein Schwachsinn!

Dann lief er die Steinstufen zum Eingang von Mentling-Glas hinauf. Alles wirkte altmodisch und die Treppe war bei diesem Wetter leicht rutschig. Während er zwei Stufen auf einmal nahm, fragte sich Ben, wie man ausgerechnet als Glashersteller eine solche Eingangstreppe haben konnte. Er wollte gerade die Hand nach der Eingangstür ausstrecken, als sie plötzlich von innen aufgestoßen wurde und eine Frau herausgeschossen kam. Sie schaute weder nach links noch nach rechts, sondern rannte direkt in ihn hinein. Ben versuchte auszuweichen, aber das gelang ihm nur halb und sie krachte gegen seinen Oberkörper. Das schien sie mehr aus dem Gleichgewicht zu bringen als ihn und Ben sah, wie sie stolperte. Ohne nachzudenken packte er ihren Arm und hielt sie fest. Dabei knallte er jedoch mit den Glasproben gegen den Karton in ihrem Arm. In einem großen Bogen flog er herunter und landete mit der Kante auf einer Stufe, bevor er sich überschlug und die restliche Treppe hinunterrutschte. Er zog eine Spur bunter Umschläge hinter sich her.

»Sie Idiot«, rief die Frau. »Wie können Sie nur …«

Ben erkannte ihre Stimme sofort. Das war Clara Mentling.

Hektisch fing sie an, die Umschläge auf den Stufen wieder aufzusammeln, ohne ihn nur eines Blickes zu würdigen.

»Sorry, aber du bist so aus der Tür geschossen«, erklärte Ben. »Ich habe hier die Glasproben für dich.« Er ging zu ihr hinüber.

Doch sie schien ihn nicht zu hören oder nicht hören zu wollen, sondern eilte einfach weiter und hob Umschläge auf. Es schienen Dutzende zu sein. Ben beugte sich hinunter, um ihr zu helfen. Das Papier klebte am feuchten Untergrund, außerdem hatte er nur eine Hand frei, weil er die Glasstücke immer noch in der anderen hielt.

»Hier«, sagte er und reichte Clara drei Umschläge zusammen mit den Glasproben.

»Danke«, antwortete sie knapp, griff jedoch nur nach den Kuverts, die Glasproben fasste sie nicht an.

Als sie aufschaute, sah Ben, dass sie rote Flecken auf den Wangen hatte und ihr ganzes Gesicht vor Wut zu lodern schien.

Erschrocken blickte er sie an. »Hast du dir wehgetan?«

Aber sie schnaubte nur. »Mehr als du denken kannst. Aber nicht jetzt. Die Glasproben kannst du behalten«, fügte sie dann über ihre Schulter hinweg hinzu, während sie weiterging. »Vielleicht könnt ihr ja was Tolles damit machen in eurer ach so tollen Firma mit den vielen Angeboten.«

»Hey, wieso sagst du das?«, fragte er, erinnerte sich aber gleichzeitig daran, wie sein Vater sie gestern abgespeist hatte. Das war nicht nett gewesen.

Doch Clara gönnte ihm keine Antwort, sondern lief die letzten Stufen hinab. Ben folgte ihr und hob unterwegs noch ein Kuvert auf, das zur Seite geschleudert worden war. Es war leuchtend gelb.

Als er aufschaute, sah er, dass Clara schon weitergestürmt war und gerade ein Auto aufschloss. Es war ein altmodischer Mercedes, hellblau, sicherlich mehrere Jahrzehnte alt, wunderschön, aber auch mitgenommen von der Zeit. Die hintere Stoßstange hing schief und der Lack war an etlichen Stellen abgeplatzt.

Ben ging hinterher und verfolgte dabei, wie sie einstieg, den Karton vorsichtig auf dem Beifahrersitz abstellte, bevor sie ihren Rucksack nach hinten auf die Rückbank donnerte. Dann schlug sie die Fahrertür zu. Ben sprintete die letzten paar Meter hinüber, während der Anlasser des Motors hörbar wurde.

»Clara, warte mal«, rief Ben und riss die Tür auf.

Der Motor machte ein würgendes Geräusch und verstummte.

Clara drehte sich zu ihm um. »Hau ab, ich will dich nicht sehen. Ich will nie mehr mit dir reden. Ihr habt alles verdorben.«

»Wir?« Ben runzelte die Stirn. »Aber du hast doch noch die Möglichkeit, dich auf die Ausschreibung zu bewerben. Mein Vater …«

»Vergiss es, ich bin meinen Job los. Also tu mir den Gefallen und verschwinde. Oder besser noch: ich verschwinde.« Sie schaute starr nach vorn und versuchte abermals, den Motor zu starten.

»Hier ist noch ein Umschlag.« Ben hielt ihn ihr hin. Ohne ihn anzusehen, nahm sie ihn ihm aus der Hand und legte ihn dann unerwartet sanft auf der Mittelkonsole ab.

»Danke«, knurrte sie. Sie fasste nach dem Türgriff und haute Ben vor der Nase die Tür zu.

Langsam ging Ben zu seinem Transporter zurück. Irgendwie konnte er es Clara nicht verdenken, dass sie sauer war. Was hatte sie jetzt gesagt? Dass sie ihren Job los sei? Verdammt! Ben drehte sich noch einmal zu ihr um. Clara bemühte sich weiter, den Motor zum Leben zu erwecken. Plötzlich sprang er an. Clara blinkte und schoss dann fast vom Parkplatz.

Ben stieg in den Transporter. Kurzerhand legte er die Glasproben in den Karton mit dem extra Verpackungsmaterial, startete ebenfalls den Motor und fuhr los. Das Glas klirrte leise und sein Handy klingelte schon wieder.

***

Clara

»Ich fahre nach Frankreich«, sagte Clara und stopfte alles, was sie noch an frischer Kleidung finden konnte, in ihren Koffer.

»Frankreich?«, echote Ava verblüfft. Clara hörte im Hintergrund irgendwen herumschreien. Wahrscheinlich war das wieder mal Avas Chefin, der alte Drachen. Also blieb Ava sicherlich nur ein Moment für ein Gespräch mit ihrer besten Freundin und sicherlich keine Zeit für die Langversion der Dinge.

»Meine Cousine hat mir geschrieben. Sie hat mir schon seit Jahren immer wieder Briefe geschickt und mich eingeladen, sie besuchen zu kommen. Aber mein Vater hat mir die Briefe nie gegeben«, erklärte Clara und warf die Flipflops in den Koffer. »Jetzt fahre ich hin, weil ich sie kennenlernen will und weil sie zur Familie meiner Mutter gehört und weil …« Clara sprach nicht weiter, sondern schaute auf das Bild ihrer Mutter, das sie in einem der Umschläge gefunden hatte. Eine junge Manon, die eine wunderschöne Glasvase in Händen hielt. Als sie das Foto gesehen hatte, war Clara auf unbestimmte Weise klar geworden, dass sie einfach fahren musste. »Außerdem, was soll ich noch hier? Dem Verkauf der Firma zusehen? Niemals.« Claras Stimme wurde bei diesem Satz von Wort zu Wort lauter und wütender.

»Das kann ich ja verstehen«, sagte Ava, die im Gegensatz dazu noch leiser sprach.

Clara warf ihren Bikini in den Koffer und pfefferte ihre Strandtasche, die sie immer im Urlaub benutzte, hinterher. Ihre Firma, ihr Lieblingsort auf der Welt. Mentling-Glas. Alles, wofür sie gelebt hatte. Aus und vorbei! Und das alles nur wegen Jörn und seinen idiotischen Entscheidungen.

Mit Karacho flog der Kulturbeutel in den Koffer.

»Und wann geht es los?« Ava klang immer noch verblüfft, was Clara ihr nicht ganz verdenken konnte. Das, was sie hier tat, war verrückt. Und Verrücktheiten waren eher Avas Metier. Bis heute. Bis jetzt.

»Jetzt, sofort. Ich melde mich, wenn ich da bin«, versprach sie.

»Bitte tu das unbedingt«, bat Ava. »Sind nicht auch die Filmfestspiele in Cannes? Vielleicht bekommst du ja eine Rolle oder lernst einen Star kennen.«

»Beides gehört zum Allerletzten, was ich will.« Kurzerhand bettete Clara den Stapel Briefe ihrer französischen Familie auch noch in den Koffer. »Mit Jörn will ich auch nie wieder sprechen.« Oder mit den Prinzen, fügte sie noch in Gedanken hinzu. Sie griff nach ihrer kleinen Handtasche.

»Dann gute Fahrt!«, wünschte ihr Ava. »Und halt mich auf dem Laufenden.«

»Mache ich«, versprach Clara und schloss den Koffer.

Auf nach Frankreich, dachte sie. Weg, weit weg, klang es in ihrem Kopf. Sie würde das Chaos einfach zurücklassen, hier in ihrer Wohnung, in der Firma, in ihrem Leben. Sie griff nach ihrem Gepäck und verließ ihre Wohnung, ohne zurückzuschauen.

4. Kapitel

Ben

»Es tut mir wirklich sehr leid, Herr Prinz.« Der Chef der Transportabteilung hörte sich ernsthaft betroffen an. »Ich weiß auch nicht, wie das passieren konnte. Wir können uns nur vorstellen, dass alles durcheinandergekommen ist, als gestern der junge Kollege gegen die Wand gefahren ist …« Seine Stimme verebbte.

»Und was bedeutet das jetzt konkret?«, fragte Ben.

»Ich fürchte, Sie müssen noch einmal zurückkommen.«

Ben wusste nicht, ob er lachen oder weinen sollte. Jetzt war er schon fast auf der Autobahn, nur um wieder zurückfahren zu müssen, weil zum Teil falsches Material geladen worden war? Wie unfähig waren die Kollegen in dieser Abteilung nur?

»Ich würde auch jemanden losschicken in Ihre Richtung, aber bis ich eine Spedition hier habe oder einen meinen Mitarbeiter …«

»Und Sie selbst?«, fragte Ben ungeduldig.

Für einen Moment war es still. »Ich habe vorübergehend keinen Führerschein«, kam dann die verlegene Antwort zurück.

Ben schüttelte den Kopf. Gut, dass sein Vater das jetzt nicht gehört hatte. Er würde ausflippen. Beim Gedanken an seinen Vater musste Ben auch kurz an Clara und das Meeting gestern denken. Clara, die nicht mehr bei Mentling-Glas arbeitete. Ihr Produkt war wirklich gut gewesen, aber der Preis und alles, was damit zusammenhing, passte einfach nicht.

»Ich komme«, gab Ben genervt nach und wendete den Transporter. Statt nach links auf die Autobahn aufzufahren, ging es geradewegs zurück ins Hauptwerk von Prinz-Airtec. Abgelenkt wie er war, vergaß er, beim Wenden den zweiten Gang auszulassen und das Getriebe machte ein furchtbares Geräusch, das Ben durch Mark und Bein ging.

Was für ein Elend, dachte er und wusste nicht, was genau er damit meinte, oder besser gesagt, worauf diese Beschreibung gerade nicht passte.

Immerhin hatten sie in der Firma alles bereit, als Ben durchs Tor fuhr. Lara hatte zur Abwechslung die richtigen Spezifikationen ausgedruckt, in weniger als fünf Minuten war die falsche Fracht ausgeladen und die richtige verladen und vertäut worden. Bei der Gelegenheit packte Ben auch den überflüssigen Karton mit dem Verpackungsmaterial wieder aus. Dann konnte er erneut starten.

Frankreich, die Zweite, dachte er und fragte sich, was wohl als Nächstes geschehen würde, das ihn Zeit kosten würde. Aber erstaunlicherweise passierte nichts Gravierendes, wenn man davon absah, dass jede Ampel auf seinem Weg rot zu werden schien und er das Gefühl bekam, Stunden für den Weg auch nur bis zur Autobahn zu brauchen. Aber sein Handy in der Halterung der Freisprechanlage blieb für eine Weile stumm, und als er das blaue Autobahnsymbol auf einem Wegweiser sah, spürte er, wie er sich wieder etwas entspannte. Auf der Autobahn würde er den zweiten Gang nicht brauchen und er konnte gemütlich gen Süden fahren, ohne sich zu viele Gedanken machen zu müssen. Das einzig Unangenehme war, dass der Regen wieder stärker geworden war, aber wie Daniel vorhin angemerkt hatte, würde das in Frankreich aller Voraussicht nach auch kein Problem sein. Ben atmete tief durch, dann schaute er zum Multifunktionsgerät in der Mittelkonsole, um zu sehen, wie er sein Handy anschließen könnte. Er wandte den Kopf für einen Augenblick, bevor er zurück auf die Straße schaute. Plötzlich entdeckte er auf einmal vor sich am Straßenrand einen uralten hellblauen Mercedes. Ein Auto, das ihm bekannt vorkam. Die hintere Stoßstange war verbeult und hing schief, aber das war nicht das Problem. Viel schlimmer war, dass unter der Motorhaube Rauch hervorkam. Ben bremste scharf ab und schaltete aus Reflex zurück in den zweiten Gang, was einen furchtbaren Krach provozierte, diesmal noch schlimmer als das Mal zuvor. Ben zuckte zusammen, schaltete hektisch wieder hoch, was fast den Motor abwürgte, und erschrak noch mehr, als er am Mercedes vorbeirollte. Clara saß darin, aber ihr Kopf war gegen das Lenkrad gekippt und sie rührte sich nicht. War sie bewusstlos? Hektisch steuerte Ben den Transporter an den Straßenrand und sprang heraus. Er sprintete zu Claras Wagen und riss die Fahrertür auf. Ohne groß nachzudenken packte er Clara unter den Armen und versuchte sie herauszuziehen.

Clara schrie auf. So laut, dass es in Bens Ohren klingelte. Schlagartig ließ er sie los, wodurch sie fast aus dem Auto kippte. Erst im letzten Moment konnte sie sich irgendwie festhalten. Sie wandte den Kopf und hob die Hand, wie um sich zu verteidigen. Dann erkannte sie ihn.

»Benjamin Prinz?« Ihre Stimme klang ungläubig.

»Clara, du musst aus dem Auto raus, dein Motor brennt.«

»Da brennt nichts. Mein Motor ist nur ein für alle Mal im Eimer und raucht sich gerade aus«, gab sie scharf zurück.

Ben fuhr sich durch die braunen Haare. Sein Herz klopfte noch hastig vom Adrenalin, das gerade durch seine Adern geschossen war.

»Boah, da bin ich ja froh, dass dir nichts passiert ist«, murmelte er und atmete erst mal tief durch. Dann erst fiel ihm auf, dass Clara komplett verheult aussah. Also richtig, richtig doll verheult. Ihr Gesicht war verquollen, ihre Wimperntusche hatte breite schwarze Striche auf ihren Wangen hinterlassen und ihre Nase war gerötet und geschwollen. Es gab Menschen, die elegant weinen konnten, aber Clara gehörte eindeutig nicht dazu. Sie fuhr sich mit der Hand über die Augen, was alles noch schlimmer machte.

Der Regen fiel auf Bens Haare und sein T-Shirt. Das Handy in seiner Hosentasche klingelte. Aber Ben reagierte weder auf das eine noch auf das andere.

»Bist du sicher, dass alles okay ist?«, fragte er und wischte sich die Regentropfen aus dem Gesicht.

Clara drehte den Kopf und sah ihn an, als sei er bescheuert. »Nein, es ist nichts in Ordnung. Aber dieses Auto wird nicht gleich explodieren. Du kannst also weiterfahren und dein schönes, erfolgreiches Leben voller Angebote genießen.«

Entgeistert sah er sie an. »Woher weißt du von dieser dämlichen Anzeige?«

Aber Clara schaute nur zurück, als wäre er verrückt. »Ich weiß von nichts.«

»Ach so.« Komischerweise erleichterte ihn das. Doch dann sah er auf ihrem Oberarm eine gerötete Stelle, wo er sie gepackt hatte.

»Sorry, ich dachte, dein Motor brennt und du wärest bewusstlos …«

»Und du Held wolltest mich retten. Vielen Dank. Du bist ein echter Prinz.« Claras Stimme troff vor Sarkasmus.

Bens Schultern wurden langsam nass, er sollte einfach verschwinden. Stattdessen sagte er: »Hör mal, es tut mir leid wegen gestern.«

»Danke für dein Mitleid. Ich weiß es zu schätzen. Aber du brauchst hier nicht weiter im Regen zu stehen. Also verschwinde einfach und lass mich in Frieden.« Ihre Stimme klang abweisend, aber er sah an ihren rotgeweinten Augen, dass es ihr wirklich schlecht gehen musste.

»Kann ich dir irgendwie helfen?« Er schaute auf zur Motorhaube und registrierte, dass der Rauch tatsächlich abzunehmen schien. Dafür wurde der Regen stärker.

»Da du wohl kaum ein neues Leben für mich hast – nein. Also Tschüss.« Clara griff nach der Fahrertür, um sie zu schließen, aber er hielt den Rahmen fest.

»Clara …«

»Hau ab, ich brauche keinen Prinzen, schon gar keinen von eurer Sorte.«

Er sah, dass ihre Hände zitterten. Auf der Mittelkonsole lag das Foto einer Frau mit dunklen Haaren.

»Soll ich dich wenigstens irgendwohin mitnehmen?«

Trotzig wischte sie sich die Tränen ab. »Ich will an die Côte d'Azur, aber das ist wohl kaum dein Ziel.«

Ben wies nach vorn. »Da drüben steht mein Transporter, ich nehme dich mit, zumindest bis Südfrankreich.«

Abrupt drehte Clara sich zu ihm um. »Bist du irre?«

Aber Ben schüttelte nur den Kopf. »Ich fahre nach Toulouse zu Airbus. Mein zweiter Gang geht nicht, aber ansonsten läuft die Karre. Wenn du nicht zu viel Gepäck hast, kannst du mitkommen.«

Zum ersten Mal schaute Clara ihm in die Augen. Er bemerkte, dass ihre hinter der Tränenschicht ganz dunkelgrün schimmerten.

»Komm schon, ich werde noch ganz nass«, sagte er.

»Warum machst du das? Helferkomplex? Schlechtes Gewissen?«

Ben überlegte eine Sekunde. »Das mit dem schlechten Gewissen ist nicht von der Hand zu weisen«, antwortete er dann ehrlich.

Clara überlegte einen Augenblick. »Also gut, wenn dein schlechtes Gewissen mich nach Südfrankreich bringt, dann nehme ich an.«

Sie stieg aus dem Wagen. »Und viel Gepäck habe ich nicht, zumindest was Koffer angeht.«

***

Clara

Clara zog ihre Beine an. Im Fußraum lagen eine Menge Schaumstoffflips, die bei ihren Bewegungen knisterten. Je mehr sie sie abwischte, desto aufgeladener wurde ihre Kleidung und desto besser hafteten die Flips. Clara hatte keine Ahnung, warum sie da waren, aber als sie sich durch die Haare strich, hatte sie auf einmal auch da einen in der Hand. Ihre Haare standen in alle Richtungen und die Wellen hatten sich bei dem feuchten Wetter in gruselige Monsterkringel verwandelt. Clara spürte es genau, aber es war ihr egal. Es war ihr vollkommen gleichgültig, wie sie aussah. Sie war froh, hier zu sein, gleichzeitig fand sie es total bescheuert und nervtötend. Warum musste sie auch das Angebot von diesem bescheuerten Prinzen annehmen, den sie noch weniger leiden konnte als die meisten anderen Menschen? Hatte sie sich nicht eigentlich vorgenommen, nie wieder mit ihm zu reden? Warum hatte es keinen besseren Weg an die Côte d'Azur gegeben? Aber ihr Mercedes war schon ihre letzte Hoffnung gewesen. Die Filmfestspiele in Cannes waren im vollen Lauf, Flugtickets gab es keine bezahlbaren mehr, ja sie hatte nicht einmal ein Bahnticket mehr kaufen können, weil alle Sitzplätze schon reserviert waren und die französische Bahn dann keine Tickets mehr herausrückte. Aber trotzdem – ausgerechnet der jüngere Prinz! Es gab fast acht Milliarden Menschen auf der Welt, da hätte es doch wirklich wer anders sein können, der sie mitnahm. Clara holte ein Taschentuch aus ihrer Handtasche und putzte sich die Nase, was ein kleines quietschendes Geräusch machte. Doch das war allerdings immer noch besser als der zweite Gang, in den Ben vorhin geschaltet hatte. Das schrille Kreischen war ja grauenhaft gewesen. Immerhin schien Ben ganz ordentlich Auto fahren zu können. Außerdem ließ er sie in Ruhe. Trotzdem hatte Clara das Gefühl, unter einer ganzen Lawine von Pech begraben zu sein. Warum hatte nur ihr schöner alter Mercedes seinen Geist endgültig aufgegeben? Und warum hatte sich ihr Leben in ein einziges Desaster verwandelt?

Clara spürte, wie sich der nächste Schwung Tränen ankündigte. Wo kamen die nur auf einmal alle her? Sie konnte sich nicht erinnern, jemals so viel in so kurzer Zeit geheult zu haben. Draußen regnete es immer noch, als wolle sich das Wetter ihrem Seelenzustand anpassen. Die Tropfen prasselten ohne Unterlass auf den Transporter. Auf der Frontscheibe fuhr der Scheibenwischer hin und her und wischte sie ab, aber auf der Seitenscheibe ließ der Fahrtwind die Regentropfen schräg nach unten laufen. Für eine Weile schaute Clara den Tropfen einfach nur zu, dann hob sie den Finger und verfolgte die Spuren, die sie über die Scheibe zogen. Plötzlich, ohne dass sie darüber nachgedacht hatte, kam ihr das Lied wieder in den Sinn, an das sie am Vorabend gedacht hatte. À la claire fontaine. Verrückterweise konnte sie sich auf einmal ganz klar an den Text erinnern.

À la claire fontaine – M'en allant promener – J'ai trouvé l'eau si belle – Que je m'y suis baigné.

Il y a longtemps que je t'aime – Jamais je ne t'oublierai.

So ewig ist meine Liebe, niemals vergesse ich Dich, lauteten die letzten beiden Zeilen und prompt bekam Clara einen Kloß im Hals. Ihre Mutter hatte das mit ihr gesungen, da war sie sich sicher. Hatte sie geahnt, dass sie nur so wenig Zeit mit Clara haben würde? Oder hatte schon Jeanne dieses Lied mit ihrer Tochter gesungen? Jeanne, die Großmutter, die Clara nun nicht mehr erleben würde.

Il y a longtemps que je t'aime – Jamais je ne t'oublierai. *Nie werde ich dich vergessen.*

Und sie? Sie hatte fast alles vergessen, hatte sich nie gegen den Schleier des Verdrängens gewehrt, der ihr von den anderen übergeworfen worden war. Warum hatte sie nicht schon früher nachgehakt, warum hatte sie ihren Vater nicht mit Fragen nach ihrer Mutter und ihrer Familie gelöchert? Aber sie war leicht abzulenken gewesen und anscheinend war das zumindest ihrer Stiefmutter wichtig gewesen. Jutta war an sich kein böser Mensch oder so, sie hatte Clara immer gut behandelt. Natürlich hatte sie Jörn vorgezogen, aber das hatte Clara nicht so viel ausgemacht, sie hatte ja ihren Papa gehabt. Nie hätte sie es für möglich gehalten, dass er ihr so etwas Wichtiges wegnehmen würde. Clara strich sich über die widerspenstigen Haare. Manons Erbe. Viel zu lange hatte sie nicht mehr an sie gedacht. Sie hatte ihre Mutter wirklich und tatsächlich aus ihrem täglichen Leben gestrichen. Vielleicht hatte sie sie nie ganz vergessen, aber sie hatte sich zumindest nicht aktiv an sie erinnert. Glas war das beherrschende Thema in ihrem Leben gewesen, die Firma, der Erfolg. Alles, was nun zerbrochen war.

Ich sollte umkehren und zu Hause Bewerbungen schreiben, dachte Clara auf einmal in einem Anflug von Panik. Ich brauche einen Job. Aber wo könnte sie jemals wieder so ein Zuhause finden wie bei Mentling-Glas? Würde sie am Ende auch eine Tätigkeit machen müssen wie Ava, die eigentlich Künstlerin und Fotografin war, jetzt aber ihre Arbeitskraft an eine Werbeagentur verkaufte? Viele Glasfirmen produzierten schon in Übersee, wo es billig war und die Regularien nicht so streng überprüft wurden. Aber das war nicht das, was Clara wollte. Sie wollte hierbleiben und bei dem Mentling-Glas von früher arbeiten. Aber das gab es nicht mehr, genauso wenig, wie ihre Mutter je zurückkommen würde. Clara fühlte eine riesige, erdrückende Verzweiflung. Offenbar hatte sie alles falsch gemacht, auf das falsche Pferd gesetzt. Und jetzt war sie verloren. Ich bin so dumm, dachte sie. Und zu ihrem Kummer gesellte sich noch eine gehörige Portion Selbsthass. Sie ließ den Kopf nach hinten gegen die Kopfstütze sinken, während sie mit den Augen weiter den Regentropfen auf der Scheibe folgte, die ohne Pause daran herunterliefen.

***

Ben

Ben warf einen Blick zu Clara hinüber. Seit sie eingestiegen war, hatte sie kein Wort zu ihm gesagt. Ihr Koffer stand wie eine Trennwand im Fußraum zwischen ihnen, abweisend bis auf die Tatsache, dass er voller alberner Schaumstoffflips klebte.

Claras Kopf war zur Seite geneigt und es dauerte ein bisschen, bis Ben klar wurde, dass sie eingenickt sein musste. Sie atmete ruhig und friedlich. Nur ihre Haare standen wild in alle Richtungen ab. Ben fand es geradezu faszinierend, dass Clara so uneitel war. Nicht einmal hatte sie etwas wegen ihres Aussehens unternommen. Juli hatte selbst in den größten Stresssituationen zwischen ihnen immer wie aus dem Ei gepellt gewirkt und sie wäre auch nie schlafen gegangen, ohne sich zuvor die Haare zu kämmen und zu flechten. Allerdings hatte sie auch seinetwegen nie geheult, zumindest nicht, dass Ben wusste.

Ihm war es da umgekehrt ganz anders gegangen. Als Juli ihm eröffnet hatte, dass sie seinem Bruder den Vorzug gab, war ihm hundeelend zumute gewesen, und ja, er hatte geheult wegen Juli. Nicht nur einmal und nicht nur kurz. Es war eine furchtbare Zeit gewesen und Ben wurde jetzt noch elend zumute, wenn er daran dachte. Nachdem der erste Schock der Trennung von Juli vorbei gewesen war, hatte er versucht, sein Leben wieder in Griff zu bekommen. Eine Zeit lang hatte er nicht mehr mit Daniel zusammengearbeitet und sich sogar bei einer anderen Firma anstellen lassen. Aber dann war er doch zu Prinz-Airtec zurückgekehrt, weil er mit niemandem so produktiv arbeiten konnte wie mit seinem Bruder. Und sie hatten ja auch prompt das spannende neue Material entwickelt, das er jetzt zum Testen brachte. Doch trotz seines großen beruflichen Erfolgs waren die letzten anderthalb Jahre nicht gerade die besten in Bens Lebens gewesen und er verstand nur zu gut, dass man wegen dieses verfluchten Daseins bis zur Erschöpfung heulen konnte.

Sein Handy klingelte. Das Geräusch war unangenehm laut in dem vergleichsweise stillen Wagen, und er beeilte sich dranzugehen. »Ja?«

»Ben?« Es war Daniel.

»Was gibt's?«, fragte Ben leise. Kurzerhand nahm er sein Handy aus der festmontierten Freisprechanlange, um Clara nicht zu wecken. »Sag nicht, dass noch etwas vergessen wurde.«

»Nein, es wurde nichts weiter vergessen. Es gibt aber ein anderes Problem«, erklärte Daniel so laut, dass Ben das Handy leicht von seinem Ohr weghalten musste.

»Könntest du leiser sprechen, bitte?«, bat Ben und stellte den Scheibenwischer langsamer. Immerhin ließ dieser nervige Regen endlich nach.

»Wieso?«

»Ich bin nicht allein«, antwortete Ben und verfolgte aus dem Augenwinkel, wie Clara sich im Schlaf bewegte. Obwohl sie vor lauter verlaufenden Wimperntusche wie ein Panda aussah, wirkte sie gerade erstaunlich entspannt. Und sie weinte nicht mehr. Irgendwie erleichterte ihn das.

»Du bist nicht allein?«, fragte Daniel verblüfft. »Und du sprichst jetzt nicht von dem Testmaterial?«

»Nein, von einer Frau«, erwiderte Ben knapp.

»Eine Frau? Bitte sag, dass das nicht Veronique ist.« Selbst der coole, selbstbewusste Daniel klang für einen Augenblick geradezu entsetzt.

»Nein, sie ist es nicht. Wieso?«

»Veronique hat heute Morgen so eine Challenge für ihre Follower und Zuschauer gestartet: ›Finde die perfekte Frau für Ben‹. Und das Ganze wird von Film und Fernsehen begleitet.«

»Wie bitte?« Ben blinzelte einmal kurz. »Aber das ist doch absurd.«

»Das habe ich Juli auch gesagt«, stimmte sein Bruder ihm sofort zu. »Es ist sogar absolut verrückt.«

Ben spürte einen unguten Druck auf der Brust. »Was hat denn Juli damit zu tun?«

»Ihre Produktionsfirma produziert das Ganze. Juli dachte, es wäre eine gute Idee und sie würde dir einen Gefallen tun …«

»Mir einen Gefallen tun?« Automatisch wurde auch Bens Stimme lauter. »Mir? Ich habe ihr doch gesagt, dass ich das nicht will. Ich bin überhaupt nicht der Typ für so ein Format.«

»Aber du bist groß und breitschultrig, siehst gut aus …«

Ben fuhr sich durch die Haare. »Ist das deine Meinung oder hat Juli diese Einschätzung abgegeben?«

»Sie hat das gesagt, also nicht wörtlich, das habe ich jetzt so formuliert. Aber sie meinte, du wärest gut vermarktbar«, erklärte Daniel. »Das sähe man auch daran, wie alle auf diese Anzeige anspringen würden.«

Ben konnte hören, wie Daniel im Hintergrund nervös mit den Fingern auf den Tisch trommelte.

»Ich bin nicht gut vermarktbar«, widersprach er. »Weder von einer Anzeige noch von sonst etwas.«

»Das habe ich Juli auch gesagt und unser Vater ihr ebenfalls.«

»Was hat denn unser Vater damit zu tun?« Ben fragte sich, ob das Karussell der Verrücktheiten auch mal wieder langsamer werden würde. Ihr Vater war nun wirklich nicht so der emotionale Typ, warum mischte er sich ausgerechnet in diese Angelegenheit ein? Zu dem ganzen Drama mit Juli hatte er damals lediglich »du findest eine andere« zu Ben gesagt, und damit war die Sache für ihn erledigt gewesen.

»Veronique wollte ihn interviewen. Wie es wäre, den begehrtesten Junggesellen zum Sohn zu haben.«

Ben schüttelte ungläubig den Kopf.

»Und unser Vater dachte, sie wäre die Bewerberin für die freigewordene Aerodynamikstelle. Es hat eine Weile gedauert, bis die beiden das Missverständnis aufgeklärt hatten.«

Wider Willen musste Ben nun doch grinsen. Nur zu gut konnte er sich vorstellen, wie sie aneinander vorbeigeredet hatten. Sein Vater hatte wahrscheinlich überhaupt nicht wahrgenommen, dass Veronique über Film, Fernsehen und Follower gesprochen hatte, sondern seinerseits immer nur Fragen aus der Aerodynamik ins Gespräch gebracht. Was sich Veronique umgekehrt gedacht hatte – darüber wollte Ben nicht weiter nachgrübeln.

Ben gab Gas, um den langsamen Laster vor sich zu überholen. »Also, langer Rede kurzer Sinn: Ich will nicht ins Fernsehen, ich will nicht zum Film und eine Frau suche ich auch nicht.«

»Tja, Bruderherz, mir brauchst du das nicht zu sagen. Fakt ist jedoch, dass die gute Veronique unendlich viele Follower auf Insta hat. Hunderttausende.«

»Spricht das jetzt für oder gegen sie?«, fragte Ben und ordnete sich nach dem Überholen wieder rechts ein.

»Das spricht für die Tatsache, dass die jetzt alle von deiner Suche nach der passenden Frau und von deiner Reise nach Frankreich wissen.«

»Wieso denn das?«

»Sie hat ein Video von dir im abfahrenden Sprinter gedreht, man sieht das Kennzeichen und sie war auch so freundlich, deinen Zielort zu erwähnen. Und sie hat ihre Fangemeinde aufgefordert, dich bei deiner Suche zu unterstützen und Videos davon zu machen.«

Ben erinnerte sich, wie er Veronique im Seitenspiegel mit dem Handy in der Hand gesehen und angenommen hatte, sie würde noch ein Selfie schießen. Da hatte er sich ja wohl mal vertan.

»Aber das darf sie doch überhaupt nicht! Ich bin doch kein Star und keine Person des öffentlichen Interesses.« Ben spürte, wie sein Blutdruck stieg.

»Wenn du mich fragst, hast du recht. Aber sie und Juli haben versucht, ihren Anspruch damit zu begründen, dass du doch eine Anzeige mit Klarnamen aufgegeben hättest und es von dort nur ein kleiner Schritt wäre.«

»Aber die Anzeige hat Pops geschaltet«, erwiderte Ben genervt. »Das steht sogar im Text. Großvater sucht bla, bla, bla.«

»Ich gehe nicht davon aus, dass Veronique lesen kann«, meinte Daniel abfällig. »Sie hat den Post auch wieder gelöscht, aber ich wollte dich trotzdem warnen.«

»Das ist unglaublich«, murmelte Ben, während noch ganz andere Adjektive durch seinen Kopf wirbelten.

»Immerhin hast du bei Airbus deinen Frieden. Die lassen niemanden aufs Firmengelände, der seine Anwesenheit dort nicht sehr gut begründen kann.«

»Aber bis dahin sind es noch weit mehr als zehn Stunden«, meinte Ben, der sich am liebsten sofort hinter den Zaun mit dem Stacheldraht bei Airbus verzogen hätte. Auf Veronique und Co konnte er getrost verzichten.

»Aber sag mal, welche Frau ist denn bei dir?«, wechselte Daniel abrupt das Thema.

»Clara Mentling«, antwortete Ben leise.

»Clara Ment… Hä? Wieso denn die?«

Ben sah, wie Clara sich neben ihm bewegte. Offenbar reagierte sie auch im Schlaf auf ihren Namen.

»Lange Geschichte, vergiss es einfach.«

Aber dazu war Daniel eindeutig nicht bereit. »Du meinst doch die Glasprinzessin, oder?«

Etwas lag in seiner Stimme, das Ben nur zu genau kannte. Etwas, wofür Daniel in der Familie gern der Spürhund genannt wurde. Das bedeutete, dass Ausweichen sinnlos war.

»Ihr Auto war kaputt, sie musste nach Frankreich, also nehme ich sie ein Stück des Weges mit. Das ist alles, Ende vom Lied.«

»Und sie hat nicht zufällig die Anzeige erwähnt?«

Ben warf einen Blick auf die schlafende Panda-Clara. Selbst wenn sie von der Anzeige gehört haben sollte, sie war definitiv nicht deswegen hier, soviel war sicher.

»Nein, hat sie nicht«, sagte Ben und dachte an die vielen bunten Umschläge auf der nassen Treppe. Clara hatte eindeutig ihre eigenen Sorgen. Und Ben konnte nicht gerade behaupten, traurig darüber zu sein, dass er keine davon war.

5. Kapitel

Clara

Clara schreckte aus dem Schlaf hoch, als der Sprinter plötzlich eine abrupte, schlingernde Bewegung nach rechts machte. Mit einem kleinen Japsen setzte sie sich auf und schaute sich besorgt um.

»Was ist denn los?« Ihre Stimme quietschte, wie immer, wenn sie gerade aufgewacht war.

Ben, der gerade den ausbrechenden Sprinter wieder auf Spur gebracht hatte, wies zum Seitenfenster. Aber alles, was Clara erkennen konnte, war ein kleines Mädchen im Auto neben ihnen, das ihnen fröhlich winkte.

Clara winkte zurück.

»Hast du Angst vor Kindern?«, fragte sie dann ungläubig.

Vielleicht war Ben doch so verrückt, wie sie es gedacht hatte, als er sie vorhin aus ihrem Mercedes zu zerren versucht hatte. Sie einfach so mitzunehmen war ja auch irgendwie irre.

Er kannte sie doch überhaupt nicht – sie ihn allerdings auch nicht. Das Einzige, was sie noch vor wenigen Stunden sicher gewusst hatte, war, dass sie die verdammten Prinzen für den Rest ihres Lebens nicht mehr sehen wollte. Und jetzt tuckerte sie gemächlich mit dem jüngsten von ihnen auf der Autobahn Richtung Westen. Gemächlich, das hieß, wenn er nicht gerade ihrer beider Leben in Gefahr brachte beim Versuch, vor irgendwelchen kleinen Mädchen in die Schutzplanke zu fliehen.

»Alles okay?«, fragte Clara, als Ben nicht antwortete.

»Ja«, sagte er. »Und nein, ich habe keine Angst vor Kindern. Ich habe nur gedacht, dass das kein Kind ist neben uns, sondern dass uns jemand filmt.«

»Uns filmt?«, echote Clara, während sie sich fragte, ob ihr das noch mehr Sorgen machen musste als eine unerklärliche Abscheu gegen Kinder. Vielleicht hatte Ben einen Verfolgungswahn? Das würde auch erklären, warum er gestern wie eine angestochene Tarantel aus dem Meeting gerannt war.

In diesem Fall musste sie schauen, dass sie aus dem Auto kam, selbst wenn sie hier irgendwo im Nirgendwo waren. Angestrengt blickte sie sich um und entdeckte nach einer Weile tatsächlich ein Tankstellenschild. Nur noch fünf Kilometer. Wenigstens in diesem Punkt hatte sie also Glück. Sie würde Ben sagen, sie müsse aufs Klo, dann würde sie ihren Koffer schnappen und rennen …

»Ich muss dir verrückt vorkommen«, durchkreuzte Bens erstaunlich nüchtern klingende Stimme ihre Überlegungen.

»Ja«, gab sie zu, bevor sie nachgedacht hatte. »Ich meine, natürlich nicht«, schob sie hastig hinterher, um Ben bloß keinen Grund zu liefern, noch einmal in Richtung Schutzplanke zu fahren. Sie hatte keine Ahnung, wie man mit Verrückten umgehen musste.

Aber Ben fuhr nur entspannt weiter. Und er tat dabei etwas, womit sie nun wirklich nicht gerechnet hatte. Er lachte. »Okay«, sagte er. »Ich verstehe, wenn du mich irre findest. Wir sind schon ein ganz schön schräges Paar.«

»Wir … ein Paar?« Clara blinzelte. Sie und der Prinz ein Paar – never ever. Sie presste die Lippen aufeinander.

»Ich meine kein richtiges Paar. Sondern nur hier im Auto. Ein Autofahrpaar«, erklärte Ben und verhaspelte sich dabei.

»Wie meinst du das?«, erkundigte sie sich und rutschte auf ihrem Sitz ein wenig nach außen.

»Na ja, ich fühle mich geradezu verfolgt wegen der blöden Anzeige und dieser Filmsache und du siehst …« Seine Stimme verebbte.

»Ich sehe was?«, fragte Clara irritiert.

Ben blinkte zum Überholen und antwortete erst nach einem Augenblick. »Na ja, es ist ja auch verständlich. Aber wenn man uns beide so sehen würde …« Wieder brachte er den Satz nicht zu Ende.

»Was denn?« Clara fand nicht, dass sie die schönste Frau der Welt war, aber so hässlich war sie auch nicht. Sie klappte die Sonnenblende herunter und öffnete den Spiegel. Der Anblick, der sich ihr bot, war in der Tat zum Fürchten und Clara gab unabsichtlich einen kleinen Schrecklaut von sich. Sie sah wirklich entsetzlich aus!

»So schlimm ist es nun auch nicht«, versuchte Ben sie zu beruhigen, während er an einem Schwertransport vorbeifuhr, der einen riesigen Bagger geladen hatte.

»Doch, ich sehe aus wie der Gruselclown aus Es.« Clara versuchte, die Streifen von Wimperntusche von ihren Wangen zu wischen. Aber während die Farbe auf ihren Wimpern nicht gehalten hatte, klebte sie auf ihrer Haut ganz hervorragend. Clara rubbelte erst leicht, dann immer stärker, bis sie ganz rot im Gesicht war. Aber ein Teil der Wimperntusche war immer noch da.

Als Nächstes versuchte sie, zumindest ihre Haare wieder in Form zu bringen, was allerdings ebenfalls nicht von Erfolg gekrönt war.

»Es ist keine Katastrophe«, meinte Ben höflich.

»Wenn du das findest, brauchst du eine Brille«, gab Clara knapp zurück und musterte sich von beiden Seiten im Spiegel.

»Vielleicht auch, weil ich harmlose Kinder im Auto nebenan falsch einschätze?« Er fuhr zurück auf die rechte Spur.

»Das auch«, erwiderte sie ehrlich, bevor sie hinzufügte: »es ist alles gut«. Sie klang wie eine Krankenschwester.

»Du hältst mich für bekloppt, oder?« Ben besaß die Frechheit, auch noch amüsiert zu klingen. »Wie schon gesagt, es ist alles nur wegen dieser Anzeige.«

Von einer Anzeige verfolgt, Nachbarn, die einen mit der Mikrowelle steuerten, Kondensstreifen, die eigentlich Chemtrails waren, ging es durch Claras Kopf. Was auch immer Ben sagte, es machte alles noch schlimmer. Immerhin kam die Tankstelle mit jedem Meter, den sie weiterfuhren, näher. Dort musste sie allerdings erstmal ihr eigenes Aussehen in Ordnung bringen, sonst holten sie am Ende noch ihretwegen einen Arzt …

»Ich glaube, du würdest dich auch so fühlen, wenn deine Großmutter so eine Annonce für dich in die Welt gesetzt hätte«, erklärte Ben und warf ihr einen kurzen Blick zu.

Clara dachte an Jeanne. »Meine Großmutter ist tot.«

Ben schwieg.

»Was denn überhaupt für eine Annonce?«, erkundigte sich Clara nach einem Augenblick.

Ben entsperrte sein Handy und warf es ihr zu. »Kannst ja mal lesen. Mein Großvater hat eine Bekanntschaftsanzeige für mich aufgegeben mit meiner Arbeits-E-Mail als Kontaktadresse. Leider hat sie eingeschlagen wie eine Bombe.«

Clara schaute auf das Display. 57 neue Mails stand da.

Materialtestung in Toulouse, war der oberste Betreff. Daniel Prinz war der Absender. Mit gerunzelter Stirn las Clara Ben das vor.

»Nein, das nicht, das ist Arbeit«, antwortete Ben und fuhr sich durch die Haare, bis sie ähnlich hochstanden wie Claras. »Nimm die nächste.«

Clara tat wie geheißen. Der nächste Betreff lautete *Du und ich für immer*. Na, das passte ja schon eher zu einer Bekanntschaftsanzeige. Darauf folgte *Süßer Benjamin Prinz, sei mein Sternenpilot*, bevor *Ich erfülle alle Deine Wünsche* angeboten wurde.

Clara klickte auf die letzte Mail und als Erstes leuchtete ihr ein Frauenportrait entgegen, das eindeutig aus dem Photoshop-Schönheitsgenerator stammte. Niemand hatte so große Augen bei einer so kleinen Nase und einem wiederum viel zu wuchtigen Mund. Als Text stand dabei: *Schon ewig warte ich auf einen Mann wie Dich. Nimm mich in Deine Arme, lass uns bis ans Ende der Welt segeln. Bei Dir ist das Glück. Bei mir auch, deshalb ruf mich an!*

Clara las es vor. »Nicht schlecht, klingt doch nett.«

»Nett?« Ben hörte sich so fassungslos an, dass Clara wider Willen kichern musste.

»Das ist verrückt. Ich will mit niemanden an das Ende der Welt segeln.«

»Tja, dann nicht. Es gibt hier reichlich Alternativen.« Clara schaute sich die nächste Mail an. »Hier gibt jemand gleich seine Maße im Betreff an.« Sie pfiff leicht durch die Zähne. »Ziemlich beeindruckend. Das muss irgendwie Doppel G sein oder so. Soll ich dir die Mail vorlesen oder lieber nur die Maße?«

»Keins von beiden, vielen Dank.«

Clara scrollte weiter, bis sie zu einer sachlicheren Mail kam. *Vollfunktionstüchtige Beziehung gesucht und geboten.*

Clara las vor. *Hallo Ben, ich bin Partnerin bei McKinsey und spezialisiert auf den Bereich Luft- und Raumfahrt. Das passt doch ausgezeichnet. Ich glaube an Effizienz und klare Planung, sinnlose Experimente und Zeitverschwendung liegen mir nicht. Wenn Du Interesse hast, erbitte ich einen Lebenslauf (ohne Lücken) und einen Gehaltsnachweis. Selbstverständlich stelle ich Dir dasselbe zur Verfügung. Ich freue mich, von Dir zu hören.*

»Tja«, meinte Clara und schaute hinaus in die Landschaft. »Da weißt du gleich, woran du bist.«

»Scheidet aus«, antwortete Ben lakonisch und trommelte leicht mit den Zeigefingern gegen das Lenkrad.

»Wieso?«

»Ich habe eine Lücke im Lebenslauf«, erwiderte Ben und grinste. »Sogar eine ziemlich große.«

Ohne es zu wollen, musste Clara ebenfalls grinsen.

»Außerdem, kannst du dir so eine Frau an meiner Seite vorstellen?«, erkundigte sich Ben.

Clara zuckte die Achseln. »Ich kenne dich nicht«, meinte sie leichthin. Und ich werde dich auch nicht kennenlernen, fügte sie in Gedanken hinzu. Immerhin gab es diese Anzeige wirklich. Vielleicht war Ben ja doch gar nicht so verrückt, wie sie angenommen hatte. Wieder etwas entspannter lehnte sie sich zurück, bevor sie erneut auf sein Handy schaute.

»Und was war das mit dem Film?«, fragte sie, während sie weiter durch die Nachrichten scrollte. Permanent kamen neue dazu. Angebote von Herrenausstattern, Finanzdienstleistern, Partnerschaftsagenturen, die ihm eine Mitgliedschaft zum Nulltarif anboten, und jede Menge weiterer Offerten für Bezahlleistungen. Dazu nette Mails, eifrige, unsympathische, übergriffige und gelungene von Frauen, die wirklich interessiert schienen.

»Eine Freundin meiner Schwägerin hat sich überlegt, meine angebliche Suche für die Öffentlichkeit zu inszenieren und alles zu filmen. Nur leider hat sie mich davor nicht gefragt, sondern ihre Idee ohne mein Einverständnis via Instagram publik gemacht. Das zumindest hat mir mein Bruder gerade eben gesagt. Ich fürchte, dass dadurch alles noch größere Kreise zieht.«

»Was stand denn eigentlich genau in der Anzeige?«, fragte Clara und ließ das Handy sinken.

»Nur Unsinn. Mein Großvater meinte, ich brauche unbedingt eine Frau in meinem Leben, und hat gnadenlos übertrieben. Er hat mich reich, schön und unwiderstehlich gemacht. Du weißt doch, wie Großväter sind.« Ben blinkte links und überholte dann einen roten Renault Twingo, der unfassbar langsam vor ihnen hertuckerte.

Clara blickte aus dem Seitenfenster. Hatte sie eine Ahnung, wie Großväter waren? Eigentlich nicht, denn ihr Opa war schon vor Jahren gestorben und über den Vater von Manon wusste sie rein gar nichts. Clara spürte einen unangenehmen Stich im Herzen. Um sich abzulenken schaute sie hinunter auf den kleinen roten Twingo, den Ben gerade überholte. Plötzlich stutzte sie. Die Beifahrerin filmte sie eindeutig mit ihrem Handy. Clara blinzelte. Nein, das konnte nicht sein, das musste sie sich einbilden. Die Frau nahm sicherlich etwas anderes auf. Die schöne Landschaft vielleicht oder den strömenden Verkehr oder die vielen Laster vor ihnen. Doch dann bemerkte Clara, dass die Beifahrerin sich immer weiter vorbeibeugte, während sie vorüberzogen, und irgendwann fast an der Windschutzscheibe klebte. Hektisch zog sich Clara sofort wieder zurück. Sie spürte, wie ihr Herz zu klopfen begann. Wurden sie wirklich gefilmt?

Ben steuerte dann den Sprinter zurück auf die rechte Spur und Clara wurde bewusst, dass sie an der Tankstelle vorbeigefahren waren. Aber das war egal, viel wichtiger war es zu verstehen, was hier eigentlich passierte.

»Ich glaube, da hat uns gerade jemand gefilmt.«

Ben wandte den Kopf abrupt in ihre Richtung.

»Da in dem Twingo, den du überholt hast.« Clara wies zur Seite, als führen sie immer noch an dem Twingo vorbei. Sie ließ ihre Hand sinken.

Bens Stimme klang gepresst. »Ich fürchte, die ganze Sache hat ein Eigenleben entwickelt. Vielleicht war das jemand von Veroniques Fans.«

»Krass.« Clara blinzelte.

»Ja«, murmelte Ben. »Vielleicht aber auch nicht. Vielleicht gibt es eine ganz plausible Erklärung …«

Clara schaute zu ihm. »Immerhin hast du so echt eine Möglichkeit, jemanden zu finden.«

Aber Ben schüttelte nur den Kopf. »Ich bin gar nicht auf der Suche, nur eine Menge anderer Leute denken das.«

Auf der mittleren Spur schoss ein SUV an ihren vorbei.

»Allerdings kann man sagen, dass du gute Chancen auf dem Heiratsmarkt hast. Ist doch irgendwie beruhigend, oder?«, fragte Clara.

»Wahrscheinlich kann man das so sehen.« Ben klang genau nach dem Gegenteil.

»Aber?«, erkundigte sich Clara.

»Die Anzeige hatte mit mir nichts zu tun. Wenn da

gestanden hätte, schnarcht, wenn er betrunken ist, oder singt einfach furchtbar, selbst nüchtern, dann wäre es wenigstens um mich gegangen.«

Clara zog die Nase kraus. »Du würdest behaupten, dass du am besten durch Schnarchen im betrunkenen Zustand zu beschreiben bist?«

»Nein, natürlich nicht. Aber das passt immerhin noch besser zu mir als vom Großvater zu vermitteln, liebenswürdig, noch nicht zu alt, passabel aussehend. Das war im Übrigen das Geschickteste an der Anzeige meines Großvaters, dass er nichts wirklich Persönliches über mich reingeschrieben hat, wenn man mal meinen Namen und meine E-Mail-Adresse abzieht. Da bleibt reichlich Platz für Fantasie.«

»Warum hat dein Großvater das überhaupt gemacht? Also, das mit der Annonce, meine ich, wenn du gar nicht suchst?«

Ben blinkte und zog wieder auf die mittlere Spur. »Mein Großvater hatte eine wirklich glückliche Ehe. Aber seine Frau ist letztes Jahr gestorben. Jetzt scheint er es sich zum Lebenszweck gemacht zu haben, mir zum Glück zu verhelfen und die perfekte Frau für mich zu finden.«

Clara legte den Kopf schief. »Aber die perfekte Frau gibt es nicht.«

Ben stimmte ihr zu. »Meine Rede. Also ist das sinnlos.«

Clara schaute in den Wald, an dem sie gerade vorbeifuhren. »Aber eigentlich ist das doch ganz nett von deinem Großvater.«

»So betrachtet, ja. Aber er hat ganz schön was losgetreten, viel mehr als mir lieb ist.«

Clara betrachtete die Nadelbäume, die ineinander zu verschwimmen schienen. »Das glaube ich dir.«

Eine ganze Weile lang fuhren sie dann schweigend. Irgendwann meinte Ben: »Da vorne kommt übrigens eine Tankstelle. Soll ich rausfahren?«

»Brauchst du eine Pause?«

»Ein Kaffee wäre nicht schlecht. Außerdem habe ich gesehen, wie du vorhin das Tankstellenschild angeschaut hast. Es sah aus, als hieltest du es für deine letzte Rettung. Deshalb dachte ich …«

»Ich glaube, ich brauche doch keine Rettung, aber ein Kaffee wäre wirklich gut«, antwortete Clara. »Ich lade dich ein, schließlich nimmst du mich mit bis nach Frankreich.«

Dann zog sie kurzentschlossen ihr Handy aus ihrer Tasche und schrieb eine SMS an Amélie. Auch wenn es sich noch etwas unwirklich anfühlte, sie war wirklich und tatsächlich auf dem Weg nach San Michelle.

***

Ben

Ben konnte sich ziemlich genau daran erinnern, wie es gewesen war, als er Clara das erste Mal gesehen hatte. Damals war sie mit ihrem Vater bei ihnen in der Firma gewesen. Es war schon eine Ewigkeit her, aber er hatte noch den energischen Gesichtsausdruck vor Augen, mit dem sie ihn betrachtet hatte. Sie war ihm schön und selbstbewusst vorgekommen und wie jemand, der von nichts zu sehr zu beeindrucken wäre. Doch in diesem Punkt hatte er sich eindeutig getäuscht und sein Bild von ihr war schon gestern Nachmittag heftig ins Wanken gekommen. Heute war es dann endgültig in sich zusammengefallen und Ben konnte sich nicht erinnern, jemals jemanden so kummervoll weinen gesehen zu haben. Immerhin hatte die bescheuerte Anzeige sie anscheinend von ihrem eigenen Elend abgelenkt, und als sie jetzt die übel quietschende Beifahrertür öffnete und aus dem Sprinter sprang, hatte sie wieder einen Hauch von Unbesiegbarkeit an sich, die er bei ihrer ersten Begegnung so spannend gefunden hatte.

»Ich bringe mein Aussehen kurz in Ordnung, dann lade ich dich ein, selbst wenn du der Millionär unter uns beiden bist«, meinte sie.

»Ich bin kein Millionär. Man darf in so einer Anzeige schreiben, was man will. Glaub mir das.«

Sie war schon losgestiefelt, drehte sich aber noch einmal um. »Du kannst mir ja mal einen Gehaltsnachweis schicken.«

»Aber nur, wenn du mir im Gegenzug einen lückenlosen Lebenslauf zukommen lässt. Und mit lückenlos meine ich wirklich vollständig. Nichts auslassen.« Er hob mahnend eine Hand.

Sie lachte. »Ich überlege es mir. Jetzt aber erstmal einen Kaffee.« Damit joggte sie in Richtung Toiletten, während er die Espressobar in der Raststätte ansteuerte.

Dort hatte sich eine ziemlich lange Schlange gebildet und er stellte sich wohl oder übel am Ende an. Im Hintergrund lief irgendein uralter Hit und der Mann vor ihm sang mit Inbrunst mit.

Bens Handy klingelte. Es war Juli, die anrief. Ausgerechnet Juli! Während Ben noch überlegte, ob er überhaupt drangehen sollte, drehte sich der Mann vor ihm in der Schlange um. Er trug ein weißes Shirt und hatte seine Haare in eine Elvis-Tolle gelegt. »Woll'n Se nich mal rangehen, da ruft jemand an.«

»Was Sie nicht sagen«, murmelte Ben ironisch, hob dann aber doch ab.

»Juli«, grüßte er. »Was gibt's?«

»Ben, du glaubst nicht, was passiert ist«, rief sie. Im Hintergrund ratterte es und Ben nahm an, dass sie im Auto saß. Dann fiel ihm auf, dass ihre Stimme auch ansonsten ganz komisch klang. Es dauerte einen Augenblick, bis Ben verstand, warum das so war. Juli weinte! Er schluckte erschrocken. Was in aller Welt war passiert? Für einen Moment hatte er Sorge, dass es etwas Schlimmes sein müsste, bis ihm auffiel, dass ihr Weinen eher theatralisch klang.

»Was ist denn los?« Ben fühlte sich verpflichtet nachzufragen, obwohl er es eigentlich gar nicht wissen wollte.

»Daniel hat gesagt, ich wäre eine herzlose, bescheuerte Kuh, weil ich das mit Veronique und dem Fernsehformat geplant habe.« Noch mehr dramatische Schluchzer, noch mehr Autogeräusche.

Ben dachte, dass sein Bruder da eine ziemlich passende Beschreibung von sich gegeben hatte, auch wenn sie vielleicht nicht ganz so nett formuliert war. Auf der anderen Seite hatte Daniel schon ganz andere Dinge zu ihm gesagt, Sachen wie

»ich heirate deine Freundin«, und Ben wäre im Leben nicht auf die Idee gekommen, sich ausgerechnet bei Juli deswegen auszuheulen.

Die Schlange rückte vor und Ben machte auch einen Schritt.

Julis Weinen wurde noch pathetischer. »Aber lieber, süßer Ben, egal, was Daniel sagt, du bist doch bestimmt damit einverstanden, dass wir deine Reise ins Glück begleiten. Ich habe Daniel gesagt, was für eine unglaubliche Chance das für dich ist. Viel mehr Frauen, die mitbekommen, dass du suchst, Fernsehen, Insta, alles dabei, nicht mehr nur so ein vollkommen veraltetes Format wie das, das dein Großvater gewählt hat. Veronique ist eine Meisterin in der Inszenierung solcher Sachen.«

Ben fuhr sich automatisch durch die Haare. »Juli, ich möchte das auf keinen Fall. Kein Fernsehen, kein Internet. Ich wollte auch die Anzeige nicht, aber dafür ist es jetzt zu spät. Fakt ist, dass du und Veronique und wer auch immer mich in Ruhe lassen sollt. Ich hätte es vielleicht nicht so formuliert wie Daniel, aber die Aussage bleibt die gleiche.«

Der Mann vor ihm drehte sich um und musterte ihn interessiert, und Ben bemerkte, dass er die letzten Worte eindeutig zu laut geäußert hatte. Er nahm sich vor, sich zusammenzunehmen.

Aber der Mann vor ihm schüttelte schon ungläubig den Kopf. »Wer will denn von einer Frau in Ruhe gelassen werden?«

Juli schien das irgendwie auch zu denken und ihr Tonfall steigerte sich in noch dramatischere Höhen. »Das kannst du dir nicht antun, Ben. Die Sache läuft schon. Sie jetzt abzubrechen, wäre verrückt, ich kann mir das nicht leisten, wir brauchen diesen Job …«

Ach, darum geht es, dachte Ben und fühlte sich, als hätte ihm jemand einen kalten Lappen ins Gesicht geklatscht. Es ging ums schnöde Geld. »Juli. Wenn es eine Frage des Geldes ist …«

Der Mann vor Ben hob beide Hände. »Natürlich ist es eine Frage des Geldes. Alles ist eine Frage des Geldes, Junge.«

Ben räusperte sich, aber Juli redete schon weiter. »Es geht mir nur um dein persönliches Glück. Klar war Corona für uns Kulturschaffende hart. Es ist nicht wie bei euch, wo das Geschäft brummt und ihr praktisch machen könnt, was ihr wollt.«

»Das stimmt so auch nicht«, hielt Ben genervt dagegen. »Aber egal, ich bleibe dabei, dass ich das nicht möchte.«

»Wir können diese Chance nicht vergeben.« Auf einmal änderte sich Julis Stimmlage und wurde strenger und härter. »Das kannst du mir nicht antun. Nicht du, den ich immer für seine Großherzigkeit geliebt und bewundert habe.«

Ben kniff die Augen zusammen. Woah, jetzt griff sie ganz tief in die emotionale Schublade! Darauf konnte er getrost verzichten. »Juli, was auch immer deine Beweggründe sind, vergiss es. Ich muss jetzt Schluss machen.«

»Aber Veronique …«, begann Juli.

»Auch Veronique kann mich nicht umstimmen«, erklärte er fest. Anschließend legte er kurzerhand einfach auf.

Der Typ vor ihm zog einen Flunsch. Er schien enttäuscht, dass das Telefonat schon zu Ende war.

Die Schlange rückte auf. Für einen Moment atmete Ben einfach nur tief durch, dann rief eine weibliche Stimme hinter ihm seinen Namen.

Er drehte sich um.

Zwei junge Frauen liefen fröhlich winkend auf ihn zu.

»Ben, wie toll!«, rief die eine. »Ich hatte schon befürchtet, du wärst uns davongefahren.«

»Das ist so aufregend«, zwitscherte die andere und filmte ihn mit ihrem Handy. »Veronique hat in ihrer Story erzählt, dass du hier vorbeikommst, und da mussten wir dich doch suchen.«

»Und wir haben dich gefunden!«

Ben machte einen Schritt nach hinten und stieß an ein Regal. Chipstüten gingen raschelnd zu Boden. Rasch beugte er sich hinunter, um sie wieder aufzuheben.

Die Frauen stellten sich rechts und links neben ihn. »Ein bisschen dichter zusammen und jetzt ein Foto.«

Die eine hielt ihr Handy hoch.

»Nein, danke«, sagte Ben mit sechs Chipstüten im Arm.

»In echt bist du ja noch viel süßer als auf Insta«, sagte die eine und lachte ihn an.

»Obwohl das Babyfoto auch goldig war«, meinte ihre Freundin.

»Welches Babyfoto?«, fragte Ben ungläubig.

»Na das, das Veronique gepostet hat.« Sie strahlte ihn an. »Ich finde es so toll, dass ein Mann mal über seine Gefühle sprechen kann und darüber, wie schwer es ist, die richtige Partnerin zu finden. Und du hast recht, es ist wirklich schwer, eine Seelenverwandte zu finden. Tess und ich hatten da bisher nicht gerade Glück. Aber jetzt hast du Veroniques Hilfe. Und unsere natürlich.«

Der Typ mit der Elvis-Frisur ließ seine Tolle wippen. »Hey Junge, über Gefühle reden – ist das deine Masche?«

Entnervt blickte Ben sich um. Das war ja der Wahnsinn. Er musste hier dringend raus. Am Eingang tauchte Clara auf. Sie hatte sich das Gesicht gewaschen und ihre Haare mit Wasser geglättet. Ben war verblüfft, wie verändert sie aussah, aber er hatte keine Zeit, sich darüber Gedanken zu machen. Stattdessen stopfte er die Chipstüten zurück ins Regal. Dann machte er eine Geste in Claras Richtung, die so viel hieß wie »lass uns hier verschwinden«. Sie schien ihn zu verstehen und wandte sich direkt um. Ben ging zwei Schritte in Richtung Tür, als er plötzlich Veronique dort auftauchen sah. Sie war nicht allein, sondern hatte einen Typen mit einer Kamera dabei. Hektisch drehte sich Ben von ihr weg, damit sie ihn nicht bemerkte. Aber die beiden Frauen, die immer noch in seiner Nähe standen, entdeckten sie ebenfalls.

»Veronique, hier«, riefen sie und gestikulierten wie wild.

Ben verfolgte, wie Veronique zurückwinkte und in ihre Richtung kam. Er fühlte sich wie in einer Falle. Veronique, die absurde Suche nach der perfekten Frau, Juli und das liebe Geld. Eines war klar: Diskutieren würde hier nicht helfen.

Nur raus, entschied Ben. Früher hatte er Eishockey gespielt. Also tat er das, was er dort gelernt hatte. Er täuschte seine Laufrichtung an, nur um im letzten Moment umzudrehen und zum Ausgang zu sprinten. Draußen steuerte er direkt den Transporter an. Er hatte ihn fast erreicht, als er Veronique laut hinter sich laut rufen hörte.

»Ben«, rief sie. »Immer noch auf der Suche nach der perfekten Frau?«

***

Clara

Das ist ja der Wahnsinn, dachte Clara, als sie Ben auf sich zu hetzen sah. Ihm folgten eine stark geschminkte, gut aussehende Frau, der das falsche Lächeln ins Gesicht geklebt schien, ein Mann mit einer Kamera, zwei junge Frauen, die johlten, und ein Typ, der sein Geld wahrscheinlich als Elvis-Imitator verdiente. Bis zu diesem Moment war Clara die ganze Geschichte mit der Anzeige sehr abstrakt vorgekommen, aber auf einmal wurde sie greifbarer, als es ihr lieb war. Sie kannte Ben kaum und sie hatte auch nicht vor, ihn näher kennenzulernen. Mit den Prinzen war sie fertig. Aber irgendwie hatte sie trotzdem das Gefühl, hier einer unguten Treibjagd zuzusehen.

Ben kam beim Transporter an.

»Steig bei mir ein«, rief er ihr atemlos zu und öffnete die Fahrertür.

Sie sprang hinein und rutschte dann schnell rüber, wobei sie über ihren Koffer klettern musste. Mehrere Schaumstoffflips blieben an ihrer Hosen hängen.

Ben ließ den Motor an und gab sofort Gas. Natürlich vergaß er ein paar Meter später, den zweiten Gang auszulassen, und diesmal verzieh ihm der Motor das nicht. Es gab so ein schreckliches Geräusch, das Ben automatisch voll auf die Bremse stieg. Darauf gluckerte der Motor nicht minder erbost. Erneut gab Ben Gas, sorgfältig und langsam, bevor er den

Wagen vom Rastplatz zur Auffahrt der Autobahn steuerte.

Clara sah ihn an. Seine Wangen leuchteten rot und seine Zähne schienen fest zusammengebissen. Er hatte eindeutig Stress. Sie drehte ihren Kopf zur Seite und schaute aus dem Fenster. Neben der Autobahn grasten friedlich ein paar Kühe und eine Gruppe Windräder drehte sich in der Entfernung. Ein Idyll, ganz anders, als das, was sie gerade erlebt hatten.

Für einen Augenblick sagte keiner von beiden etwas.

»Das ist verrückt«, murmelte Ben irgendwann.

»Ja! Die benehmen sich, als wärest du ein Superstar.«

Ben fuhr sich durch die Haare. »Ich – ein Superstar? Oh Mann, wie irre.«

Als Clara in den Seitenspiegel schaute, sah sie, dass der rote Twingo ihnen folgte. Und dahinter fuhr ein weißer SUV, der so aussah, als könne Veronique darin sitzen.

»Die folgen uns«, sagte Clara, »könnte es sein, dass du vergessen hast, mir was zu erzählen?«

Ben warf einen Blick in den Seitenspiegel. »Was denn?«

»Keine Ahnung. Rappst du mit Maske? Bist du Banksy oder sonst irgendwie berühmt?«

»Nein, natürlich nicht.« Nervös betätigte Ben den Blinker, nur um ihn einen Moment später wieder auszustellen. »Ich konstruiere Flugzeugbauteile. Das ist wirklich alles.«

Aber Clara war nicht überzeugt. Da musste es noch etwas geben. Kaum eine Anzeige erzeugte solche Auswirkungen, auch wenn die meisten Menschen, die eine veröffentlichten, wahrscheinlich genau darauf hofften. Also musste es noch einen Twist in der Geschichte geben. »Wie lautete der Text der Annonce noch mal genau?«

Ben schnaubte leise, dann leierte er herunter: »Großvater sucht für jungen Millionär – gutaussehend, liebenswürdig – passende Partnerin für gemeinsamen Lebensweg.«

»Millionär!«

Das war es, natürlich, das klang einfach unglaublich attraktiv. Und auf einmal spürte Clara eine unerwartete Woge von Wut im Bauch. Ja klar, die Prinzen waren reich. Die konnten sich alles leisten. Das perfekte Glas, die richtige Frau … Sie hatte umgekehrt wie eine Wilde gekämpft, um den Auftrag bei ihnen zu erhalten, aber nein, sie hatte ihn nicht bekommen. Dabei hätte es den reichen Prinzen überhaupt nicht wehgetan, ihr etwas mehr für ihr tolles Glas zu bezahlen. Aber sie hatten es nicht gemacht und Clara damit ins Unglück gestürzt. Und nicht nur sie alleine, sondern auch all die anderen Mitarbeiter von Mentling-Glas, die wahrscheinlich noch nichts von ihrem Pech ahnten.

Clara rutschte von Ben weg, soweit es nur ging.

»Was ist? Findest du den Text so blöd?«, erkundigte sich Ben und überholte einen Tanklaster.

Clara schüttelte den Kopf, aber sie schwieg.

»Was ist es dann?«

Clara hatte keine Lust zu antworten, zumal die Wut in ihrem Bauch nicht kleiner wurde. Dieses verdammte Geld! Und diese verdammten Geizkragen!

»Sag es mir«, bat Ben nach einer Weile.

Clara schaute ihn an. »Wozu? Es kann dir doch vollkommen egal sein, was ich denke. Noch ein paar Stunden Autofahrt und wir sehen uns nie wieder.«

Ben warf ihr einen überraschten Blick zu. »Aber warum sollten wir uns denn nie wiedersehen?«

Clara hob die Hände und ließ sie dann wieder sinken. »Ben, es ist nett, dass du mich mitnimmst, aber ansonsten haben wir nichts miteinander zu tun.«

»Ach, komm schon …« Er sprach nicht weiter, und Clara hatte auf einmal das Bedürfnis, ihm die Wahrheit zu sagen oder besser gesagt sehr deutlich vor den Latz zu knallen.

»Ben, du und deine Familie, ihr seid Millionäre. Toll. Aber ihr wolltet mein Glas nicht zu einem fairen Preis kaufen. Das ist nicht so toll. Also bin ich nicht wild auf einen weiteren Kontakt mit dir. Punkt.«

»Aber ich bin wirklich kein Millionär.«

»Natürlich nicht«, erwiderte Clara spitz und faltete die Hände, als wolle sie beten. »Und warum schreibt dein Großvater dann so etwas?«

Ben zuckte die Achseln. »Er hat übertrieben.«

»Auch noch ein lügender Großvater. Herzlichen Glückwunsch. Im Übrigen kannst du sein, was du willst. Es ist mir egal, ob du Millionär bist oder nicht, ich hätte mich sowieso nicht auf die Stelle an deiner Seite beworben.« Es klang schnippisch, etwas, das Clara eigentlich hasste. Aber noch mehr hasste sie die Tatsache, dass die verdammten Prinzen ihr die Zukunft vermasselt hatten. Was machte sie nur hier in diesem Auto? Sie sollte aussteigen. Besser gesagt, sie hätte gar nicht erst einsteigen sollen!

»Vielleicht könntest du mich an der nächsten Raststätte rauslassen.«

»Weil mein Großvater übertriebenerweise geschrieben hat, ich wäre Millionär? Findest du das nicht etwas übertrieben?« Ben klang ungläubig, und das fachte die Wut in Claras Bauch nur erst richtig an. »Wenn ihr bei eurem vielen Geld nur einen Hauch weniger geizig gewesen wärt, dann hätte ich jetzt noch meinen Job und meine Zukunft. Aber wahrscheinlich müsst ihr ja euer Geld zusammenhalten, nicht wahr? Damit ihr dann irgendwelche Frauen in irgendwelchen Anzeigen beeindrucken könnt.«

»Nein, das war nicht der Punkt, warum es gestern keinen Deal gab.« Ben klang ganz ruhig, was Clara noch wütender machte. Sie hatte das Gefühl, dass es in ihr förmlich brodelte.

»Sondern?«, fragte sie und zwang sich, ihre Wut zumindest so halbwegs zu beherrschen, obwohl sie lieber um sich geschlagen hätte.

»Wir haben noch ein zweites Angebot bekommen für ein Glas mit genau denselben Spezifikationen wie das, das du uns angeboten hast, nur deutlich günstiger.«

Clara beugte sich vor, als habe sie einen Schlag in den Magen bekommen. »Und warum hat dein Vater mir das nicht gesagt und stattdessen irgendwas von einer Ausschreibung gefaselt?«, japste sie.

»Weil er dich nicht ausspielen wollte. Er wollte dir, euch, die Chance geben, auf den günstigeren Preis einzuschwenken.«

»Eine Chance nennst du das? Um einen Preis zu nennen, für den wir nicht produzieren können?« Diesmal schaffte Clara es nicht, sich zusammenzureißen, und ihre Stimme wurde von Wort zu Wort lauter. »Das war ein guter Preis, den ich genannt habe, ein faires Angebot. Bestes Glas, hier sauber produziert und nicht irgendwo, wo es keine Arbeitssicherheit gibt und keinen Schutz für die Mitarbeiter. «

»Aber wenn du dasselbe für ein Drittel weniger kaufen könntest, ebenfalls produziert unter vernünftigen Bedingungen, würdest du das doch auch machen, oder?«

Ben schaute sie an, und Claras Wut verrauchte und machte Platz für eine würgende Traurigkeit. Sie hatte sich schon mehrmals richtig elend gefühlt an diesem Vormittag, aber es schien immer noch schlimmer zu kommen. Also waren sie bei Mentling-Glas unterboten worden, und das so sehr, dass sie nicht im Wettbewerb bleiben konnten. Clara wurde schlecht. Schon von vornherein war also alles zum Scheitern verurteilt gewesen. Und sie dumme Pute hatte sich solche Hoffnungen gemacht. Dann ging ihr ein anderer Gedanke durch den Kopf. »Wer hat euch das andere Angebot unterbreitet?«, fragte sie, so ruhig es ihr gelang. Nicht, dass es jetzt noch einen Unterschied machte, ihr Vater und Jörn hatten ja klargemacht, dass die Würfel gefallen waren. Aber es gab nicht viele Firmen, die so etwas Spezielles produzieren konnten, wie Prinz-Airtec es benötigte. Oder wie Mentling-Glas es herstellte.

Ben schwieg.

»Ist das auch nur so ein Trick, wie der mit der falschen Angabe ‚Millionär' in der Anzeige?«

Ben schüttelte den Kopf. »Es gibt dieses Angebot wirklich. Mehr kann ich dir dazu nicht sagen.«

Clara schloss die Augen. Es ist sowieso zu spät, dachte sie. Und all der Kummer, der sie für einen Augenblick in Ruhe gelassen hatte, kam wieder hoch. Er schmeckte bitter, fast beißend, und sie hatte das Gefühl, dass ihr der Boden unter den Füßen weggezogen wurde.

»Es tut mir leid«, meinte Ben nach einer Weile.

Aber das machte es nur schlimmer. Sie wollte kein Mitleid, sie hasste Mitleid.

»Schau lieber, dass du dein eigenes Leben in den Griff bekommst«, sagte sie wütend.

Der weiße SUV überholte sie und Clara konnte Veronique darin sehen.

»Bitte sehr, da vorn ist dein Problem, um das du dich kümmern solltest.«

»Du hast recht.« Ben zog sein Handy aus der Tasche und drückte auf eine Kurzwahltaste. Offenkundig antwortete niemand, denn er versuchte es mit einer zweiten, Clara verfolgte es aus dem Augenwinkel.

Schließlich ging jemand dran und Ben hielt sich das Telefon ans Ohr. »Daniel, ich bin es. Kannst du Juli sagen, dass ich hier nicht weiter verfolgt werden will? Ich kann sie nicht erreichen.«

Am anderen Ende wurde geantwortet.

Ben protestierte. »Nein, *du* hast meine Freundin geheiratet.«

Ohne dass sie es wollte, wurden Claras Ohren groß. Bens Bruder hatte Bens Freundin geheiratet? Die Verhältnisse bei den Prinzen waren ja noch viel abgefahrener, als sie gedacht hatte. Kein Wunder, dass der Großvater sich einmischte.

Das Telefonat endete abrupt und Ben warf sein Handy in das Fach in der Mittelkonsole.

Dann schaute er zu Clara. »Mein Bruder versucht zu regeln, dass wir hier nicht weiter verfolgt werden.«

»Es gibt kein *wir*«, betonte Clara immer noch irgendwo zwischen frustriert und wütend. »Dein Bruder hat im Übrigen deine Freundin geheiratet?«

»Nicht der beste Tag meines Lebens.«

»Nein, verdammt, das glaube ich dir«, knurrte Clara. »Aber du redest noch mit ihm?«

Ben zuckte die Achseln. »Was soll ich denn sonst tun?«

»Keine Ahnung. Schweigen. Familienfehde.«

»Ist nicht meine Art«, erwiderte Ben knapp.

»Und wofür bist du dann der Typ?«, fragte Clara und kontrollierte im Seitenspiegel, ob der Twingo noch da war. Er war es, und so wie es aussah, hatte er Gesellschaft bekommen.

»Keine Ahnung. Flugzeuge, viel Arbeit, ansonsten ein entspanntes Leben. Ich weiß es nicht so recht. Und du?«

Clara lehnte ihren Kopf zurück. »Bei viel Arbeit bin ich grundsätzlich auch dabei. Aber wie gesagt, ich habe heute meinen Job verloren, weil ich den Deal mit euch nicht abschließen konnte.«

»Nur deswegen?« Ben setzte den Blinker und wechselte auf die mittlere Spur.

Gute Frage, dachte Clara, antwortete aber nicht darauf.

»Und jetzt?«, erkundigte sich Ben, als sie nichts sagte.

»Jetzt fahre ich nach San Michelle«, erwiderte Clara. »Und treffe meine Familie zum ersten Mal seit mehr als 25 Jahren.« Wieder fragte sie sich, ob sie gerade einen Riesenfehler machte. Amélie hatte noch nicht geantwortet. Was war, wenn sie dann in San Michelle festhing, ohne Möglichkeit, nach Hause zu kommen, und ohne Hotel, weil wegen der Filmfestspiele alles belegt war? Clara zog ihr Handy aus der Tasche, aber da war kein Anruf von Amélie, nur eine Nachricht von Ava, in der sie fragte, ob alles okay wäre.

Ja, antwortete Clara ihrer besten Freundin knapp. Das war kaum eine zufriedenstellende Antwort, aber zu mehr konnte sie sich gerade nicht aufraffen.

Bens Handy klingelte. Er hob ab.

»Keine Chance«, sagte er nach einem Augenblick. »Was ist denn nur los bei euch?«

Er war einen Moment lang still. »Das ist jetzt nicht dein Ernst, oder? Es war doch nur eine Anzeige. Der arme Pops.«

Clara sah, dass Bens Gesichtsausdruck mit einem Mal ganz ernst und verschlossen wurde.

Dann flog das Handy zurück in sein Fach in der Mittelkonsole.

»Was ist jetzt los?«, fragte Clara.

»Daniel und Juli hatten vorhin den Krach ihres Lebens und Juli hatte nichts Besseres zu tun, als Pops hineinzuziehen.« Ben fuhr sich durch die Haare, bis sie in alle Richtungen abstanden.

»Pops?«, erkundigte sich Clara.

»Mein Großvater. Und der hat jetzt Herzbeschwerden.«

Bens Gesichtsausdruck wechselte von angespannt zu wütend.

Er liebt seinen Großvater, dachte Clara plötzlich. Sie musste daran denken, wie er versucht hatte, sie aus dem vermeintlich brennenden Auto zu ziehen. Auf einmal kam ihr der Gedanke, dass Ben vielleicht doch ein ganz netter Typ war. Auf alle Fälle waren ihm die Menschen in seiner Umgebung nicht egal.

Draußen zog mal wieder Veroniques SUV vorbei und ordnete sich dann vor ihnen ein.

Clara strich sich über die Haare, die getrocknet wieder in ihren unbändigbaren Wellen lagen. »Und was machst du jetzt?«

»Keine Ahnung. Daniel sagt, dass Juli versuchen würde, mich einzuholen. Sie wäre schon vor längerem aufgebrochen und hätte seinen Maserati genommen.« Ben hupte, als Veronique vor ihnen auf einmal grundlos bremste.

»Echt jetzt?« Clara schüttelte den Kopf. »Das klingt ganz schön abgefahren. Also eigentlich angefahren.«

Aber Ben reagierte nicht darauf, sondern fischte sein Handy erneut von seinem Liegeplatz und drückte auf einen weiteren Kontakt. Es schien lange zu klingeln, ohne dass jemand dranging.

Schließlich hinterließ er eine Nachricht. »Hallo Pops, hier war Ben. Mach dir bitte keine Sorgen. Ich weiß, du hast es nur gut gemeint mit der Anzeige. Ich regele das mit Juli. Bitte reg dich nicht weiter auf. Streich lieber die Kammer schön bunt, okay? Daniel hat gesagt, dass er jetzt zu dir fährt. Ich hoffe, er ist schon da und du gehst deshalb nicht ans Telefon. Du kannst mich jederzeit anrufen, ganz egal, wo ich bin. Okay, Pops? Mach's gut.«

Dann legte er auf.

»Das ist alles völlig durchgeknallt«, sagte er und Clara konnte nicht anders, als ihm aus vollem Herzen zuzustimmen.

6. Kapitel

Ben

Je länger sie unterwegs waren, desto mehr bekam Ben das Gefühl, im irrsten Tag seines Lebens festzustecken. Um sie herum fuhren mittlerweile mehrere Wagen, die sich Veronique angeschlossen zu haben schienen. Clara saß stumm neben ihm. Sie hatte schon länger nichts mehr gesagt und so hing er ebenfalls schweigend seinen Gedanken nach. Wobei er ehrlicherweise sagen musste, dass seine Gedanken nicht geradeaus liefen wie sonst, sondern sich im Kreis drehten. Pops hatte ihn da in ein ganz schönes Schlamassel hineinmanövriert, aber es war Juli, die es erst so richtig schlimm machte. Und Ben verstand nicht, was das sollte. Natürlich wusste er, dass sie regelmäßig knapp bei Kasse war, das war auch früher schon so gewesen, und er wusste ebenfalls, dass sie einen aufwendigen Lebensstil liebte, der einfach viel Geld kostete. Aber das war doch kein Grund, so eine Spirale von

Schwachsinn heraufzubeschwören. Immerhin hatte Pops sich wieder beruhigt, wie Daniel ihm gerade versichert hatte. Aber Ben war trotzdem noch sauer auf Juli. So etwas konnte sie doch nicht machen, sie war doch nicht allein auf der Welt! Vor ihm fuhr Veronique, bremste ab und ließ ihn überholen, bevor sie dann ihrerseits wieder an ihm vorbeifuhr, und Ben fragte sich, ob diese Spielchen jetzt bis nach Toulouse so weitergehen würden. Ach, wenn er doch erst bei Airbus wäre! Doch, wenn er ehrlich war, würde nicht einmal das seine Probleme lösen. Wieder kehrten seine Gedanken zu Julis Motiv zurück. Geld, okay. Aber warum er? Schließlich gab es eine Menge Leute, die würden ihren Monatsverdienst, ja vielleicht sogar ihren linken Arm dafür geben, so prominent von Veronique und Juli ins Scheinwerferlicht gestellt zu werden.

Ein ungewohntes Klingeln riss ihn aus seinen Gedanken und er sah, dass es zur Abwechslung mal Claras Handy war.

»Allô?« Ihre Stimme klang warm und fest, ganz anders als zuvor, als sie sich fast mit ihm gestritten hatte.

Er warf einen kurzen Blick in ihre Richtung und sah, dass sie lächelte.

»Oui, c'est moi«, sagte sie. »Wie schön, dass du anrufst!«

Sie sprach ein perlendes, gut gelauntes Französisch und Ben ertappte sich dabei, dass er gern zuhörte. Mit wem sie wohl telefonierte? Es ging um ein Haus und einen Schlüssel, so viel konnte er verstehen. Und um jemanden, der Emma hieß. Je länger das Telefonat dauerte, desto veränderter wirkte Clara. Sie schien auf einmal fast fröhlich und lachte mehrmals laut. Ben lächelte automatisch mit.

»A plus tard«, sagte Clara schließlich und legte dann auf.

»Gute Nachrichten?«, fragte Ben.

»Ein Anruf aus San Michelle«, erwiderte Clara und hörte sich ganz beschwingt an. »Warst du da schon mal?«

Ben nickte. »Vor Jahren, aber nur kurz. Ein sehr hübscher Ort.«

»Das habe ich mir gedacht. Jetzt muss ich es nur irgendwie noch dorthin schaffen, möglichst noch heute. Meine Cousine meinte, die Filmfestspiele würden wirklich alles an der kompletten Côte d'Azur durcheinanderbringen. Bis wohin kannst du mich mitnehmen?«

In diesem Moment tauchte links von ihnen ein drängelnder Maserati auf. Dunkelblau. Ben holte tief Luft.

Clara schien seinem Blick zu folgen. »Ist das deine Schwägerin?«

Ben hätte gern nein gesagt, aber die Antwort lag auf der Hand.

Veronique vor ihnen hupte drei Mal. Damit war es bestätigt. Ben fühlte sich prompt angespannt und unwohl.

Clara sagte für einen Moment nichts. Dann fragte sie: »Macht es dir etwas aus, sie zu sehen?«

Ben schüttelte den Kopf. »Nein, nicht mehr«, antwortete er dann ehrlich. »Es gab Zeiten, da war es wirklich schrecklich…«

»… aber?«, fragte Clara.

»Es ist vorbeigegangen. Jetzt ist es …« Doch er beendete auch diesen Satz nicht.

»Ja?«, hakte Clara nach. Ihre Stimme klang immer noch so warm wie davor am Telefon.

Ben überlegte kurz. Was hatte sie gesagt? Sie würden nur noch ein paar Stunden zusammen im Auto sein und sich dann nicht wiedersehen? Dann konnte er ihr auch ebenso gut die Wahrheit sagen.

»Jetzt mag ich Juli nicht einmal mehr besonders. Das habe ich noch nie jemandem gesagt, schließlich ist sie meine Schwägerin, aber so ist es.«

»Ich kann dich verstehen.« Clara schlug die Beine übereinander. Die Schaumstoffflips an ihrer Hose knisterten.

Ben seufzte. »Ich will einfach keine Spielchen spielen. Das Leben ist schon so kompliziert genug.«

Hinter Juli wurde gehupt, weil sie die mittlere Spur blockierte, indem sie nicht schneller fuhr als Ben rechts. Aber Juli reagierte nicht darauf. Es schien ihr egal zu sein, dass sie ein Verkehrshindernis darstellte.

Auf einmal dachte Ben, dass er vielleicht, ganz vielleicht sogar Glück gehabt hatte, als sie sich für seinen Bruder und gegen ihn entschieden hatte.

Nach einer Weile tauchte ein Hinweisschild für einen Parkplatz auf. Veronique vor ihm blinkte rechts, Juli neben ihm auch. Ben brauchte nicht in den Seitenspiegel zu schauen, um zu wissen, dass hinter ihm ebenfalls geblinkt wurde.

»Ich fahre raus«, meinte er zu Clara und blinkte ebenfalls, bevor er von der Autobahn abbog. »Hoffentlich kann ich die ganze Geschichte ein für alle Mal klären.«

»Ich wünsche es dir«, meinte Clara, aber sie klang nicht sehr überzeugt.

Veronique parkte am Ende des Parkplatzes und er stellte den Sprinter daneben ab. Für einen Augenblick erwog er, den Motor laufen zu lassen und zu warten, bis alle aus ihren Autos gestiegen wären, um dann direkt wieder loszufahren. Aber zumindest bei Juli und ihren vielen PS würde das nichts bringen, sie würde ihn im Nullkommanichts wieder einholen. Also stellte er den Motor doch aus.

»Ich halte dir die Daumen, dass es schnell und schmerzlos geht«, wünschte Clara ihm.

»Hoffentlich! Die ganze Sache ist einfach grundlos kompliziert.«

Sie wechselten einen Blick, dann sprang er aus dem Wagen.

»Ben«, begrüßte ihn Veronique mit einem breiten Lächeln. Sie war schon bei ihm, noch bevor er die Fahrertür geschlossen hatte.

»Ich möchte mit Juli allein sprechen«, erklärte Ben, ohne ihren Gruß zu erwidern. »Und ich untersage dir, mich filmen zu lassen oder weitere Fotos von mir ins Netz zu stellen. Wenn du dem zuwiderhandelst, werde ich dich und Juli mit einem Netz aus Klagen überziehen. Glaub mir, das kann ich und das werde ich. Ich werde mir die besten Juristen nehmen und euch das Leben zur Hölle machen. Verstanden?«

Veronique schob beleidigt die Unterlippe vor.

»Und beschäftige bitte deine Follower, ich will nicht mit ihnen reden. Ich bin kein Spielzeug.«

»Aber Benni, wir machen das doch nur für dich.« Veronique setzte einen treuherzigen Gesichtsausdruck auf, aber Ben winkte nur ab.

Auf diesen Schwachsinn würde er nicht einmal mehr antworten.

»Hallo Ben«, riefen die Mädels aus dem Twingo im Duett und kamen herübergelaufen. »Schön, dich wiederzusehen. Du warst ja vorhin so schnell weg. Sag mal, wer ist denn die Frau bei dir?«

Aber Ben wies nur sehr auffordernd zu Veronique, die mit einem alles andere als begeisterten Gesichtsausdruck auf ihre Fans zu stiefelte.

Einen Moment später kam Juli herüber. Sie trug ein dunkelblaues Minikleid mit Spitzenbesatz und eine verspiegelte Sonnenbrille, die es unmöglich machte, ihre Augen zu sehen.

»Hallo Ben«, sagte sie mit ihrer lauten tiefen Begrüßungsstimme. »Es tut so gut, dich zu sehen. Endlich können wir reden. Du ahnst nicht, wie wichtig das für mich ist.«

Ben hörte ein entsetzliches Quietschen und ahnte, dass Clara die Beifahrertür geöffnet hatte. Aber Juli achtete nicht darauf, sondern trat dichter an ihn heran. Während Ben ihr auswich, schoss ihm der Gedanke durch den Kopf, dass es kaum einen hässlicheren Ort für ein Gespräch geben konnte als diesen Parkplatz. »Du bist meine Schwägerin, Juli, und das ist der einzige Grund, warum ich nicht schon eine ganze Meute von Juristen auf dich, deine Firma und Veronique gehetzt habe. Wie ich es dir schon gesagt habe, bin ich weder auf der Suche nach einer Frau noch möchte ich, dass ihr da irgendetwas inszeniert. Hast du das verstanden?«

Juli nahm die Sonnenbrille ab und Ben sah, dass sie perfekt geschminkt war. »Da hast du absolut recht«, meinte sie und lächelte ihm zu.

Ben sah sie verblüfft an. Irgendwie hatte er mit mehr Gegenwehr gerechnet.

»Ja, deine Suche ist vorbei«, erklärte Juli laut.

Ben atmete erleichtert auf. Vielleicht hatte Veronique unterwegs Clara auf dem Beifahrersitz entdeckt, und sie und Juli hatten die falschen Schlüsse gezogen? Was auch immer es war, er war dankbar dafür.

»Ehrlich gesagt hat meine Suche nie stattgefunden«, sagte er zu Juli, »aber nenn es, wie du willst.«

Juli kam noch einen Schritt dichter auf ihn zu. »Ben«, begann sie mit lauter Stimme und schaute ihm tief in die Augen. »Du brauchst nie wieder zu suchen.«

»Wie bitte?« Ben zuckte zurück. Schön und gut, wenn sie Clara für seine Freundin hielt, aber das war dann doch eine etwas gewagte Aussage.

Juli legte ihm zärtlich beide Hände auf die Brust, aber es war überhaupt nicht intim, denn ihre Stimme war so laut, dass man sie sicherlich auf dem ganzen Parkplatz hören konnte. »Deine Suche ist vorbei, weil mir klar geworden ist, dass ich einen riesigen Fehler gemacht habe.«

Ben fand es immer noch seltsam, Juli so dicht bei sich zu haben. Unwillkürlich machte er einen Schritt rückwärts. »Nett von dir, das zu sagen, aber …« In diesem Moment sah er Clara um den Sprinter kommen. Ihre Haare waren verwuschelt und für einen Augenblick hielt sie ihr ungeschminktes Gesicht in die Sonne.

Juli zog Ben an den Schultern zu sich herunter. »Es tut mir leid für die vergeudete Zeit, aber jetzt bringen wir alles wieder in Ordnung.«

Ben lächelte höflich, obwohl er lieber ihre Hand von seiner Schulter genommen hätte. Er fand nicht, dass er irgendetwas in Ordnung bringen musste, aber immerhin hörte es sich doch vernünftiger an, als das, was Juli bei ihrem letzten Gespräch von sich gegeben hatte. Also stimmte er ihr zu. »Genauso machen wir das. Du lässt Pops in Ruhe, ich fahre nach Frankreich und die Anzeige vergessen wir ganz einfach.«

»Hey, warte mal, was soll das heißen?«, rief jemand hinter Ben.

Er drehte sich um. In etwas Abstand standen der Mann mit der Elvis-Tolle, die Frauen aus dem Twingo und noch einige andere. »Wir haben gedacht, dass du eine Frau suchst. Nur deshalb sind wir hierhergefahren!«

Ehe Ben noch etwas erwidern konnte, übernahm Veronique. »Ihr Lieben, wie ich es euch schon angekündigt habe, wird es eine tolle Entwicklung bei Ben geben.« Sie wies mit beiden Händen zu Ben wie eine Ansagerin im Zirkus. Der Kameramann verstellte etwas an seiner Kamera.

»Moment«, protestierte Ben und hob abwehrend eine Hand.

Aber Juli redete schon weiter. »Veronique hat recht. Ben, ich hätte Daniel nie heiraten sollen. Das ist mir sonnenklar geworden. Im Vergleich zu dir ist er nur das Vorläufermodell. Aber ich habe ihn für dich verlassen und wir können wieder zusammen sein. Ist das nicht wunderschön?«

Ben spürte einen Anflug von Panik. Juli hatte Daniel verlassen? Um Himmels willen, was würde als Nächstes passieren?

»Bitte sag, dass das nicht wahr ist«, stöhnte er auf.

Aber Juli war noch nicht fertig. »Ich weiß, dass du mich noch liebst. Ich sehe es in deinem Blick, und ja, mein Liebster, ich liebe dich auch.« Sie stellte sich auf Zehenspitzen …

***

Clara

»Augenblick«, sagte Clara und kam um den Transporter herum.

Irritiert drehte sich Juli zu ihr um. »Was willst denn du hier?«

Das wusste Clara auch nicht so genau. Es war eine reine Gefühlsentscheidung gewesen, sich einzumischen. Ihr war nur glasklar gewesen, dass sie diese Frau nicht mochte und niemals mögen würde. Und dass Ben echt betroffen aussah.

»Geh weg, das ist der wichtigste Moment in meinem Leben«, erklärte Juli unfreundlich. »Ich schreibe gerade meine Zukunft. Und die ist golden.«

Clara hob eine Augenbraue. Die Prinzen waren noch viel irrer, als sie gedacht hatte. Und das galt eindeutig auch für die angeheirateten Familienmitglieder.

Doch als sie daraufhin Ben ansah, bemerkte sie, dass er wirklich erschüttert wirkte, und sie musste daran denken, wie liebevoll er seinem Großvater auf den Anrufbeantworter gesprochen hatte, wie er versucht hatte, mit seinem Bruder eine gute Lösung zu finden, und wie er sie aus einem brennenden Auto gerettet hatte. Nicht, dass es wirklich gebrannt hätte, aber das war in diesem Zusammenhang nebensächlich. Sie war felsenfest entschieden gewesen, ihn nicht zu mögen, aber sie kam nicht umhin zuzugeben, dass er ein echt netter Mensch sein konnte. Viel netter als dieses Biest hier. Juli benahm sich fies und ungerecht und spielte alle gegeneinander aus. Genau wie Jörn es bei ihr und ihrem Vater gemacht hatte. Plötzlich kochte die Wut in Claras Bauch wieder hoch.

»Lass es«, sagte sie zu Juli. »Geh einfach, bevor du alles noch schlimmer machst.«

»Was hast du denn hier zu sagen?«, fragte Juli in einem Ton, der an Arroganz nicht zu überbieten war. Interessanterweise klang sie dabei fast wie Jörn.

Clara registrierte es und ihre Wut explodierte. Sie ging zu Ben und Juli hinüber.

»Lass ihn einfach in Ruhe!«

»Warum sollte ich?«, fragte Juli abfällig.

»Deshalb«, sagte Clara. Und bevor sie noch irgendwie einen vernünftigen Gedanken hätte fassen können, beugte sie sich vor und küsste Ben. Ich bin verrückt, dachte sie, als ihre Lippen seine berührten. Und sie fand es noch viel mehr, als Ben sie vollkommen unerwartet zurückküsste.

Ich sollte sofort aufhören, dachte Clara. Aber sie tat es nicht. Stattdessen küssten sie und Ben sich einfach weiter. Vor Juli, vor den anderen, einfach so.

Stopp, sagte Clara sich, das hier ist der idiotische Prinz, der Mann, mit dem ich nie wieder etwas in meinem Leben zu tun haben wollte.

Abrupt löste sie sich von ihm und hätte prompt fast das Gleichgewicht verloren, wenn er sie nicht an der Schulter festgehalten hätte.

»Das ist ja wohl jetzt nicht dein Ernst, Ben«, kreischte Juli auf. »Wer ist das überhaupt?«

Aber Ben und Clara schwiegen beide.

Bens Schweigen schien Lunte für Julis Pulverfass zu sein und sie wurde ganz rot im Gesicht.

»Du Idiot«, zischte sie. »Du hättest die große Liebe haben können. Aber du bist wirklich nur der Trottel, für den ich dich gehalten habe. Und du …« Sie warf Clara einen bitterbösen Blick zu, bevor sie sich auf ihren hohen Absätzen umdrehte und davon rauschte.

Veronique sah schockiert aus und der Kameramann ließ die Kamera wieder sinken. Eine der Frauen aus dem Twingo fing sich als erste wieder. »Ich wusste es. Die Blonde ist Bens Freundin! Habe ich doch gleich gesagt.«

»Das ist ja wohl nicht die Möglichkeit«, murmelte der Typ mit der Elvis-Tolle. »Und das Ganze nicht etwa unterm Sternenhimmel, sondern auf dem hässlichsten Parkplatz der Welt. Wenn ich das poste, glaubt mir das kein Mensch.«

Handys wurden bearbeitet.

»Fahren wir?«, fragte Ben Clara.

Sie nickte. Als sie einstieg, hatte sie gleichzeitig das Gefühl, etwas ziemlich Dummes und etwas ziemlich Schlaues getan zu haben. Nur was überwog, das konnte sie nicht sagen.

***

»Das war eine reine Rettungsaktion«, betonte Clara, als Ben auf die Autobahn auffuhr.

»Natürlich«, erwiderte Ben sofort. »Genauso sehe ich das auch.« Er schwieg für einen Augenblick. »Danke«, schob er dann hinterher.

Aber Clara winkte sofort ab. »Nicht der Rede wert. Ich wäre nur dankbar, wenn du es nie wieder erwähnen würdest.«

»Klar.«

Clara warf einen Blick über den rechten Seitenspiegel nach hinten, aber da war niemand Auffälliges, nur ein älteres Paar aus den Niederlanden in einem Wohnmobil. Und die beiden sahen nicht so aus, als würden sie sich auch nur im Geringsten für Ben interessieren.

»Ich hoffe, dass war's jetzt mit den Auswirkungen der Anzeige«, meinte Clara und schaute wieder nach vorn. Sie wusste nicht genau wieso, aber sie fühlte sich gut. Das war definitiv die ungewöhnlichste Rettungsaktion, die sie je gestartet hatte.

»Das hoffe ich aber auch, dass dieses Theater jetzt vorbei ist«, stimmte Ben ihr aus tiefster Seele zu. »Jetzt brauchen wir nur noch nach Süden zu fahren.«

Vor ihnen tauchten die Schilder von einem Autobahnkreuz auf.

»Ich glaube, wir müssen hier raus«, sagte Clara und konsultierte ihr Handy.

Aber Ben steuerte den Sprinter unbeirrt weiter.

»Hey, warte mal«, meinte Clara. »Dort geht es nach Toulouse.« Sie wies auf die Beschilderung.

Aber Ben schüttelte nur den Kopf. »Ich habe mich entschieden, dich nach San Michelle zu bringen. Als Dank«, er räusperte sich, »für das, worüber wir …«

»… nicht mehr sprechen«, beendete Clara seinen Satz.

»Einverstanden?«, fragte er dann.

Clara überlegte einen Augenblick. »Ich hätte dich auch gerettet, wenn du mich anschließend nicht nach San Michelle gefahren hättest.«

Ben lächelte. »Ich hätte dich auch nach San Michelle gefahren, wenn du mich nicht gerettet hättest.«

Sie wechselten einen Blick und dann meinte Clara: »Aber so ist es besser.«

»Das finde ich auch. Wie wäre es mit etwas Musik?«

7. Kapitel

Clara

Sie kamen erst am Abend in San Michelle an. Nach dem anstrengenden Anfang der Reise war der Rest ausgesprochen entspannt verlaufen. Ben und Clara hatten über Gott und die Welt geplaudert, Musik gehört und sich mehrmals mit dem Fahren abgewechselt. Je weiter sie in den Süden kamen, desto mehr musste Clara sich eingestehen, dass sie sich grundlegend in Ben getäuscht hatte. Er war ein echt liebenswerter Typ. Unkompliziert, zugewandt, humorvoll. So zumindest hätte sie ihn beschrieben, wenn sie eine Anzeige für ihn hätte aufgeben müssen. Doch zum Glück musste sie keine Annonce verfassen und musste somit auch nicht verschweigen, dass er auch unerwartet gut küssen konnte. Hätte sie das geschrieben, wäre die Welle der Reaktionen sicherlich noch höher ausgefallen als beim Text seines Großvaters, da war sie sich sicher. Doch über den unerwarteten Kuss hatte sie vor, wie ein Grab zu schweigen, schließlich küsste sie nicht täglich fremde Männer. Um genau zu sein, eigentlich nie.

In den letzten Minuten der Fahrt war Clara jedoch immer ruhiger geworden, während sie im Bauch eine zunehmende Aufregung spürte. Und dann waren sie da. In San Michelle. Sie fuhren von der Küste in die Stadt hinein und schon nach wenigen Metern wusste Clara, warum San Michelle als einer der schönsten Orte der Welt galt. Der Hafen, die Promenade – sie war hingerissen davon, wie schön es hier war. Elegant beleuchtete Altbauten mit Erkern und Balkonen wechselten sich mit modernen Gebäuden aus Glas und Stahl ab. Überraschenderweise passte dieser Stilmix, der auch künstlich hätten wirken können, perfekt zusammen.

Clara und Ben kamen an dem historischen Opernhaus und einem beindruckenden Casino vorbei und dann an einem ganz neuen Museumsgebäude, das im Gegensatz dazu fast futuristisch anmutete. Die ganze Stadt schien lebendig, überall waren Menschen unterwegs und in den Cafés und Restaurants an der Promenade herrschte reger Betrieb. Clara ließ ihr Fenster herunter und mit der angenehm lauen Luft strömten das Gesumme von Gesprächen und das Geräusch von Gelächter und klirrenden Gläsern ins Auto. Ab und zu, in den wenigen ruhigeren Momenten, hörte man im Hintergrund leise das Meer rauschen. Überall auf den Straßen gab es exotische Palmen und blühende Pflanzen und ihr reiches Sommeraroma erfüllte die Luft. Clara hatte das Gefühl, noch nie an einem schöneren Ort gewesen zu sein, und sie war sich sicher, dass sie sich gerade auf den ersten Blick in diese wunderschöne Stadt verliebte.

»Wunderbar«, murmelte sie.

Als sie zu Ben schaute, sah sie, dass er lächelte.

Ihr Weg führte durch den Stadtkern und dann einen sanften Hügel hinauf. Hier wurde es immer stiller und bald war vom Trubel der Stadt kaum noch etwas mitzubekommen. Am Himmel über ihnen funkelten die Sterne, aber der Mond war nicht zu sehen, und hier oben war es bis auf die vereinzelte Straßenbeleuchtung ganz dunkel.

»Wo lang jetzt?«, erkundigte sich Ben, während Clara nach den Straßenschildern Ausschau hielt.

»Da drüben, links abbiegen«, antwortete sie. Rue d' Ambre. Bernsteinstraße. Hier waren sie richtig.

In ihrem Bauch dehnte sich die Aufregung immer weiter aus. Sie waren fast da beim Haus ihrer Mutter.

Lautlos bewegte sie die Lippen, während sie die Hausnummern verfolgte. 2, 4, 6 …

»Das muss es sein«, sagte sie und ihre Stimme quietschte dabei leicht.

Fast am Ende der kurzen Straße brannte eine Lampe über einem kleinen weißen Gartentor. Die Nummer 8 darunter war klar zu erkennen. Das war es tatsächlich. Das Haus ihrer Mutter. So zumindest hatte Amélie es vorhin am Telefon genannt. Manons Haus. Sie hatte Clara auch erklärt, dass leider weder sie, Emma noch Claire da sein würden, da sie über Nacht in Grasse wären. Aber unter dem linken Kissen auf der Hollywoodschaukel läge ein Schlüssel für sie bereit.

Ben parkte den Wagen gegenüber dem kleinen Gartentor und stellte den Motor ab. Die Schweinwerfer erloschen und bis auf die Gartenlampe war es ganz dunkel. Weiter oben auf dem Hügel gab es vereinzelt ein paar beleuchtete Häuser, aber hier in der Rue d' Ambre war es Nacht. Für einen Moment taten weder Clara noch Ben etwas und Stille senkte sich über den Wagen. »Ich bin da«, meinte Clara irgendwann und verspürte mit einem Mal eine so starke Nervosität, dass sie davon wie gelähmt war. Das Haus da drüben war ihre Verbindung zu der Frau, an die sie sich kaum noch erinnern konnte. Was war, wenn sie sich dort nicht wohlfühlen würde? Was, wenn sie nicht dorthin passte? Auf einmal bekam Clara Angst. Vielleicht hatte sie einen enormen Fehler gemacht, indem sie einfach so hergekommen war? Vielleicht hätte sie erst ein paar Mal mit Amélie telefonieren sollen? Oder anderswie Kontakt mit ihrer Familie aufnehmen? Aber jetzt war es zu spät, jetzt war sie hier und es gab keinen Weg zurück, wenn sie nicht mit Ben weiter nach Toulouse fahren oder wegen der Filmfestspiele irgendwo anders stranden wollte.

Sie griff nach ihrem Koffer. Steig aus, befahl sie sich, aber irgendwie zögerte sie.

»Macht dir das Angst?«, fragte Ben plötzlich in die Dunkelheit hinein. Seine Stimme klang ruhig und dunkel, viel tiefer, als Clara sie bisher gehört hatte.

»Ja«, erwiderte sie tonlos. Sie konnte nicht glauben, dass sie das zugab. Normalerweise versuchte sie immer, perfekt zu erscheinen. Aber es war nicht zu leugnen. Sie hatte Angst. Wenn sie durch das Gartentor ging, würden sich Vergangenheit und Zukunft begegnen und sie würde mittendrin stehen. Wie um sich zu beruhigen, strich sie sich über die widerspenstigen Haare.

»Ich glaube, mir würde es nicht anders gehen«, erwiderte Ben ernsthaft.

Clara umfasste den Koffergriff fester.

»Ich finde überhaupt, dass du ziemlich mutig bist«, schob Ben noch hinterher.

Durch das geöffnete Seitenfenster hörte Clara die Grillen zirpen. Wind raschelte in den Blättern der umgebenden Bäume. »Mutig?« Das war jetzt nicht gerade die Eigenschaft, die Clara für sich in Anspruch genommen hätte. Ehrgeizig, fokussiert, kompetent schon eher, aber mutig?

»Oh ja, du bist mutig und nett und hilfsbereit«, zählte Ben auf.

»Weil ich dich einfach so geküsst habe?«, fragte Clara, ohne nachzudenken.

Ben lachte leise. »Diesen Teil würde ich eher als schlau bezeichnen.«

Clara protestierte prompt, aber sie lächelte dabei. »Also gut, dann werden meine Schlauheit und ich uns jetzt vom Acker machen«, meinte sie schließlich, rührte sich aber nicht.

»Gute Idee!« Ben klang aufmunternd. »Komm, ich helfe dir mit dem Gepäck.« Er öffnete seine Tür und sprang aus dem Sprinter.

Clara nahm ihre Tasche, dann öffnete sie die Beifahrertür langsam, damit es in der Ruhe der Nacht nicht so schrecklich quietschte. Vorsichtig kletterte sie heraus.

Ben griff an ihr vorbei nach ihrem Koffer und zog ihn aus dem Wagen. »Bitte sehr.« Er stellte ihn direkt neben ihr ab. Clara hörte ein paar Schaumstoffflips rascheln, die sich eisern an ihrem Koffer festklammerten.

Für einen Moment standen Clara und Ben bewegungslos dicht beieinander.

»Danke für die Fahrt«, sagte Clara, aber was sie wirklich dachte, war, danke, dass du meine Angst verstehst. Irgendwie half ihr das. »Also dann, auf Wiedersehen.«

»Auf Wiedersehen? Aber sag mal, ich dachte, du hättest entschieden, dass wir uns nie mehr wiedersehen?«

Clara hörte das amüsierte Lächeln in Bens Stimme.

»Na ja, vielleicht laufen wir uns ja mal irgendwo und irgendwann über den Weg«, antwortete sie.

»Das würde mich sehr freuen, Clara Mentling«, sagte Ben, auf einmal fast ernst. »Die Reise mit dir war wirklich angenehm.«

»Angenehm?«

»Na ja, nett«, versuchte Ben es anders.

»Nett?«

»Also gut, richtig gut, wenn du es unbedingt wissen willst!«

Der Wind frischte auf und es raschelte in den Bäumen.

»Gute Nacht, Ben, und danke«, meinte Clara leise.

»Gute Nacht, Clara, und ebenfalls danke.«

Sie beugte sich vor, um ihren Koffer zu nehmen, und irgendwie kamen sie sich dadurch ganz nah. Für den kleinsten Moment überlegte Clara, Ben noch einmal wie vorhin zu küssen. Stattdessen tupfte sie ihm einen kleinen Kuss auf die Wange, bevor sie nach ihrem Gepäck griff und hinüber zu dem schmalen Gartentor ging. Hinter ihr ließ Ben den Motor wieder an und die Scheinwerfer leuchteten auf. Clara wandte sich um und winkte noch einmal kurz, dann nahm sie all ihren Mut zusammen, öffnete die Gartentür und ging hindurch.

Das Erste, was ihr in Manons Garten auffiel, war der geradezu betörende Rosenduft. Es duftete so süß, satt und wunderbar, dass sie für einen Moment einfach nur stehenblieb und tief ein- und ausatmete. Dann fielen ihr die Geräusche ringherum auf. Grillen zirpten, hier und dort raschelte es im Gebüsch und irgendwo quakte ein Frosch. Die Luft war angenehm lau, fast samtig.

Mit dem Koffer in der Hand ging Clara den schmalen Pfad entlang, aber bald war sie zu weit entfernt von der Gartenleuchte und sie musste ihre Handylampe anstellen, um den Weg zu finden. Der Gartenpfad bestand aus breiten Steinplatten und führte sie direkt zu dem kleinen kiesbestreuten Platz vor dem Haus, den sie auch auf dem Foto gesehen hatte. Wenn sie sich nicht täuschte, musste dort die Hollywoodschaukel stehen. Und tatsächlich fand sie sie dort an der Seite. Clara stellte ihren Koffer ab und griff nach dem linken Kissen. Dabei stieß sie die Schaukel leicht an und mit einem leisen Quietschen begann sie hin und her zu schwingen. Irgendwie kam das Quietschen Clara unerwartet vertraut vor und sie musste wieder an das Kinderlied À la claire fontaine denken. Ob ihre Mutter ihr das hier auf der Hollywoodschaukel vorgesungen hatte? Vor ihrem inneren Auge erschienen Bilder von sich und ihrer Mutter, aber Clara war sich nicht sicher, ob sie sich das alles nur einbildete. Vielleicht hatte sie das Lied ja auch in dem französischsprachigen Kindergarten gelernt, den sie zwei Jahre lang besucht hatte? Dennoch spürte Clara einen Schauer der Aufregung durch sich hindurchgehen. Sie würde mehr über ihre Mutter herausfinden und damit auch über sich, dessen war sie sich auf einmal ganz sicher. Die Schaukel schwang langsam aus, bis sie wieder stillstand.

Clara hob das Kissen hoch und tatsächlich lag darunter der Schlüssel, genau wie Amélie versprochen hatte. Clara nahm ihn an sich und ging dann mit ihrem Koffer um das Haus, bis sie zu der schmalen Eingangstür kam. Dort stellte sie abermals den Koffer ab und leuchtete dann mit dem Handy auf das Schlüsselloch. Das Licht fiel auch auf das kleine Schild daneben. *Manon Gramont de Mer* stand darauf. Das Schild leuchtete ungewöhnlich im Licht auf und Clara betrachtete es genauer. Es war aus Glas. Die Schrift war eingeätzt und mit Farbe koloriert. Überrascht zog Clara eine Augenbraue hoch.

Glas-Äz-Arbeiten waren wirklich nicht alltäglich und sie hatte sie noch nie in dieser Form bei einem Klingelschild gesehen. Aber es sah sehr schön aus. Mit dem altmodischen Schlüssel schloss Clara die Tür auf. Angenehm kühle Luft kam ihr entgegen. Clara atmete tief ein, dann trug sie ihren Koffer über die Schwelle und schloss die Tür hinter sich. Sie drehte sich um sich selbst, bis sie den Lichtschalter fand. Als sie draufdrückte und das Licht aufflammte, sagte sie laut zu sich selbst: »bienvenue.« Aber ihre Stimme klang nicht warm und voll, wie man es bei diesem Wort erwartete, sondern eher leise und unsicher.

Doch im Gegenzug strahlte das Haus wie als Antwort eine wohltuende, einladende Ruhe aus. Neugierig blickte Clara sich um. Der Eingangsbereich war ein kleines Vestibül mit einem Fußboden aus großen hellen Steinplatten und weißgetünchten Wänden. In einer Ecke lehnte ein altmodischer schwarzer Schirm mit einer Glaskugel als Knauf. Es gab keine Tür ins nächste Zimmer und als Clara weiterging, kam sie direkt in einen mittelgroßen Raum, den sie für das Wohnzimmer hielt. Auch hier stellte sie das Licht an, das von einer altmodischen Stehlampe mit hellem Schirm gespendet wurde. Es gab ein breites, einladend aussehendes braunes Ledersofa und mehrere Sessel in unterschiedlichen, leicht ausgeblichenen Farben und einen schmalen Schreibtisch, der an der Wand gegenüber dem Sofa stand.

An der Stirnseite des Raums war ein großer Kamin in die Wand eingelassen mit einem wunderschönen alten steinernen Sims. Darüber hing das große Foto einer Frau mit dunklen welligen Haaren. Sie schien über den Betrachter hinwegzuschauen und ihre Mundwinkel umspielte ein Lächeln. Es war das wunderschöne Portrait einer wunderschönen Frau. Clara stellte ihren Koffer ab und legte ihre Tasche darauf ab. Dann ging sie hinüber zum Kamin.

»Salut, maman«, sagte sie leise zu der Frau auf dem Bild. »Bitte verzeih, dass es so lange gedauert hat, bis ich hergekommen bin.«

Die Frau lächelte weiter. Es war ein warmes, herzliches, liebenswürdiges Lächeln. Eines, an das Clara sich noch ganz dunkel zu erinnern meinte.

»Maman«, wiederholte sie und stellte überrascht fest, dass es sich in dieser Umgebung schon gar nicht mehr so fremd anhörte.

Sie betrachtete das Bild noch eine Weile, dann ging sie weiter und kam durch eine offenstehende türkis gestrichene Tür in die Küche. Die weißen Schränke waren altmodisch und leicht verblichen. Es gab ein Ungetüm von Gasherd nebst einem ebenfalls sehr altmodischen Kühlschrank. In der Mitte der nicht sehr großen Küche stand ein weißer Tisch. Darauf befanden sich ein Kuchen, eine Flasche Limonade und eine Flasche Schnaps, an der ein zusammengeklappter Zettel lehnte. Clara griff danach und erkannte sofort Amélies Schrift.

Clara, Du kannst dir gar nicht vorstellen, wie sehr wir uns freuen, dass Du hergekommen bist! Wir können uns allerdings ausmalen, dass es nicht einfach für Dich ist, hier anzukommen, und es tut uns sehr leid, dass wir nicht da sein können, um Dich zu begrüßen. Emma, Claire und ich kommen morgen so schnell wie möglich zurück. Damit Du eine Stärkung vorfindest, hat Emma ihren Aprikosen-Mandelkuchen für Dich gebacken und die Limonade stammt von den Zitronen aus Claires Garten. Emma meint, das würde vielleicht nicht reichen, deshalb stelle ich noch den Sommerlikör von unserem Freund Thierry dazu. Morgen zeigen wir Dir dann alles. Schön, dass Du da bist, liebe Clara!

PS: Ich habe gedacht, dass Du in Manons Zimmer schlafen möchtest, aber ich habe auch das Bett in der Kammer vorbereitet, wenn Dir das lieber ist. Gute Nacht!

Clara schaute auf den Mandelkuchen, dessen Aprikosen unter einer hauchzarten Schicht Puderzucker hervorleuchteten. Auf einmal spürte sie, wie hungrig sie war. Zwar hatten sie vorhin an einer Raststätte gehalten, aber das war schon ewig her und wirkte fast wie an einem anderen Tag in einem anderen Leben. In dem tiefen altmodischen Spülstein wusch Clara sich die Hände, trocknete sie mit einem blau-weiß gemusterten Handtuch ab und setzte sich dann an den Tisch. Amélie hatte einen Teller und Besteck gedeckt und Clara musste sich nur auftun. Vorsichtig schnitt sie den Kuchen an und nahm sich dann ein großzügiges Stück. Der Kuchen und besonders auch die Aprikosen darauf dufteten himmlisch.

Schon nach dem ersten Bissen fühlte sich Clara fast glücklich. Das war fantastisch! Die Aprikosen schmeckten reif und voll, ganz anders als die Früchte gleichen Namens, die sie zu Hause kaufte und die immer so wirkten, als hätte man ihnen die Sonne nur ganz kurz gezeigt. Der Teig des Kuchens war locker und schien nur als zarte Untermalung für das Obst gedacht zu sein. Schwere oder bröselnde Trockenheit gab es nicht, der ganze Kuchen war einfach leicht und sommerlich. Clara nahm sich noch ein zweites Stück, dann schraubte sie die Limonadenflasche auf. Ein Glas fehlte, aber irgendwie konnte Clara sich nicht vorstellen, dass sie aus der großen Flasche trinken sollte. Sie stand auf, um ein Glas zu suchen, und öffnete auf gut Glück den Hängeschrank über der Spüle. In der Tat standen dort Gläser, Vasen und Glaskaraffen. Aber es war keine normale, langweilige Durchschnittsware, sondern elegant geschwungene Weingläser, wunderschön gearbeitete Karaffen und zarte Wassergläser in unterschiedlichen Farben. Es gab ein lichtes Hellblau, sanftes Rosa und einen zarten Gelbton, der aber nicht kränklich, sondern ausgesprochen sonnig aussah. Clara streckte die Hand aus und nahm vorsichtig das vorderste hellblaue Glas heraus. Es lag gut in der Hand und in seinem Boden war eine einzelne große Luftblase eingeschlossen. Sorgfältig betrachtete sie es von allen Seiten. Es war leicht und bezaubernd, gleichzeitig jedoch einen Hauch uneben, sodass es nicht wie ein industriell gefertigtes Glas aussah. Dazu passte auch, dass Clara kein Firmenlogo oder Siegel finden konnte. Sie nahm es mit an den Tisch, goss sich die Limonade ein und kostete. War der Kuchen schon lecker gewesen, übertraf ihn die Limonade fast noch. Sie schmeckte herrlich sprudelnd mit einem duftenden Aroma nach Zitrone, nicht zu süß, sondern eher fruchtig-säuerlich und durch die Kohlensäure angenehm prickelnd. Clara trank das Glas aus und schenkte sich dann noch einmal nach, bevor sie sich zum Abschluss noch einen kleinen Sommerlikör genehmigte. Auch er schmeckte stark nach Zitrone, aber brannte heftig im Hals. Puh, dachte Clara und schloss die Flasche schnell wieder. Dann räumte sie alles auf und ging zurück ins Wohnzimmer. Sie gähnte. Was hatte Amélie ihr geschrieben, sie habe Manons Schlafzimmer für sie vorbereitet? Himmlisch, denn ein Bett war jetzt genau das, was sie brauchte. Aber wo war die Treppe? Clara nahm ihren Koffer und ihre Tasche und machte sich auf die Suche. Aber im Vestibül fand sie keine Treppe, im Wohnzimmer auch nicht, also ging Clara noch einmal in die Küche. Hier gab es tatsächlich noch eine Tür, die Clara zuvor gar nicht aufgefallen war. Und tatsächlich versteckte sich dahinter die Treppe nach oben. Clara löschte das Licht und stieg dann die knarzenden Stufen hoch.

Oben duftete es intensiv nach Rosen und Clara erkannte schon auf dem Treppenabsatz den Grund. Eine Vase voller aufgeblühter Rosen stand auf einer schmalen Kommode an der Seite des nicht sehr großen quadratischen Flurs. Die Rosen blühten üppig in Rosa, aber es war wieder der Gegenstand aus Glas, der sofort Claras volle Aufmerksamkeit auf sich zog. Sie hatte selten eine so elegante und dabei schlichte Vase gesehen. Unten bauchig, oben schmäler wirkte sie leicht und schwer zugleich und brachte in diesem scheinbaren Widerspruch die wunderschönen Rosen perfekt zu Geltung.

Meine Mutter hatte einen wirklich guten Geschmack, was Glas anging, dachte Clara und erinnerte sich an das Foto von Manon mit der kleinen Vase in der Hand. Aber warum auch nicht? Vielleicht hatte ihr Vater sie mit seiner Begeisterung für Glas angesteckt? Vielleicht hatte er ihr auch die Vase geschenkt?

Clara beugte sich hinunter, um an den Rosen zu riechen, deren Duft wirklich geradezu betörend war. Trotzdem rochen sie nicht betäubend oder schwer, sondern natürlich, gerade so, als stände Clara im Garten vor einem Rosenstock. Clara lächelte, ohne es zu merken, dann blickte sie sich hier oben um. Es gab drei Türen, von denen eine offen stand. Durch sie kam Clara in ein Schlafzimmer. Hier war ein leichtes, leuchtendes Mint die vorherrschende Farbe, dazu zart gemusterte helle Vorhänge und ein ungewöhnlicher Kronleuchter mit großen Glasperlen, der über einem breiten weiß bezogenen Bett hing. Das musste Manons Zimmer sein und Clara konnte sich sofort vorstellen, dass ihre Mutter diesen Raum gemocht hatte. Er wirkte angenehm kühl und zugleich sehr einladend mit seinen tiffanyfarbenen Möbeln und einem Sessel, der so stand, dass man von ihm aus direkt aus dem Fenster schauen konnte. Clara stellte ihren Koffer ab und legte ihre Tasche auf den Sessel. Dann ging sie hinüber zum Fenster. Draußen war es dunkel, aber sie sah die Lichter der Stadt unter sich. Neugierig öffnete Clara ein Fenster und prompt erfüllte das Zirpen der Grillen den Raum. Schön, dachte Clara, bevor sie abermals gähnen musste.

Hinter der zweiten Tür im Flur entdeckte sie ein kleines Badezimmer mit einer schmalen Badewanne auf kupferfarbenen Füßen und einem altmodischen Waschtisch und hinter der dritten Tür befand sich ein ganz kleiner Raum, der die Bezeichnung Kammer wirklich verdiente. Er war so schmal, dass gerade mal ein Bett und ein Schrank hineinpassten. Dennoch wirkte auch diese kleine Kammer einladend und freundlich. Clara zog ihr Handy aus der Tasche und machte ein paar Fotos von den Zimmern, den Rosen und der Wanne auf ihren Löwenfüßen. Dann holte sie ihren Kulturbeutel und ging ins Bad. Beim Zähneputzen schickte sie die Fotos an Ava.

Wirklich schön hier, schrieb sie dazu. *Ich wünschte, Du wärst hier und könntest es sehen. Meine Mutter mochte übrigens auch Glas. Und die Farben Türkis und Mint. Wie das Schloss einer Prinzessin sieht es hier allerdings nicht aus. Und das ist auch ganz gut so. Morgen mehr, gute Nacht!* Sie garnierte ihre Nachricht mit einer Reihe Smileys, dann schickte sie sie ab. Kurz überlegte sie. *PS: Hatte eine erstaunliche Fahrt hierher … inklusive eines Kusses auf einem Parkplatz. Ich erzähle es Dir, wenn wir uns sprechen. Hoffe, Du bist um diese Zeit nicht mehr in der Arbeit!!!*

Während sie sich den Mund mit dem kühlen, klaren Wasser aus der Leitung ausgespülte, dachte sie an Ben. Kurzerhand schickte sie ihm auch zwei der Rosenfotos.

Es ist schön hier. Ich hoffe, Du hast noch eine gute Fahrt.

Erst als sie die Mail schon abgeschickt hatte, ging es ihr durch den Kopf, dass er und die anderen Prinzen die Schuld daran trugen, dass sie keinen Job mehr hatte und ihr Leben so einen krassen Absturz hingelegt hatte. Vielleicht hatte sie in den letzten Stunden erstaunlich wenig daran gedacht, aber das änderte nichts an der Realität. Mit Ben sollte sie also wirklich nicht mehr sprechen. Für einen Moment spürte sie wieder die altbekannte Wut auf die Ungerechtigkeit des Lebens. Aber als sie an den duftenden Rosen im Flur vorbeikam, löste die Wut sich auf und Clara entschied, dass sie ohne das ganze elende Schlamassel wohl kaum hier gelandet wäre. Sie zog sich aus und kroch dann ins Bett. Für einen Moment betrachtete sie den wunderschönen schmalen Leuchter über sich, dessen Glasperlen das Licht brachen und in allen Farben an die Wände warfen, dann löschte sie die Lampe und schlief praktisch sofort ein.

***

Ben

Ben fuhr durch die Nacht. Zum Glück waren die Straßen frei und die legendär langen Staus zu Zeiten der Filmfestspiele hatten sich zu so später Stunde bereits aufgelöst. Er hatte das Fenster heruntergelassen und das Radio angestellt. »Gentle Waltz« von Oscar Petersen lief auf dem Jazzsender, den er gefunden hatte, und das passte sehr gut zu seiner nächtlichen Stimmung.

Ben ließ seine Gedanken fließen, dachte über dies und das nach, über das Material für die Flügel, das hinten im Transporter lag und in dessen Entwicklung er und Daniel so viel Zeit und Energie gesteckt hatten. Ihr Vater hielt dieses Projekt für eine reine Verschwendung von Ressourcen und fand, dass

Daniel und er sich ausschließlich in der Unternehmensführung engagieren sollten, aber Ben liebte es, Neues zu entwickeln und damit auf seine eigene Art kreativ zu sein. Außerdem glaubten er und Daniel, dass ihr Material besser war als das ihrer Zulieferer. Jetzt allerdings brauchten sie eine unabhängige Meinung dazu. Und dafür war niemand besser geeignet als Madame Lupin, die Testleiterin bei Airbus. Sie war eine durch und durch sachliche Person und würde ihnen sicherlich vollkommen emotionslos mitteilen, wie sie das Material einzuschätzen hatten. Das letzte Mal, als Daniel dort gewesen war, hatte sie auf den Testergebnissen handschriftlich vermerkt: *taugt nichts*. Hoffentlich würde ihr Votum diesmal positiver ausfallen, denn auf noch so einen Komplettverriss hatte Ben nicht die geringste Lust. Dann wanderten seine Gedanken weiter zu Clara. Er hatte sich vorhin an einer Tankstelle einen Kaffee geholt und seine Mails gecheckt und dabei ihre Nachricht entdeckt. Sie hatte ihn mehr gefreut, als er gedacht hätte. Clara war liebenswert und vollkommen anders als erwartet. Er hatte sie für eine toughe Geschäftsfrau gehalten – die sie auch war, aber eben nicht nur. Und sie küsste absolut unerwartet gut. So gesehen war Claras Kuss die erste positive Nebenwirkung von Pops Anzeige und eine wirklich angenehme noch dazu.

Ben blickte und wechselte die Spur. Immerhin war das Haupttheater mit der Annonce nun wohl ausgestanden, denn seit mindestens zwei Stunden hatte sein Handy nicht mehr geklingelt und sein Postfach quoll nicht mehr total über, sondern füllte sich wieder langsamer, allerdings dafür jetzt mit Anzeigen für Hochzeitsmode und anderem derartigen Quatsch.

Ben stellte das Radio etwas lauter. Er mochte die Côte d'Azur, auch wenn die Autobahn leider über weite Teile durch das Landesinnere führte und er eigentlich nie wirklich in die Nähe des Meeres kam. Dabei war die Gegend hier so wunderschön. Städte mit klassischen Altbaupalästen wechselten sich ab mit Dörfern mit bunt gestrichenen Häusern, rötlichen Steinstädten und Orten, die rund um eine

Marina angelegt worden waren. Es gab Touristenhochburgen, versteckte Geheimtipps von unfassbarer Schönheit und vor allem gab es das Meer, von dem Ben allerdings gerade zu seinem Leidwesen nichts mitbekam. Früher waren sie wegen der Nähe zu Airbus manchmal in den Ferien hergekommen, aber sein Vater machte eigentlich keinen Urlaub und so arbeitsbelastet war das dann auch meistens gewesen.

Bens Handy klingelte und riss ihn aus seinen Träumereien.

»Ja?«

Es war Daniel. »Hallo Ben. Sag mal, ist das Clara Mentling, die du da auf irgendeinem Parkplatz küsst?«

Ben blinzelte überrascht. »Hallo großer Bruder. Wie kommst du denn auf so etwas?«

»Ich bin gerade von dem Geschäftsessen mit den Triebwerkleuten gekommen und habe so ein Video in meinem Postfach vorgefunden. Veronique hat es mir geschickt. Sie meinte, ich solle mir das mal ansehen. Und gleich beim ersten Take – Bumm – stehst du und küsst eine Blondine, die aussieht wie Clara Mentling. Hab ich was verpasst?«

»Nein, hast du nicht«, erwiderte Ben, aber ihm wurde warm zumute.

Also hatte Veronique ihn doch filmen lassen, und das, obwohl er ihr das ausdrücklich untersagt hatte. Immerhin küsste er Clara und nicht irgendwen anders. Ben atmete aus. Dann dachte er daran, was diesem Kuss vorausgegangen war und warum es überhaupt zu diesem Kuss gekommen war, und der Druck in seiner Brust nahm schlagartig zu.

»Ist Juli schon zurück?«, erkundigte er sich vorsichtig.

»Ja, die schläft oben.«

Also hatte es zumindest keine Trennung gegeben. Ben spürte eine deutliche Erleichterung, bei einer gleichzeitig anschwellenden Wut. Es war doch nicht zu fassen, wozu manche Leute für ein paar Klicks bereit waren. Immerhin hatte Juli es sich offenkundig nochmal mit der Trennung von Daniel überlegt. Das war doch wenigstens etwas.

»Also, war das wirklich die Glas-Clara, die du geküsst hast?« Daniel war offenkundig nicht bereit, diesen Punkt auf sich beruhen zu lassen.

»Hm.«

»Was ist denn das für eine Antwort? Du musst das doch eindeutig beantworten können. Also ja oder nein?« Das klang wieder nach Daniel Spürhund.

»Ja«, gab Ben zu.

»Echt? Da bin ich wirklich überrascht. Hat sie sich doch beworben um die Stelle an deiner Seite?«

Diesmal musste Ben nicht lange überlegen. »Nein«, antwortete er sofort.

»Und warum küsst du sie dann?«

»Ich kann doch nicht nur Frauen küssen, die mich wegen Pops absurder Anzeige heiraten wollen«, meinte Ben.

»Stimmt.« Ungewöhnlicherweise ließ Daniel ihn vom Haken. »Trotzdem würde mich mal interessieren, wie es genau dazu gekommen ist.«

Ich hoffe, dass du das nie erfährst, dachte Ben sofort. Ihm wurde jetzt noch flau, wenn er an Julis absurden Auftritt vorhin dachte.

Zeit für einen Themenwechsel. »Ich bin gespannt, was die Materialtestung erbringt«, sagte er.

Aber Daniel ging nicht gleich mit. »Warte mal. Gerade kommt noch eine Nachricht von Veronique. Wenn ich jemanden zum Ausheulen brauche, soll ich sie anrufen, hat sie geschrieben. Weil du Clara küsst, soll ich mich ausheulen? Wow, die Frau ist wirklich strange. Hauptsache, du musst jetzt nicht heulen.«

»Ich heulen? Nein, wieso?« Ben überholte einen Wagen, der mitten auf der Straße stehengeblieben war. »Aber Veronique ist wirklich seltsam. Vielleicht solltest du Mails von ihr einfach ungesehen löschen.«

»Gute Idee«, brummte Daniel. »Sie hat vorhin siebenmal bei Lara angerufen, um mich zu sprechen. Siebenmal! Lara war total genervt.«

»Aber du hast nicht mit ihr gesprochen?«

»Bin ich verrückt? Nein, dazu hatte ich keine Zeit. Ab und zu muss ich ja auch mal arbeiten, besonders wenn du nicht da bist. Aber erzähl doch noch mal bitte, was das mit Clara Mentling ist. Ach, warte mal, jetzt schickt Veronique noch ein Video. Mal sehen, was uns das über Clara verrät …«

Ben hörte ein paar Geräusche im Hintergrund und dann kam Julis Stimme. »Ben, ich hätte Daniel nie heiraten sollen. Das ist mir sonnenklar geworden. Im Vergleich zu dir ist er nur das Vorläufermodell. Aber ich habe ihn für dich verlassen und wir können wieder zusammen sein. Ist das nicht wunderschön?«

Veronique hatte auch das filmen lassen!

Ben bekam einen Anflug von Panik, wie vorhin schon, als Juli das in echt ausgesprochen hatte. »Daniel, stopp das«, flehte er, aber sein Bruder reagierte nicht. Das Video lief weiter und Juli sagte mit übertrieben pathetischer Stimme: »Ich weiß, dass du mich noch liebst. Ich sehe es in deinem Blick, und ja, mein Liebster, ich liebe dich auch.«

Dann hörte Ben Claras Stimme. »Augenblick«, sagte sie fest, dann raschelte es und das Video war zu Ende.

Für einen Moment passierte nichts.

»Du liebst meine Frau und küsst Clara Mentling?«, fragte Daniel dann ungläubig.

»Was ist denn so schlimm daran, wenn ich Clara Mentling küsse?«, fragte Ben, bevor ihm klar wurde, dass das die unlogischste Frage von allen in dieser Situation war.

Daniels Stimme blieb gefährlich ruhig. »Nichts, du kannst Clara so viel küssen, wie du magst. Aber was ist mit dir und Juli?«

Ben atmete tief durch. »Absolut nichts.«

»Warum sagt sie das dann?«, fragte Daniel und klang bestürzt, ja fast entsetzt.

Ben überlegte fieberhaft, was er am besten sagen sollte. Er wollte nicht, dass das zwischen Juli und Daniel scheiterte – schon gar nicht wegen ihm und noch weniger wegen Pops' Anzeige und all ihren verrückten Folgen. »Ich glaube, es war nur inszeniert, um viele Klicks zu bekommen«, erwiderte er dann ehrlich. »Es sollte anscheinend noch einen Knaller geben, weil ich nicht bereit war, vor der Kamera nach der perfekten

Frau zu suchen.«

»Stattdessen hast du Clara Mentling geküsst«, erwiderte Daniel. »Und der Kuss sah aus wie der Kuss des Jahrhunderts.«

Und es hat sich auch so angefühlt, gestand sich Ben auf einmal ein und ihm wurde noch wärmer zumute. Aber das Wohlgefühl verging sofort wieder, als er Daniels nächsten Satz hörte.

»Ich muss mit Juli sprechen«, erklärte sein Bruder und dann war die Leitung tot.

Verdammt, dachte Ben und konnte nicht fassen, dass die ganze grässliche Geschichte immer noch nicht zu Ende war. Und dann dachte er daran, was er an diesem Tag gelernt hatte. Es gab nette Menschen, aber seine Schwägerin gehörte definitiv nicht dazu. Clara dafür umso mehr.

8. Kapitel

Clara

Clara wachte davon auf, dass es unter ihr irgendwelche seltsam zischenden Geräusche gab. Sie lauschte und hörte es knacken, bevor es erneut leises zischelte. Wo war das? Und vor allem – was war das?

Etwas schlaftrunken setzte sie sich auf. Das Geräusch kam nicht aus ihrer unmittelbaren Nähe, aber es konnte auch nicht weit weg sein, dazu war das ganze Haus viel zu klein. Clara beugte sich nach unten, aber unter ihrem Bett kam es nicht hervor. Also richtete sie sich wieder auf. Dabei fiel ihr Blick durch das Fenster. Sie hatte am Abend zuvor weder die Vorhänge zugezogen noch die Fensterläden geschlossen, und der Anblick, der sich ihr jetzt bot, war fast zu schön für diese Welt. Sie blickte mitten in ein sonniges Paradies. Die Bäume im Garten leuchteten grün und üppig und die zwei dunkelgrünen Zypressen etwas weiter hinten schienen alles zu behüten. Aber am Unglaublichsten war der Himmel. Er war einfach nur blau, aber was für ein unfassbar sanftes und gleichzeitig unendliches Blau.

Genau wie das Blau von den Gläsern in der Küche, erinnerte sich Clara. Unter ihr zischte es schon wieder, diesmal noch lauter, und das ließ sie aus dem Bett springen und kurzerhand die Treppe hinunterlaufen.

Die Tür zur Küche stand offen und sie bog zackig um die Ecke, nur um sofort abrupt zu bremsen. In der Küche stand ein Mann und war offenkundig gerade damit beschäftigt, das Monster von Herd anzufeuern. Als sie um die Ecke kam, richtete er sich auf.

»Bonjour«, sagte er freundlich zu ihr.

»Bonjour«, grüßte Clara vorsichtig zurück. Wer war das? Amélie hatte nichts darüber geschrieben, dass hier jemand zu erwarten wäre. Dann fiel Clara auf, dass sie ja noch im Pyjama steckte. Und nicht einmal in einem besonders schönen Modell, denn die lagen ja alle auf dem Wäschestapel im Badezimmer von ihrer und Avas Wohnung in München. Sie errötete leicht.

»Tu es Clara?«, erkundigte sich der Mann jedoch nur. Seine Worte klangen allerdings eher wie eine Feststellung als wie eine Frage.

»Oui«, bestätigte Clara. Sie spürte den kalten Steinboden unter ihren Füßen. Er hatte eindeutig noch nichts von der Sommersonne draußen vor dem Fenster abbekommen.

»Bienvenue a San Michelle! Ich bin Mathieu, der Nachbar von den Gramonts de Mer. Amélie hat mir Bescheid gegeben, dass sie heute früh noch nicht zurück sein können, und da habe ich gedacht, komme ich vorbei und mache dir Frühstück.«

»Wie nett«, meinte Clara fast ein wenig verblüfft.

»Aber dieser Herd macht es einem nicht gerade leicht. Ich glaube kaum, dass ich ihn in einer vernünftigen Zeitspanne zum Laufen bringen werde.« Mathieu wies mit einem Achselzucken auf das Ungetüm.

»Das macht ja nichts«, beeilte Clara sich zu versichern. »Es ist noch Mandelkuchen da.«

»Und der Sommerlikör von meinem Vater.« Mit einem Lächeln wies Mathieu auf die noch fast volle Flasche, die auf dem Tisch stand. »Nicht überzeugend?«

Clara errötete abermals. »Nein, das ist es nicht«, sagte sie hastig, um nicht unhöflich zu wirken.

Aber Mathieu lachte nur. »Ich finde den Likör absolut grässlich. Aber das kann ja unser Geheimnis bleiben. Mein Vater nimmt seine kleine Schnapsproduktion sehr ernst.« Er zwinkerte ihr zu und Clara musste lachen.

»Einverstanden«, sagte sie.

»Also, was machen wir jetzt?« Mathieu ließ noch einmal das Gas hochzischen und betätigte dann den Zünder. Clara betrachtete ihn dabei. Er war groß und schlank, hatte dunkle Locken, ein gut aussehendes Gesicht und ein einnehmendes Lächeln. Anders als Clara war er im Übrigen perfekt angezogen in einem makellos gebügelten weißen Hemd zu dunkelblauen Anzughosen.

»Wie wäre es, wir gehen einfach frühstücken?«, schlug Mathieu vor und gab seine Versuche am Herd auf. Er warf einen Blick auf die teuer wirkende Sportuhr an seinem Handgelenk. »Das sollte ich noch schaffen, bevor ich ins Büro muss.«

»Seht gern. Aber bitte mach dir meinetwegen keine Umstände«, sagte Clara förmlich.

»Natürlich mache ich das«, erwiderte Mathieu sofort. »Schließlich gehören unsere Familien praktisch zusammen.«

Clara lächelte. Ihre Familien. So wie er es aussprach, hörte es sich an, als gehörte sie wirklich und tatsächlich dazu.

»Ich gehe mir nur schnell etwas anziehen«, murmelte sie. »Nur eine Sekunde.«

»Lass es auch zwei sein und nimm einen Badeanzug mit, du willst doch hinterher bestimmt ans Meer gehen, oder?«

***

»Bonjour, Monsieur Prinz«, begrüßte die Werksleiterin Ben und schaute mit ihrem etwas starren Blick direkt an ihm vorbei. »Ich bin überrascht, Sie zu sehen. Es ist eher unüblich, dass Kunden wie Sie in mein Büro – wie soll ich sagen – vordringen.«

»Das habe ich wohl bemerkt«, erwiderte Ben und blieb vor ihrem Schreibtisch stehen. Für ihn hatte es eine echte Herausforderung bedeutet und die Aufbringung aller seiner Französischkenntnisse verlangt, um bis zu ihr vorgelassen zu werden. »Aber ich muss Sie unbedingt sprechen, Madame Lupin. Man sagte mir, unsere Time Slots für die Testung wären gestrichen worden.«

»Bien sûr«, erwiderte sie und wirkte nun wirklich verblüfft. »Sie haben sie doch so kurzfristig abgesagt und uns damit vor die unmögliche Situation gestellt, so schnell Ersatz für die Testzeiten zu finden. Zum Glück konnte eine Charge aus dem Hauptwerk vorgezogen werden. Ich lasse meine Maschinen nicht gern stillstehen und meine Mitarbeiter herumsitzen.«

»Aber wir haben die Time Slots nicht abgesagt, ganz im Gegenteil, wir haben sie sogar ausdrücklich bestätigt«, widersprach Ben. »Lara Albrecht hat doch mit Ihnen persönlich gesprochen.«

Die Werksleiterin machte eine knappe Handbewegung mit der rechten Hand. »Ja, natürlich, deshalb haben wir uns auch darauf verlassen, dass alles funktionieren würde.«

»Aber?« Ben wusste nicht, was das alles sollte. Fakt war nur, dass man sein Material eben abgewiesen und man ihn zudem gebeten hatte, das Betriebsgelände zu verlassen. Und das nach einer echt kurzen und schlechten Nacht in einem wenig attraktiven Hotel zwischen der Autobahnabfahrt und dem Parkplatz von Airbus.

Madame Lupin schürzte die Lippen. »Monsieur Prinz, bisher hat die Zusammenarbeit mit Prinz-Airtec sehr gut funktioniert, obwohl Sie nicht zu Airbus gehören.« Aus ihrem Mund klang die fehlende Zugehörigkeit zu Airbus wie eine unverzeihliche Sünde. »Besonders Ihr Bruder war stets ein gern gesehener Gast hier.«

Da hat Daniel, der alte Charmeur, mal wieder ein Herz erobert, dachte Ben unerwartet amüsiert.

»Aber das geht nun wirklich nicht«, fügte Madame Lupin jedoch eisig hinzu und klang dabei strenger denn je.

»Was denn?«, fragte Ben. Er hatte keine Ahnung, was los war, nur das dringende Gefühl, einen doppelten Espresso zu brauchen. Und das, obwohl er schon einen getrunken hatte.

»Nun, Sie sagen erst heute Morgen ab, und das auch noch auf eine derart unverschämte Weise. Mein Assistent war ganz betroffen und ich muss zugeben, ich war auch nicht ganz unberührt von den Aussagen. Nein, so geht das nicht. Ich glaube nicht, dass wir Ihre Materialien jemals wieder werden testen können.«

»Wie bitte? Aber ich habe nicht abgesagt und ich hätte auch nicht den geringsten Grund dazu. Könnte es sich vielleicht um ein Missverständnis handeln?«

»Ein Missverständnis?« Madame Lupin gab ein kurzes, trockenes, nicht belustigtes Lachen von sich. »Ich glaube kaum. Vielleicht müssten Sie mal in Ihrem Unternehmen aufräumen, Monsieur Prinz. So einen Tonfall wie von der Dame, die angerufen hat, sind wir hier nicht gewohnt.«

»Und sie hat gesagt, dass wir die Time Slots nicht wollen?«

»Nicht nur das. Sie hat uns als inkompetent bezeichnet und mich persönlich als sozial gestörte Autistin beschimpft. Das ginge ja noch, aber als sie sagte, Airbus sei eine peinliche Katastrophe nationalen französischen Ausmaßes, war das Maß voll.«

Vor Entsetzen zog sich alles in Bens Brust zusammen. Schon häufiger hatten er und Daniel gealbert, dass Madame Lupin etwas speziell sei und vielleicht ein wenig zu sehr an Airbus glaubte. Vielleicht war dabei auch das eine oder andere Mal der Begriff Autismus gefallen. Aber das hatten sie doch nicht mit anderen besprochen. Und wenn vor jemandem, dann höchstens vor Lara. Aber die war verschwiegen, außerdem, warum um alles in der Welt sollte sie Termine stornieren, die sie erst so mühsam vereinbart hatte? Zudem wusste sie doch ganz genau, wie wichtig Daniel und ihm diese Tests waren. Nein, nie im Leben hatte Lara das veranlasst, für sie legte er seine Hand ins Feuer.

Doch wer dann?

»Wer hat denn in unserem Namen angerufen?«, fragte er und bemühte sich, seine Stimme ruhig und sachlich klingen zu lassen. Madame Lupin sollte keinesfalls mitbekommen, wie sehr ihn das alles aufregte.

Madama Lupin machte eine abweisende Handbewegung. »Ich habe nicht die geringste Ahnung, wie sie hieß, aber sie hat sich als Mitarbeiterin von Prinz-Airtec ausgewiesen und hatte auch unseren Bestätigungscode. Mein Mitarbeiter erwähnte nur, sie habe eine ungewöhnlich tiefe Stimme gehabt, zumindest bis sie diese unangenehmen, nicht zutreffenden Aussagen von sich gegeben hat. Da wäre ihre Stimme in die Höhe geklettert.«

Ben schluckte schwer. Juli! Konnte es wirklich sein, dass sie hier angerufen hatte? Aber wer sollte es sonst gewesen sein?

Er war so betroffen, dass ihm fast übel wurde. Hatte Juli die Testung abgesagt und auch noch beabsichtigt, so verbrannte Erde zu hinterlassen, dass sie sich nie wieder hier sehen lassen konnten? Aber das war undenkbar. Doch nicht Juli! Sie war Daniels Frau, egal, wie sehr sich die beiden in der vergangenen Nacht noch gestritten hatten. Allerdings hatte die Anruferin den Bestätigungscode gehabt. Es gab nicht viele Menschen, die darauf Zugriff hatten. Nur Daniel, Lara und er. Ihr Vater theoretisch auch, aber der wusste wahrscheinlich nicht einmal, dass diese Codes überhaupt existierten. Und über Daniels Handy und Laptop theoretisch auch Juli.

»Monsieur Prinz!«, drang Madame Lupins Stimme in sein Bewusstsein.

Er schreckte auf. »Ja?«

»Ist alles in Ordnung?« In Madames strenge Stimme war tatsächlich eine Regung getreten, die man bei anderen Menschen für Besorgnis hätte halten können.

»Ja«, antwortete Ben. »Nein«, fügte er dann hinzu. »Ich

muss sofort telefonieren und das klären. Aber ich bitte Sie inständig, sofort zu vergessen, was man da zu Ihnen und zu Ihrem Assistenten gesagt hat. Mein Bruder und ich, wir halten Ihre Institution für die beste auf der ganzen Welt. Wir kennen nichts Vergleichbares. Bitte schließen Sie uns nicht von Ihren Testmöglichkeiten aus.«

»Ihr Bruder sieht das auch so?«, erkundigte sich Madame Lupin.

»Selbstverständlich. Ich bin mir sicher, er würde es Ihnen auch persönlich versichern. Wenn Sie uns noch eine Chance geben könnten. Bitte.«

Madame Lupins abweisender Gesichtsausdruck wurde für einen Moment nachdenklicher. Ben fuhr sich hektisch durch die Haare, bevor er die Hand hastig wieder sinken ließ. Diesmal wäre er auch mit einem kurzen Votum zufrieden, wenn sie nur das Material prüften.

»Nun gut«, sagte Madama Lupin schließlich. »Aber nur unter zwei Bedingungen. Erstens: Sie entschuldigen sich bei meinem Assistenten, dessen Gefühle sehr verletzt wurden. Und zweitens: Ihr Bruder kommt mit zum Test.«

Ben nickte. »Selbstverständlich. Und wann … können wir testen?«

Madame Lupin schaute auf ihren Bildschirm. »Das kann ich Ihnen noch nicht genau sagen. Der nächste freie Time Slot ist in drei Monaten.«

»Drei Monate«, japste Ben. Sie hatten doch schon eine Ewigkeit auf dieses Zeitfenster gewartet.

»Außer Sie bleiben in der Nähe und ich schiebe Ihr Material ein, wenn sich eine Lücke auftut.« Madame Lupin musterte die Wand hinter ihm.

»Wie lange würde das dauern?«

»Wenn Sie und Ihr Bruder innerhalb weniger Stunden herkommen könnten, denke ich, können wir Ihr Material in den nächsten Tagen einschieben.«

»Wir werden da sein«, versprach Ben augenblicklich.

»Nun, dieser Satz hört sich nach einem emotionsüberfrachteten Unterhaltungsfilm an«, rügte die Werksleiterin.

»Hoffen wir lieber, dass Ihr Material allen sachlichen Ansprüchen genügen kann.«

Sie schaute zurück auf ihren Computer und entließ Ben nur mit einer Handbewegung.

»Au revoir«, sagte Ben, bevor er ihr Büro verließ. Direkt vor der Tür zog er sein Handy aus der Tasche, bevor ihm einfiel, dass er das hier nicht benutzen durfte. Also steckte er es zurück und ging dann zu Madame Lupins Assistenten, der die Sache nicht ganz so schwergenommen hatte, wie seine Chefin es dargestellt hatte.

***

Clara

Clara zog ein langes hellgelbes Sommerkleid an, das eigentlich gar nicht so lang war, sondern nur so erschien, weil es eigentlich Ava gehörte. Wie es in München den Weg in ihren Kleiderschrank gefunden hatte, wusste Clara nicht, aber jetzt war sie ausgesprochen dankbar dafür, denn die restlichen Klamotten, die sie mitgenommen hatte, passten nicht so gut zu Mathieu und seiner eleganten Kleidung. Das einzig Mühselige an dem gelben Traum war der Reißverschluss, der Clara an die große Ungerechtigkeit erinnerte, dass Ava zwar fast einen Kopf größer, aber trotzdem schlanker war als sie. Schließlich ruckelte sie ihn irgendwie zu, auch wenn es bedeutete, dass sie nicht mehr tief Luft holen konnte. Aber das war ein Preis, den zu bezahlen sie bereit war. Rasch tupfte Clara sich einen Hauch Creme ins Gesicht, verschönerte ihren Blick mit wasserfester Wimperntusche und warf dann einen Kontrollblick in den kleinen Spiegel über dem altmodischen Waschtisch im Bad. Der Sonnenschein, der golden durch das Badezimmerfenster fiel, ließ alles funkeln, und Clara beschloss, dass ihr Aussehen so in Ordnung war. Immerhin sah sie nicht mehr so verheult aus wie gestern, als ihr eine hilfsbereite Frau auf der Toilette an der Autobahnraststätte eine Karte mit Notfallnummern zugesteckt hatte. Nein, heute war nicht nur ihr Aussehen, sondern auch ihre Stimmung eindeutig besser. Woran das wohl lag?

An dem wunderbaren Sonnenschein? An dem Gefühl der Verbundenheit mit ihrer Mutter, das sie hatte, seit sie gestern Manons Bild über dem Kamin gesehen hatte? Oder an der Tatsache, dass sich hier jemand um sie kümmerte?

Kurz wanderten Claras Gedanken zu Ben. Auf seine Art hatte er sich auch um sie gekümmert, auch wenn es etwas schräg gewesen war. Sie konnte immer noch die Stellen an ihren Schultern und Armen spüren, an denen er sie gepackt hatte, um sie aus ihrem Auto zu ziehen. Wie es ihm wohl ging? Als sie jetzt auf ihr Handy blickte, stellte sie fest, dass er ihr noch in der Nacht geantwortet und ein Foto von einem wenig attraktiven Hotelzimmer mitgeschickt hatte. Nein, da hatte sie es eindeutig besser getroffen als er. Was hatte sie gestern Abend im Übrigen entschieden? Sie wollte nichts mehr mit den Prinzen zu tun haben! Nun gut, dann war es ihr doch recht, dass er weit weg in Toulouse gelandet war.

Ava hatte sich auch gemeldet und zehn Fragen aufgelistet:

1. Gibt es attraktive Fotomotive in San Michelle?
2. Scheint die Sonne?
3. Wie ist Deine Familie?
4. Wie ist das Meer?
5. Und der Strand?
6. Wen hast Du auf einem Parkplatz geküsst?
7. Warum weiß ich auch jetzt Stunden später immer noch nichts darüber?
8. Kann ich Deinen Regenmantel borgen, auch wenn er mir viel zu kurz ist?
9. Wollen wir im Lotto gewinnen?
10. Hast Du einen neuen Job für mich?

Hier ist es furchtbar, es regnet in einer Tour und die Arbeit mit der Praktikantin ist unerträglich. Ich habe noch nie jemanden erlebt, der permanent glaubt, alles besser zu wissen, obwohl es nicht stimmt. Ich möchte mich krankmelden. Noch lieber möchte ich bei Dir in San Michelle sein. Ich habe sogar schon mal nach Reisemöglichkeiten geschaut, aber keine Chance. Nicht solange die Filmfestspiele noch laufen und meine

Chefin mir niemals auch nur einen einzigen Tag frei geben wird. Clara, weißt Du eigentlich, was für ein Glück Du hast? Bitte schick mir jede Menge Fotos (vom Meer) und sag mir, dass es Dir gut geht! Eine dicke Umarmung von Deiner Ava

Clara lächelte, bevor sie in Kurzform antwortete.

Zu 1: Ich würde sagen, hier gibt es mehr gute Fotomotive als schlechte!
Zu 2: Nachts scheint die Sonne auch hier nicht
Zu 3: Ich habe meine Familie noch nicht kennengelernt, bin aber schon sehr gespannt
Zu 4: Bericht zum Meer folgt
Zu 5: Bericht zum Strand folgt
Zu 6: Der Kuss war gestern, den habe ich schon vergessen. Du bitte auch.
Zu 7: siehe Antwort zu Frage 6.
Zu 8: Klar kannst Du den Regenmantel nehmen. Ich trage heute auch Dein gelbes Sommerkleid, obwohl es mir viel zu lang ist.
Zu 9: Im Lotto gewinnen – ich bin dabei!!!
Zu 10: Ich wünschte, ich hätte einen Job für Dich. Und am besten auch gleich einen für mich dazu …
PS: Könntest Du mal nach der Arbeit nach meinem Auto schauen?

Clara beschrieb die Stelle, an der der Mercedes endgültig liegengeblieben war. Dann machte sie ein Foto von der Aussicht aus dem Fenster und schickte alles ab. Anschließend angelte sie sich ihre kleine Handtasche und steckte ihr Handy hinein. Was hatte Mathieu im Übrigen gesagt? Sie solle Badesachen mitnehmen? Nun, ein Besuch am Meer war sowieso ihre absolute Priorität und daher hatte sie ihren Bikini schon unter das gelbe Kleid gezogen. Sie griff noch nach einem der Handtücher, die Amélie für sie bereitgelegt hatte, packte es in ihre Strandtasche, dann war sie startbereit. Als sie durch den kleinen Flur in Richtung Treppe ging, blieb ihr Blick an den wunderschönen Rosen in der noch schöneren Vase hängen. Kurzerhand zog sie die kleinste heraus, brach den Stängel ab, wobei sie sich ordentlich an einer Dorne piekte, und steckte sich dann die blühende Rose in die welligen Haare. Umhüllt von dem wunderbaren Rosenduft lief sie nach unten. Mathieu wartete vor dem Haus in der Hollywood-schaukel. Er hatte sein Smartphone in der Hand und tippte mit fliegenden Fingern. Als Clara auf ihn zukam, schaute er auf und sie sah etwas wie Verblüffung in seinem Blick. Allerdings war sie sich nicht ganz sicher, ob es eine positive oder negative Überraschung war, die sein Gesicht da spiegelte.

»Ist etwas nicht in Ordnung?«, fragte Clara sofort.

Mathieus ernsthafter Gesichtsausdruck lockerte sich sofort wieder auf. »Nein, nein«, versicherte er. »Ich war nur überrascht von der Rose.«

»Die Rose?« Automatisch fasste Clara in ihre Haare. Wahrscheinlich war das gute Teil schon halb abgestützt und hing jetzt kopfabwärts oder so. Aber zu ihrer Überraschung saß die Rose noch fest an der richtigen Stelle.

»Komm, ich erkläre es dir unterwegs.« Mathieu zog eine Sonnenbrille aus der Brusttasche seines makellos weißen Hemdes und setzte sie auf.

Mist, meine Sonnenbrille habe ich in München vergessen, fiel Clara ein. Aber gerade fand sie die Sonne sowieso so wunderschön, dass auch ihre Helligkeit sie nicht störte.

»Mein Auto hat seinen Parkplatz an der Straße«, meinte Mathieu und ging voraus.

Prompt musste Clara an den Parkplatz, Ben und den völlig unerwarteten Kuss denken. Es hatte sich überraschend angenehm angefühlt, wie der Sonnenschein im Gesicht hier oder die leichte Brise, die ihr über die Arme strich. Clara schüttelte über sich selbst den Kopf und griff nach der Gartentür, die Mathieu für sie aufhielt. Er dirigierte sie zu einem eleganten Oldtimer, der unter einem Baum des Nachbargrundstücks im Schatten stand.

»Und du wohnst hier?«, fragte Clara und versuchte, das Haus hinter dem Baum und der Hecke zu erspähen.

»Nein, meine Familie bewohnt das Haus neben Jeannes. Pardon, jetzt muss ich ja sagen, neben Claires. Mein Beileid im Übrigen.«

Clara wusste nicht genau, was sie dazu sagen sollte, schließlich konnte sie sich nicht an ihre Großmutter erinnern. »Danke«, antwortete sie daher nur.

Mathieu öffnete die Beifahrertür für Clara.

»Merci«, sagte sie abermals, bevor sie einstieg. Irgendwie war es sehr altmodisch, die Tür offengehalten zu bekommen, aber es passte zu diesem Gefährt, das aus einer ganz anderen Zeit zu stammen schien. Es sah so aus, als wären schon Grace Kelly und Cary Grant damit gefahren.

Mathieu nahm auf dem Fahrersitz Platz. Komplikationslos ließ er den Motor an und wendete den Wagen dann in einem großen Bogen. Automatisch dachte Clara an ihren alten, heiß geliebten Mercedes, der allerdings noch nie so zuverlässig angesprungen war und der jetzt als Pannenfahrzeug in München am Straßenrand stand.

»Ich habe auch einen Oldtimer, einen hellblauen Mercedes«, meinte sie, als Mathieu die Rue d'Ambre hinunterfuhr. »Es ist noch von meiner Mutter.«

Mathieu setzte den Blinker und bog ab. »Der hellblaue Mercedes von Manon? Ich habe davon gehört.«

»Wirklich?«

»Ja, mein Vater Thierry …« Aber Mathieu sprach nicht weiter.

Clara wartete einen Moment, aber als nichts weiter kam, sagte sie: »Leider ist der Motor von Manons Mercedes kaputtgegangen. Jetzt steht er am Straßenrand in München und fährt nicht mehr.«

Mathieu runzelte die Stirn. »Der arme Wagen. Bring ihn her, wir haben hier die beste Werkstatt der Welt.«

Clara lachte. »Wie soll ich ihn denn herbringen? Er fährt nicht, außerdem bin ich jetzt hier und er ist dort.«

Mathieu warf ihr einen Blick zu, der wieder diese Überraschung zeigte, von der Clara nicht einschätzen konnte, ob sie positiv oder negativ war.

»Und wo steht er genau?«

Clara beschrieb ihm die Stelle, so gut sie konnte. »Warst du schon mal in München?«

»Nur beruflich. Wie ist denn dein Vater so?«, wechselte Mathieu abrupt das Thema.

»Mein Vater?« Clara fühlte sich ein wenig vor den Kopf gestoßen. Wie kam Mathieu dazu, sie ausgerechnet nach ihrem Vater zu fragen? Das letzte Mal hatte sie mit ihm gesprochen, als Jörn ihr großkotzig eröffnet hatte, sie würden die Firma ins Ausland verschieben oder verkaufen. Sofort spürte sie wieder diesen Mix aus Wut, Frust und Trauer.

»Blond«, antwortete sie nur kurz angebunden.

»Blond?« Mathieu lachte. »Ich dachte, das wäre eine Kurzbeschreibung, die nur Männer mit mehr als drei Promille im Blut von sich geben.«

»Bei mehr als drei Promille könnten sie damit aber auch den Badezimmervorleger oder den Hund der Nachbarin beschreiben«, gab Clara zurück.

»Du hast recht.« Mathieu lachte noch herzlicher.

Er bog abermals ab und Clara schaute sich um. Im morgendlichen Sonnenschein sah die Gegend, durch die sie fuhren, absolut bezaubernd aus. Die Häuser waren groß und elegant, aber nicht protzig. Besonders schön fand Clara ihre flachen mediterranen Dächer, die mit rostbraunen Schindeln gedeckt waren, und die Blumen, die überall blühten.

»Wer wohnt hier in diesen schönen Häusern?«, fragte sie neugierig.

»Die alt eingesessenen Familien von San Michelle«, antwortete Mathieu entspannt.

»Gehört meine auch dazu?«, erkundigte sich Clara und schaute dabei rechts und links aus den Fenstern. Sie konnte sich nicht erinnern, jemals schon eine schönere Wohngegend gesehen zu haben.

»Die Gramonts de Mer?«, fragte Mathieu zurück. »Oh ja, sie sind der Inbegriff von alteingesessen. Älter geht es kaum.«

Clara entschied, dass sie wirklich keine Ahnung hatte. Aber das war kein Problem, schließlich war sie ja hier, um alles über ihre Familie herauszufinden. Sie überlegte, was sie Mathieu noch fragen konnte, da fuhr er um eine Kurve und auf einmal konnte sie das Meer sehen. Wunderschön, prächtig und majestätisch lag es im hellen Licht vor ihnen, spiegelnd und glatt und von einem unfassbar leuchtenden Blau.

»Magnifique!«, sagte Clara voller Inbrunst. »Wie wunderschön!«

Mathieu neben ihr lächelte. »Du bist eben doch eine Tochter von San Michelle«, sagte er. »Claire, Amélie und Emma wird das freuen.«

Clara lächelte. »Wenn du meinst.« Bisher hatte sie sich als waschechte Münchnerin mit französischen Wurzeln gesehen. Aber hier war es so schön, da konnte es nicht falsch sein, auch dazuzugehören.

»Hat deine Mutter dir eigentlich auch unsere Sprache beigebracht?«, fragte Mathieu und parkte den Wagen direkt hinter der Promenade in einer kleinen Gasse.

»Französisch?«

»Nein, nein. Wir haben hier auch unseren eigenen Dialekt. Die Sprache von San Michelle. Die musst du lernen.«

Clara hob abwehrend die Hand. »Eins nach dem anderen. Erstmal Frühstück. Einverstanden?«

»Aber natürlich.« Mathieu stieg aus, kam um den Wagen herum und öffnete ihr die Tür. Dann streckte er die Hand aus, um ihr herauszuhelfen. Im ersten Moment wollte Clara ablehnen, doch dann entschied sie, nicht unhöflich zu sein, und ergriff Mathieus Hand. Sein Griff war angenehm fest, als er sie hochzog. Sie kam direkt vor ihm zu stehen. Seine Haut war sonnengebräunt und er wirkte fit und sportlich. Irgendwie konnte Clara es sich gar nicht anders vorstellen, als dass er Tennis spielte und segelte. Für sie sah er aus wie der personifizierte Mann aus San Michelle. Wieder musste sie an Ben denken und sie runzelte die Stirn darüber. Die Prinzen waren doch Vergangenheit.

»Voilà, eines der besten Frühstückslokale in San Michelle.« Mathieu wies in Richtung eines Cafés an der Ecke.

»Perfekt.« Clara liebte es zu frühstücken und bei dieser Aussicht fühlte sie sich so sonnig wie das Licht, das vom Himmel herunterschien. Ein Frühstück in diesem Sonnenschein, etwas Besseres konnte sie sich gerade gar nicht vorstellen.

Doch dann schien Mathieu kurz zu zögern. »Vielleicht solltest du die Rose besser hierlassen.«

Folgsam zog Clara die Blüte aus ihren Haaren, was nicht so leicht ging, weil sich ihre Wellen fest um den Stängel gelegt hatten. »Wieso?«

Sie bettete die Rose auf das Handtuch in ihrer Strandtasche und nahm nur ihre kleine Handtasche mit.

»Das ist eine ganz besondere Rose, die du da in den Haaren hattest, die Rosa millefolia Manon. Ihre ätherischen Öle gehören zu den gesuchtesten Parfumingredienzien der Welt. Die Gramonts de Mer sind mittlerweile berühmt dafür.«

»Das wusste ich nicht«, gab Clara zu.

Mathieu bot ihr den Arm, aber Clara zögerte kurz, bevor sie ihn ergriff. Bei dieser Bewegung hatte sie fast das Gefühl, mindestens ein Jahrhundert in die Vergangenheit zurückzuspringen. Wann hatte ein Mann ihr schon mal den Arm gereicht?

»Die Hauptstadt des Parfüms ist Grasse, hier in der Nähe auch an der Côte d'Azur. Dort wächst die Rosa centifolia, die hundertblättrige Rose, berühmt auf der ganzen Welt. Jeannes Mutter, die aus Grasse stammte, hat hier in San Michelle begonnen, ihre eigenen Rosen zu züchten. In Jeannes Händen ist daraus die Rosa millefolia Manon geworden, die nur auf dem Boden von San Michelle so gut gedeiht, im Sonnenschein auf den Berghängen.« Mathieu wies in die Richtung und Clara schaute auf die grünen und grauen Bergrücken der Seealpen, die majestätisch hinter ihnen lagen.

»Da habe ich ja Glück, dass ich gerade zur Rosenblüte hergekommen bin.«

Mathieu lächelte. »Absolut. Auf alle Fälle denke ich, würden die Gramonts de Mer ihre Rosen eher nur zu besonderen Gelegenheiten tragen. «

»Natürlich«, stimmte Clara ihm zu. »Ich konnte nur nicht widerstehen, weil sie so unglaublich geduftet hat.«

»Ja, sie duften wunderbar, nicht wahr? Kein Wunder, dass die Parfümeure von überall auf der Welt sie haben wollen. Das ist übrigens auch der Grund, warum Claire, Amélie und Emma gerade nicht da sind. Sie sind in Grasse, wo es um Geschäftsabschlüsse für die nächste Saison geht.«

»Amélie züchtet auch Rosen?«

Mathieu lachte, während er mit Clara am Arm die Terrasse des Cafés betrat. »Nein, Amélie ist Zahnärztin. Mit den Händen in der Erde oder am Rosenstock kann ich sie mir gar nicht vorstellen.«

»Und Emma?«

»Sie hat ihr eigenes kleines Café in der Nähe von Claires Galerie. Es ist wirklich süß und sehr gelungen und es passt zu ihr. Aber wenn Emma nicht da ist, hat es geschlossen.«

Clara fand diese Beschreibung hübsch. »Claire betreibt eine Galerie?«, fragte sie dann nach.

»Die bekannte Galerie Gramont de Mer für moderne Kunst. Das weißt du nicht?«

Clara schüttelte leicht den Kopf. Sie wusste ja nicht einmal, was ihre Mutter beruflich gemacht hatte. Mathieu ging mit einem Lächeln darüber hinweg.

Sie betraten die Terrasse des Cafés. Eine Kellnerin kam ihnen entgegen und brachte sie dann zu einem der schönsten Tische unter imposanten weißen Sonnenschirmen, von wo aus man einen fantastischen Blick auf die Promenade und das Meer dahinter hatte.

»Bitte sehr, Madame, Monsieur Albon«, sagte die Kellnerin und zog formvollendet den Stuhl für Clara heraus. Clara setzte sich, ohne den Blick vom Meer zu lösen. Von hier sah es aus, als würde es in allen möglichen Blautönen schillern.

»Darf ich Ihnen schon etwas bringen?«, fragte die Kellnerin, nachdem Mathieu sich gegenüber von Clara gesetzt hatte.

»Möchtest du Rührei, Speck, Pfannkuchen oder lieber das traditionelle San Micheller Frühstück?«

Diese Wahl fiel Clara nicht schwer. »Unbedingt das traditionelle Frühstück.«

Mathieu nickte. »Also gut. Zweimal Groghettes nature bitte, und dazu Orangensaft und Kaffee. Hättest du gern einen Americano oder lieber einen Cappuccino oder Latte macchiato?«, wandte er sich dann wieder an Clara.

Mit Mühe löste Clara ihren Blick vom unendlich scheinenden Meer. »Gibt es auch eine lokale Kaffeespezialität?«

»Aber ja, unseren Espresso Mix«, erklärte die Kellnerin. »Das ist ein starker Espresso mit einem Hauch dunkler Schokolade und etwas Milchschaum, eine Spezialität aus San Michelle.«

Mathieu hob abwehrend die Hände. »Keine Schokolade für mich, lieber einen normalen Cappuccino. Aber für dich?«

»Unbedingt«, entschied Clara unternehmungslustig.

»Sehr wohl.« Die Kellnerin ging.

Fast wie von selbst drehte Clara ihren Kopf zurück zum Meer.

»Ich sehe schon, ich habe einen taktischen Fehler gemacht«, meinte Mathieu nach einem Augenblick.

Clara schaute zu ihm zurück. »Welchen?«

»Wir hätten in die Berge zum Frühstücken gehen sollen. Hier wirst du nur noch das Meer anstarren und ich muss mich mit mir selbst unterhalten.« Er sah bei seinen Worten allerdings ausgesprochen belustigt aus.

»Entschuldige, bitte«, sagte Clara.

»Aber nein, man muss wissen, wann man sich etwas wirklich Schönerem geschlagen geben muss.« Er machte eine lässige Handbewegung und Clara entschied, dass sie sich zuvor vertan hatte. Mathieu sah nicht nur einfach gut aus, er war ein durch und durch schöner Mann und er strahlte eine angenehme Mischung aus Eleganz und Selbstsicherheit aus.

Sie lächelte ihn an. »Keine Sorge, du musst dich nicht mit dir selbst unterhalten. Stattdessen könntest du mir etwas über dich erzählen.«

Mathieu schien einen Augenblick zu überlegen. »Oh, im Vergleich zu deiner Verwandtschaft bin ich sehr langweilig. Ich bin einfach nur Anwalt, spezialisiert auf Mergers und Acquisitions.«

Prompt spürte Clara einen unangenehmen Druck im Bauch. Genau so einen Anwalt würden ihr Vater und Jörn demnächst auch beschäftigen, oder zumindest die Gegenseite, die Mentling-Glas schluckte.

»Hast du etwas gegen diesen Beruf?«, fragte Mathieu, dem ihr Umschwung in negative Gedanken nicht entgangen zu sein schien.

»Nein, überhaupt nicht«, beeilte sich Clara zu versichern. »Es ist …« Doch sie biss sich auf die Zunge. Sie konnte Mathieu kaum von dem Elend in ihrem Leben erzählen. »Es ist sicher ein guter Beruf«, brachte sie den Satz dann zu Ende.

Mathieu machte eine charmante Handbewegung. »Auch wenn es nicht so klingen mag, ist es wirklich ein spannender Job. Außerdem komme ich viel in der Welt herum, was mir gefällt.«

»Ich wundere mich, dass du verreisen willst, wo ihr es hier doch so schön habt.« Clara stahl noch einen Blick aufs Meer.

Mathieu lachte. »Sehr geschickt, Clara. Einem Einwohner von San Michelle kannst du keine größere Freude machen, als unsere wunderschöne Heimat zu loben.«

»Das ist aber auch ein Leichtes.« Clara hatte das Gefühl, dass die Sonne hier heller und wärmer strahlte als irgendwo sonst. Zumindest garantiert heller als über Mentling-Glas. Ihr Magen machte bei diesem Gedanken abermals einen unguten Satz. Schluss jetzt, ermahnte sie sich. Immerhin machten die Sonne und die Nähe zum Meer es ihr tatsächlich leichter, ihre Gedanken wieder in angenehmere Bahnen zu lenken, und so plauderte sie entspannt mit Mathieu über dies und das.

Die Kellnerin kam mit den Getränken. Mit großem Brimborium servierte sie Clara ihren Espresso Mix.

»Machen Sie ein Foto von uns?«, bat Mathieu sie und hielt ihr sein Handy hin. Dann beugte er sich über den Tisch hinweg leicht in Claras Richtung. »Schließlich bin ich der Erste, der dich hier kennenlernt. Das bedarf eines Fotobeweises.«

Clara lächelte und die Kellnerin machte das Bild.

Als sie gegangen war, beugte sich Mathieu leicht vor. »Die sind hier überglücklich, wenn sie auch mal einen Espresso Mix machen können, denn alle Einheimische trinken ihn nur beim Piaggo-Café.«

»Piaggo-Café, was ist das?«

»Ein Geheimtipp, ein kleines fahrbares Café auf einem

dreirädrigen Kleintransporter, unten in der Nähe vom Hafen. Höchst beliebt. Aber frag mich nicht warum, wie gesagt, ich mag keine Schokolade.«

»Jetzt bin ich aber gespannt.« Clara griff nach ihrer Tasse. So von außen sah das Getränk aus wie ein normaler Espresso macchiato. Vorsichtig nahm sie einen kleinen Schluck.

»Interessant«, meinte sie dann. In der Tat war der Kaffeeanteil sehr bitter und der Schokoladentouch daneben vielleicht etwas zu süß und über allem schwebte ein relativ starkes Milcharoma. Es war definitiv nicht ihre Mischung.

»Interessant wie in grässlich?«, erkundigte sich Mathieu amüsiert, während er mit seinem Löffel Milchschaum aufhäufte.

Clara schüttelte den Kopf. »Nein, interessant wie in interessant.«

Mathieu lachte. »Kein doppelter Boden?«

»Nein, ganz ohne doppelten Boden.«

Clara konnte Mathieus Augen hinter der Sonnenbrille nur erahnen, aber sie sah ihn lächeln.

»Bist du der Typ für doppelte Böden?«, erkundigte sie sich dann.

Mathieu überlegte einen Augenblick. »Ich würde es nicht ganz ausschließen, zumindest beruflich nicht. Aber im Privaten nicht und bei der Familie schon gar nicht.«

»Das klingt doch hervorragend, solange ich dir nicht als Anwalt der Gegenseite begegne.« Clara hob eine Augenbraue, »sondern nur als Nachbar von Claire, Emma und Amélie.«

Mathieu grinste. »Aber schon bei den Nachbarschaftsverhältnissen wird es schwierig. Zwar liegt das Haus meines Vaters Thierry neben dem von Claire. Amélie aber wohnt im alten Zuhause von Claire ganz in der Nähe vom Meer und Emma hat ein Apartment über ihrem Café. Und ich wohne auch hier unten im Zentrum. Keine alten Gemäuer für mich. Wer ist also der Nachbar von wem?«

»Und wer wohnt in Manons Haus?«

Mathieu schüttelte den Kopf. »Niemand. Es sollte immer so bleiben, wie es war.«

»Aber warum? Und wer wollte das?«

Sie bekam keine Antwort.

»Würdest du mir die Wahrheit sagen? Zumindest, wenn ich darum bitte?«

Eine feine Falte erschien auf Mathieus sonst glatter Stirn. »Vergiss nicht, ich bin Anwalt. Ich weiß, wie variabel die Wahrheit aussehen kann. «

»Das stimmt natürlich.« Clara legte die Hände aneinander und stützte das Kinn hinein. »Aber wäre das Leben nicht viel einfacher, wenn man immer nur die Wahrheit sagen würde?«

Mathieu nahm seine Sonnenbrille ab. »Oh, das birgt aber auch unkalkulierbar viel Sprengstoff.« Er klappte die Bügel seiner Sonnenbrille zusammen und steckte sie in die Brusttasche seines makellos weißen Hemdes. »Zwischen unseren Familien gibt es nicht wenig Sprengstoff, das musst du mir glauben. Allein die Geschichte …«

»Was ist damit?«, erkundigte sich Clara.

Aber in diesem Moment kam die Kellnerin mit zwei großen Tellern. »Einmal Groghette nature für Madame und einmal für Monsieur Albon.« Sie servierte das Frühstück. »Bon appétit!«

Interessiert musterte Clara das Essen. Die Groghette ähnelte einem großen Pfannkuchen mit einem knusprigen Rand, aber aus dunklem, rauerem Mehl und mit einer unebenen Oberfläche. Sie war in der Mitte zusammengefaltet und mit einer dünnen Schicht Zucker bestreut.

»Guten Appetit«, wünschte auch Mathieu.

»Danke, dir ebenfalls.« Clara griff nach der weißen Leinenserviette und dem Besteck. Alles hier war elegant und schön.

Dann schnitt sie den ersten Bissen ab und steckte ihn in den Mund.

»Hm«, machte sie. Das war in der Tat ja unglaublich lecker! Die Groghette schaffte das Kunststück, gleichzeitig weich, locker und knusprig zu sein. Innen war sie mit einer leicht salzigen, buttrigen Creme gefüllt, die sich wunderbar mit der Zuckerschicht außen ergänzte. Der Teig selbst hatte einen angenehmen nussigen Eigengeschmack, einen Hauch in die

Richtung von getoastetem Schwarzbrot. Insgesamt schmeckte die Mischung wunderbar.

»Das ist wirklich köstlich«, lobte Clara.

Mathieu schaute sie zufrieden an. »Hier hat jede Familie ihr eigenes gut gehütetes Rezept und überall schmeckt es ein wenig anders. Mein Vater Thierry nimmt gesalzene Butter, Jeanne hat immer einen Hauch Schmand hineingeschummelt und Claire lässt den Teig eine Stunde stehen. Daran siehst du, wie nahe sich unsere Familien stehen, dass ich sogar diese Geheimnisse kenne.« Er zwinkerte ihr zu.

Clara schnitt sich den nächsten Bissen ab. Da war schon wieder der Name Thierry gefallen. Clara wusste nicht genau, wieso, aber sie hatte irgendwie das Gefühl, dass Thierry eine wichtige Person war. Hatte sie seinen Namen schon gehört oder bildete sie sich das nur ein?

»Dein Vater, was macht er so? Ich meine, wenn er keine Groghettes brät?«, fragte sie daher.

»Er ist Banker.«

»Und sonst?« Clara griff nach ihrem Orangensaft.

»Ist das hier ein Verhör?«, gab Mathieu zurück.

»Aber nein, natürlich nicht. Ich bin einfach nur neugierig«, erwiderte Clara. »Ich habe den Eindruck, dass du über mich schon Etliches weißt, ganz einfach, weil du Claire, Amélie und Emma kennst. Ich muss das alles nachholen.«

»Ehrlich gesagt kenne ich dich genauso wenig wie du mich. Aber ich freue mich, dass du da bist.« er lächelte sie an.

»Ich freue mich auch, hier zu sein.« Sie war am Meer, an einem neuen Ort und mit neuen Menschen, weit weg von Mentling-Glas und dem Elend ihrer zerstörten Zukunft. Außerdem schmeckte ihr das Frühstück. Kaffee, Groghette und Sonnenschein – das war eine gute Kombination.

In das Frühstück hinein klingelte Mathieus Handy. Er ging dran und sprach dann etwas, dass sich wie eine Mischung aus Französisch und Italienisch anhörte. Ob das der Dialekt von San Michelle ist?, fragte sich Clara, während sie die Ohren spitzte. Das Gespräch zog sich ein wenig und sie beobachtete ihn. Hatte er wohl eine Frau oder Freundin? Dass er niemanden erwähnt hatte, hieß ja nichts. Wieder hörte sie aus seinen Worten den Namen Thierry heraus, aber sie verstand nicht, was ansonsten gesagt wurde.

Schließlich legte Mathieu auf.

»Es tut mir leid, Clara, aber ich muss sofort los. Unsere amerikanischen Mandanten warten schlaflos darauf, dass wir uns sofort um ihre Belange kümmern.« Er legte seine Serviette beiseite. »Ich weiß, es ist unglaublich unhöflich von mir, aber es ist ein großer Deal und ich muss das selbst machen.«

»Es ist überhaupt kein Problem«, versicherte Clara.

»Du bist zu liebenswürdig.« Mathieu stand auf. »Und du kommst klar?«

»Selbstverständlich«, versicherte Clara. »Vielen Dank, dass du dich um mich gekümmert hast. «

Mathieu beugte sich hinunter und gab Clara ein Küsschen auf jede Wange. »Au revoir, Clara.«

»Au revoir.«

Mathieu machte zwei Schritte, dann drehte er sich noch einmal um. »Und hab einen schönen Tag wieder zurück in San Michelle!«

Wieder zurück … Bei diesen Worten schoss Clara eine Frage durch den Kopf. »Sag mal, weißt du eigentlich, was meine Mutter beruflich gemacht hat?«

Für eine Sekunde sah Mathieu fast betroffen aus, dann verschwand die Regung von seinem Gesicht und er sah wieder so gut aus wie zuvor. »Sie hat Vasen und Gläser designt und hergestellt. Wusstest du das nicht?«

»Doch, natürlich«, murmelte Clara. Aber das war eine Lüge. Doch gerade konnte sie nicht bei der Wahrheit bleiben. Denn nein, das hatte sie ganz sicher nicht gewusst.

***

Ben

»Daniel, du musst herkommen.«

»Wie stellst du dir das vor?« Daniels Stimme klang

vollkommen übermüdet. »Ich muss doch schon alle deine Termine übernehmen. Was glaubst du, was los ist, wenn ich auch noch weg bin?«

Ben fuhr sich über die Augen. Ja, es war kompletter Wahnsinn, Daniel nach Südfrankreich zu beordern. Ihr Vater würde ausflippen. Aber so wie es aussah, war das die einzige Möglichkeit, wenn sie ihr Material in einem vernünftigen Zeitrahmen getestet haben wollten.

»Vielleicht sollte ich dir die Geschichte von Anfang an erzählen«, begann Ben daher. »Also, eine gemeinsame Freundin von uns beiden hat unsere Time Slots storniert.«

In Kurzversion erzählte er seinem Bruder, was passiert war. Er betonte nicht extra, dass es wohl Juli gewesen war, die die Termine abgesagt hatte, aber das war ja auch nicht nötig, Daniel verstand es auch so. »Ich weiß nicht, was du mit Madame Lupin gemacht hast, aber du hast sie eindeutig bezirzt. Du bist der Einzige, der das wieder geradebiegen kann.«

In der Leitung blieb es still.

»Okay«, sagte Daniel dann. »Ich schaue, was ich machen kann.«

»Danke!« Ben fühlte eine große Erleichterung.

»Ich will die Testergebnisse ja auch haben. Aber Ben, sei schlau, heirate niemals.«

»Okay«, stimmte Ben zu. Damit wusste er, wie die Aktien standen.

»Es tut mir leid«, murmelte er, aber Daniel antwortete nicht darauf.

Erst als Ben schon aufgelegt hatte, kam ihm auf einmal der Gedanke, dass es damit zwei gegenteilige Vorstellungen zum Thema Liebe in seiner Familie gab. Pops liebte die Liebe und Hochzeiten, Daniel von jetzt wohl an das Gegenteil.

Na super, dachte Ben. Doch dann schob er diese Gedanken beiseite. Er war hier in Südfrankreich zum Arbeiten und die Liebe stand absolut nicht auf dem Programm – weder für ihn noch für Daniel noch für sonst irgendwen, den er kannte.

***

Clara

Clara saß regungslos am Frühstückstisch und schaute auf das Meer, aber sie nahm es nicht wirklich wahr. Ihre Mutter hatte mit Glas gearbeitet? Warum wusste sie davon nichts? Warum hatte ihr Vater ihr das nie gesagt?

Sie dachte an die wunderschönen Gläser in der Küche von Manons Haus und die Vase oben im Flur, die die Rosen so perfekt zur Geltung gebracht hatte. Und dann fiel ihr wieder das Bild von ihrer Mutter mit der kleinen Vase in der Hand ein, das ihre Familie ihr in einem ihrer vielen Briefe geschickt hatte. Die Vase war kein Geschenk gewesen, sie hatte sie selbst hergestellt! Clara schluckte schwer. Das bedeutete, sie hatte ihre Liebe zu Glas gar nicht von ihrem Vater – zumindest nicht aus-schließlich. Ihr Vater war ein Techniker, aber so wie es aussah, war ihre Mutter die wahre Meisterin im Umgang mit Glas gewesen. Jutta hatte immer nur abfällig von Manon der Prinzessin gesprochen, die nie gearbeitet hätte, aber das war eine Lüge gewesen. Ihre Mutter hatte gearbeitet, und wenn sie eine Prinzessin gewesen war, dann die von Glas.

»Madame?«, unterbrach jemand Claras Gedanken.

Clara schaute auf.

Die Kellnerin war an den Tisch getreten. »Darf ich Ihnen noch etwas bringen?«

Clara schüttelte den Kopf. »Nein danke. Nur die Rechnung bitte.«

»Die hat Monsieur Albon doch schon beglichen.« Die Kellnerin schaute sie überrascht an. »Was glauben Sie denn, Madame, was passiert, wenn Sie mit dem begehrtesten Junggesellen von ganz San Michelle ausgehen?«

»Dem begehrtesten Junggesellen?« Clara bekam das Gefühl, dass ihr etwas entgangen war.

Die Kellnerin lächelte ihr zu. »Aber natürlich, Madame. Ich bin mir sicher, die Hälfte unserer weiblichen Gäste hätte liebend gern mit Ihnen getauscht.«

»Nun, da habe ich wohl Glück gehabt.« Clara zwang sich zurückzulächeln, obwohl sie sich überhaupt nicht so fühlte. Mathieu und sein Familienstand waren ihr gerade ziemlich egal. Sie musste permanent an ihre Mutter denken. Abrupt stand sie auf und griff nach ihrer kleinen Tasche.

»Monsieur Albon trug mir auf, Ihnen noch eine Wegbeschreibung zu geben. Wohin am Meer möchten Sie denn gehen?« Die Kellnerin sah sie erwartungsvoll an.

Clara schaute hinüber zum Strand. Eigentlich war das Meer wirklich ihr Ziel gewesen, aber sie spürte, dass es jetzt Dringenderes gab und sie erst zu Manons Haus zurückkehren musste.

»Ich finde mich zurecht, vielen Dank!«

»Natürlich.« Die Kellnerin sah fast etwas enttäuscht aus, als hätte sie gern mehr von Clara gewusst. »Bonne journée.«

»Bonne journée.« Clara verließ das Café. Mathieu war der beliebteste Junggeselle von ganz San Michelle. Manon hat Vasen und Gläser designt und hergestellt. Wusstest du das nicht? Wortfetzen wirbelten durch Claras Kopf, während sie den Weg in die Richtung zurückging, aus der sie mit Mathieu gekommen war. Manon, wer bist du?, fragte sie sich. Wie sollte sie nur die Wahrheit herausfinden in diesem Chaos? Für einen winzigen Moment erwog sie, ihren Vater anzurufen. Doch dann verwarf sie die Idee. Er hatte sie sechsundzwanzig Jahre lang angelogen oder ihr zumindest nicht die Wahrheit gesagt. Also musste sie selbst herausbekommen, wer genau ihre Mutter gewesen war – und wenn sie dafür das ganze Haus auf den Kopf stellen musste. Denn in Manons Haus und nirgends sonst würde sie ihre Suche beginnen.

***

Ben

»Ich habe einen Flug«, sagte Daniel, klang aber völlig erschöpft. »Pops holt meinen Koffer und dann komme ich heute am späten Nachmittag.«

»Warum denn Pops?«, erkundigte sich Ben befremdet.

Daniel schnaubte nur. »Juli hat sich in unserer Wohnung verbarrikadiert. Also ist Pops hingefahren, um sich darum zu kümmern. Die Welt ist ein Irrenhaus.«

»Das stimmt.« Immerhin kam Ben die Welt heute gar nicht mehr so irre vor, zumindest nicht im Vergleich zu gestern. Allerdings sah es für den armen Daniel wahrscheinlich genau umgekehrt aus.

»Wann soll ich dich abholen?«

»Die Frage ist eher wo. Lara meinte, dass sie nur noch etwas an einem der Randflughäfen bekommen hat. Warte mal, hier steht es. San Michelle. Ist das nicht der Ort, an dem wir vor Ewigkeiten mal in den Ferien waren?«

»Genau der ist es. Ist hübsch dort, wird dir gefallen.«

Aber Daniel klang alles andere als überzeugt. »Wie du meinst. Hauptsache, wir bekommen die Tests schnell. Papa war alles andere als entzückt, dass ich auch noch fahre.«

»Ich hoffe auch, dass es schnell geht«, meinte Ben. Allerdings weniger, damit sein Vater zufrieden war, sondern damit Daniel und er endlich wussten, wo sie standen.

***

Clara

Clara bog in die Rue d' Ambre ein. Ihr Herz klopfte vom Weg auf den Hügel hinauf und von den Überlegungen, die ohne Unterlass in ihrem Kopf kreisten. Sie ging an Hausnummer zwei vorbei und hörte Kinder hinter der Hecke lachen. Bei Nummer vier bellte ein Hund. Vor Nummer sechs zogen über ihren Kopf zwei krächzende Vögel hinweg. Bei Nummer acht war es still, auch wenn der Garten jetzt im strahlenden Sonnenschein wie gemalt da lag. Clara ging durch das Gartentor und stürmte dann den Gartenpfad entlang.

Sie blickte sich um, als könnten die Bäume und Sträucher ihr irgendwelche Geheimnisse verraten. Die Zypressen waren so hoch, es musste sie zu Manons Zeiten schon gegeben haben. Und die Hollywoodschaukel war sicherlich auch schon dagewesen – Clara hatte keine Ahnung, warum sie das glaubte, aber irgendwie war sie davon überzeugt. Sie schaute auf die Kissen der Schaukel, die neu und farbig aussahen und nicht alt und ausgeblichen, wie man es nach dieser langen Zeit erwarten sollte. Der Garten war auch gepflegt und das Gras zwischen den Steinplatten des Weges war akkurat geschnitten. Wer kümmerte sich so gut darum?

Clara ging bis zur Eingangstür und wollte sie gerade aufschließen, als ihr auf einmal ein kleines Gebäude ein wenig versetzt hinter zwei Aprikosenbäumen auffiel. Es war nur einstöckig und ganz schlicht, nicht sehr groß, aber wie das Haupthaus aus Stein erbaut. Für einen Gartenschuppen sah es viel zu aufwendig aus, für ein extra Gästehaus aber wirkte es zu klein. Nachts in der Dunkelheit war es Clara nicht aufgefallen, aber jetzt wunderte sie sich, dass sie es nicht bemerkt hatte, als sie heute Morgen aus dem Haus getreten war. Zumal direkt am Eingang ein wunderschöner, üppiger Rosenstock blühte. Was war das? Clara ging hinüber. Die Eingangstür wirkte wie eine schmale Kopie der Eingangstür vom Haupthaus und es gab ein Schloss, das ebenfalls wie das nebenan aussah. Clara versuchte, mit ihrem Schlüssel aufzuschließen. Das Schloss war erst schwergängig, aber dann ließ sich der Schlüssel doch drehen. Behutsam öffnete Clara die leise knarrende Tür. Anders als im Haupthaus gab es hier einen kleinen Eingangsbereich, der durch eine Milchglastür vom Rest getrennt war. Clara öffnete auch diese Tür und kam in einen einzigen großen Raum, hell, mit Holzdielen am Boden. Durch ein Oberlicht, das mit einem Sonnensegel verdeckt werden konnte, fiel viel Sonnenschein in den Raum, zusätzlich ließen die großen Fenster an drei Seiten des Zimmers viel Licht herein. Nur an der einen Längswand gab es keine Fenster, dafür standen hier nebeneinander drei Öfen. Über dem mittleren hing eine schlichte Uhr, die die aktuelle Uhrzeit anzeigte. Gegenüber von den Öfen unter einer Lüftungsanlage befand sich eine große Werkbank, solide und breit aus kräftigem Holz. In der Mitte lag ein dickes Buch neben einem großen Brenner und daneben sorgfältig aufgeräumt etliche Werkzeuge aus Metall, mehrere Handschuhe und Schutzbrillen. An der Wand befand sich ein tiefes Waschbecken mit einem Wasserhahn.

Clara musste nicht näher herantreten, um zu wissen, was das war. Das war Manons Glaswerkstatt. Das war das Atelier, in dem ihre Mutter ihre wunderschönen Gläser und Vasen hergestellt hatte. Clara ging zu der Werkbank und strich über das blank polierte Holz. Dann zog sie einen der Hocker, die unter der Bank standen, heraus und setzte sich. Ihre Augen glitten über die Werkzeuge und ihre Tränen kamen ganz von allein. Diesmal weinte Clara nicht um etwas aus ihrem Leben, das nicht so wurde, wie sie das wollte, sie weinte nicht um sich, sondern um die Frau, die sie viel zu wenig gekannt hatte und die ihr doch so viel mit ins Leben gegeben hatte.

9. Kapitel

Clara

»Was machen Sie hier?«

Clara fuhr hoch und fand sich einem großen, etwas älteren Herren mit graumelierten lockigen Haaren gegenüber, der mit einem Hut in der einen Hand und einer dunkelroten Rose in der anderen Manons Atelier betreten hatte.

»Das könnte ich Sie auch fragen«, gab Clara zurück und wischte sich rasch über die Augen. Hoffentlich sehe ich nicht schon wieder wie ein Panda aus, dachte sie dabei.

Aber wahrscheinlich sah sie schlimm aus, so ernst wie der Mann sie mit zusammengezogenen Brauen musterte. Er war imposant und hatte breite Schultern, die nach vorn gezogen waren wie bei einem wütenden Stier. Auf den ersten Blick schätzte Clara ihn auf über sechzig, aber seine dunklen Augen wirkten auffällig wach und lebhaft.

Sie wischte mit der Handkante die Wimpertusche ab, bevor ihr einfiel, dass sie heute wasserfeste Mascara benutzt hatte.

»Also, was wollen Sie hier?«, fragte der Mann mit seiner tiefen Stimme.

»Ich bin zu Besuch«, erwiderte Clara.

Der helle Sommeranzug des Mannes war perfekt geschnitten, seine Schuhe wirkten maßgefertigt und der Hut in seiner Hand war einfach nur elegant. Nicht dazu passte sein ablehnender, ja fast schon ärgerlicher Gesichtsausdruck.

Clara atmete einmal tief durch. Wer auch immer das war, sie war hier wirklich nur zu Gast, und sie konnte kaum unfreundlich zu den Freunden ihrer Familie sein. Auch, wenn ihr Gegenüber sie zuerst angeblafft hatte und sie jetzt immer noch alles andere als freundlich betrachtete.

»Ich bin Clara Mentling«, sagte sie, stand auf und streckte ihre Hand in seine Richtung aus. »Mentling-Gramont de Mer«, fügte sie erklärend hinzu, als er ihre ausgestreckte Hand ignorierte.

»Und deshalb glauben Sie, haben Sie das Recht, hierherzukommen?«, bellte er sie an.

Clara blinzelte. »Ja. Aber wenn Sie mir sagen, warum ich mich irre, gehe ich selbstverständlich.« Allerdings spürte sie sehr genau, dass sie das keineswegs wollte. Ihre Füße standen fest auf dem Holzboden dieser Werkstatt und es fühlte sich gut und richtig an.

»Hm.« Er schnaubte kurz und abfällig. »Und was wollen Sie hier?«

Clara musterte ihn abermals. »Das war die Werkstatt meiner Mutter, ich möchte sie kennenlernen. Verraten Sie mir umgekehrt, wer Sie sind?«

»Thierry Albon«, antwortete er und seine Stimme klang dabei fast wie ein Knurren.

Das war der Vater von Mathieu! Clara war mehr als überrascht, wie anders er als sein charmanter, entgegenkommender Sohn wirkte. Doch auf den zweiten Blick fiel ihr auf, dass zumindest die Augenpartie der beiden Männer sehr ähnlich war.

»Ich habe Ihren Sohn heute Morgen kennengelernt«, erklärte sie höflich.

Thierry schien etwas erwidern zu wollen, doch dann überlegte er es sich offenkundig anders.

»Es tut mir leid, dass Sie meine Anwesenheit so stört«, meinte Clara nach einem Moment. »Dann verschwinde ich jetzt.«

Sie nahm ihre kleine Tasche und ging in Richtung Tür. Als sie an ihm vorbeikam, hielt sie kurz an. »Vielleicht könnten Sie klingeln, wenn Sie fertig sind, dann schließe ich hier wieder ab.« Sie zwang sich, ihm dabei in die Augen zu schauen.

»Ich habe einen Schlüssel.«

Noch eine Überraschung. »Dann au revoir.«

Clara war fast an der Tür angekommen, als sie auf einmal seine Stimme hörte.

»Sie haben ihre Augen.«

Clara drehte sich um. »Und ihre welligen Haare«, ergänzte sie leise.

Der Mann nickte. »Ja, das habe ich auch bemerkt. Aber Sie sind blond.« Es klang nicht wie ein Lob.

Clara sah, dass er seinen Hut auf die Werkbank gelegt hatte und sich daneben auf dem hellen Holz abstützte. Aber die Rose hielt er noch in der Hand.

»Und Sie teilen den Widerspruchsgeist Ihrer Mutter.«

Clara schaute auf die Rose in seiner Hand. Und auf einmal wusste sie, dass das nicht die erste Rose war, die er hierherbrachte.

Sie machte einen Schritt zurück in den Raum. »Und ich teile Manons Liebe zu Glas.«

»Ist das so?« Seine Stimme blieb abweisend, aber nicht mehr so scharf wie zuvor. »Können Sie mit den Sachen hier umgehen?«

Clara schaute auf die Werkzeuge, das Rohmaterial in Form von Kristallglasstangen aus Murano, das in einer Ecke stand. »Ja«

Er schaute ungläubig. »Aber bestimmt nicht so gut wie sie.«

»Wahrscheinlich nicht.« Clara holte tief Luft. »Ich weiß viel zu wenig über meine Mutter. Erzählen Sie mir etwas über sie?«

Thierry machte eine abwehrende Handbewegung. »Fragen Sie besser Claire oder Amélie.«

Claras Blick wanderte wieder zu der Rose in seiner Hand. »Aber ich möchte Sie fragen.«

Er schüttelte ablehnend den Kopf. »Ich bin kaum der Richtige dafür.«

Sie maßen sich mit Blicken und Clara schaute nicht zur Seite.

Er kennt das Geheimnis der Familien, von dem Mathieu gesprochen hat, dachte sie. Sie machte eine Bewegung, die den ganzen Raum, auch die Rose in seiner Hand einschloss. »Ich glaube doch, dass Sie der Richtige sind.«

»Was soll das heißen?«, brauste er auf und sie konnte sich vorstellen, dass er sehr wütend werden konnte.

Aber das ließ sie nicht zurückweichen. »Sie sind der Richtige, weil Sie sie geliebt haben.« Clara sprach die Worte leise, aber trotzdem deutlich aus.

Er lehnte sich an die Werkbank. Doch auch so war er noch groß und bärenhaft.

»Wenn ich Ihnen sage, was ich weiß, werden Sie mich hassen. Und ich kann nichts daran ändern.«

Clara überlegte einen Moment. »Aber warum tun Sie es dann nicht? Sie wirken nicht so, als würde es Sie stören, wenn ich Sie hasse.«

Er machte eine abfällige Handbewegung. »Natürlich macht es mir nichts aus, wenn Sie mich hassen. Aber …«

Clara schaute ihn an und er blickte nicht weg. Schließlich drehte er seinen Kopf doch zur Seite. »Aber Sie sind Manons Tochter. Jede Ihrer Bewegungen erinnert mich daran.«

»Warum?«

»Weil Sie ihr ähnlich sehen, verdammt nochmal. Sie sind mit jeder Faser Manons Kind. Die Tochter, die ich mit Manon nie hatte.«

Clara schluckte schwer. »Sagen Sie mir die Wahrheit«, bat sie leise. »Was auch immer es ist. Sagen Sie es mir, damit ich es hinter mich bringen kann.«

Ein Ausdruck zog über Thierrys Gesicht, den Clara nicht interpretieren konnte. »Sind Sie sich sicher?«

Clara nickte.

»Sie wollen die Wahrheit wissen über den Tag, an dem sie gestorben ist?«

Clara spürte ihren Mund trocken werden. Nein, dachte sie fast panisch, das will ich nicht. Aber sie schwieg.

Thierry überlegte einen Moment. Seine Stimme war tief und ernst, als er dann sprach. »Ich weiß nicht, was man Ihnen erzählt hat. Aber die Wahrheit ist, dass Manon unterwegs nach San Michelle war. Zu mir.«

Clara spürte, wie der Raum anfing, sich um sie zu drehen.

»Sie hatte beschlossen, endgültig zu mir zurückzukommen. Sie hätte Sie nachgeholt, das hat sie betont, aber sie wollte erst herkommen, so schnell es ging.«

Clara spürte, wie der Schwindel sie fester packte.

»Es hat Sie gerettet, dass Sie nicht dabei waren. Der Lastwagenfahrer war betrunken, Manon war sofort tot.«

Clara griff nach der Werkbank. Sie hatte das Gefühl, einen Schlag in den Magen bekommen zu haben, schlimmer als alles, was sie bisher gefühlt hatte. Die Farben um sie herum verwischten. »Meine Mutter«, schluchzte sie auf. »Maman. Geben Sie mir meine Mutter wieder.«

»Ich kann nicht, Clara.«

Clara hörte, wie er ihren Namen aussprach, und wusste instinktiv, dass das nicht das erste Mal war, dass er ihren Namen gesagt hatte. Er hatte sie schon angesprochen, als sie noch ein kleines Mädchen gewesen war. Sie hatte es nur vergessen.

»Sie sind schuld! Wenn sie nicht zu Ihnen gefahren wäre, wäre das nie passiert!« Claras Stimme wurde von Wort zu Wort lauter, bis sie fast schrie.

Seine Stimme klang im Kontrast dazu fast leise. »Ich weiß, Clara. Ich würde alles dafür geben, dass das nicht passiert wäre. Alles, Clara, alles.«

Sie schaute ihn an, voller Wut, ja fast Hass. Aber als ihr Blick seinem begegnete, verstand sie, dass er die Wahrheit sagte. Ihre Wut verrauchte und machte Platz für einen grenzenlosen Kummer. Sie hatten beide ein und denselben Menschen verloren, den sie geliebt hatten. Manon.

Thierry legte die Rose vor das Buch in der Mitte der Werkbank.

Dann wandte er sich um und ging an Clara vorbei zur Tür. Dort hielt er noch einmal inne. »Sie hat dich geliebt. Dich mehr als alles andere, Clara.« Dann ging er hinaus und schloss die Tür hinter sich.

***

Clara fühlte sich benommen und schwindelig, gleichzeitig schien sie auf einmal vor innerem Tatendrang zu glühen. Mit schnellen Schritten ging sie durch den Raum, überprüfte den alten Brenner, den Manon mit Kerben versehen hatte, musterte das Werkzeug und die Handschuhe. Sie hielt sich die Schutzbrille vor die Augen und nahm die Glasbläserpfeifen in die Hand, die neben den Öfen an der Wand hingen. Sie schaute sich die Holzformen an, die Grafitplatten und die anderen Werkzeuge, die Manon benutzt hatte. Dann setzte sie sich auf den Hocker und schlug das dicke Buch auf der Werkbank auf. Es war ein Arbeitsbuch, voller Anweisungen, Erklärungen und Notizen. Das Meiste war durcheinander, vieles unverständlich, aber manchmal gab es auch schrittweise Anweisungen, die sorgfältig ausformuliert waren. Clara fand kleine Bleistiftzeichnungen neben Manons Beschreibungen, eine Menge einfacher Skizzen, aber auch ausgefeilt gezeichnete Modelle. Hier und da steckten vergilbte Polaroids zwischen den Seiten. Meistens von Glasstücken, die Manon hergestellt hatte, aber auch von den Menschen aus ihrem Leben. Clara entdeckte eine Frau, die sie für ihre Tante Claire hielt, Fotos von ihrer Großmutter und von anderen Freunden und Verwandten. Dazu immer wieder Bilder von einem gut aussehenden großen Mann mit dunklen lockigen Haaren, der beschwingt und locker in die Kamera lächelte. Clara blätterte weiter. Sie fand die mehrfach korrigierte Anweisung, wie man die bunten Gläser aus der Küche herstellen konnte, und eine Quittung, die verriet, dass Manon einen größeren Auftrag davon an das Grand Hotel von San Michelle geliefert hatte. Dazu Bestellnummern und Notizen über die georderten Mengen an Rohstoffen und den Gasverbrauch der Öfen. So wie es aussah, hatte Manon besonders am Anfang alles von Grund auf selbst gemacht. Clara wusste nicht, wo ihre Mutter das gelernt hatte, aber sie musste Glasbläsererfahrung gehabt haben, denn ihren Aufzeichnungen nach hatte sie den Rohstoff Glas im Schmelzofen bei 1200 Grad Celsius geschmolzen und dann mit Hilfe einer Glasmacherpfeife und anderen Werkzeugen zu Gläsern, Karaffen und Vasen verarbeitet. Sie hatte eine Verwärmtrommel benutzt und das Glas anschließend in einem Kühlofen kontrolliert abgekühlt.

Mit der Zeit war sie jedoch dazu übergegangen, das Glas, das sie verwenden wollte, in Form von Glasstangen zu kaufen, die sie dann am Brenner zu kunstvollen Objekten verarbeitet hatte. Dann tauchte in ihrem Arbeitsbuch plötzlich noch etwas Neues auf. Gläserne Kronleuchter. Offenbar war Manon gefragt worden, ob sie einen Kristallleuchter aus dem Schloss des Herzogs reparieren könnte, der bei Umbauarbeiten schwer beschädigt worden war. Der Brief des Oberhofmeisters Eduard Tunet unter dem Wappen der Herzöge von San Michelle lag noch im Arbeitsbuch. Offenkundig hatte Manon den Auftrag so perfekt erledigt, dass sie sich kurze Zeit später vor weiteren Anfragen nicht mehr retten konnte. Gleichzeitig hatte sie begonnen, selbst Leuchter zu entwerfen und dafür auffallend schöne gläserne Pendeloques herzustellen. Clara stieß auf eine besonders gefällige Zeichnung eines ganzen Leuchters mit seinen facettierten Glasanhängern, daneben stand eine ganze Kolonne von Zahlen, die Clara nicht verstand. Interessiert betrachtete sie die Details des Leuchters, bis ihr plötzlich klar wurde, warum ihr diese Lampe so bekannt vorkam. Das war der Leuchter aus Manons Zimmer! In Wirklichkeit war er allerdings noch viel schöner als auf dieser Zeichnung. Denn egal, wie gelungen die Skizze war, das Glas und seine Lichtbrechung waren in echt unübertroffen. Am

Rand der Beschreibungen tauchten jetzt zunehmend Nummern auf. Hier etwa stand Nr. 5. Was beschrieb das?

Clara schaute sich in der Werkstatt um. Auf einem Bord an der Wand entdeckte sie eine Reihe von nummerierten Lüsterzangen, von eins bis zehn. Damit hatte Manon die Glasanhänger leichter herstellen können. Clara nahm Nr. 5 in die Hand und fühlte seine angenehme Schwere. Sie trug die Zange zurück an die Werkbank und legte sie neben sich, während sie weiter durch das Buch ihrer Mutter blätterte. Die abgelegten Quittungen im Buch zeigten an, dass Manon jetzt fast nur noch in diese Richtung produzierte. Die Bestellungen kamen allerdings nicht mehr nur aus San Michelle und dem benachbarten Frankreich, sondern auch aus anderen Ländern Europas.

Dann entdeckte Clara zwei Dinge, die ihren Herzschlag beschleunigten. Zum einen hatte sich Manon anscheinend zwei Jahre vor ihrer Geburt mit einer fachlichen Anfrage an Mentling-Glas gewendet und zum anderen entdeckte Clara den Entwurf für eine halbhohe Tischleuchte mit kleinen tropfenförmigen Pendeloques. Clara schloss kurz die Augen, bevor sie sie langsam wieder öffnete. Sie kannte diese Leuchte, sie kannte sie sogar unglaublich gut. Es war die Schreibtischlampe ihres Vaters.

Clara ließ den Kopf in die Hände sinken, während ihr schon wieder die Tränen kamen. Warum hatte ihr Vater ihr nie gesagt, dass diese Lampe von ihrer Mutter gestaltet und angefertigt worden war? Warum hatte er sie in dem Glauben gelassen, dass sie alle Begeisterung für Glas nur von ihm geerbt hatte? Wie viele Stunden hatte sie nicht auf die kleinen gläsernen Anhänger geschaut, die zarte Licht- und Schattenmuster an die Wand neben dem Schreibtisch ihres Vaters gemalt hatten?

Clara schniefte und dann fasste sie einen Entschluss. Sie hatte schon immer mit Glas gearbeitet, jetzt würde sie das Erbe ihrer Mutter annehmen, indem sie der Welt bewies, dass auch sie die kreative Glasgestaltung beherrschte. Natürlich war es etwas vollkommen anderes, Verbundglas mit verschiedenen

Kunststoffkomponenten herzustellen, aber Clara hatte eine ziemlich klare Vorstellung davon, wie sie hier vorgehen musste. Und ihre Mutter hatte ihr ja auch ganz klare Anweisungen hinterlassen.

Clara stand auf, wischte sich die letzten Reste der Tränen ab und überlegte dann ganz genau, was sie brauchen würde. Brenner, Gas, Wasser, Schutzbrille, Handschuhe und einige Werkzeuge und natürlich eine der Glasröhren, die in der Ecke der Werkstatt standen. In der Folge würde sie vielleicht auch den Kühlofen anwerfen müssen. Aber erst einmal würde sie mit dem alten Brenner starten. Und sie wusste auch schon, was sie herstellen wollte. Eine schmale halbhohe Vase für eine einzelne Blume, genauer gesagt für die tiefrote Rose von Thierry.

***

Ben

Ben musste zugeben, dass er etwas häufiger als allgemein üblich an Clara Mentling denken musste. Er war sich sicher, dass das mit der verrückten Geschichte zu tun hatte, die sie ihm gestern Abend auf der Autofahrt erzählt hatte. Ihr Leben hatte eindeutig eine Hundertachtzig-Grad-Wende hingelegt, und kein Stein schien noch auf dem anderen zu liegen. Er fand sein Dasein in den letzten Tagen ja auch schon ziemlich verrückt, aber ihrs war eindeutig noch krasser. Wie es wohl war, wenn man erfuhr, dass man noch eine ganze Familie hatte, von der man nie etwas geahnt hatte? Familienstress kannte Ben zur Genüge, schließlich hatten seine Eltern sich erst vor fünf Jahren mit einem Mordsbrimborium scheiden lassen und waren bis heute nicht bereit, überhaupt miteinander zu sprechen. Dennoch spielte Claras Situation noch einmal in einer anderen Liga.

Ob sie sich wohl gut in San Michelle eingelebt hatte? Und ob ihre Verwandten nett waren? Die Bilder von den Rosen, die sie ihm gestern Abend noch geschickt hatte, waren wirklich schön gewesen. Das passte irgendwie zu ihr. Makelloses Glas, perfekte Rosen und völlig unerwartete Küsse an noch unerwarteteren Orten. Ben fuhr sich durch die Haare. Daran erinnerte er sich mehr als glasklar. Glasklar, was für ein Wort! Das ja auch irgendwie zu Clara passte. Allerdings wusste er wirklich nicht, warum sie ihm so im Kopf herumging. Es war ja nun wirklich nicht das erste Mal, dass er geküsst worden war. Außerdem war es einfach ein einzelner Kuss gewesen. Mehr nicht. Punkt. Die Erde hatte nicht stillgestanden, das Leben war anschließend weitergegangen und sein Puls war auch nicht endlos in die Höhe geschossen. Etwas schon, aber nicht die Welt. Er wusste also gar nicht, warum er überhaupt noch darüber nachdachte, zumal es ja wohl kaum jemals zu einer Wiederholung kommen würde. Denn selbst wenn er jetzt seinen Bruder in San Michelle am Flughafen abholte, hieß das ja nicht, dass sie sich noch einmal begegnen würden. So klein war San Michelle schließlich auch nicht. Und er konnte kaum uneingeladen in der Rue d'Ambre auftauchen. Und selbst wenn er das machen würde, was sollte er dann sagen?

Es war so nett mit dir gestern, könntest du mich bitte noch einmal küssen? Nein, ausgeschlossen!

Ich fand es echt nett, dass du mir gestern geholfen hast, könntest du mich bitte noch einmal küssen? Das ging noch weniger.

Ich muss immer wieder an dich denken, könntest du mich bitte noch einmal küssen? Das klang sogar peinlich.

Ben schüttelte den Kopf über sich selbst. Allein diese ganze Gedankenschleife war absurd und sicherlich nur der Tatsache zuzuschreiben, dass er schon wieder im Auto saß und mit zu viel Zeit zum Nachdenken durch die Gegend gondelte. Normalerweise würde er jetzt von Termin zu Termin hetzen, bestenfalls ab und zu ein paar Stunden abknapsen können, um sich der Materialentwicklung zu widmen, und sich ansonsten bemühen, alle Bälle bei seiner Arbeit irgendwie in der Luft zu halten. Zeit für anderes blieb da kaum. Pops hatte schon recht, wenn er fand, dass Ben zu viel arbeitete.

Jetzt jedoch hatte Ben auf einmal reichlich Gelegenheit, seinen Gedanken nachzuhängen, doch anscheinend bekam ihm das auch nicht, wenn er immerzu an Clara dachte. Also schaute er in den blauen Himmel und auf die dunklen Bäume neben der Autobahn und bremste dann abrupt, als vor ihm ein Warnblinker aufleuchtete. Stau. Immerhin hatte er keinen Zeitdruck, was ein ziemlich ungewohntes Gefühl für ihn war.

Während er darauf wartete, dass das Auto vor ihm weiterfuhr, wanderten seine Gedanken wieder zu Clara. Was sie wohl gerade machte? Zumindest saß sie nicht an einem warmen Sommertag in einem zu heißen Transporter, dessen zweiter Gang nicht funktionierte und dessen Klimaanlage ebenfalls alles andere als zuverlässig war. Ben seufzte leise. Der Plan war, dass er Daniel einsammelte, sie auf direktem Wege nach Toulouse zurückfahren würden, bevor sie nach der Materialtestung endgültig nach München zurückkehrten. Und da würde das Leben weitergehen wie zuvor. Also hoffentlich wie vor Pops Anzeige. Ohne lauter Verrücktheiten. Aber auch ohne Clara.

***

Clara

»Ich will jedes Detail wissen.« Wie es ihre Art war, kam Ava ohne Begrüßung sofort zur Sache.

»Ava, wie schön, dich zu hören!« Clara stellte erfreut fest, dass sich Ava ungewohnt munter anhörte. Sie klang fröhlich und nicht so gequält wie sonst, wenn sie aus der Arbeit anrief.

Aber Ava war gerade offenkundig nicht an ausführlichen Begrüßungsritualen interessiert. »Ich will wissen, wen du da auf diesem – was war das – Parkplatz geküsst hast? Das sah ja krass aus. Wie bei Casablanca, nur ohne die Kisten.«

»Was für Kisten?«, fragte Clara überrumpelt und ging weiter die Straße hinunter, die sie ihrer Orientierung nach ans Meer bringen sollte.

»Na, die Kisten, auf denen Humphrey Bogart stehen musste, weil er in Wirklichkeit viel kleiner als Ingrid Bergmann war. Aber lenk nicht ab. Und nur am Rande bemerkt: Warum muss ich erst durch unsere bescheuerte Praktikantin erfahren, wie wild deine Küsse waren?«

»Vielleicht, weil es keine wilden Küsse waren?« Clara strich sich eine Haarsträhne aus dem Gesicht, die der Wind hineingepustet hatte. Je dichter sie ans Meer kam, desto windiger wurde es. Genüsslich atmete sie die leicht salzige Luft ein. Sie war aus Manons Atelier aufgebrochen, da es kein Gas für den Brenner gegeben hatte. Eigentlich hatte sie vorgehabt, Propan und Sauerstoff in Gasflaschen zu besorgen, aber mit jedem Schritt den Hügel hinunter hatte sie sich mehr und mehr in die weiche, warme Luft von San Michelle verliebt. Und so hatte sie beschlossen, den Einkauf zu verschieben und erstmal zum Meer zu gehen, das sie förmlich zu sich zu locken schien.

»Keine wilden Küsse?« Ava war damit nicht zufrieden. »Wem willst du das denn erzählen? Vergiss nicht, ich habe alles gesehen. Und mit Bildern und deren Manipulation kenne ich mich sehr gut aus.«

»Was hast du gesehen?« Clara runzelte die Stirn. Der Kuss war vielleicht nicht schlecht gewesen. Aber wilde Küsse? Im Übrigen war es nur einer gewesen und es würde kaum jemals zu einer Wiederholung kommen.

Aber Ava blieb stur. »Ich habe dieses Video gesehen, das davon im Internet kursiert, und das lässt keinen Spielraum für Interpretationen.«

»Im Internet?« Claras Stirn, die sich gerade entspannt hatte, runzelte sich prompt noch stärker.

»Ja, unsere nervige Praktikantin folgt irgendwelchen seltsamen Influencerinnen. Und ständig hält sie mir irgendwelche Posts und Clips unter die Nase. Ich schaue schon gar nicht mehr richtig hin. Und dann vorhin stöhnt sie auf einmal auf und meint ›ohhhhh, wie romantisch‹. Und das Nächste, was ich sehe, bist du.«

»Ich?« Clara schüttelte unwillkürlich den Kopf. »Das muss eine Verwechslung sein. Wer glaubst du denn, will ein Video von mir sehen?«

»Ich hätte auch gedacht, dass ein Video von dir ein Ladenhüter wird«, gab Ava gewohnt ehrlich zurück. »Aber anscheinend gibt es eine Menge Leute, die genau das wollen. Weil es so ›real‹ ist, wie die bekloppte Praktikantin es nennt.«

»Real? Wirklich? Oh Mann.« Clara dachte daran, wie diese verrückten Frauen aufgetaucht waren und Ben in die Enge getrieben hatten. Da war auch ein Kameratyp dabei gewesen, zumindest vermeinte sie sich daran zu erinnern. Anscheinend waren Ben und sie also wirklich gefilmt worden. Nicht gerade das, was sie wollte oder brauchte. Auf der anderen Seite war das im Vergleich zu den wirklich weltbewegenden Dingen, die sie heute erfahren hatte, eher nebensächlich. Sie ging langsam weiter.

»Also zurück zum Punkt. Wer war das?« Ava war anscheinend noch nicht am Ende ihres Fragenkatalogs angekommen.

Clara erwog, irgendeine Ausflucht zu suchen, aber dann blieb sie doch bei der Wahrheit. Schon allein, weil Ava garantiert sowieso die Wahrheit herausfinden würde. »Benjamin Prinz«, antwortete sie daher.

Für einen Moment war es still, dann quietschte Ava mindestens eine Oktave höher: »Benjamin Prinz? Der Typ, den du wie Quasimodo beschrieben hast? Der Gestörte, der dich bei den Verhandlungen bei Prinz-Airtec mit seinem verrückten Verhalten völlig aus dem Konzept gebracht hat? Das ist jetzt nicht dein Ernst, oder?«

»Jetzt mach mal halblang«, hielt Clara dagegen. »Quasimodo habe ich nie gesagt. Umgekehrt muss man festhalten, dass er so gut nun auch wieder nicht aussieht.«

»Du brauchst eine Brille«, urteilte Ava streng. »Und was mir noch viel bedeutsamer als sein Aussehen erscheint, ist, dass der Typ anscheinend wirklich küssen kann. Also so Knie-weich-werden, nicht-mehr-klar-denken-mäßig küssen.«

»Also ich konnte noch klar denken«, erwiderte Clara pointiert und bog um die Ecke. Aber leider führte die kleine Straße, der sie gefolgt war, nicht ans Meer, sondern endete nur in einer noch kleineren Sackgasse. Clara drehte wieder um.

»Dann ist mit dir wirklich etwas nicht in Ordnung«, stellte Ava nüchtern fest.

»Das weiß ich«, stimmte Clara ihr zu und versuchte, sich in diesem Netz winziger Gassen und Gässchen zu orientieren. »Ich habe meinen Job verloren, habe erfahren, dass ich eine ganze Familie habe, von der ich bisher nichts wusste, und habe hier auch noch festgestellt, dass meine Mutter nicht nur völlig glasverrückt war, sondern eine der besten Glasbläserinnen, von denen ich je gehört habe.«

»Echt jetzt?« Ava pustete die Luft aus. »Also war sie keine nutzlose Prinzessin. Aber das war ja irgendwie auch klar. Ich meine, schau dich doch mal an. Du bist unglaublich mit Glas. Weißt du noch, wie du mich mit in die Firma genommen hast, nachdem ich gerade ins Haus neben eurem eingezogen war, und für mich diesen Glasanhänger gemacht hast?«

»Es hätte eine Schneeflocke werden sollen«, erklärte Clara würdevoll und dachte an den Klumpen, der herausgekommen war, und den Ava getreulich an ihrem Schulranzen durch die Gegend getragen hatte, bis er irgendwann zerbrochen war.

»Clara, du warst zehn. Normale zehnjährige Kinder lässt man nicht auf fünfzig Meter an etwas, das über tausend Grad heiß wird. Aber du hast ein Schmuckstück aus Glas für mich gemacht. Ja, das ist etwas Besonderes.«

»Hm«, machte Clara. So wie Ava das sagte, klang es in der Tat ungewöhnlich. »Ich habe ein Arbeitsbuch von meiner Mutter gefunden. Darin hat sie alle ihre Entwürfe gesammelt. Es ist wirklich unglaublich. Wunder-, wunderschön. Ich glaube, es ist das Schönste, was ich je gesehen habe.«

»Ich wünschte, ich könnte es sehen«, seufzte Ava sehnsüchtig.

Clara lächelte. »Ich wünschte, ich könnte es dir zeigen! Ich möchte unbedingt etwas daraus machen. Dafür muss ich jedoch erst einen Laden finden, der mir Propan und Sauerstoff für den Brenner verkauft.« Sie bog abermals ab und jetzt konnte sie das Meer schon leise rauschen hören. »Aber jetzt will ich erst einmal ans Meer.«

»Oh ja, das Meer.« Falls möglich wurde Avas Stimme noch sehnsuchtsvoller. »Du weißt ja gar nicht, wie gut du es hast. Ich hänge hier fest wie angebunden und kann nur von San Michelle träumen. Und von solchen Küssen, wie du sie auf irgendwelchen Parkplätzen von Benjamin Prinz einsammelst.«

»Das war eine einmalige, situationsbedingte Angelegenheit«, erwiderte Clara streng, aber Ava lachte nur. »Selbst schuld. Ich würde ja so eine Chance nicht vergeben.«

»Du hast leicht reden«, protestierte Clara halbherzig.

»Naja, ich kann hier *nur* reden, was anderes bleibt mir nicht übrig. Eine Auswahl an brauchbaren Männern gibt es in der Agentur nicht. Also musst du die Suche nach der großen Liebe übernehmen.«

»Die große Liebe?« Clara lächelte. Erstaunlich, dass ausgerechnet Ava daran glaubte.

»Ich glaube, San Michelle könnte meine große Liebe werden«, sagte Clara, als sie um die Ecke bog und das Meer auf einmal in der Entfernung vor ihr auftauchte. Oh, was für ein Blau! Was für eine Weite!

Im Hintergrund bei Ava rief jemand laut. Das war bestimmt ihre grässliche Chefin.

»Clara, ich muss Schluss machen. Schick mir Bilder. So viele wie möglich!«

»Das mache ich«, versprach Clara. »Bis bald, Ava!«

Aber da war Ava schon weg.

Clara hob ihren Kopf. Jetzt hatte sie Ava gar nichts von Thierry erzählt. Dabei hatte sie den ganzen Weg lang über das nachgedacht, was er zu ihr gesagt hatte. *Ich würde alles dafür geben, dass das nicht passiert wäre. Alles, Clara, alles.*

Bis heute hatte sie nicht gewusst, dass es ihn überhaupt gab, und jetzt musste sie erfahren, dass er nicht nur da war, sondern dass seine pure Existenz einen unglaublichen Einfluss auf ihr Leben gehabt hatte. Über das alles hatte ihr Vater nie gesprochen. Nie. Er hatte Thierry nicht erwähnt und ihr niemals erzählt, wer ihre Mutter wirklich gewesen war.

Clara schaute das Meer an. Das wunderschöne blaue Meer, das sich von hier bis zur Unendlichkeit zu erstrecken schien.

Und plötzlich kam ihr ein anderer Satz von Thierry in den Sinn. *Sie hat dich geliebt. Dich mehr als alles andere, Clara.*

Clara ging auf das Meer zu. Sie lief über den Strand, durch den warmen Sand und hielt nur an, um aus ihren Schuhen zu schlüpfen. Dann rannte sie weiter, vorbei an Badegästen, Sonnenliegen und Sandburgen, bis sie völlig außer Atem an der Wasserkante ankam.

»Sie hat mich geliebt«, dachte sie. Und erst nach einem Moment merkte sie, dass sie es laut ausgesprochen hatte. »Sie hat mich geliebt«, wiederholte sie. »Mich hat sie geliebt«, rief sie den Möwen entgegen, die kreischend über ihr über die Brandung hinwegflogen. »Mich – mich, Clara, hat sie geliebt!« Schon wieder kamen Clara die Tränen, aber diesmal taten sie ihr nicht weh. Es waren keine bitteren Tränen der Verzweiflung und des Verlusts, sondern viel leichtere, weichere, die sich heilsam und befreiend anfühlten. Ihre Mutter war nicht einfach verschwunden, sondern hatte ihr so viel hinterlassen, von dem Clara nie geahnt hatte, woher es stammte. Ihre Liebe zu Glas, ihre Begeisterung für das Meer und für die Farbe Blau. Clara ließ die Tränen laufen, während sie ins Wasser trat. Mit der rechten Hand raffte sie das gelbe Kleid, mit der linken wischte sie sich die Tränen ab, während die kleinen kalten Wellen ihre Knöchel umspülten. Dieses Meer, das hier, war das Meer ihrer Mutter. »Maman, ich bin da«, sagte sie lautlos. »Ich bin gekommen. Ich werde dich nie wieder vergessen. Il y a longtemps que je t'aime – Jamais je ne t'oublierai.«

So ewig ist meine Liebe, niemals vergesse ich Dich.

Und plötzlich fühlte es sich an, als würde sich ein Knoten in Claras Brust lösen, der sie all die Jahre gedrückt und eingeengt hatte. Sie ging weiter ins Meer hinein und ließ die Wellen um sich fließen in dem endlosen Rhythmus, den nur sie kannten.

***

»Ich brauche Gasflaschen und einen neuen Brenner. Das Beste, was Sie haben. Beides muss sofort an Manons Werkstatt geliefert werden.«

»Selbstverständlich, Monsieur Albon.«

»Außerdem wünsche ich, dass Sie jeden Tag kommen und alles nachfüllen, was verwendet wird.«

Ein kleines Zögern in der Leitung. »Sehr gern, Monsieur Albon, wie Sie meinen. Was im Übrigen meinen Mietvertrag angeht …«

»Vergessen Sie das. Kümmern Sie sich einfach um die Sachen.«

Thierry legte auf. Auch wenn er es niemals zugegeben hätte, er hatte immer Angst davor gehabt, Manons Tochter zu begegnen. Gleichzeitig hatte er eine unglaubliche Sehnsucht gehegt, sie zu treffen, war sie doch das Einzige, was von Manon geblieben war. Er war mehrmals nach München gereist, um sie zumindest aus der Ferne beobachten zu können, hatte dann aber im letzten Moment immer einen Rückzieher gemacht. Er hatte sie als kleines Mädchen in den Armen ihrer Mutter gekannt und so in Erinnerung behalten. Aber klein war sie nicht mehr. Und sie war auch keine Kopie von Manon, dazu war sie zu anders. Aber es gab eine starke Ähnlichkeit, keine Frage, in ihrer Weichheit, in ihrem Sinn für Schönheit und in ihrem Widerspruchsgeist. Ja, darin schien sie wie ihre Mutter zu sein. Thierry musste ganz leicht lächeln, aber es sah eher grimmig aus.

Ach Manon, warum muss ich dich denn immer noch vermissen?, fragte er sich, während er langsam durch sein Arbeitszimmer ging bis zu der Glasfront, die ihm einen weiten Blick auf das Meer von San Michelle gewährte.

Er hatte viele Fehler gemacht in seinem Leben, er konnte sie gar nicht zählen. Aber die Zeit mit Manon war nie ein Fehler gewesen. Kein einziger Tag, kein einziges »ich liebe dich«, keines der langen nächtlichen Telefonate war falsch gewesen. Manon war der Mensch gewesen, der durch sein

Äußeres hindurchgesehen hatte, der ihn komplett durchschaut und trotzdem geliebt hatte.

Wenn Thierry etwas bereute, dann nur, dass sie nicht mehr Zeit zusammen gehabt hatten. Sie hatten sich gekannt, seit Manon ein kleines Mädchen gewesen war, schließlich hatten ihre Familien schon damals nebeneinander gewohnt. Die leicht exaltierten Gramonts de Mer waren immer ein Thema bei den Albons gewesen. Aber da er acht Jahre älter als Manon war, ging er zum Studium nach Paris an die Sorbonne, als sie gerade noch in der Grundschule war. In den Semesterferien begegneten sie sich manchmal und er mochte sie schon damals mit ihren unglaublichen Augen und ihrem Lachen, das ihn immer zwang, ebenfalls zu lächeln.

Doch andere Dinge waren wichtiger gewesen und sie hatten höchstens mal am Gartenzaun miteinander geplaudert. Dann hatte er das Studium abgeschlossen und war zu Goldman Sachs nach New York gegangen. Investmentbanker in der neuen Welt zu werden, war sein erklärtes Ziel, nicht nur Bankier und Berater des Herzogs von San Michelle wie sein Vater. Thierry war ehrgeizig, nicht besonders skrupulös und vor allem herausragend gut in dem, was er tat. In New York öffneten sich alle Türen für ihn. Sein untrügliches Gespür für Finanzen in Kombination mit seiner Herkunft aus einer alteingesessenen europäischen Familie erwiesen sich als unwiderstehlich auf dem amerikanischen Markt. Er legte eine steile Karriere hin und verdiente mehr Geld, als er es je für möglich gehalten hätte. In New York lernte er auch Jenny kennen, die ihrerseits reich, attraktiv und die Tochter seines Chefs war. Auf seinen Wunsch hin heirateten Jenny und er in San Michelle und nicht in den Hamptons, wie es üblich war. Manon war nicht unter den Gästen, da sie gerade in Murano arbeitete. Erst kurz vor Jennys und seiner Abreise in die Flitterwochen begegneten sie sich am Strand von San Michelle, und da wusste Thierry augenblicklich, dass er Jenny nie hätte heiraten dürfen. Manon war die Frau seines Lebens. Aber es war zu spät und er kehrte mit Jenny in die USA zurück. Dort bekamen sie Mathieu und er zwang sich, Manon zu verdrängen. Wie dumm von ihm! Auch jetzt noch ärgerte er sich über diese verlorene Zeit. Als er das nächste Mal nach San Michelle gekommen war, zur Beerdigung seines Vaters, war Manon verheiratet mit einem deutschen Glashersteller, dessen Namen er sich auszusprechen weigerte. Aber als er sie sah, am Grab seines Vaters, da wusste er, dass er sie diesmal nicht loslassen würde oder könnte. Um keinen Preis. Er hatte einen Sohn, der in die Grundschule ging, und sie eine winzige Tochter, aber er war nicht bereit, von jetzt an auch nur noch einen einzigen Moment auf sie zu verzichten. Und der entscheidende Punkt war, es ging ihr nicht anders. Wenn sie sich nicht für ihn interessiert hätte, wäre die Sache erledigt gewesen. Aber so fingen sie eine Beziehung an. Ihre Liebe wurde unfassbar schmerzhaft und glücklich, quälend und erhebend, zerstörend und kreativ. Er hatte sich noch nie so wach und lebendig gefühlt wie in den Momenten, in denen er mit Manon sprach, mit ihr stritt, von ihr träumte.

Jenny bekam ziemlich schnell mit, was lief. Es störte sie nicht groß. Aber als für ihn Geld, Karriere, Aufstieg auf einmal an Bedeutung verloren, konnte oder wollte sie es nicht verstehen. Als Kind der Geldwelt war sie jedoch großzügig bereit, ihn für eine entsprechende Abfindung ziehen zu lassen, zumal er sich sowieso nicht als der entpuppte, für den sie ihn gehalten hatte. Also kehrte Thierry mit Mathieu nach San Michelle zurück. Seine Mutter war entsetzt über die Scheidung, aber begeistert, ihren Enkel bei sich zu haben.

Manon kam und Thierry wusste, er würde nie wieder so glücklich sein. Endlich konnten sie zusammen sein! Aber Manons Mann war anders als Jenny nicht bereit, sie gehen zu lassen, sondern setzte sie unter Druck, bis Thierry dachte, sie würde zerspringen wie das Glas, das sie so liebte. Gleichzeitig wollte Manon Thierry nicht aufgeben. So ging es mehr als drei Jahre hin und her. Manon kam mit Clara nach San Michelle, sie verlebten die glücklichsten Stunden miteinander, die er sich denken konnte, aber dann fuhr sie wieder. Von Mal zu Mal litt sie mehr, und er konnte es nicht ertragen, sie leiden sehen. Irgendwann hielt er es nicht mehr aus und beschloss, sich von ihr zu trennen. Es war wie eine Operation ohne Narkose am offenen Herzen und er fühlte Schmerzen, die schlimmer waren, als alles, was er je erlebt hatte. Er litt wie ein Hund, aber er rief sie nicht an und schickte die Briefe nicht ab, die er ihr jeden Tag schrieb. Jenny kam aus New York, aufgeschreckt durch die panischen Anrufe ihres Sohns, und versuchte ihn zu trösten. Aber nichts half. Damals hatte Thierry verstanden, dass man an einem gebrochenen Herzen durchaus sterben konnte. Er schleppte sich von Tag zu Tag, versuchte einfach nur zu überleben, hoffte darauf, dass es irgendwann besser werden würde. Aber das wurde es kaum, allenfalls wurden seine Gefühle etwas nebliger.

Doch das Schicksal war noch immer nicht zufrieden. Eines Tages rief Manon ihn an. Sie hatten wochenlang nicht mehr miteinander gesprochen, aber schon als sie »Thierry« sagte mit ihrer warmen Stimme, waren alle Gefühle wieder da. Sie sagte, dass sie dauerhaft nach San Michelle zurückkehren würde. Sie habe sich für ihn entschieden, was auch immer der Preis sein würde, und sie würde jetzt sofort kommen, auf der Stelle losfahren. Sie hätte sich von einer Freundin das Auto geliehen, weil sie ihren Mercedes da lassen müsste. Und auch Clara müsste dableiben, aber sie würde sie so schnell nachholen wie nur irgend möglich. Thierry wusste, dass er dieses unfassbare Gefühl von Glück, das er in diesem Moment verspürte, bis zu seinem Totenbett niemals vergessen würde.

Es war Jeanne, die ihm die Nachricht von Manons tödlichem Unfall überbrachte. Jeanne, deren Haare über Nacht grau wurden und die ihre Rose von da an nur noch Rosa millefolia Manon nannte.

Diesmal litt Thierry nicht laut, er litt schweigend und still, damit die anderen es nicht mitbekamen. Aber er spürte, wie langsam etwas in seinem Herzen qualvoll zugrunde ging. Genau das, was ihn lebendig gemacht hatte. Er kümmerte sich um Mathieu, er legte in San Michelle eine zweite Karriere hin, die der von New York in nichts nachstand, bis ihm fast so viel Grundbesitz gehörte wie dem Herzog von San Michelle. Er hatte Affären, aber sie waren ihm gleichgültig. Alle bis auf eine.

Aber als sie ihm zu nahegekommen war, hatte er sie unwiederbringlich zerstört. Nichts mehr sollte ihn noch berühren können. Im Grunde war er tot, obwohl er noch lebte. Und er hatte nie vorgehabt, daran etwas zu ändern.

Bis er heute Clara gesehen hatte. Manons Tochter. Sie hatte eine Lawine von Emotionen in ihm losgetreten und er fühlte sich jetzt noch wund, roh und geschunden von der Begegnung. Er wollte sie nie wiedersehen, gleichzeitig wäre er am liebsten sofort wieder hingegangen, um in ihrem Gesicht nach Antworten zu suchen.

Thierry wandte sich vom Anblick des Meeres ab und kehrte zu seinem Schreibtisch zurück. Dort stand ein Foto von Manon in einem schlichten Rahmen aus Glas.

»Ich vermisse dich so«, sagte er leise zu ihr. »Aber jetzt ist sie da. Sie ist wirklich gekommen. Sie ist groß und erwachsen und du wärst stolz auf sie. Und vielleicht, Manon, muss auch mein Leben weitergehen.« Er nahm das Foto und strich ganz leicht darüber. Dann öffnete er die oberste Schublade seines Schreibtisches und legte es hinein. Sein Herz war schwer, als er die Schublade schloss, aber er wusste, dass es der einzige Weg war.

10. Kapitel

Ben

Ben war verschwitzt und genervt, als er endlich in San Michelle ankam. Nichts, aber auch gar nichts funktionierte so, wie er das wollte. Der Stau war mehr als nervig gewesen, Daniels Flug hatte Verspätung, die Leute von Airbus hatten sich gemeldet, aber nicht etwa, weil sie einen Testtermin für ihn hatten, sondern nur um ihm mitzuteilen, dass es heute und morgen sicher nicht klappen würde. Und zu allem Überfluss war in der Firma in München eine Riesenreklamation eines Großkunden eingegangen, der behauptete, ihre Triebwerkverschalung würde sich im Windkanal unsachgemäß verbiegen.

Eigentlich müsste er also sofort nach München zurückfahren, um sich darum zu kümmern. Das zumindest hatte sein Vater ihm in mehr als deutlichen Worten gerade am Telefon mitgeteilt. Aber Ben wollte diese Materialtestung haben. Er wusste, sein Vater und die halbe Welt hielten das für reine Zeitverschwendung, aber er sah das anders. Das neue Material war sein und Daniels Ticket in die Zukunft. Das hieß, wenn das Material etwas taugte.

Ben wollte gar nicht darüber nachdenken, was das sonst bedeutete. Vergeudete Zeit, vergeudete Ressourcen, vergeudete Hoffnung. Jetzt musste er aber erstmal raus aus dem stickigen Transporter.

Sein Handy klingelte. Juli!

Sein Magen drehte sich um. Irgendwie hatte Ben gehofft, für eine sehr lange Zeit nichts mehr von ihr zu hören.

Während er noch überlegte, was er tun sollte, hörte sein Handy wieder auf zu klingeln, bevor es kurze Zeit später wieder anfing. Dieses Spiel wiederholte sich ein paar Mal und die Anzahl der entgangenen Anrufe auf seinem Display wurde immer höher.

Schließlich ging er doch dran.

»Hallo Juli.«

»Hallo Ben. Geht es dir gut?« Juli verzichtete auf ihren tiefen Einstieg und hörte sich ausnahmsweise schon zu Gesprächsbeginn ganz normal an.

»Hm«, machte Ben. Er hatte nicht die geringste Lust, mit seiner Ex-Freundin und wahrscheinlich bald auch Ex-Schwägerin über sein Befinden zu sprechen. »Was möchtest du?«

»Mit dir reden«, sagte Juli knapp.

»Okay. Dann fang an.«

»Ich will, dass der Ehevertrag zwischen mir und Daniel für nichtig erklärt wird.«

Ben holte tief Luft. »Ich glaube kaum, dass ich der richtige Gesprächspartner dafür bin.«

»Ich glaube schon.« Juli klang sehr kühl und sehr überzeugt.

Ben fuhr sich mit der Hand über den verschwitzten Nacken. Er begann, sich noch unwohler zu fühlen. »Und was macht dich da so sicher?«

»Ich habe zwei Sachen, die meine Verhandlungsposition deutlich unterstützen und von denen ich weiß, dass du vielleicht als einziger ihren wahren Wert einschätzen kannst.«

Ben entdeckte eine große Parklücke am Straßenrand und fuhr hinein. Er stellte den Motor aus und fragte dann widerstrebend: »Was ist es?«

»Ein paar sehr eindeutige Videos von Daniel mit einer Frau. Möchtest du, dass ich nachsehe, wer sie ist? Obwohl, ehrlich gesagt, ich weiß es schon.«

Ben holte tief Luft. »Juli«, sagte er, so ruhig es ihm gelang. »Das sind Daniels Videos. Es ist seine Privatangelegenheit und die von der beteiligten Frau, die weder dich noch mich etwas angeht. Also vergiss es.«

»Das kann man so sehen. Aber ich wüsste jemanden, den das schon interessieren würde.«

Ben schnaubte. »Wenn du jetzt an irgendwelche Klicks auf Social Media denkst, vergiss es. So gut sieht Daniel nun auch nicht aus.«

»Findest du? Aber nein, ich habe nicht an Social Media gedacht. Hältst du mich für so dumm? Ich hätte eher an den Ehemann der Dame gedacht, der zufälligerweise auch euer größter Kunde ist. Macht es jetzt klick bei dir?«

Ben wurde heiß. »Das ist Erpressung, Juli.«

»Ich weiß nicht, ob ich das so nennen würde. Dem Zeitstempel auf dem Video nach waren Daniel und ich damals schon zusammen. Also würde ich das vielleicht eher als mein gutes Recht bezeichnen, denkst du nicht?«

»Nein«, antwortete Ben viel zu laut.

»Bennilein, das war eine rhetorische Frage. Aber jetzt zu dem zweiten Punkt, der dich noch viel mehr interessieren wird.« Sie machte eine Kunstpause. »Ich habe hier Unterlagen mit allen Spezifikationen eures neuen Materials. Ihr dachtet, Lara hätte dir die falschen eingepackt. Aber nein, mein Liebster, das hatte sie nicht. Zumindest nicht wirklich. Sie hatte nur nicht damit gerechnet, dass ich die Dateien zeitweilig, so lange bis ich sie fertig kopiert hatte, umbenenen würde. Was meinst du, wie sich die ganze Welt freuen würde, wenn ich die Materialspezifikationen Open Source veröffentlichen würde?«

Ben spürte, wie sein Blutdruck durch die Decke ging. Er versuchte, sich krampfhaft zusammenzureißen. »Ich glaube nicht, dass du das machen würdest«, bluffte er so beherrscht wie möglich.

»Wirklich nicht? Ach, da kennst du mich aber schlecht, Ben. Ich bin nicht so ein Weichei wie du.«

Ben biss die Zähne zusammen.

»Ich gebe Daniel vierundzwanzig Stunden Zeit, es sich zu überlegen. Und ja, ich weiß, wie man so etwas veröffentlicht. Es muss ja nicht gleich die ganze Welt wissen. Ich denke, es würde für den Anfang schon reichen, wenn es allen bei Prinz-Airtec bekannt wäre und vielleicht den engsten Konkurrenten. Meinst du nicht auch? Möchtest du eine Kostprobe haben?«

Ben sagte noch immer nichts, aber er schloss die rechte Faust so fest um das Lenkrad, dass die Knöchel weiß hervortraten.

Juli lachte ein kleines, falsches Lachen. »Gut, ich glaube, du weißt jetzt, wie du Daniel beraten solltest. Und du weißt auch, wie sinnvoll es wäre, wenn Daniel unseren Ehevertag einfach zerreißen würde. Bis dann.«

Sie legte auf.

Ben lehnte den Kopf zurück und schloss die Augen.

Kurze Zeit später klingelte sein Handy wieder. Widerwillig öffnete er die Augen. Diesmal war es Lara. Er hätte sie am liebsten zusammen mit der ganzen Welt weggedrückt, aber er nahm sich zusammen und ging dran. »Hi Lara, alles klar?«

»Na ja, nicht wirklich. Das mit der Reklamation weißt du ja schon. Dein Vater tobt jetzt schon seit geraumer Zeit in seinem Büro herum, seine PA hat mich gerade angerufen. Aber wir haben hier auch noch ein ganz neu aufgetretenes Computerproblem. Jedes Mal, wenn sich jemand einloggt, wird so ein Video abgespielt.«

»Was denn für ein Video?« Bens Puls sprang schlagartig auf 180. Um Himmels willen. Hatte Juli etwa schon ernst gemacht mit einem Vorgeschmack auf das, was kommen könnte?

Lara räusperte sich. »Also, na ja. Ich wusste ja gar nicht, dass …«

Oh, diese verdammten Videos. Warum hatte Daniel die nicht irgendwo sicher aufbewahrt?

»Was denn?«, fragte Ben, während er dachte, dass er es eigentlich gar nicht wissen wollte.

»Also …«, druckste Lara herum.

Ben fuhr sich hektisch durch die Haare. »Bitte Lara, sag einfach.«

»Na ja, Boss, ich wusste gar nicht, dass du so küssen kannst.«

Eine unglaubliche Erleichterung durchflutete Ben. Es ging nur um das elende Kussvideo. Nervig, aber nicht schlimm. Geradezu harmlos, besonders in Anbetracht der neueren Entwicklungen.

»Okay, Lara«, sagte Ben fokussiert. »Ich kümmere mich darum. Bitte sag mir sofort Bescheid, wenn noch irgendwas Auffälliges passiert. Und ruf mich an und nicht Daniel. In Ordnung?«

»Ja, schon.« Lara schien noch nicht fertig.

»Was ist denn noch?«

»Ist das wirklich Frau Mentling, die du da küsst?«

»Sie ist nicht aus Glas, wenn du das meinst«, gab Ben knapp zurück und legte auf. Was für ein blöder Spruch, dachte er, und wählte die Nummer von Sandra Müller aus der IT.

»Hallo, Benjamin Prinz hier. Frau Müller, ich brauche Ihre Hilfe.«

Frau Müller, die Ben immer an einen gut strukturierten Algorithmus erinnerte, war sofort bei der Sache. »Selbstverständlich.«

»Sie haben das Kussvideo-Problem mitbekommen?«

»Ja, die Auflösung des Videos ist wirklich schlecht. Dafür, dass eine professionelle Kamera verwendet wurde, ist das Ergebnis nicht überzeugend.«

Ben nickte. »Ganz genau. Niemand sollte sich so schlechte Bilder ansehen. Aber ich fürchte, die Entfernung des Videos müssen wir weniger kompetenten Zeitgenossen überlassen.«

»Meinen Kollegen«, schloss Frau Müller sachlich.

Ben spürte, wie allem Ärger zum Trotz seine Mundwinkel nach oben wanderten. Frau Müller war einfach unnachahmlich.

»Ich könnte mir vorstellen, dass die Person, die dieses

Video eingebracht hat, noch mehr Material platzieren könnte. Könnten Sie bitte versuchen herauszufinden, von wo aus dieses Kussvideo ins System gespielt wurde?«

»Ja.«

»Wenn Sie es wissen, möchte ich, dass Sie nichts tun, außer mich sofort zu verständigen. Zu jeder Tages- und Nachtzeit. Das ist meine private Handynummer.« Er diktierte sie ihr. »Alles klar?«

»Nein.«

Ben fuhr sich durch die Haare. »Was denn nicht?«

»Warum wurde keine andere Blende verwendet?«

Ben blinzelte. »Das weiß ich auch nicht. Aber wenn ich die Gelegenheit dazu bekomme, werde ich nachfragen. Versprochen.«

Dann legte er auf und sah sich um. Weiter unten an der Promenade gab es einen bewachten Parkplatz. Dort würde er den Transporter mit seiner wertvollen Fracht abstellen. Und dann erst einmal durchatmen. Er ließ den Motor wieder an und gab Gas.

***

Clara

Clara stand bis zu den Knöcheln im Wasser. Sie war so glücklich über den Anblick des Meeres mit seinen kleinen Wellen und der Sonne am Horizont darüber. Sie stellte sich vor, dass Manon genau hier gestanden und aufs Meer geschaut hatte. Das verstärkte ihr Gefühl von Verbundenheit mit San Michelle. Auf einmal wusste sie es sicher – auch wenn sie Claire, Amélie und Emma noch nicht kennengelernt hatte – es war gut, dass sie hergekommen war.

Draußen auf dem Meer kreuzte eine Segelyacht und Clara folgte mit dem Blick den weißen Segeln, die sich hell im Wind bauschten. Wie schön! Die warme Brise strich über ihre Arme. Vom Hauptstrand in einiger Entfernung wehten Geräusche wie kreischendes Lachen und laute Rufe herüber. Aber hier an dem etwas entlegeneren Strandabschnitt war es insgesamt eher ruhig. Umso überraschter war Clara, als plötzlich jemand direkt neben ihr in die Fluten lief und dann kopfüber ins Wasser sprang. Das Wasser spritzte bis zu ihr. Noch überraschter war Clara, als derjenige etwas weiter draußen wieder an die Oberfläche kam und sie vermeinte, Ben zu erkennen. Aber das war wohl kaum möglich, denn der war ja jetzt in Toulouse bei den Tests, die ihm so wichtig gewesen waren. Sie beschirmte ihre Augen. Doch die Person sah ihm zumindest auf die Entfernung wirklich sehr ähnlich. Dieselben dunklen Haare, dieselbe Größe, dieselben breiten Schultern.

Und jetzt kam derjenige direkt auf sie zu geschwommen. »Clara?«

»Ben? Was machst du denn hier?«, fragte sie überrascht.

Er schwamm noch etwas näher heran. »Ich bin hier, um meinen Bruder vom Flughafen abzuholen. Wieso das so ist, ist eine längere Geschichte von verrückten Begebenheiten und einer gekränkten Betriebsleiterin.«

»Erlebst du immer solche Abenteuer?« Clara spürte auf einmal, wie sehr sie sich freute, ihn zu sehen. Und sie fühlte, wie viel besser es ihr im Gegensatz zum Vortag ging. Da waren ihre Gefühle düster vor Angst, Kummer und Sorge gewesen. Sorge vor dem, was sie in San Michelle erwartete, Kummer wegen Mentling-Glas und Angst vor ihrer Zukunft. Aber gerade hier und jetzt am Meer im Sonnenschein schien alles Negative wie weggeblasen. Sie war wirklich nach Hause gekommen, zumindest fühlte es sich so an.

Ben lächelte. »Ehrlich gesagt, hätte ich mein Leben bisher eher als ganz langweilig normal bezeichnet. Also bis gestern oder so. Wie ist es dir hier ergangen? Bist du gut angekommen?«

»Absolut.« Clara war froh, das sagen zu können. »Es ist alles viel besser, als ich es mir hätte träumen lassen.«

»Erzählst du mir davon?« Ben trat im Wasser auf der Stelle.

»Wenn du es hören möchtest?« Sie dachte daran, wie sie ihm gestern viel mehr erzählt hatte, als sie es eigentlich vorgehabt hatte, ganz einfach, weil er so ein guter Zuhörer war.

Er hatte ihr das Gefühl gegeben, sie zu verstehen. Ausgerechnet Ben Prinz – irgendwie war die Welt schon verrückt.

»Warum kommst du nicht ins Wasser?«, erkundigte sich Ben. »Das Meer ist wunderbar und auch gar nicht kalt.«

»Du flunkerst. Meine Zehen haben schon Frostbeulen. Aber ja, ich könnte trotzdem auch schwimmen gehen.« Clara legte ihre kleine Tasche zu ihren Schuhen. Dann zog sie Avas gelbes Kleid über den Kopf. Darunter trug sie immer noch den Bikini, den sie morgens angezogen hatte. Die Sonne war so warm, dass sie sich sofort umarmt fühlte. Das Wasser war dann im Vergleich doch deutlich kälter und Clara bekam eine heftige Gänsehaut.

»Du musst direkt hineinspringen«, schlug Ben vor. »Das ist das Einzige, was hilft.«

»Du bist ja verrückt«, widersprach Clara und machte nur einen winzigen Schritt vorwärts.

»Ja, vielleicht«, grinste Ben, tauchte und kam wieder hoch. »Erst gestern hat mir das eine Frau namens Clara gesagt. Kennst du die?«

»Nein. Aber wahrscheinlich verfügt sie über ein sehr gutes Urteilsvermögen!«

Ben lachte. »Ja, wahrscheinlich.« Er schoss einen Strahl Wasser in ihre Richtung und Clara wich sofort aus. »Ieehh!«

»Ich hätte nie gedacht, dass du so eine Memme bist.« Ben plantschte so durchs Wasser, dass die Tropfen in alle Richtungen flogen.

»Ich bin keine Memme«, protestierte Clara. »Wie kannst du so etwas behaupten!«

Ben schaute sie an und sie bemerkte das belustigte Lächeln auf seinem Gesicht.

»Nein, du bist wirklich keine Memme«, gab er dann zu. »Immerhin hast du gestern die ganze Fahrt mit mir ausgehalten.«

»Stimmt. Und schlimmer kann das kalte Wasser auch nicht sein.« Sie biss die Zähne zusammen, ging weiter und schwamm los, sobald es tief genug dafür war. »Es ist eiskalt«, rief sie dann, »eisig, bitterkalt, schweinekalt, frostig.«

Ben lachte. Aber tatsächlich ließ die Kälte nach, je mehr Clara sich bewegte. In großen Zügen schwamm sie vom Strand weg und fühlte, wie das Wasser an ihr entlang strich und die kleinen Wellen an ihr vorbeiflossen. Auch das war wunderbar.

Ben schwamm zu ihr. »Und?«, fragte er amüsiert.

»Was?«

»Doch schlimmer als mit mir Auto zu fahren?«

Clara grinste ihn an. »Du willst jetzt aber keine ehrliche Aussage dazu hören, oder?«

Statt einer Antwort tauchte Ben ab. Als er wieder hochkam, schüttelte er sich das Wasser aus den Haaren. »Ich habe es mir überlegt, doch, ich will eine ehrliche Antwort. Von dir immer!«

Er sah sie an und Clara blinzelte im Sonnenschein. »Nein, es war nicht schlimm, mit dir zu fahren. Ganz im Gegenteil. Und hier anzukommen, war auch nicht schlimm.«

Und während sie nebeneinander durch das Wasser schwammen, erzählte sie ihm von Manons Haus, von der Begegnung mit Mathieu heute Morgen und dem Frühstück im Café.

»Nett, oder?«

»Ja, sehr nett«, stimmte Ben ihr zu.

Dann erzählte sie ihm davon, wie sie die Werkstatt entdeckt hatte und Thierry begegnet war. Ihre Stimme wurde kippelig und die Tränen traten ihr in die Augen. Sie redete mühsam weiter, aber es tat so gut, alles auszusprechen.

»Es ist sehr schön zu wissen«, sagte Ben, »dass deine Mutter dich so geliebt hat.«

»Ja«, meinte Clara leise.

Sie schwammen weiter, ruhig und gleichmäßig.

»Ich habe schon so lange nicht mehr mit Glas gearbeitet«, sagte Clara dann. »Ich meine, direkt mit meinen Händen und nicht nur mit Spannungskoeffizienten und den optimalen Bedingungen fürs Tempern.«

»Ich bin auch schon zu lange nicht mehr geflogen.«

»Du kannst fliegen?« Verblüfft schaute sie ihn an.

»Das ist doch jetzt keine Überraschung, wenn man bedenkt, was ich beruflich mache«, erwiderte Ben. »Mein Großvater, der

Prinz-Airtec gegründet hat, hat alle Teile noch selbst am Himmel getestet.«

»Na, trotzdem ist es nicht gerade das, was alle können.« Dann dachte Clara daran, wie Daniel ihr vor Jahren angeboten hatte, sie mit in die Höhe zu nehmen, woraus aber nie etwas geworden war.

»Ich wusste nur, dass Daniel fliegen kann«, gab sie zu.

»Ja, er ist ein sehr guter Pilot.«

»Und du?« Sie sah Ben an und bemerkte zum ersten Mal eine feine Narbe vor seinem rechten Ohr.

»Ich mache das auch ganz okay.«

»Was ist denn das für eine vage Aussage?« Sie lächelte. »Jetzt sag schon ehrlich, wie gut kannst du fliegen?«

Ben zuckte mit den Schultern. »Die Frage nach der Qualität ist schwer zu beantworten. Mein Großvater hat mich mitgenommen, kaum dass ich laufen konnte. Klar kann ich also fliegen, auch größere Maschinen, ich bin ja sozusagen in einem Flugzeug groß geworden.«

»Der Großvater, der auch die Annonce aufgegeben hat?«

Ben schüttelte den Kopf. »Nein, der andere. Pops mit der Anzeige ist der Vater von meiner Mutter. Allerdings ist er auch ein begeisterter Flieger geworden, nachdem seine Tochter meinen Vater geheiratet hat. Mit Elan hat er bei Großvater Prinz fliegen gelernt. Bevor ich so viel gearbeitet habe, sind Pops und ich oft zusammen geflogen. Ich sollte ihn mal wieder über die Wolken entführen.«

»Mich auch«, bat Clara prompt.

»Wirklich?«

»Ja, bitte, unbedingt.« Sie hob beide Daumen aus dem Wasser.

Ben lächelte. »Einverstanden. Daniel wäre normalerweise auch mit unserer Maschine gekommen, aber die ist gerade in der Wartung. Das ist nötig, denn sie besteht eben nicht nur aus unseren langlebigen Teilen.«

Clara schwappte etwas Wasser in seine Richtung. »Arrogant bist du wohl nicht?«

Ben lachte. »Sag du es mir.«

Clara tat so, als müsse sie angestrengt überlegen. »Nein, ich finde nicht. Für jemanden, der so viele Sachen gut kann wie du, bist du sogar ziemlich bescheiden.«

»Was denn für Sachen?«

»Leute aus scheinbar brennenden Autos ziehen. Angst vor kleinen, filmenden Mädchen haben. Von Raststätten flüchten. Fremde Frauen küssen.« Clara wusste selbst nicht genau, warum sie Letzteres hinzugefügt hatte. Vielleicht weil die Sonne so warm auf ihre Haare schien?

»Irgendwie hatte ich gedacht, dass diese fremden Frauen mich geküsst hätten. Nicht, dass ich nicht unglaublich dankbar dafür wäre.«

»Tatsächlich?« Clara warf ihm einen schiefen Blick zu.

»Oh ja, das war der beste, schönste und angenehmste Moment, den ich je auf einem Parkplatz erlebt habe. Daran besteht gar kein Zweifel. Und das schließt wirklich jeden Parkplatz ein.«

»Sogar den von deinem Flugzeug?« Clara plantschte an Ben vorbei.

»Ja«, erwiderte er und klang felsenfest überzeugt.

Clara lachte, schwamm zu ihm hin und gab ihm einen schnellen Kuss auf die Wange. Dann paddelte sie davon, drehte sich auf den Rücken und schaute in den leuchtend blauen Himmel.

Gemeinsam zogen sie Bögen durch das ruhige Meer, bis Clara das Gefühl hatte, die Haut an ihren Händen könnte nicht schrumpeliger und ihr insgesamt nicht kälter werden.

Erst dann kehrten sie an den Strand zurück. Als sie aus dem Wasser kamen, stockte Clara plötzlich mitten in der Bewegung.

»Ich habe gar kein Handtuch!« Sie dachte an ihre Strandtasche, die noch auf Mathieus Beifahrersitz lag. Die hatte sie ganz vergessen.

»Kein Problem«, meinte Ben. »Du kannst meines haben.«

»Aber was nimmst du denn dann?«

»Die Sonne?« Ben fuhr sich durch die Haare und Clara sah, wie ihm ein kleines Wasserrinnsal den Rücken hinunterlief. Er wirkte erstaunlich trainiert. »Außerdem sind wir dann quitt, wenn ich dich auch mal retten kann.« Er wies in die Richtung einer Strandliege.

Clara nahm ihre Sachen und folgte ihm. »Wir sind schon quitt, du hast mich doch hierhergebracht«, erinnerte sie ihn.

Ben drehte sich zu ihr um und seine Augen funkelten amüsiert. »Mensch, dann muss ich wohl wieder ins Minus kommen.« Er nahm ein schmales gefaltetes Handtuch von der Liege und legte es Clara um die Schultern. »Bitte schön.«

Clara zog die Handtuchenden um sich. »Danke!« Sie rubbelte sich damit ab und fühlte sich gleich wärmer. Dann trocknete sie ihre feuchten Haare und schlüpfte wieder in das gelbe Kleid. Ihr Herz schlug nach dem Schwimmen kräftig und stark. »Und wie willst du ins Minus kommen?«

Sie schaute fragend zu Ben und er erwiderte ihren Blick. Für einen Moment schauten sie sich einfach in die Augen.

»Hm, lass mich mal überlegen. Wie wäre es …«

»Ja?« Sie gab ihm das Handtuch zurück

»Also du könntest … ich meine … ich würde mich freuen …« Doch Ben kam nicht dazu, seinen Satz zu beenden.

»Clara? Clara!«

Clara drehte sich um.

»Clara!« Eine junge Frau mit rötlichen Locken kam auf sie zugelaufen.

Augenblicklich erkannte Clara ihre Cousine von dem Foto wieder, das Amélie ihr geschickt hatte. »Emma?«

»Ja! So schön, dich zu sehen!« Emma warf ihre Arme um Claras Hals und küsste sie mit Nachdruck auf beide Wangen. »Ich freue mich so, dass du da bist.« Sie strahlte Clara an. »Früher habe ich mir immer vorgestellt, du wärest eine Prinzessin in einem Turm und ein böser Drache würde dich bewachen und dich nicht nach San Michelle kommen lassen.« Sie lachte ein sehr ansteckendes Lachen. »Aber jetzt bist du ja da!« Alles an ihr wirkte lebendig und fröhlich, von ihren wilden roten Locken bis zu ihren sonnigen blauen Augen. Clara musste wie von selbst lächeln.

»Emma, das ist Ben, Ben das ist meine Cousine Emma«, stellte sie dann vor.

»Cousine klingt doch wunderbar, oder?«, meinte Emma, während sie Ben auch ein Küsschen auf jede Wange hauchte. »Ich habe mir schon immer eine Cousine gewünscht!«

»Mir gefällt es auch.« Clara nickte zustimmend.

»Was für ein Glück, dass du da bist! Und was ein Glück, dass ich dich gleich gefunden habe. Mathieu hat mir das Foto von eurem Frühstück geschickt und meinte, du wolltest schwimmen gehen. Da dachte ich, ich komme kurz runter zum Meer und schaue, ob ich dich nicht irgendwo entdecke. Und ich habe tatsächlich Glück. Perfekt! Ich hätte dich auch angerufen, aber Amélie hat vergessen, mir deine Nummer zu geben, und sie steckt gerade mitten in einer Wurzelbehandlung.«

»Die Arme, wie grässlich«, meinte Ben mitleidig.

»Nein, nein.« Emma kicherte belustigt. »Sie führt die Behandlung durch. Sie ist Zahnärztin und, ob man es glaubt oder nicht, sie macht so etwas gern.«

Clara lächelte ihre Cousine an. Emma schien perfekt zu diesem Sonnenschein in San Michelle zu passen.

»Und ihr beiden? Habt ihr das Bad im Meer genossen?«, erkundigte sich Emma.

»Oh ja«, meinte Clara.

»Absolut«, stimmte Ben zu. »Es war fast so nett wie auf diesem Parkplatz gestern«, murmelte er dann leiser in Claras Richtung. Sie zog eine Augenbraue hoch, aber da hatte er sich schon abgewandt, um sein Poloshirt überzuziehen.

»Das Meer ist fantastisch und die Sonne wirkt wie Zuckerguss obendrauf«, sagte Emma und warf einen Blick auf ihre Smartwatch. »Nur leider ist es schon ziemlich spät. Ich muss direkt ins Café. Aber ich will dich gar nicht wieder hergeben.« Sie legte den Arm um Clara.

Clara lächelte. »Ich könnte dich ja begleiten.«

»Das wäre toll!« Emma klang begeistert. »Ich werde all meinen Kunden erzählen, dass du meine Cousine bist. Gut, oder?« Dabei sah sie Ben an.

»Sehr gut«, lobte er. »Zwei bezaubernde Cousinen.«

»Na, siehst du, Clara, zwei bezaubernde Cousinen.« Emma

zwinkerte ihr zu. »Vielleicht muss ich mein Café jetzt umbenennen.«

Clara schaute zu Ben, der über Emmas Worte lächelte, und auf einmal mochte sie ihn so richtig gern. Er war unkompliziert und nett und …

»Kaffee?«, fragte sie ihn.

»Liebend gern, aber ich muss jetzt zum Flughafen und meinen Bruder abholen. Ich bin fast schon zu spät. Das Meer von San Michelle hat mich abgelenkt.« Dann wandte er sich Emma zu. »Es hat mich sehr gefreut, dich kennenzulernen, Emma.«

»Auf bald, Ben. Du weißt, wo du uns finden kannst. Mein Café heißt *Willkommen bei Emma*.«

»Ein schöner Name«, meinte Clara.

»Ein schöner Tag«, sagte Ben und sah dabei Clara in die Augen.

***

»Woher kennst du Ben?«, erkundigte sich Emma, als sie zusammen durch eine schmale Gasse gingen.

»Ehrlich gesagt kenne ich ihn eigentlich kaum«, schränkte Clara ein und schaute sich zu beiden Seiten um. Hier gab es ein besonders schönes Steinhäuschen, dort tolle taubenblaue Fensterläden. Was war San Michelle doch hübsch!

»Du kennst ihn kaum? So wirkte das aber nicht.« Emma klang alles andere als überzeugt.

»Wirklich«, bekräftigte Clara, während sie den wunderbaren Blütenduft einatmete, den eine Ansammlung farbenprächtiger Blumen in einem großen Terracottatopf vor einem Hauseingang verströmte.

»Er sieht sehr gut aus.«

»Findest du?« Bisher hatte Clara sich nicht so viele Gedanken über Bens Aussehen gemacht. Erst hatte sie ihn blöd gefunden und deshalb nicht genau hingeschaut, dann hatte sich ihre Meinung geändert, aber sie hatte trotzdem nicht genauer hingesehen. Na ja, außer vorhin, als er aus dem Wasser gekommen war. Und ja, unter der Sonne von San Michelle musste sie Emma recht geben.

»Schönes Gesicht, dazu breite Schultern, ein trainiertes Kreuz, was will man mehr?«, überlegte Emma laut.

»Eine Menge«, entgegnete Clara und schaute in das Schaufenster eines Ladens, der Seifen und Parfüms verkaufte.

Emma lachte. »Gut gesagt. Und du hast absolut recht!«

»Außerdem habt ihr hier auch gut aussehende Männer. Mathieu sieht aus wie ein Gott.«

»Ja. Er ist ein schöner Mann. Und er ist mein ältester Freund. Aber …«

»Aber was?« Clara fand es unglaublich, wie leicht es ihr fiel, sich mit Emma zu unterhalten. Es war fast so, als wären sie schon ewig Freundinnen.

»Ich glaube, die Richtige für ihn muss erst noch gebacken werden. Bei all seinen Freundinnen hat es nie bisher gepasst – zumindest nicht auf längere Sicht.«

»Und du? Hast du einen Freund?«

Emmas Blick umwölkte sich leicht. »Bis vor Kurzem. Begann okay und ging dann steil den Berg runter. Mathieu und ich haben abgemacht, dass wir es miteinander probieren, wenn ich dreißig werde und bis dahin keinen Mann gefunden habe. Aber das würde wohl in einer Katastrophe enden.«

»Wie alt bist du denn jetzt?«

»Ich bin gerade neunundzwanzig geworden. Also bleibt mir noch ein bisschen Zeit.« Sie zwinkerte Clara zu. Dann wies sie auf ein sehr altmodisches Geschäft. *Damenmode* stand auf einem geradezu historisch anmutenden Schild über der Tür.

»Guck mal, hier musst du unbedingt mal reingehen. Das ist einer der besten Läden von San Michelle. Auch die Herzogin kauft hier ein.«

»Wie alt ist sie denn?«

Emma schaute Clara geradezu entrüstet an. »Das weißt du nicht? Unsere Herzogin ist noch jung und so hübsch. Sie war früher ein Filmstar, jetzt ist sie unser Star.«

»Ich weiß viel zu wenig über San Michelle«, sagte Clara entschuldigend und musterte die Auslage im Schaufenster. Und es stimmte, die Kleidung hier sah überhaupt nicht altbacken, sondern sehr, sehr elegant aus.

»Keine Sorge, ich werde dir einfach alles zeigen.« Emma schob ihren Arm durch Claras und zog sie mit sich mit. »Und wir gehen shoppen. Alles, was du brauchst. Einen Sommerhut, eine Sonnenbrille. Nur einen Mann brauchen wir dir nicht mehr zu kaufen.«

»Ach nein?« Clara warf ihrer Cousine einen Blick von der Seite zu.

»Glaub mir, ich bin gut bei so etwas.« Emma zwinkerte ihr zu. »Das ist auch das heimliche Geheimnis von meinem Café.«

Sie bogen ab, gingen über zwei Kreuzungen und näherten sich immer mehr dem Stadtzentrum. Die Häuser wurden höher und eleganter mit hellen Fassaden und gestreiften Markisen. Schließlich kamen sie auf einen großen wunderschönen Platz. In der Mitte sprudelte ein kleiner Brunnen und das Kopfsteinpflaster wirkte geradezu blankgeputzt.

»Da sind wir.«

Clara schaute sich die imposanten Häuser mit ihren geschwungenen Balkonen an. Nur das Café entdeckte sie nicht, bis Emma sie auf eine schnörkellose Fassade an der Seite des Platzes aufmerksam machte. Dort gab es ein schmales Schaufenster neben einer weißen Tür. *Willkommen bei Emma* stand in großen Buchstaben auf dem Schaufenster.

»Das ist ja süß!«

»Absolut.« Emma strahlte. »Ich liebe es. Die Adresse ist perfekt und da es so klein ist, ist auch die Miete nicht zu hoch. Das Café gefällt mir noch besser als die Arbeit in der Galerie.« Sie wies auf die andere Seite des Platzes, wo das gesamte Erdgeschoss eines großen Hauses von den riesigen Schaufenstern einer Kunsthandlung eingenommen wurde. *Gramont de Mer* stand mit schlichten schwarzen Buchstaben auf der Markise.

Clara dachte daran, dass Mathieu gesagt hatte, Claire hätte eine renommierte Galerie. Sie hatte nur nicht geahnt, dass sie so groß war. »Als was hast du denn da gearbeitet?«

»Sachverständige«, meinte Emma knapp. »Ich habe

Kunstgeschichte studiert. Aber meine Liebe gehört meinem Café und meiner Mission!«

»Deiner Mission?«

»Du wirst gleich sehen«, erwiderte Emma geheimnisvoll und schloss die Tür auf. »Bitte, komm rein und sei herzlichst willkommen.«

Clara folgte Emma in das Café. Schon auf den ersten Blick schloss Clara es ins Herz. Es war einfach unfassbar süß. Alles befand sich in einem Raum: Backstube, Tresen und eine riesige Kaffeemaschine, die alles zu dominieren schien. Dazu eine liebevolle Dekoration voller Blumen und historischer Werbeplakate auf der einen Seite. Die andere Seite war komplett von einer riesigen Pinnwand aus Kork eingenommen. Kleine und größere Zettel hingen dort befestigt mit Reißzwecken unterschiedlicher Farben. Rot, blau, gelb, lila.

»Und was ist das?« Clara drehte sich zu ihrer Cousine um, die sich gerade in der kleinen Küche die Hände wusch.

»Das ist der Kennlerntreffpunkt für San Michelle«, erwiderte Emma fröhlich. »Wenn du jemanden suchst, kannst du dort einen Zettel aufhängen. Oder wenn du dem Glück vertraust, probierst du meine Glückskekse.«

»Deine Glückskekse?« Bisher hatten nach Claras Erfahrung diese Kekse wirklich nichts mit Glück zu tun, sondern eher mit langweiligen Sprüchen oder belanglosen Zahlenfolgen in einer künstlich knusprigen Kekshülle, die schon an sich eine Enttäuschung darstellte. Ein einziges Mal hatte Clara einen lustigen Spruch erwischt, und das auch nur, weil die Worte offensichtlich falsch übersetzt worden waren.

»Willst du es ausprobieren?« Im Vorbeigehen schaltete Emma die Kaffeemaschine an. Sie wies auf die große Anzahl gläserner Bonbonieren, die gefüllt mit kleinen bunten Päckchen auf dem Tresen standen.

»Wenn du einen Mann zwischen dreißig und vierzig suchst mit normalen Hobbys, wäre das hier deine Wahl.« Sie wies auf die erste Bonboniere. »Wenn es eine Frau gleichen Alters sein sollte, dann bitte hier hineingreifen. Suchst du jemand Älteres oder Jüngeres oder mit ungewöhnlicheren Lebenszielen, bitte diese hier, je nachdem, was du dir wünschst. Und für neue Freunde bitte dieses Glas hier wählen.« Sie wies auf die vorletzte Bonbonniere, die besonders gut gefüllt war.

»Und was gibt es hier?«, fragte Clara und wies auf das letzte Glas.

»Hier drin sind Aufmunterungen, lustige Sprüche und kleine Freundlichkeiten für den Alltag.«

Clara brauchte nicht lange, um sich zu entscheiden. »Dann nehme ich eines davon, bitte«, erklärte sie mit einem Lächeln.

Emma lächelte zurück. »Siehst du, ich wusste doch, du suchst keinen Mann. Du hast ihn schon gefunden.«

Bevor Clara noch protestieren konnte, öffnete Emma das große Glas und hielt es ihr hin.

»Bitte schön.«

Clara griff hinein und zog ein ungefähr handtellergroßes rosa Päckchen heraus, das viel leichter war, als sie angenommen hatte. Sie öffnete es und fand darin einen kunstvoll geformten schokoladenbraunen Keks, der in der Form einem länglichen, innen hohlen Macaron ähnelte. Clara brach ihn auf und entnahm ihm einen eng bedruckten Zettel.

Das Kompliment des Tages: Jeder Mensch hat irgendwelche ungewöhnlichen Talente, die ein dickes Kompliment verdienen. Was ist deines? Socken am Wäschekorb vorbeiwerfen? Keinen Ton beim Happy-Birthday-Singen treffen? Lass es uns wissen und mach mit bei der Kompliment-des-Tages-Verlosung. Zu gewinnen gibt es einen Kaffee nach Wahl. Auswahl immer mittwochs. Details und Komplimente bei Emma.

»Und jetzt?«, fragte Clara und zeigte Emma ihren Zettel.

»Jetzt kannst du mir dein besonderes Talent verraten und bekommst ein Kompliment von mir dafür. Oder du schreibst es mit deinem Namen auf den Glückskekszettel und hängst ihn mit einem gelben Pin an die Pinnwand. Jeder, der dein Talent besonders gut findet, macht ein Kreuz auf den Zettel und mittwochs ermittle ich die Gewinnerin oder den Gewinner. Hier ist ein Stift.«

Sie wies auf ein weiteres Glas, das mit bunten Kulis gefüllt war.

»Mein ungewöhnlichstes Talent?«, überlegte Clara laut. »Ich habe nicht die geringste Ahnung.«

»Kein Problem.« Emma hörte sich an, als habe sie das schon häufiger gesagt. »Ich mache dir einen Kaffee, du isst den Keks und überlegst dabei. Ich bin mir sicher, dann fällt dir etwas ein.« Sie ließ die Kaffeemaschine fauchen.

»Und was ist dein ungewöhnlichstes Talent?«, fragte Clara, bevor sie in den Keks biss. Sie kaute, während sich ein köstlicher Geschmack in ihrem Mund ausbreitete. Emmas Glückskeks hatte nichts, aber auch rein gar nichts mit der industriell hergestellten Massenware gleichen Namens gemein. Stattdessen schmeckte er satt und voll nach Schokolade, ein bisschen herb, ein bisschen süß und einen Hauch nussig, genau richtig, um süchtig danach zu werden.

»Wunderbar«, lobte Clara.

»Kekse backen kann ich gut«, sagte Emma mit einem Lächeln. »Aber das ist nicht ungewöhnlich. Nein, mein größtes ungewöhnliches Talent ist, dass ich erkenne, wer zu wem passt. Ich weiß es einfach.«

»Wie praktisch!« Clara lächelte.

»Und in meinem Café kann ich dieses Talent viel besser ausnutzen als in der Galerie. Da wusste ich zwar auch oft, welches Kunstwerk zu wem passte, aber dort sind die Kunden viel schwieriger und wollen oft das kaufen, was nun wirklich gar nicht zu ihnen oder ihrem Leben passt.« Emma grinste, bevor sie wieder ernst wurde. »Allerdings versagt mein Talent bei mir selbst. Ich habe eine ganze Reihe schauerlicher Beziehungserfahrungen hinter mir.« Sie tat, als müsse sie sich schütteln.

»Und Amélie?«

»Ist geschieden, eine traurige Geschichte von schlechtem Charakter und enttäuschtem Vertrauen. Aber sie weigert sich, bei meiner Glückskeks-Glücksaktion mitzumachen. Sie sagt, sie hätte genug von der Liebe. Es ist ein Jammer!«

Clara hatte ihren Keks aufgegessen und hätte sich am liebsten gleich noch einen geschnappt. »Haben sich denn schon viele Paare hier bei dir gefunden?«, erkundigte sie sich neugierig.

»Viele nicht, aber ich habe das Café ja auch erst vor vier Monaten eröffnet. Dafür läuft es gut, würde ich sagen.« Emma lächelte optimistisch. »Was für einen Kaffee darf ich dir anbieten? Cappuccino, Latte macchiato?«

»Sehr gern einen Cappuccino.«

»Dann setz dich doch«, sagte Emma und wies auf die drei kleinen Tischchen, die im vorderen Teil des schmalen Cafés standen. »Ich bringe ihn dir gleich.«

Doch bevor Clara noch dazu kam, riss plötzlich eine schlanke, dunkelhaarige Frau die Tür vom Café auf.

»Salut, Emma. Clara, bienvenue à San Michelle!«, rief sie.

Und Clara wusste sofort, dass sie diese Stimme kannte.

»Salut Amélie«, sagte sie. »Du bist groß geworden, seit wir zusammen im Sand gespielt haben!«

»Du aber auch, Clara«, erwiderte Amélie mit einem kleinen Lächeln. Ihre Stimme klang warm, voll und ein ganz klein bisschen heiser. Ihre glatten Haare waren dunkelbraun und sie hatte wunderschöne tiefbraune Augen. Ihr Anblick löste bei Clara ein starkes Gefühl von Verbundenheit aus.

Amélie kam auf sie zu und umarmte sie fest. »Seit du gestern angerufen hast, habe ich mich darauf gefreut, dich zu sehen. Wunderschön, dass du da bist!«

Mit jedem Wort, das Amélie sagte, verstärkte sich Claras Gefühl von Vertrautheit. Diese Stimme kannte sie genau wie das zarte Lächeln ihrer Cousine. Clara stiegen die Tränen in die Augen, aber sie musste nicht weinen. Sie war nur unglaublich froh, hier bei ihren Cousinen zu sein.

Amélie drehte sich zu ihrer Schwester um. »Emma, du kochst Kaffee? Findest du nicht, dass das die Gelegenheit für Champagner ist?«

11. Kapitel

Thierry Albon

»Claire, ist es in Ordnung, wenn ich reinkomme?« Thierry klopfte an die offenstehende Tür von Claires Büro.

»Welch ein unerwarteter Besuch.« Claire stand sofort hinter ihrem Schreibtisch auf. Sie war nicht sehr groß, deutlich kleiner als er, was ihm wieder einmal auffiel, als er auf sie zuging. Alles an Claire sah gut aus. Ihre glatten dunklen Haare lagen in einem sehr geschickt frisierten Bob, dazu trug sie ein elegantes blau-weißes Kostüm, eine schmale Lesebrille, die sie jetzt abnahm, und ein schlichtes Make-up, das nur ihre Lippen etwas stärker betonte. Thierry musterte sie eindringlich. Claire hatte sich im letzten Jahr kaum verändert. In dem Jahr, seit es zwischen ihnen …

Thierry fokussierte sich wieder auf das Hier und Jetzt.

»Bitte bleib sitzen«, sagte er höflich und schloss die Tür hinter sich.

Claire griff nach ihrer Stuhllehne, setzte sich aber nicht. Thierry sah den Ausdruck von Unruhe, der über ihr Gesicht huschte, und die Verteidigungshaltung, die ihr Körper automatisch einzunehmen schien. Wahrscheinlich war sie sich dessen nicht einmal bewusst. Und mit einem Mal hatte er ein schlechtes Gewissen, dass sie bei seinem Anblick so besorgt wirkte.

»Claire, mach dir keine Sorgen, ich bin nicht wegen des Mietvertrags für die Galerie hier. Darf ich mich setzen?«

»Bitte.« Sie gestikulierte zu den Stühlen gegenüber von ihrem Schreibtisch, bevor sie langsam und vorsichtig wieder Platz nahm.

Thierry setzte sich und betrachtete das abstrakte tiefblaue Bild, das hinter ihr an der Wand hing. Claire hatte schon immer einen guten Geschmack gehabt und dazu ein gutes Gespür, was kommen würde. Dass sie beruflich schwere Zeiten hinter sich hatte, war Pech, nichts anderes. Er schaute von dem Bild zurück zu ihr. Er sah die zarten Falten um ihre Augen, aber das machte sie eigentlich nur attraktiver, denn es zeigte, dass sie das Leben kannte.

»Deine Nichte Clara ist da«, begann er, als sie nichts sagte.

»Ich weiß.« Claire nahm einen eleganten Kugelschreiber und balancierte ihn in der Hand. »Ich sollte sie begrüßen«, murmelte sie dann fast zu sich selbst. Sie blickte auf und sah Thierry direkt in die Augen. »Aber ich nehme nicht an, dass du hergekommen bist, um mir das zu sagen.«

Thierry faltete seine Hände über seinem Knie. »Doch, ehrlich gesagt, bin ich genau aus diesem Grund hier. Mathieu hat mich angerufen. Er hat mit Emma gesprochen. Sie, Amélie und Clara sind drüben im Café und wundern sich, dass du nicht kommst.«

Claire räusperte sich. »Das sind ja mal wieder die typischen San Micheller Kommunikationswege.« Dann schien sie zu bemerken, dass sie mit ihrem Kuli herumspielte und legte ihn abrupt ab.

»Das sind die Wege unserer Familien.« Thierry lächelte wehmütig. »Weißt du noch, wie Mathieu Emma angerufen hat, als seine heimliche Party so fürchterlich in die Hose gegangen war und er Angst hatte, was passiert, wenn ich nach Hause komme?«

»Er hat Emma nicht angerufen. Sie hat mitgefeiert. Typisch Emma. Ansonsten stimmt deine Geschichte.« Claire legte ihre Hände aufeinander und Thierry fiel auf, wie lang und zartgliedrig ihre Finger waren. Ganz anders als bei Manon. Er schloss kurz die Augen und bemühte sich, den Vergleich zu verdrängen.

»Emma und Mathieu sind schon ein wildes Paar«, meinte er dann.

»Nur, dass sie kein Paar sind. Und das ist auch gut so.« Ein Hauch von Stahl trat in Claires Stimme.

»Mathieu ist nicht wie ich, Claire«, erwiderte Thierry ruhig. »Er ist ein lieber, verlässlicher Junge.«

Claire schnaubte leise. »Aber er ist viel älter als Emma.«

»Du hast recht. Werbung für meinen Sohn zu machen ist auch nicht der Grund, warum ich hergekommen bin.«

»Und warum bist du dann da?«

Da war sie – die typische Direktheit der Gramonts de Mer. Thierry hatte sie vermisst, wie er jetzt merkte. »Claire, ich glaube, ich weiß, wie es dir geht. Ich hatte grässliche Angst, Clara zu begegnen. Aber es war nicht schlimm. Ganz im Gegenteil, sie ist – wie in eurer Familie üblich – angenehm direkt. Und sie sieht Manon nicht zu ähnlich.«

Claire biss sich auf die Lippe.

»Es ist so lange her«, sagte sie dann fast flüsternd.

»Gleichzeitig ist die vergangene Zeit viel zu kurz. Möchtest du, dass ich dich hinbringe?«

Claire warf ihm einen Blick zu, der alles beinhaltete, Misstrauen, Wut, Schmerz, Resignation. Vor allem aber Unglauben.

»Nein, bestimmt nicht«, sagte sie dann, und in ihrer Stimme schwang das alles mit. »Ich komme allein klar. Auf Wiedersehen, Thierry.«

Thierry tat nicht so, als verstünde er den Rauswurf nicht. Er erhob sich. »Ich werde dir das Haus hier überschreiben lassen.«

Claire stand ebenfalls auf. »Warum solltest du das tun, Thierry? Du hast mir nie etwas geschenkt. Im Übrigen brauche ich keine Almosen. Ich brauche nur etwas mehr Zeit, um eure happig angehobene Miete aufzubringen.«

»Alles wird teurer«, sagte Thierry nachdenklich.

»Ja, natürlich.« Claire klang sarkastisch. »So kann man das auch nennen.«

Thierry ging zur Tür. Bevor er das Büro verließ, wandte er sich noch einmal um. »Ich überschreibe dir das Haus, weil ich es schon längst hätte tun sollen, Claire.« Er stockte kurz. »Morgen Abend bin ich im Club de San Michelle zu einem Dinner eingeladen, es werden interessante Leute da sein. Hast du Lust, mich zu begleiten? Wenn ja, lasse ich dir einen Wagen schicken.«

Quer durch den Raum spürte er Claires Überraschung, obwohl ihr Gesichtsausdruck gelassen blieb.

»Du musst nicht mit mir kommen oder gehen«, ergänzte er. Machte er gerade einen riesigen Fehler? Er kam noch einmal zwei Schritte zurück in den Raum. »Ich war damals sehr dumm, Claire. Ich weiß es jetzt«, sagte er leise und hastig. »Es tut mir leid.«

»Für dich oder für mich?«, fragte Claire. Die Temperatur in ihrer Stimme fiel um viele Grade.

Ich Idiot, dachte Thierry, wie konnte ich nur glauben, dass ich es so leicht wieder in Ordnung bringen könnte? »Für uns beide«, antwortete er dann ehrlich. Er sah ihr in die Augen, bevor er endgültig zu Tür ging.

»Auf Wiedersehen«, sagte er.

»Adieu«, sagte Claire mit etwas Verzögerung, aber da war Thierry schon halb aus dem Zimmer.

***

Claire Gramont de Mer

Ungläubig sah Claire ihrem unerwarteten Besucher hinterher. Es hatte Zeiten gegeben, da hätte sie geglaubt, dass Thierry tatsächlich gekommen wäre, nur um ihr zu helfen, aber diese Zeiten waren endgültig vorbei. Er hatte sich ihr gegenüber so grausam und abweisend benommen, dass ihr jetzt noch heiß und kalt wurde, wenn sie nur daran dachte. Eigentlich hatte sie sich vorgenommen, nie wieder auch nur ein Wort mit ihm zu sprechen. Aber das hatte ja gerade nicht gut geklappt. Wie sollte sie das auch tun, schließlich lebten sie beide weiterhin in San Michelle.

Er war gekommen, um ihr wegen Clara zu helfen? Nein, das glaubte sie nicht. Doch erstaunlicherweise war es nicht schwer gewesen, mit ihm zu reden. Das hatte sie sich ganz anders vorgestellt. Claire spürte, wie ihr warm wurde. Abrupt drehte sie sich zur Seite. Das Kapitel Thierry in ihrem Leben war abgeschlossen.

Dann dachte sie darüber nach, was er gesagt hatte. Er wollte ihr das Haus überschreiben? Nun, das wäre zu schön, um wahr zu sein. Er besaß die teuersten Immobilien in San Michelle und seine Mieten waren exorbitant. Sie hatte Pech gehabt und jetzt wurde es finanziell eng für ihre Galerie. Aber wenn sie in den nächsten Tagen und Wochen gut verkaufte, würde sie klarkommen. Um keinen Preis auf der Welt wollte sie im Übrigen in Thierry Albons Schuld stehen. Die schlimmste Demütigung in ihrem Leben – die hatte Thierry ihr beschert.

Ich werde jetzt nicht daran denken, entschied Claire und machte von selbst eine abwehrende Handbewegung dazu. Nein, mit ihm bin ich fertig.

Denn dass es ihm wirklich leidtat, nahm sie ihm keine Sekunde ab. Thierry kannte keine Reue und er kannte kein Mitgefühl. Er hatte seine Seele verloren, als Manon gestorben war. Lange hatte sie das nicht wahrhaben wollen, aber seit ihrer Begegnung vor einem Jahr wusste sie, dass dem wirklich so war. Und was die Einladung zum Club de San Michelle anging – die würde sie natürlich nicht annehmen.

Plötzlich erschöpft ließ sie sich wieder auf ihren Schreibtischstuhl fallen. Auch wenn es natürlich attraktiv war, in den Club zu gehen, besonders für eine Kunsthändlerin wie sie. Der Club de San Michelle, das war einer der edelsten Clubs der Welt. Über die Aufnahmekriterien wurde nur gemunkelt, ungeheure Aufnahmesummen wurden genannt, aber niemand wusste es genau, so exklusiv war es. Natürlich war Thierry Mitglied. Sie hingegen würde niemals dort Einlass finden. Schließlich kam man nur dorthin, wenn man eingeladen wurde. Und obwohl sie illustre und wohlhabende Kunden zuhauf hatte, blieb der Club de San Michelle außerhalb ihrer Möglichkeiten. Der Herzog von San Michelle war Mitglied, genau wie die Herzogin. Der Club hatte seinen eigenen Fuhrpark und allein die Zufahrt auf den Berg zum Clubhaus hinauf war weltberühmt, genauso wie das Restaurant, von der Bibliothek ganz zu schweigen. Sie hatten im Club sogar einen Gerhard Richter hängen, den sie ihnen vor Jahren vermittelt hatte. Zu gern würde sie das alles einmal in echt sehen. Aber der Preis, Thierry dafür dorthin zu begleiten, war einfach zu hoch nach allem, was passiert war.

Claire setzte ihre Lesebrille wieder auf und schaute zurück auf den Bildschirm. Sie hatte eine Menge zu tun. Auf der Art Basel hatte sie etliche neue Kontakte geknüpft, die bedient werden mussten, und sie hatte diverse vielversprechende junge Künstler an Bord geholt, für die sie Ausstellungen vorbereiten musste. Aber sie konnte sich nicht konzentrieren und ihr Blick wanderte zu den drei Bildern, die auf ihrem Schreibtisch standen. Manon mit Clara am Strand, ein uraltes Schwarz-Weiß-Foto in einem schweren silbernen Rahmen. Daneben ein Bild ihrer verstorbenen Mutter Jeanne vor ihrem liebsten Rosenstock. Das dritte Foto zeigte Amélie, Emma und Bernard mit dem Hund von Freunden in den Bergen. Das Bild war schon viele Jahre alt, aber es war immer noch Claires Lieblingsfoto. Emma mit dem Hund neben sich wirkte wild und ungebremst wie immer, Amélie schien zurückhaltender, schüchterner mit einem vorsichtigen Lächeln. Bernard hatte seine Arme um seine Töchter gelegt und schaute direkt in die Kamera mit dem offenen Blick, den Claire vom ersten Tag an so gemocht hatte. Und das wollte etwas heißen, schließlich waren sie schon zusammen in die Grundschule gegangen. Aber

Bernard war vor zwei Jahren gestorben und hatte sie allein zurückgelassen. Allein mit Emma und Amélie, die erst heiratete und sich dann auf entsetzliche Weise wieder scheiden lassen musste. Allein mit der Galerie und allein mit ihrer exzentrischen Mutter Jeanne, in deren Haus sie nach Bernards Tod zurückgezogen war. Jetzt war Jeanne auch noch gestorben, und manchmal fühlte sich Claire fast zu müde, um weiterzugehen. Doch sie riss sich immer wieder zusammen, schließlich hatte Jeanne auch nie aufgegeben, sondern hatte bis zu ihrem Tod ihren Humor und eine ganz eigene Zuversicht behalten, die ihr das Leben nicht hatte entreißen können. Claire versuchte, sich daran ein Beispiel zu nehmen, und das gelang ihr an manchen Tagen besser und an manchen schlechter.

Erneut schaute sie zurück auf den Bildschirm. Sie hatte eine lange Liste von E-Mails, die sie schreiben wollte, außerdem musste der Transport eines besonders schönen Kunstwerks zum Genfer Freihafen organisiert werden. Also hatte sie keine Zeit, Gedanken an die Vergangenheit nachzuhängen. Sie begann, konzentriert zu arbeiten.

Irgendwann piepte ihr Handy und Claire wandte den Kopf. Emma hatte ihr ein Foto geschickt. Darauf sah man drei lachende junge Frauen. Emma fröhlich wie immer, Amélie zurückhaltender mit dem Arm um die dritte Frau. Clara. Ihre Ähnlichkeit mit Manon war unüber-sehbar, aber sie ähnelte auch Emma und Amélie.

Es klopfte.

Claire blickte auf. Ihre Assistentin stand in die Tür.

»Madame, das wurde gerade für Sie abgegeben.« Sie brachte eine elegante Tragetasche aus Papier mit dem Aufdruck von San Michelles edelster Weinhandlung herein.

»Danke.« Claire nahm die Tüte entgegen, deren Henkel mit einer kunstvollen Schleife zugebunden waren. Die Assistentin blieb einen Moment unschlüssig vor ihrem Schreibtisch stehen.

»Gibt es noch etwas?« Claire schaute sie über den Rand ihrer Brille hinweg an.

»Nein, eigentlich nicht, Madame. Ich wollte Ihnen nur sagen, dass bei Ihrer Tochter gerade ganz schön was los ist.«

»Das freut mich zu hören.« Claire stellte die Tüte neben ihren Schreibtisch auf den Boden.

»Ich gehe dann mal«, kündigte die Assistentin an.

»Gut. Und überprüfen Sie bitte, dass alle Termine für morgen bestätigt wurden.« Claire tat so, als wandte sie sich wieder der Arbeit zu, doch als die Assistentin gegangen war, hob sie sofort die Tüte hoch und öffnete die Schleife.

Darin befanden sich eine Flasche Champagner und ein kleiner Cognac, dazu ein Umschlag.

Sie nahm den Champagner heraus. Dom Pérignon Rosé Vintage 2000 Luminous. Claire hob eine Augenbraue. Nicht übel. Dann musterte sie die kleine Flasche. Offenbar edler Cognac einer Firma, die sie nicht kannte. Zuletzt öffnete sie den gefütterten Umschlag. Darin lag eine Karte, die handschriftlich beschrieben war. Sie erkannte Thierrys Schrift sofort.

Claire, das erste für den Mut, das zweite zum Feiern.

Claire schnaubte. Doch dann schob sie die Karte zurück in den Umschlag. Ich brauche keinen künstlichen Mut, dachte sie fast wütend, ich schaffe das auch so. Sie stand auf und griff nach dem Champagner. Sie war schon fast an der Tür, als sie plötzlich auf dem Absatz wieder kehrtmachte. Sie packte die kleine Flasche, öffnete sie und nahm einen Schluck. Es brannte in ihrem Hals.

»Puh«, machte Claire und schüttelte den Kopf. Dann marschierte sie mit dem Champagner in der Hand direkt zum Eingang der Galerie. Als sie am Schreibtisch ihrer Assistentin vorbeikam, hielt sie kurz inne. »Rufen Sie im Büro von Monsieur Albon an und geben Sie dort Bescheid, dass ich morgen mit zum Club de San Michelle komme.«

Die Augen ihrer Assistentin wurden groß. »Natürlich, Madame«, murmelte sie und griff sofort nach dem Hörer.

»Danke«, sagte Claire. »Ich bin in Kürze zurück.«

Dann verließ sie die Galerie, die sie über die Jahre mit so viel Liebe aufgebaut hatte und die sie so liebte wie kaum einen

Ort auf der Welt. Erst langsam, dann immer schneller lief sie über den Platz, vorbei am plätschernden Brunnen. Sie hörte ihre Absätze auf dem Kopfsteinpflaster klackern. Vor Emmas Café stand eine ganze Traube von Menschen. Jede Menge Freunde von Emma, aber auch ein Haufen Leute, die Claire nicht kannte.

»Entschuldigen Sie bitte«, sagte sie und drängte sich durch die Menge.

Sie betrat das kleine Café, das vor Gesprächen und Gelächter nur so summte. Auf dem Tresen stand bereits eine ganze Batterie leerer Crémantflaschen und Emma war gerade dabei, weitere Flaschen zu öffnen.

»Oh, maman, da bist du ja«, sagte Amélie, die sie als Erste bemerkte. Sie strahlte und ihre Wangen waren gerötet. »Schau, wer hier ist.« Sie legte der blonden Frau neben sich die Hand auf die Schulter.

»Bonjour, Clara«, sagte Claire leise, während ihr die Tränen in die Augen stiegen.

»Tata Claire!«

Die Tränen kullerten über Claires Wangen, aber sie lächelte. »Herzlich willkommen in San Michelle, Clara, und herzlich willkommen in unserer Familie.«

***

Ben

»Um Himmels willen, Daniel, geht es dir gut?«

Ben sah seinen Bruder erschrocken an, als Daniel aus dem Sicherheitsbereich kam. Er war blass und hatte dunkle Ringe unter den Augen.

»Was ist denn passiert?«, fragte Ben, bevor ihm klar wurde, dass das eine ziemlich bescheuerte Frage war. Schließlich war Daniels Ehe gerade Knall auf Fall in die Brüche gegangen und sein Bruder hatte wahrscheinlich den schwersten emotionalen Kater seines Lebens.

Aber Daniel winkte nur ab. »Ich hatte grässliche Zahnschmerzen.« Er nuschelte leicht. »Der Flugzeugstart vorhin war die Hölle. Zum Glück hatte die Frau neben mir irgendwelche Schmerzmittel dabei.«

Ben spürte, wie sich sein Herz vor Mitgefühl verkrampfte. Zahnschmerzen waren wirklich das Letzte, was Daniel noch gebrauchen konnte.

»Du solltest zum Zahnarzt gehen.« Ben wies in die Richtung des Parkplatzes, auf dem er den Transporter abgestellt hatte. Gemeinsam gingen sie zum Ausgang des Flughafens von San Michelle, der auf einer vorgelagerten Halbinsel im Meer lag.

»Gute Idee«, murmelte Daniel. »Außerdem könntest du bitte mein Leben um einen Tag zurückspulen, es dort anhalten und sich auf ewig wiederholen lassen.«

»Hm«, machte Ben vage. Eigentlich war er ganz froh, dass Daniels Wunsch ein Ding der Unmöglichkeit war. Schon allein die Vorstellung, er müsse diese fürchterlichen Unterhaltungen mit Juli wieder und wieder führen, war grässlich. Besten Dank auch. Allerdings würde eine Dauerschleife der Vergangenheit auch bedeuten, dass er Clara wieder und wieder küssen könnte, nachdem er sie davor unzählige Male aus dem Auto zu ziehen versucht hatte.

Er spürte, wie ihm einen Hauch wärmer wurde. »Das Wetter ist hier super«, wechselte er ziemlich unvermittelt das Thema.

Daniel zog eine Augenbraue hoch, aber Ben sperrte nur rasch den Transporter auf und lud vorne Daniels schmalen Trolley ein. »Übrigens kenne ich hier eine Zahnärztin.«

»Ach ja, wen denn?« Daniel stieg auf der Beifahrerseite ein.

»Kennen ist vielleicht zu viel gesagt, aber sie ist San Michellesin. Und sie ist die Cousine von Clara Mentling.«

»Ach was, Claras Familie hast du jetzt auch schon kennengelernt?« Daniel richtete seinen müden Blick auf ihn. »Gibt es noch etwas, das ich wissen sollte?«

»Es ist nicht so, wie du denkst«, wehrte Ben ab und kletterte hastig auf den Fahrersitz.

»Das ist es ja wohl nie«, bemerkte Daniel und wischte ein paar Schaumstoffflips zur Seite, bevor er sich anschnallte. »Bis vor Kurzem habe ich auch noch gedacht, ich wäre glücklich verheiratet.« Ben ließ den Motor an. »Hast du nochmal mit Juli gesprochen?«

»Sie hat mir eine kryptische Mail geschickt, dass du mir sagen würdest, was es jetzt zu tun gibt. Und was ist das?«

Ben dachte an das Telefonat und hatte das Gefühl, ihm käme gleich die Galle hoch. Das sollte er Daniel sagen? Juli hatte einen Knall. Keinesfalls würde er jetzt mit Daniel darüber reden. Das musste warten.

Ben fuhr aus der Parklücke. »Wir haben noch etwas Zeit, bis wir nach Toulouse müssen. Wir können also hier noch nach einem Zahnarzt für dich suchen.«

Aber Daniel schien nicht bereit, das vorherige Thema auf sich beruhen zu lassen. »Hat Juli sich überlegt, dass sie dich jetzt doch besser findet als mich?«

Ben vergaß prompt, den zweiten Gang auszulassen. Der Motor machte ein furchtbares Geräusch. »Nein, das ist es nicht«, protestierte er heftig. »Um Himmels willen, ich würde sie nicht geschenkt nehmen, nach dem, was sie mit dir veranstaltet hat.« Und mit mir, fügte Ben in Gedanken hinzu.

»Also will sie jetzt so viel Geld von mir, dass ich bankrottgehe?« Daniel klang ironisch, aber Ben durchschoss ein ganz ungutes Gefühl. Genau darauf könnte es hinauslaufen. Ben dachte an Julis Forderung, dass Daniel den Ehevertrag zerreißen sollte. Wahrscheinlich würde er nicht bankrottgehen, aber ganz schön treffen würde es ihn sicherlich.

Er seufzte. Es schien keinen Sinn zu haben, das Thema vertagen zu wollen. »Sie möchte, dass du den Ehevertrag für ungültig erklärst.«

Daniel wandte abrupt den Kopf und starrte Ben an, als wäre er komplett wahnsinnig. »Aber das kann ich unmöglich tun. Sonst erhält sie am Ende noch Ansprüche auf meine Firmenanteile.«

Ben wurde erst heiß, dann kalt. Daran hatte er noch gar nicht gedacht. Ihr Vater überschrieb ihnen für jedes Jahr, das sie bei Prinz-Airtec arbeiteten, Anteile der Firma. Der Plan war, dass sie auf diese Weise nach und nach die Mehrheit übernehmen würden. Aber natürlich war es kein Teil des Plans, dass irgendwelche Exfrauen sich einmischen konnten.

»Das ist unmöglich. Sie kann doch nicht …«

Daniel seufzte. »Juli kann alles. Zumindest wird sie es versuchen.«

Ben sah aus dem Augenwinkel, wie Daniel den Kopf nach hinten legte und die Augen schloss.

»Und was ist ihre Argumentation? Ich nehme an, sie hat ihre Forderungen nicht nur so in den Raum gestellt.«

Ben hielt an einer roten Ampel an und warf einen Blick zu seinem Bruder. Daniels linke Wange war dicker als die rechte und er sah wirklich nicht gesund aus.

»Zuerst suchen wir einen Zahnarzt für dich«, schlug Ben vor. Er wählte Claras Handynummer, die in ihrem Firmenkontakt stand. Aber sie ging nicht ans Telefon.

Ben überlegte kurz, dann entschied er, dass sie sie eben bei *Willkommen bei Emma* suchen würden.

»Also?«, hakte Daniel nach.

»Erst der Zahnarzt, dann das Vergnügen«, erwiderte Ben, aber er war sich nicht sicher, ob es sich in diesem Fall nicht umgekehrt verhielt und Julis Forderungen noch grässlicher waren als der Zahnarztbesuch, der Daniel bevorstand.

Diesmal parkte Ben beim Grand Hotel. Dann liefen die Brüder zusammen an den prächtigen Häusern der ersten Reihe vorbei, aber Ben hatte keinen Blick für die schöne Umgebung. Stattdessen fragte er sich, was Daniel wohl sagen würde, wenn er erfuhr, welche Druckmittel Juli in petto hatte. Und er fragte sich, was hinter den Kulissen passiert war, dass Juli sich jetzt so verhielt. Was war schiefgelaufen bei Daniel und ihr? Oder war sie etwa schon immer so gewesen?

Daniel war für Ben ein supertoller Bruder, der beste Freund, den er sich denken konnte. Er konnte unglaublich witzig sein, dazu war er lebenslustig, gut gelaunt und herzlich wenig arrogant. Er sah aus wie ein junger Gott – das hatte zumindest ihre Kunstlehrerin vor Ewigkeiten mal geseufzt.

Aber dafür war er entspannt und sehr nett. Und dass alle Frauen auf ihn flogen, dafür konnte Daniel nun wirklich nichts.

»Wir kriegen das schon irgendwie hin«, sagte Ben zu seinem Bruder, obwohl er sich selbst nicht im Klaren war, wie das gehen sollte. Denn auch wenn sie Juli klarmachten, dass sie mit Gegenwehr rechnen müsste, wäre der Schaden, wenn sie die Materialdetails und die Videos erstmal in die Welt setzte, riesig.

Sie bogen in eine schmale Straße ab, die sie zu einem größeren Platz mit einem Sprungbrunnen in der Mitte brachte. Es war ein schöner, sonniger Ort. Das Wasser plätscherte leise. Aber das hörte man nur ab und zu, denn von der gegenüberliegenden Seite des Platzes wehte Musik herüber. Vor einem der Häuser hatte sich eine ganze Gruppe von Leuten versammelt, die eindeutig etwas zu feiern hatten. Über ihren Köpfen entdeckte Ben die Schrift auf dem Schaufenster von *Willkommen bei Emma.*

»Da drüben ist es.« Er wies in die Richtung.

»Das soll die Zahnarztpraxis sein?« Daniel hörte sich etwas ungläubig an.

»Nein, aber ich hoffe, dass wir dort die Adresse von der Zahnärztin bekommen.« Ben ging voraus. Je dichter er an das Café kam, desto mehr wurde er von der guten Laune angesteckt, die hier herrschte. Um ihn herum wurde gelacht, geredet und mit Sektgläsern angestoßen. Französischer Swing Jazz kam aus zwei großen Boxen. Am Himmel zogen ein paar Wolken vor die Sonne, aber trotzdem blieb es warm und sommerlich. Kein Vergleich zum Regen in München. »Schön hier«, meinte auch Daniel.

»Ja!«, sagte Ben schlicht. Er bahnte einen Weg für sich und Daniel. Es war von Vorteil, dass er so groß war, denn er entdeckte Clara sofort, als er ins Café kam, obwohl sie mit dem Rücken zu ihm stand. Ihre Haare lagen nach dem Bad im Meer in wilden Wellen um ihren Kopf. Als der Song in diesem Moment zu Ende ging, hörte er sie sogar kurz lachen.

»Da ist sie«, sagte er zu Daniel.

Der nächste Song setzte ein und draußen vor dem Café

sang jemand mit. Es klang schief und falsch und ging in Gelächter unter.

»Clara?« Ben berührte sie vorsichtig an der Schulter.

Sie drehte sich um.

»Oh Ben«, sagte sie und strahlte ihn an. Dann entdeckte sie Daniel neben ihm. »Hallo Daniel.« Ihre Stimme klang bei der Begrüßung seines Bruders einen Hauch weniger begeistert, wie Ben wahrnahm. »Wollt ihr doch noch einen Kaffee an diesem schönen Tag trinken?« Sie sprach Französisch und ihre Stimme hörte sich warm und glücklich an und ihr Gesicht leuchtete.

»Tss, heute ist doch kein Tag für einen Kaffee«, mischte sich Emma ein, die mit einem Tablett voller Gläser durch die Menge kam. »Heute gibt es etwas zu feiern! Schließlich bekommt man nicht jeden Tag eine Cousine geschenkt.«

»Und ich habe eine tolle neue Familie bekommen«, lachte Clara.

»Warte mal ab, bis du uns so richtig kennenlernst«, widersprach Emma, aber sie lächelte dabei.

»Hallo Ben, hallo …?«

»Das ist mein Bruder Daniel«, stellte Ben sofort vor. »Daniel Prinz.«

»Prince, ist das ein Omen?« Emma musterte Daniel interessiert.

Daniel lächelte. »Das hängt ganz davon ab, wofür das Omen sein sollte.«

»Das finden wir beide noch heraus«, versprach Emma und hielt Daniel das Tablett hin. Dann offerierte sie auch Ben ein Glas.

»Auf die Cousinen!«, sagte Ben.

»Auf Emma, Amélie und auf Tante Claire«, ergänzte Clara und hob ihr Glas.

»Aber nein, ihr müsst nicht auf mich anstoßen«, protestierte eine gut aussehende Frau mittleren Alters, die Clara gegenüberstand.

»Aber maman, natürlich tun wir das.« Emma drückte ihrer Mutter einen Kuss auf die Wange. »Auf ein langes, glückliches Leben!«

Genau in diesem Moment kam die Sonne hinter den Wolken hervor und hüllte alles in ein warmes goldenes Licht.

»Seht ihr, der Segen kommt von ganz oben«, erklärte Emma fröhlich. Dann machte sie sich daran, noch mehr Leute mit Crémant zu versorgen, bevor sie zurückkam und ein wenig mit Daniel plauderte.

Ben schaute zu Clara. Sie lachte glücklich, und Ben musste ebenfalls lächeln, als er sie so sah. Gestern im Auto war sie so niedergeschlagen gewesen, jetzt wirkte sie wie verwandelt.

Für eine Weile beobachtete er sie einfach – wie sie redete, lachte und Amélie die Hand auf den Arm legte. Alles schien gut. Dann fragte sie ihn etwas und bevor er es sich versah, war er mitten im Gespräch. Emma neben ihm unterhielt sich angeregt mit Daniel, überall schwirrten Gelächter und fröhliche Stimmen durch die Luft. Irgendwann goss Emma noch Crémant nach. Claire erzählte davon, wie Clara als kleines Mädchen in San Michelle gewesen war und dass sie sie auch jetzt noch garantiert wiedererkannt hätte. Amélie steuerte eine Geschichte von einer Sandburg bei und Clara lachte über das alles. Für Ben fühlte es sich an wie ein geschenkter freier Tag, fast wie Urlaub. Was für ein Glück, dass sie heute noch keinen Testtermin bei Airbus bekommen hatten, ging es ihm irgendwann durch den Kopf. Erst nach einem Augenblick wurde ihm bewusst, was er da gedacht hatte. Ich muss verrückt sein, sagte er sich, aber es fühlte sich nicht im Mindesten so an. Stattdessen lächelte er Clara an und hob das Glas leicht in ihre Richtung.

Die Musik draußen wechselte zu *Reach out I'll be there.*

»Das war Manons Lieblingslied«, sagte Claire. »Sie konnte nie stillsitzen, wenn es lief. Wir sollten so tanzen wie früher.«

»Oh ja«, sagten Emma und Amélie sofort wie aus einem Munde. »Das haben wir schon ewig nicht mehr gemacht.«

Claire errötete leicht. »Aber wir können doch nicht hier in dem Café tanzen, es ist viel zu voll.«

»Aber draußen«, meinte Emma sofort.

»Und wie wir das können«, stimmte Amélie ihrer Schwester zu. »Komm, maman.«

»Also, ich weiß gar nicht, warum ich das vorgeschlagen habe«, wehrte sich Claire.

Aber Emma wollte davon nichts hören. »Weil du recht hast und wir tanzen sollten! Mit Clara für Manon!«

Sie stellte die Musik lauter, dann griff sie nach Claires und Claras Händen. »Kommt.« Sie zog sie vor das Café und Amélie folgte mit Daniel und Ben. Im Nullkommanichts waren draußen alle auf den Beinen. Claire tanzte mit Amélie, Clara mit Ben. Neben ihnen wirbelte Daniel Emma herum.

Als das Lied zu Ende war, stellte Emma es einfach noch einmal von vorne an. Niemand blieb sitzen. Die Stimmung war bombig, der ganze Platz schien sich in ein einziges riesiges Sommerfest zu verwandeln. Als das Lied zu Ende ging, umarmte Claire Clara und küsste sie. Ben konnte nicht hören, was sie zu ihr sagte, aber er wusste, dass es etwas Gutes war. Und auf einmal war er einfach froh, dass er Clara hierhergefahren hatte.

Noch mehr Sekt floss und es wurde noch mehr getanzt. Irgendwann bemerkte Ben einen großen Mann mit dunklen, von grauen Strähnen durchzogenen Locken, der vom Eingang eines Hauses in der Nähe herüberschaute. Der Mann war außergewöhnlich gut angezogen, aber als Ben das nächste Mal hinschaute, war er verschwunden.

Jemand wechselte die Musik und jetzt erklang *Je Chante* von Charles Trenet. Ein großes Hallo brach los und Ben sah noch mehr Leute auf den Platz kommen. Offenkundig mochte man dieses alte Chanson hier und offenbar feierten die Menschen von San Michelle gern.

Ben wandte sich wieder Clara zu, die ihn mit einer Handbewegung aufforderte, weiter zu tanzen. Ben lächelte. Für ihn konnte es ewig so weitergehen.

Aber irgendwann legte Daniel ihm eine Hand auf die Schulter. »Du, ich glaube, ich muss mir ein neues Schmerzmittel holen. Mir ist etwas blümerant.«

Blümerant? Ben zog eine Augenbraue hoch. Das war doch sonst einer von Pops Lieblingsausdrücken.

Doch in der Tat war Daniel ziemlich blass. »Die Zahnschmerzen kommen gerade volle Kanne zurück trotz Sonnenschein, Sekt und Musik.«

»Zahnschmerzen?«, fragte Clara, die Daniels Worte wohl über die Musik hinweggehört hatte. »Amélie ist Zahnärztin. Willst du sie fragen, ob sie dir helfen kann?«

Daniel schüttelte den Kopf. »Ich will sie jetzt nicht stören, ihr seid doch am Feiern. Wie hat Emma so schön gesagt, man bekommt ja nicht jeden Tag eine Cousine geschenkt.«

»Was habe ich?« Emma, die Ohren wie ein Luchs zu haben schien, drehte sich um.

»Daniel hat Zahnschmerzen«, erklärte Clara ihr.

»Dann muss er zu Amélie gehen«, erwiderte Emma sofort. »Sie ist die beste Zahnärztin an der Côte d'Azur. Amélie!«

Ihre Schwester drehte sich um. »Daniel hat Zahnschmerzen, kannst du dir das ansehen?«

Daniel hob beide Hände. »Nein, nein«, protestierte er sofort.

Aber Amélie nickte. »Kein Problem, ich muss sowieso nachher noch Patienten behandeln.«

»Na seht ihr, hier in San Michelle lassen sich alle Probleme lösen«, sagte Emma zufrieden.

Ben bemerkte, dass Claire gar nicht überzeugt davon aussah. Dann aber schien sie ihre negativen Gedanken abzuschütteln und lächelte ihre Tochter an.

Und auf einmal wusste Ben sicher, dass das Leben auch hier in diesem Sonnenschein komplizierter war, als es aussah.

12. Kapitel

Clara

»Es ist sehr nett von deiner Cousine, sich gleich um meinen Bruder zu kümmern«, sagte Ben.

»Es klingt für mich immer noch ganz ungewohnt, wenn jemand von meiner Cousine spricht. Aber es hört sich gut an.« Clara machte eine Bewegung, die alles um sie herum mit einschloss, auch das imposante Haus, in dem Amélie ihre Praxis hatte, in der sie Daniel gerade abgeliefert hatten. »Überhaupt ist hier alles wunderschön.«

»Du hast dir also deine Familie am richtigen Ort ausgesucht«, erwiderte Ben und ging neben Clara her.

Sie lachte. »Das habe ich gut gemacht, nicht wahr?«

»Ausgezeichnet.« Ben lächelte sie an, und Clara fragte sich, wie es ihr bisher entgangen sein konnte, wie liebenswert sein Lächeln war. Dass er nett aussah, hatte sie schon mitbekommen, aber sein Lächeln war irgendwie besonders. So herzerwärmend und fröhlich zugleich. Ob das am strahlenden Sonnenschein lag? Bei dem Meeting vorgestern war es ihr auf alle Fälle noch nicht aufgefallen. Clara stockte. Das vermaledeite Meeting war erst zwei Tage her? Es kam ihr vor wie ein ganzes Leben – mindestens.

»Woran hast du denn gerade gedacht?« Ben schaute sie schräg von der Seite an.

»Wieso?«

»Du hast erst gelächelt und dann auf einmal super ernst geschaut. So als würdest du einen Bankraub planen oder so etwas.«

»Einen Bankraub? Oh ja, da bin ich genau die Richtige.« Clara grinste. »Ich kann nichts, was man für einen Bankraub braucht. Weder schießen noch Safes knacken noch einen bombensicheren Escapeplan entwickeln. Und ich kann nicht untertauchen, weil man meine Haare überall wiedererkennen würde.«

»Also bräuchtest du einen Hut oder eine Perücke.«

Clara tat so, als würde sie es sich überlegen. »Zusätzlich bräuchte ich noch eine Maske und eine Sonnenbrille. Wo wir schon beim Thema sind, eine Sonnenbrille könnte ich mir wirklich kaufen, ich habe meine in München vergessen.«

»Stimmt. Eine Sonnenbrille zu kaufen, ist tatsächlich eine sehr gute Idee. Ich habe meine auch nicht dabei, außer Pops hat sie irgendwo in meinem Koffer versteckt.« Er zog sein Handy aus der Hosentasche. »Lass uns mal nachschauen, wo es hier ein passendes Geschäft gibt.«

Clara runzelte die Stirn. »Dein Großvater packt deinen Koffer?«

Ben schaute von seinem Handy auf und machte ein Gesicht wie ein Unschuldslamm.

»Echt jetzt?«, erkundigte sich Clara ungläubig. »Wie alt bist du?«

»Dreiunddreißig.«

»Und da packt dein Opa noch deinen Koffer?«

»Ja, und er macht mir ein Pausenbrot für die Arbeit.« Bens Gesichtsausdruck gab nichts her. »Dort entlang zum nächsten

Brillengeschäft.«

»Oh Mann«, sagte Clara, während sie neben ihm her schlenderte.

»Mein lieber Großvater packt mir kleine Päckchen Saft ein, wenn wir fliegen gehen, bügelt meine Socken – aber nur montags …«

»Du veralberst mich, oder?«

»Warte, lass mich mal überlegen.« Ben lachte. »Ja, natürlich. Aber diesmal hat Pops tatsächlich meinen Koffer gepackt, weil ich nicht nach Hause konnte.«

»Und wieso nicht?« Clara hob fragend eine Augenbraue.

»Wegen der Anzeige. Aber das willst du gar nicht wissen, ehrlich nicht. Lass uns lieber von sonnigeren Dingen reden.«

»Also gut, das Thema Sonne ist prima.«

Doch bevor Clara Ben noch fragen konnte, an welche Dinge er beim Stichwort Sonne dachte, klingelte ihr Handy. Es war Ava.

»Entschuldige mich«, sagte Clara und blieb stehen, »aber das ist meine beste Freundin.«

Ben hielt ebenfalls an. »Ich würde dich auch ohne ‚aber' entschuldigen. Nur nicht für deinen Freund.«

»Ich habe keinen Freund.«

»Sehr gut.« Ben lächelte sie an. Zum ersten Mal fiel ihr auf, dass er ein kleines Grübchen rechts neben dem Mundwinkel bekam, wenn er lachte.

»Wie meinst du das denn?«, fragte sie abrupt, bevor ihr klarwurde, dass sie das Gespräch schon angenommen hatte und Ava alles mithören konnte.

»Hallo Ava!« Hastig hielt sie sich das Handy ans Ohr.

»Liebste Clara, ich hatte eine ganze Reihe von Fragen an dich, aber die sind alle gerade unwichtig geworden. Es bleibt nur noch eine Kernfrage übrig: Mit wem um alles in der Welt redest du über deinen Beziehungsstatus? Mit Quasimodo?«

»Ich weiß nicht, wovon du sprichst. Der historische Quasimodo lebte in Paris, nicht an der wunderschönen Côte d'Azur«, antwortete Clara engelsgleich.

»Kann ich das als Bestätigung nehmen, dass du mit Ben Prinz unterwegs ist?«, hakte Ava sofort nach.

Clara lächelte schief. »Vielleicht. Womöglich. Eher ja.«

»Vielleicht? Womöglich? Eher ja? Dir ist schon klar, dass du mit mir sprichst? Ich bin deine beste Freundin und habe sozusagen ein eingebautes Anrecht, alles zu erfahren.«

Clara lachte. »Ist das so? Also, die Kurzfassung lautet so: Es ist wirklich wunderschön hier. Meine Familie ist einfach nur liebeswert. Ich sehe sie heute Abend zum Essen wieder und ich wünschte, du könntest dabei sein. Meine Cousinen, Amélie und Emma, sind eine Wucht und meine Tante ist ebenfalls großartig. Ansonsten bin ich tatsächlich gerade unterwegs, um eine Brille zu kaufen.«

»Eine Schutzbrille für die Glasarbeit?«

»Nein, eine Sonnenbrille für das gute Wetter hier. Und du?« Clara dachte an ihr Leben in München, das ihr so weit entfernt vorkam.

Ava schnaubte. »Ich bin nicht mit Ben Prinz unterwegs. Stattdessen habe ich immer noch diese nervige Praktikantin an der Backe. Wenn sie wenigstens weitere Videos von dir aus dem Internet hervorzaubern könnte, wäre ich ja zufrieden. Aber so muss ich mir allein ausmalen, was du wohl so erlebst mit Quasimodo und der lieben Verwandtschaft. Ich kann nur vom Sonnenschein träumen, denn hier ist alles weiterhin grau in grau.«

»Kannst du dir nicht irgendwie ein paar Tage frei nehmen und herkommen? In Manons Haus gibt es noch ein kleines weiteres Schlafzimmer.«

Ava lachte auf, aber es klang nicht fröhlich. »Das klingt so schön und einladend. Aber nein, stattdessen muss ich noch mehr Überstunden schrubben. Also erbarme dich und lass mich zumindest wissen, dass bei dir alles gut ist.«

»Es ist alles gut«, erwiderte Clara und spürte, dass es stimmte. Ja, es war wirklich alles in Ordnung. Erstaunlich, wie sich in dieser kurzen Zeit alles von schrecklich zu gut gewandelt hatte. Wenn sie ehrlich war, sogar zu sehr gut. Zwar hatte sie noch keinen Plan, wie es für sie weitergehen könnte, jetzt wo sie kein Teil von Mentling-Glas mehr war, aber irgendwie machte ihr das gerade keine Sorge. Vielleicht, weil sie hier in San Michelle war, in der Heimat ihrer Mutter. Vielleicht, weil sie gerade keine Beschwerden, keinen Kummer, keine Angst hatte in diesem schönen Sonnenschein. Wie von selbst schaute Clara zu Ben, der ein paar Schritte weitergegangen war.

»Es ist alles prima«, bekräftigte sie.

»Das freut mich wirklich sehr. Und das liegt nicht zufällig an Quasimodo?«,

Doch bevor Clara entschieden hatte, was die ehrliche Antwort darauf war, hörte sie im Hintergrund schon wieder Avas Chefin herumschreien. Himmel, diese Frau hatte wirklich ein Problem!

»Ich muss los«, sagte Ava auch prompt. »Ich schaue nachher nach deinem Auto. Bis dahin, mach es gut!«

»Du auch!«

Da hatte Ava schon aufgelegt.

Clara schoss schnell eine Reihe von Fotos. Von den eleganten hell verputzten Häusern mit ihren schönen schmiedeeisernen Balkonen, von der Blütenpracht um sie herum und von Ben, der seinerseits ins Handy schaute. Dann schickte sie alles, so wie es war, an Ava.

Sie steckte das Handy in ihre Tasche und ging dann zu Ben herüber. Er schaute auf, als sie näherkam.

»Die Anzeige von deinem Großvater hin oder her – du hast keine Freundin?«, fragte sie ihn ohne Umschweife.

»Nein«, meinte er. »Wieso?«

Betont nonchalant zuckte Clara die Schultern. »Ich dachte, das klärt man hier so.«

Sie blickte ihm in die Augen und er schaute direkt zurück. Für einen Moment bewegte sich keiner von beiden, dann stolperten sie beide auf einmal los.

***

Ben

Ben wusste nicht genau, was er denken oder fühlen sollte. Fakt war, dass diese Reise nach Südfrankreich bisher komplett anders verlaufen war, als er geplant hatte. Und damit meinte er nicht nur, dass er Toulouse angepeilt hatte und an der Côte d'Azur gelandet war. Vor seiner Abreise hatte er sich eine langweile Fahrt und eine rasche Testung vorgestellt, stattdessen hatte er eine kurzweilige Reise und noch überhaupt keine Testung bekommen. Und er wusste nicht so genau, was er von diesem Gefühl halten sollte, das sich zunehmend in sein Herz und Verstand schlich, wenn er mit Clara sprach, mit ihr lachte oder sie auch nur ansah.

Natürlich wusste Ben, was Verlieben war, schließlich war ihm das bisher schon ein paar Mal passiert. Allerdings war es immer eher kompliziert gewesen und von Tausend und einer Schwierigkeit begleitet worden. Hier hingegen erschien alles absolut unkompliziert. Clara hatte keinen Freund, sie lachte ihn so an, dass sein Herz hüpfte, und über allem schien die Sonne, als gäbe es niemals Regen.

Doch dann dachte Ben an Juli und die Seelenqual, die ihm seine Gefühle für sie beschert hatten. Nein, so etwas konnte und wollte er nicht noch einmal erleben! Also besser gar kein Verlieben als eines mit Kater.

Aber von unangenehmen Gefühlen war nichts zu spüren, als er mit Clara durch San Michelle schlenderte auf der Suche nach dem Brillenladen, der umgezogen war, wie sie feststellten, als sie bei der ursprünglichen Adresse ankamen.

»Wir müssen genau in die andere Richtung«, erklärte Ben, nachdem er auf den im Schaufenster ausgehängten Plan geschaut hatte.

»Kein Problem, es ist so schön hier, ich laufe gern noch etwas rum«, erwiderte Clara. »Schau mal, da drüben kann man zwischen den Häusern das Meer sehen. Sieht das nicht toll aus?«

»Oh ja. Und was meinst du, wie toll alles aussehen wird, wenn wir erst unsere Sonnenbrillen haben.«

Clara hob eine Augenbraue. »Genau. Dann in rot oder braun oder blau, je nach Farbe der Gläser.«

»Oder gelb.«

Clara winkte ab. »Ach nein, gelb finde ich nicht so schön. Zumindest nicht für das Meer.«

»Da ist die Originalfarbe wohl das Beste.«

»Genau!«

Tatsächlich steuerte Clara die Brillen mit unauffälligen Gläserfarben an, als sie den Brillenladen irgendwann gefunden hatten.

»Was meinst du? Dieses Modell?« Clara wandte sich ihm mit einer riesigen Brille auf der Nase zu, die ihr eine wenig vorteilhafte Ähnlichkeit mit einem Insekt verlieh. »Oder lieber diese Brille?« Jetzt blickte Ben in ein komplett verspiegeltes Gesicht. Die Brille glich eher einem Visier als einem Schutz gegen das helle Sommersonnenlicht.

»Also, ehrlich gesagt …«, begann er vorsichtig.

Aber da hatte Clara schon eine dritte Option aufgesetzt. Achteckige Gläser in einem strassbesetzten Rahmen, der mit lauter Bling Bling ihr Gesicht geradezu überstrahlte.

»Ich weiß nicht …«

Clara nahm die Brille ab und lachte. »Du brauchst nicht so schockiert zu schauen, das war nur ein Witz. Ich hatte eher an diese gedacht.« Sie setzte eine harmlose Brille mit einem etwas breiteren Rand oben auf, die ihr in der Tat gut stand.

»Oder die hier?« Ben zeigte auf ein anderes Modell.

»Eine Pilotenbrille, das hätte ich mir ja denken können, dass du das vorschlägst.« Sie zwinkerte ihm zu, dann probierte sie die Brille an und schaute in den Spiegel.

»Gekauft. Jetzt brauche ich nur noch das Flugzeug dazu.«

Sie lächelte ihn an und Ben fragte sich, wie es wohl war, mit ihr fliegen zu gehen. So wie er sie einschätzte, würde sie sich für alles interessieren und man musste sie eher bremsen als ermutigen. Wie Pops. Er lächelte bei dem Gedanken, dass Clara und sein liebster Großvater sich wahrscheinlich wunderbar verstehen würden.

Clara musterte ihn über den Rand ihrer Sonnenbrille. »Und jetzt zu dir«, entschied sie und stiefelte hinüber zu den Herrenbrillen.

»Ich weiß schon, was ich nehme«, meinte Ben und folgte ihr. »Dasselbe wie immer.« Er griff nach einem Standardmodell.

»Dasselbe wie immer? Aber hier ist nichts wie immer«, protestierte Clara.

»Von hier aus kann man durch das Schaufester das Meer sehen. Sag mir mal, wo dir das im Alltag in München passiert.«

»Du hast ja recht.« Etwas unschlüssig schaute Ben auf die große Brillenauswahl. Ja, es stimmte, Clara hatte recht. Nichts war wie immer.

»Probier doch die hier mal an.« Sie nahm eine Brille mit verspiegelten Gläsern aus ihrem Fach.

Er nahm das Standardmodell ab und zog dafür die andere an.

»Nein. Besser diese.«

Clara schüttelte sofort den Kopf, kaum dass er die Brille auf der Nase hatte. Sie reichte ihm eine, die Ben als Chirurgenbrille bezeichnet hätte. Warum, wusste er selbst nicht so genau. Er setzte sie auf und schaute in den Spiegel.

»Nein«, sagten sie beide wie aus einem Munde.

»Dann diese hier.« Clara griff nach einer ganz anderen Version mit einem Hornrahmen. Ben nahm die Chirurgenbrille ab. Er drehte sich um, damit er die beiden Brillen ablegen konnte, die er in Händen hatte, aber Clara meinte nur: »Ich setze sie dir auf.«

Er beugte sich ein wenig vor, damit sie sein Gesicht erreichte. Für einen Moment kamen sie sich dabei erstaunlich nahe, und Ben nahm Claras Geruch war. Sie duftete nach Zitrone, Sand und Sommer.

»Schau dich doch mal an«, schlug sie vor, und er merkte, dass er immer noch so vorgebeugt dastand, obwohl er die Brille schon längst auf der Nase hatte. Er errötete.

Aber Clara klatschte nur leicht in die Hände. »Das ist es.«

»Ist es das?«, fragte Ben zurück und war für einen

Augenblick versucht, sie wie auf dem Parkplatz zu küssen. Doch genau in diesem Moment tauchte eine Verkäuferin auf. »Kann ich Ihnen helfen?«

Clara und Ben fuhren auseinander. »Ich glaube, wir haben schon gefunden, was wir gesucht haben«, meinte Clara und reichte ihr die Brille, für die sie sich entschieden hatte.

»Genau«, stimmte Ben zu, schaute dabei aber nicht die Verkäuferin, sondern Clara an. Ihre Haare hatten sich wie ein Kranz um ihren Kopf gelegt, ihre Augen funkelten und ihr ganzes Gesicht drückte Lebenslust und Freude aus. Und auf einmal wusste Ben, dass er sich wirklich in diese Frau verlieben könnte. Wenn … ja, wenn was? Das wusste er selbst nicht so genau.

Und er hatte auch noch keine Antwort, als sie bezahlt hatten und durch die Tür zurück in die Sommerluft hinaustraten.

Mit den neuen Sonnenbrillen im Gesicht spazierten sie weiter durch San Michelle, bewunderten hier die Aussicht, dort ein schönes Gebäude oder die ausgefallene Auslage eines Geschäfts. In einer schmalen Gasse blieb Clara wie angewurzelt vor einem kleinen Hutladen stehen.

»Ein Sommerhut für dich?«, fragte Ben.

»Nein, vielen Dank. Aber das Tuch hier, findest du das nicht auch wunderschön?«

Ben schaute auf ein elegant drapiertes Tuch, das mit zarten Rosen bedruckt war. Es war hübsch, aber nun wirklich nichts, was er kaufen würde.

»Ehrlich gesagt, kann ich dazu nicht so viel sagen«, antwortete er.

»Schade. Ich wollte es dir gerade kaufen.«

»Mir?« Ben runzelte die Stirn.

»Nicht? Meinst du nicht, dass es dir bei den Geschäftsmeetings sehr gut stehen würde? Und beim Fliegen erst. Das würde doch einen schönen Kontrastpunkt geben. Willst du es dir nicht noch einmal überlegen? Ich gehe da jetzt rein.«

Clara legte die Hand auf die Türklinke.

»Du Clara, warte mal«, begann Ben. »Das ist wirklich sehr nett von dir, aber …«

Doch da war Clara schon im Laden.

Etwas zu rasch stolperte Ben hinterher und wäre fast auf Clara geprallt, die im Eingang des zugegebenermaßen winzigen Ladens stehen geblieben war.

»Bonjour, Madame et Monsieur«, begrüßte sie die Verkäuferin.

»Ich habe das Tuch mit den Rosen im Schaufenster gesehen und finde es wunderschön«, sagte Clara.

»Aber ja, Madame, es ist wirklich außergewöhnlich schön. Und es ist von einer ausgezeichneten Qualität, Sie werden sehr lange Freude daran haben. Ich beziehe diese Tücher von einer kleinen Manufaktur hier in der Nähe. Warten Sie, ich zeige es Ihnen.« Sie ging durch den schmalen Laden und nahm es aus dem Schaufenster.

»Eine super Qualität, du wirst lange Freude daran haben«, sagte Clara zu Ben. »Das ist doch etwas.«

»Du Clara …«

Aber Clara hatte sich schon wieder der Verkäuferin zugewandt, die das Tuch auf dem Tresen ausbreitete. »Sehen Sie, Madame, es ist aus der Nähe noch schöner. Möchten Sie es anprobieren?«

»Möchtest du?«, wandte sich Clara an Ben.

Er hob beide Hände. »Nein, Clara, ich …«

»Nein, nicht nötig«, sagte Clara zu der Verkäuferin. »Ich nehme es so.«

»Wunderbar, ich werde es Ihnen einpacken.« Mit geschickten Bewegungen legte die Verkäuferin das Tuch zusammen

»Bitte Clara, kauf das nicht. Ich brauche wirklich kein Tuch«, protestierte Ben mit Nachdruck.

»Aber es ist ein Dankeschön!«

Ben wusste nicht, was er machen sollte. Fakt war, dass er ein Tuch mit Rosendruck wirklich und tatsächlich nicht haben wollte. Auf der anderen Seite konnte er ein Dankeschön wohl kaum ablehnen, egal wie absurd es war. Er ließ die Hände wieder sinken. »Nun gut.«

Clara drehte sich ganz zu ihm um und lachte ihn an. »Schön, dass du endlich einverstanden bist. Aber es war nur ein Spaß. Ich will das Tuch für meine Tante kaufen. Sie lädt heute Abend zum Essen ein.«

»Du …«, begann er halb vorwurfsvoll halb erleichtert, aber da gab Clara ihm schon ein Küsschen auf die Wange. Und dann noch ein zweites, bei dem sie leicht seinen Mundwinkel streifte.

Er hätte sie am liebsten sofort zurückgeküsst, aber in diesem Moment war die Verkäuferin mit dem Verpacken fertig.

»Voilà«, sagte sie und Clara wandte sich um.

Oh Ben, was machst du da?, fragte er sich selbst, als sie das Geschäft verließen. Aber gerade reichte nicht einmal der Gedanke an den schlimmsten Liebeskummer der Welt, um ihn davon abzuhalten, sein Herz ein kleines Stückchen an Clara Mentling zu verlieren. Aber nur ein kleines bisschen, beschwor er sich selbst.

Direkt vor dem Geschäft trafen sie auf einen Herrn, der offenkundig ebenfalls den Hutladen betreten wollte. Clara machte eine Bewegung rückwärts und stieß an Ben. Der Mann schien ebenfalls zurückzuweichen. Ben war sich nicht sicher, ob der Fremde froh über diese Begegnung war, denn etwas wie Freude und Bestürzung spiegelten sich gleichzeitig auf seinem Gesicht. Er war groß und breitschultrig und hatte dunkle, von Grau durchzogene Locken. Irgendwie kam er Ben bekannt vor. Es dauerte einen Augenblick, bis Ben einfiel, wo er ihn schon gesehen hatte: Es war auf dem Platz vor Emmas Café gewesen.

»Bonjour«, sagte Clara höflich, aber Ben hörte in ihrer Stimme eine Vielzahl von Emotionen mitschwingen. Absurderweise ließ es ihn sich fast eifersüchtig fühlen.

»Bonjour«, erwiderte der Mann, drehte sich dann aber abrupt um und ging rasch durch die Gasse fort.

Clara sah ihm nach, dann blinzelte sie und schaute wieder zu Ben. »Eine Chance hast du noch.«

»Worauf?«, fragte Ben und spürte wieder das Kribbeln, das sich überall in ihm auszubreiten schien.

Langsam bewegten sie sich aufeinander zu, aber gerade, als Ben dachte, dass Clara ihn küssen würde, begann sein Handy zu klingeln.

***

<u>*Clara*</u>

»Danke, dass ihr gleich hergekommen seid«, sagte Amélie zu Clara und Ben. »Daniel ist hier erst einmal fertig, und es wäre gut, wenn er sich so bald wie möglich hinlegen und ausruhen könnte.«

Daniel, der sich ein Cool Pack an die Wange presste, hing auf dem Stuhl mehr als er saß und machte tatsächlich einen ziemlich erledigten Eindruck.

»Ich verstehe«, antwortete sie.

»Gut!« Amélie lächelte sie an. Ihr Lächeln war viel zurückhaltender als Emmas, aber trotzdem einladend und herzlich.

Clara war immer noch absolut fasziniert davon, dass sie zwei Cousinen hatte. Und was für Cousinen. Sie, Clara Mentling, hatte eine Verwandte, die grässliche Zahnschmerzen behandeln konnte. Und eine, die Glückskekse backte, um die Welt etwas fröhlicher zu machen. Großartig!

»Danke für deine Hilfe«, sagte sie zu Amélie.

»Ja, danke«, nuschelte Daniel ebenfalls.

»Gern geschehen. Zwei von den Tabletten alle zwei Stunden.« Amélie wies auf den Blister in Daniels Hand. »Morgen muss ich dich wie gesagt noch einmal sehen, aber das Schlimmste hast du überstanden.«

»Docteur LeCler«, rief Amélies Assistentin.

»Ich muss leider weiter, diese zusätzliche Behandlung war nicht eingeplant und jetzt habe ich etwas Zeitdruck«, meinte Amélie, aber Clara bemerkte, dass ihre Cousine trotzdem überhaupt nicht gestresst wirkte. Ganz im Gegenteil. Hier in ihrer

Praxis wirkte sie entspannter als im Café mit den vielen Menschen, und ganz so, als wäre sie absolut in ihrem Element. Wie von selbst wanderten Claras Gedanken zu ihrer eigenen Arbeit. Wie anders war es ihr selbst in den letzten Monaten bei Mentling-Glas ergangen! Sie war aus dem Dauerstress gar nicht mehr herausgekommen und hatte sich manchmal gefragt, ob sie am Ende noch ein Magengeschwür von all dem Druck und den Sorgen bekommen würde.

»Vielen Dank und bis später«, sagte sie zu ihrer Cousine.

Aber Amélie hatte sich schon umgedreht und war mit raschen Schritten zu einem der Behandlungszimmer gegangen.

Clara wandte sich Ben und Daniel zu. »Und jetzt?«

»Schlafen«, nuschelte Daniel.

»Wir suchen uns ein Hotel«, meinte Ben, aber Clara hatte noch einen anderen Vorschlag. »Wir können Daniel auch jetzt erstmal zu Manons Haus bringen. Dort gibt es ein zweites Zimmer mit einem Bett. Das geht jetzt bestimmt schneller, als erst ein Hotel zu suchen.«

»Oh ja, wunderbar«, nuschelte Daniel und stand mühsam von seinem Stuhl auf. »Und jetzt sag mir bitte, was Juli in der Tasche hat, schließlich ist die Zahnbehandlung rum.«

Dabei schwankte er leicht. Ben legte ihm den Arm um die Schultern. »Später«, sagte er, aber Clara fragte sich dennoch, welche Überraschung Bens Schwägerin wohl diesmal bereithielt.

Der Heimweg ging kurz und schnell, zumal Amélies Praxis in der Nähe des Grand Hotels lag und sie schnell zum Transporter kamen.

In der Rue d'Ambre parkte Ben auf der gegenüberliegenden Straßenseite. Die Rosen im Garten von Manon leuchteten im warmen Sonnenschein, aber im Haus war es angenehm kühl. Daniel seufzte erleichtert auf, als er hereinkam.

»Das ist echt sehr nett von dir«, nuschelte er in Claras Richtung. »Das ist nicht selbstverständlich.« Er sah sie nachdenklich an.

Clara wusste nicht, was sie darauf erwidern sollte. Sie schlüpfte aus ihren Schuhen und spürte den Boden kalt unter ihren Füßen. »Es ist schon okay«, murmelte sie und wies in Richtung der Küche. »Da entlang, dort geht es nach oben.«

Oben in dem kleinen Flur duftete es noch intensiver als am Morgen nach Rosen, geradezu betörend. Es war ein herrlicher Geruch, lebendig und frisch und gar nicht schwer oder drückend, einfach wunderbar.

Selbst Daniel blieb für einen Moment mit seinem Cool Pack auf der Wange stehen und atmete einfach nur ein und aus.

»Hier ist das Zimmer, dort ist das Bad.« Sie zeigte Daniel die beiden Räume.

Ben kam hinter ihnen die Treppe hoch. In Händen trug er eines der sonnengelben Gläser aus der Küche und eine Karaffe. Er stellte beides auf den Nachttisch im kleinen Zimmer.

»Hier ist noch ein Wasser für dich, Daniel. Ist das okay, dass ich das einfach genommen habe?«, fragte er Clara.

»Natürlich«, erwiderte sie. Bei allem, was sie in den letzten Stunden über ihre Mutter erfahren hatte, malte sie sie sich als lebenslustige, fröhliche und großzügige Frau aus. Bestimmt hätte sie Daniel auch ein Bett angeboten.

»Erhol dich gut!«, wünschte Clara ihm.

»Nochmal vielen Dank«, sagte Daniel. »Besonders nach allem, was war.«

Clara lächelte, doch dann bemerkte sie auf einmal den warnenden Blick, den Ben Daniel zuwarf. Sie runzelte die Stirn. Was sollte das? Doch bevor sie sich noch zu viele Gedanken darüber machen konnte, klingelte ihr Telefon. Es war Tante Claire.

»Clara, Liebes, möchtest du heute Abend mit Amélie, Emma und mir ins Restaurant de Mer an der Promenade gehen?«

»Sehr gerne«, erwiderte Clara.

»Wunderbar, dann kann ich dir mein Kochen ersparen. Wir sehen uns um neun dort, ja?«

»Ja. Ich freue mich.«

Ihre Tante schwieg einen Augenblick, dann meinte sie. »Ich freue mich auch, dass du hergekommen bist, Clara! Ich habe so lange darauf gewartet. Und jetzt bist du wirklich da. Es ist wunderbar.«

Clara atmete den Blütenduft ein und auf einmal wusste sie, dass das genau das war, was sie auch fühlte. Sie war da.

Als sie die Treppe herunterkam, entdeckte sie Ben am Küchentisch, der sich über seinen Laptop beugte. Er wirkte hochkonzentriert, ja geradezu versunken in das, was er tat. Für einen Moment beobachtete sie ihn einfach. Er war ganz anders, als sie angenommen hatte, und sie empfand es einfach nur als angenehm, mit ihm zusammen zu sein. Und ja, wenn sie ehrlich war, löste er etwas in ihr aus, das sie schon seit Ewigkeiten nicht mehr gespürt hatte.

Schmetterlinge im Bauch?, überlegte sie, und prompt fühlte es tatsächlich so an, als würde eine ganze Kolonne Schmetterlinge in ihrem Bauch Polka tanzen. Aber das war doch verrückt! Am liebsten hätte Clara über sich selbst den Kopf geschüttelt. Sie konnte sich doch wohl kaum in die Schlange der Interessentinnen bei Ben Prinz einreihen, sie musste nur an all die Antworten auf die Annonce denken, um zu wissen, dass das lächerlich war. Trotzdem ließ sie ihren Blick weiter über seine Haare, sein Gesicht und seinen Körper gleiten. Und wieder war da das Kribbeln. Ob das an San Michelle liegt?, fragte sie sich und dachte, dass ihre Mutter hier wohl auch eine Menge Gefühle erlebt hatte. Zumindest, wenn es stimmte, was Thierry erzählt hatte. Thierry. Es war ein komisches Gefühl gewesen, ihm vor dem Hutladen zu begegnen.

Überhaupt der Hutladen … Wie sie Ben veralbert hatte, und vor allem, wie sie ihn auf die Wange geküsst hatte. Das war nun wirklich kein richtiger Kuss gewesen und dennoch ging die Erinnerung daran ihr im Kopf herum. Sie lehnte sich an den Türstock und es knarzte leise.

Ben schaute auf. »Entschuldige.«

Doch sie schüttelte nur den Kopf. »Du musst dich nicht entschuldigen, dass du arbeitest. Fühl dich frei zu tun, was du magst.«

Aber Ben schaute nicht zurück auf seinen Laptop, sondern sah sie weiterhin einfach nur an. Und plötzlich überflutete Clara wieder dieses Gefühl wie im Hutgeschäft. Das Gefühl, mit Ben lachen zu wollen. Oder ihn zu küssen. Oder am besten beides.

Als könne er ihre Gedanken lesen, klappte Ben den Laptop zu, ohne den Blick von ihrem zu lösen.

»Du brauchst meinetwegen nicht aufzuhören«, begann Clara, aber irgendwie wusste sie nicht weiter.

Ben stand langsam auf.

»Möchtest du auch etwas trinken?« Clara öffnete den Hängeschrank über der Spüle.

»Ja, gern.«

Sie nahm zwei Gläser heraus. Dabei spürte sie ihr Herz schneller klopfen, wie vorhin nach dem Bad im Meer. Hör auf, sagte sie sich selbst, aber das machte es nicht besser, sondern noch schlimmer. Mit warmen Wangen holte sie die Limonade aus dem Kühlschrank und goss ein. Manons schönes Trinkglas fühlte sich kühl in ihrer Hand an, als sie es hochnahm, um es Ben zu reichen.

»Bitte sehr«, sagte sie.

Als Ben danach griff, berührte er ihre Hand. »Clara«, sagte er leise.

Clara schaute nach unten und griff nach ihrem eigenen Glas, aber sie machte keine Anstalten, etwas zu trinken. Stattdessen schaute sie wieder auf.

»Clara, ich weiß auch nicht so genau … also ich … was ich sagen will …« Bens Stimme erstarb, aber er kam zu ihr herüber.

Clara biss sich leicht auf die Unterlippe. Küss ihn, dachte sie. Mach doch einfach. Und sie beugte sich vor.

In diesem Moment klingelte es laut an der Haustür.

Clara zuckte so zusammen, dass sie prompt etwas Limonade auf ihren Fuß schüttete. Es fühlte sich eisig an, noch kälter als der Steinboden.

Es klingelte abermals ungeduldig und gleich noch einmal hinterher.

»Das weckt Daniel«, sagte Clara sofort.

»Keine Sorge, der schläft wie ein Stein«, erwiderte Ben, aber Clara lief schon zur Haustür und riss sie auf.

Davor stand ein Mann in blauen Arbeitshosen. »Ich habe alles dabei. Können Sie aufschließen?« Er wies hinter sich und Clara sah zwei Gasflaschen auf einer Sackkarre vor Manons Werkstatt stehen.

»Ja, natürlich.« Überrascht griff Clara nach dem Schlüssel und lief barfuß über den Gartenweg. Sie schloss die Tür zur Werkstatt auf. Wie vorhin auch ging das Schloss zunächst schwer, ließ sich dann aber doch drehen.

»Ich öle Ihnen das«, sagte der Mann und hob einen großen Karton auf, der neben den Glasflaschen gestanden hatte. »Ich schließe alles an, Sie brauchen nicht auf mich zu warten.«

Clara räusperte sich. Wer hatte diese Dinge bestellt? »Kann ich das alles bitte bezahlen?«

Doch der Mann stellte den Karton auf die Werkbank und schüttelte ablehnend den Kopf. »Nein, nein, das ist schon erledigt. Ich lasse Ihnen meine Nummer da. Rufen Sie einfach an, wenn Sie noch was brauchen. Jederzeit.«

»Vielen Dank«, sagte Clara und fühlte sich immer noch etwas unsicher.

»Es ist mir ein Vergnügen.« Er musterte sie unter schweren Augenlidern hervor. »Ich habe früher schon Madame Gramont de Mer beliefert. Es war immer ein Vergnügen, sie arbeiten zu sehen. Wunderbare Dinge hat sie gemacht.«

»Ja«, antwortete Clara schlicht. »Aber wer hat diese Sachen bestellt?«

Der Mann sah sie kurz und prüfend an, dann drehte er sich abrupt weg.

»Wer hat das in Auftrag gegeben?«, fragte Clara noch einmal lauter, aber sie bekam keine Antwort.

Also gab sie auf. »Vielen Dank«, sagte sie nur.

»De rien. Au revoir, Madame.«

Für einen Moment blieb Clara noch ein wenig unschlüssig stehen, dann lief sie zurück zu Manons Haus. Es schepperte leise, als sie dort die Eingangstür hinter sich ins Schloss zog.

Drinnen stand Ben mit dem Rücken zu ihr im Wohnzimmer und telefonierte heftig gestikulierend.

»Egal, was du sagst, wir können nicht nachgeben. Ausgeschlossen.« Seine Stimme wurde von Wort zu Wort nachdrücklicher. Sie sah, wie er sich mit der Hand durch die Haare fuhr. Eine Geste, die sie schon häufiger bei ihm gesehen hatte.

»Ja, ich weiß. Ich bin auch nicht wild drauf, mir das Video anzuschauen.« Er hob die Hand, als wolle er sich abermals durch die Haare wuscheln, ließ sie dann aber tatenlos wieder sinken.

Clara drehte sich um. Sie wollte nicht heimlich lauschen. Also räusperte sie sich zweimal laut, aber Ben schien sie nicht zu hören, stattdessen begann er wie ein Tiger im Käfig auf und ab zu laufen. Clara ging zurück zur Eingangstür in der Absicht, sie noch einmal lauter ins Schloss fallen zu lassen, um sich bemerkbar zu machen. Doch als sie sie dafür öffnete, sah sie, dass der Mann in den blauen Arbeitshosen gerade seine Sackkarre nahm und ging.

Neugierig wartete Clara, bis er ganz verschwunden war, dann ging sie hinüber zu Manons Werkstatt. Dort, mitten auf dem Arbeitstisch, stand ein funkelnagelneuer Brenner. Ungläubig untersuchte Clara ihn. Sie kannte das Modell. Es war neu auf dem Markt und äußerst leistungsstark. Wer das wohl gekauft hatte? Vielleicht Claire? Sie musste sie nachher unbedingt fragen.

Fast magisch angezogen strich sie vorsichtig über die Apparatur. Beide Gasflaschen waren angeschlossen. Propan und Sauerstoff. In diesem Luxusbrenner würden sie die perfekten Flammen für die Glasherstellung erzeugen. Neben dem Brenner auf der Werkbank lagen eine neue Schutzbrille und Handschuhe. Die alten waren verschwunden. Daneben lag noch die einzelne rote Rose, die Thierry hierhergelegt hatte. Sie hatte die langen warmen Stunden nicht unbeschadet überstanden und wirkte matt und trocken. Clara brachte sie zum Waschbecken, wo sie sie in etwas Wasser stellte.

Dann griff Clara fast wie von selbst nach einer der Kristallglasstangen aus Murano, die leicht eingestaubt in der

Ecke standen, nahm sie mit hinüber zur Werkbank und legte sie dort vorsichtig ab. Als Nächstes sortierte sie Manons Werkzeug. Das fiel ihr so leicht, als hätte sie nie etwas anderes getan. Sie suchte heraus, was sie brauchen konnte und räumte sicherheitshalber das Arbeitsbuch zur Seite. Dann setzte sie die Schutzbrille auf und zog die Handschuhe an. Sie zog den Hocker unter der Werkbank hervor, setzte sich und schaltete den Brenner ein. Die Flamme schoss blau in die Höhe. Clara drehte an der Feineinstellung und regulierte so, wie viel vom einen und vom anderen Gas zugegeben wurde, bis die Flamme perfekt aussah. Dann griff sie nach der Glasstange. Alle ihre Bewegungen waren ruhig und unaufgeregt. Sie hielt das Glas in die Flamme und sofort änderte sich die Farbe des Feuers. Beim Schmelzen begann das Glas zudem, farbig zu leuchten, gleichzeitig wurde es so weich, dass Clara es in die Form bringen konnte, in der sie es haben wollte. Sie bewegte die Stange hin und her, hielt sie mal stärker hier in die Flamme, dann dort. So veränderte sie die Form und die Wandstärke. Als sie das Glas grob in Form gebracht hatte, griff sie nach den verschiedenen Werkzeugen von Manon, arbeitete mit einer Auftreibschere, mit einer Graphitplatte und mehreren unterschiedlichen Zangen. Sie verlor jedes Zeitgefühl, schaute mit Vergnügen auf das Leuchten des schmelzenden Glases und bewunderte seine herrliche Formbarkeit. Irgendwann war die kleine Vase fertig, die sie hatte herstellen wollen. Sie war schief und krumm geworden. Aber sie war oben offen und unten dicht. Also nicht ganz schlecht. Ein erster Versuch, sagte sich Clara, als sie sie zur Seite stellte. Natürlich hatte das nichts mit den Kunstwerken gemein, die ihre Mutter hier hergestellt hatte, doch komischer-weise störte das Clara nicht im Geringsten, wo sie doch sonst bei der Arbeit immer so perfektionistisch war. Aber hier war sie einfach nur froh, mit ihren Händen tätig sein zu können. Die Werkstatt fühlte sich mit jeder Minute, die verging, vertrauter an, und bald hatte sie das Gefühl, schon immer hier gearbeitet zu haben. Motiviert und nicht im Geringsten verzagt, weil der erste Versuch nichts geworden war, begann sie noch einmal von vorn.

Schon besser, entschied Clara, als Vase Nummer zwei fertig war. Natürlich war es noch nicht das, was sie sich vorstellte, aber Glas konnte man beliebig oft einschmelzen. Dafür würde sie irgendwann den großen Ofen anfeuern müssen, aber auch das machte nichts. Clara arbeitete weiter, entspannt und gleichzeitig konzentriert. Sie merkte nicht, dass Ben irgendwann in die offene Tür trat, und sie bekam auch nicht mit, dass er nach einer ganze Weile wieder ging. Sie arbeitete, bis sie mit dem Ergebnis so halbwegs zufrieden war. Dann erst stellte sie den Brenner aus. Ihr war glühend heiß, sie war vollkommen verschwitzt und hatte einen brennenden Durst. Also ging sie zum Waschbecken hinüber und trank aus dem Hahn. Es schmeckte köstlich kalt und frisch.

Vorsichtig stellte Clara anschließend ihre Vasenversuche in den Kühlofen und räumte die Werkbank auf. Sie kontrollierte den Zustand der Rose und sah, dass es ihr etwas besser ging. Wenn sie bis zum nächsten Tag durchhielt, könnte sie in eine Vase umziehen. Sorgfältig legte Clara zum Schluss noch Manons Arbeitsbuch wieder zurück in die Mitte der Werkbank. Dorthin, wo es wahrscheinlich seit Manons letzter Abreise aus San Michelle gelegen hatte.

Clara wollte gerade zurück ins Haus gehen, als ihr Handy in der Tasche ihres gelben Kleides klingelte.

Sie schaute auf das Display. Es war ihr Vater.

Innerhalb von Sekunden spürte Clara wieder die altbekannte Wut auflodern.

»Ja?«, fragte sie knapp und nicht sehr freundlich.

»Hallo, Claralein«, erwiderte ihr Vater ruhig. »Ich war gerade bei dir, um mit dir zu reden, aber du warst nicht zu Hause.«

»Wie auch, ich bin in San Michelle«, gab Clara zurück, »in Manons Werkstatt, von der du mir nie erzählt hast.«

Für einen Moment war ihr Vater still.

»Hast du mich gehört?«, hakte Clara nach und fand selbst, dass sie sich wie ein bockiger Teenager anhörte.

»Ja«, erklärte ihr Vater ruhig.

Clara schnaubte. »Außerdem habe ich Claire, Emma und

Amélie kennengelernt. Sie sind wunderbar. Und sie haben die ganzen Jahre darauf gewartet, dass ich mich endlich mal melde.«

»Das ist ja schön«, meinte ihr Vater.

Diese Antwort fand Clara vollkommen unpassend. Und auf einmal loderte ihre Wut wieder so hoch, dass sie hinzufügte: »Thierry habe ich auch kennengelernt.«

Ihr Vater sagte nichts dazu, was Clara noch wütender machte. »Ich verstehe, dass du mir nichts von ihm erzählt hast. Und ein Stück weit verstehe ich auch, dass du nichts mehr mit San Michelle zu tun haben wolltest. Aber ich kann einfach nicht begreifen, dass du mir nie erzählt hast, was für eine Künstlerin Mama war. Das ist ein Teil von mir, nichts, was man einfach wegschieben kann wie Französisch oder einen Teil der Familie, den man nicht mehr haben will.«

»Das kannst du nicht verstehen, Clara«, widersprach ihr Vater auf einmal ungewohnt scharf.

»Dann erkläre es mir«, begehrte Clara auf. »Und komm mir bitte nicht damit, dass Jutta es so wollte.«

Für eine ganze Weile blieb ihr Vater stumm, dann meinte er: »Nein, du hast recht, das hat nichts mit Jutta zu tun, sondern nur mit mir. Ich war so wütend auf Manon, du kannst es dir nicht vorstellen. Ich habe nie in meinem Leben so eine Wut gefühlt wie nach ihrem Tod. Nicht nur, dass sie sich gegen mich entschieden hatte, nein, sie wurde auch noch in diesen Unfall verwickelt. Und auf einmal war sie weg und ich bekam keine Chance, alles wieder in Ordnung zu bringen. Kannst du dir vorstellen, wie sich das anfühlt. Nein? Nein, natürlich nicht. Aber es ist furchtbar, es ist die Hölle.«

Ihr sonst so ruhiger Vater hörte sich auf einmal so bitter an, dass Clara fast zurückfuhr. Er schwieg für einen Augenblick, dann sprach er wieder beherrschter weiter. »Ich war allein mit meiner Wut, mit meinem Kummer. Und dann kam Jeanne und bot mir an, dich nach San Michelle zu holen und dich dort großzuziehen. Dich wollte sie mir auch noch wegnehmen!«

Clara schluckte. Sie spürte, wie ihre Augen sich mit Tränen füllten. Davon hatte sie nichts gewusst, wie auch, sie hatte ja von allem nichts geahnt.

»Ich hätte dich niemals hergegeben, Clara, niemals. Damals entschied ich mich, sofort mit allem aus Manons Leben zu brechen. Mit ihrer Familie, mit ihrer Begeisterung für San Michelle, einfach mit allem.«

Clara spürte, wie eine Träne über ihre Lidkante tropfte, und wischte sie trotzig weg.

»Von da an gehörte das alles für mich der Vergangenheit an. Ich habe es nur nicht über mich gebracht, die Post, die an dich adressiert war, wegzuwerfen. Ansonsten habe ich alles in meiner Macht Stehende getan, um mein Leben nach Manons Tod von dem davor zu trennen.«

Clara ließ sich auf den Hocker an der Werkbank fallen. Ihr Herz fühlte sich auf einmal unfassbar schwer an und immer mehr Tränen kamen. Sie hatte Mühe, sie zurückzuhalten.

»Jetzt kannst du natürlich sagen, dass es mir nur recht war, dass Jutta nicht über Manon reden wollte. Aber du solltest wissen, dass Jutta Manon meinetwegen aus unserem gemeinsamen Leben und damit auch aus deinem gestrichen hat. Sie hat verstanden, dass ich krank werden würde, wenn ich die Vergangenheit nicht loslassen und so wieder an Sicherheit gewinnen könnte. Also hat sie die Entscheidung für mich gefällt. Du warst so wütend darüber, als ich es dir gesagt habe, aber ich bin Jutta immer noch dankbar dafür.«

Die Werkstatt verschwamm vor Claras Augen. Sie hörte auf, die Tränen festzuhalten und sie kullerten in Strömen über ihre Wangen. »Aber es war doch auch mein Leben. Du hast einfach für uns beide entschieden.« Ihre Wut war verraucht, vertrieben von einem unglaublichen Gefühl der Schwere.

Ihr Vater seufzte. »Ich wollte dich nicht auch noch verlieren, das hätte ich nicht ertragen. Und was, wenn du lieber zu Jeanne gegangen wärst, als bei mir zu bleiben?«

Clara schloss die Augen. »Du hast mir nicht die Möglichkeit einer Entscheidung gegeben, nicht einmal, als ich schon erwachsen war.« Langsam öffnete sie die Augen wieder. Wie sollte sie ihm das je verzeihen?

»Nein, du hast recht, das habe ich nicht. Ich habe es auch irgendwie mit der Zeit vergessen, du kannst es auch verdrängt nennen. Wir waren ein gutes Team und mit Jutta und Jörn eine neue Familie. Ich dachte, du wärst zufrieden.«

Clara musste auf einmal an Thierry denken, der sich so angehört hatte, als hätte er nie vergessen, nie losgelassen. »Mir hat immer etwas gefehlt, ich habe es nur gespürt, nicht gewusst.«

Ihr Vater sagte lange Zeit nichts. »Das tut mir leid«, meinte er irgendwann. Es klang erschöpft. Aber Clara konnte nicht loslassen, noch nicht. »Und was ist mit Manons Kunst? Ihrer unglaublichen Fähigkeit, mit Glas umzugehen?«

Als ihr Vater antwortete, klang seine Stimme wieder so ruhig, wie Clara das kannte. »Nach ihrem Tod habe ich mir geschworen, dich alles über Glas zu lehren, was es zu wissen gibt. Ich wollte damit gutmachen, dass du nie von der Kreativität und Kunst deiner Mutter erfahren würdest. Ich habe Glasblasen gelernt, nur um es dir beizubringen. Die Werkstatt bei uns in der Firma? Die habe ich nur deinetwegen eingerichtet. Für mich ist Glas ein Arbeitsmaterial, aber ich wollte, dass du es auch als künstlerischen Werkstoff kennenlernst. Und das hast du getan.«

»Aber nicht so wie Manon«, schluchzte Clara auf.

»Clara, niemand kann das so wie Manon. Niemand hätte dich das lehren können. Das, was sie gemacht hat, war einzigartig.«

Jetzt strömten bei Clara die Tränen noch heftiger als zuvor. »Wie die Lampe auf deinem Schreibtisch.«

»Ja«, antwortete ihr Vater ganz leise, so, dass Clara ihn kaum hören konnte. »Die hat sie mir geschenkt, als wir uns verlobt haben. Damals hätte ich nicht ahnen können, was eines Tages passieren würde.«

Clara weinte leise und für eine ganze Weile sagte keiner von beiden etwas. »Hätte es denn nicht auch einen anderen Weg gegeben?«, fragte Clara irgendwann, als sie sich so halbwegs wieder im Griff hatte.

»Vielleicht. Aber ich habe keinen gesehen. Und dann hatte ich mich entschieden und …«

Clara wischte sich mit dem Handrücken die Tränen ab. Das war die eine Eigenschaft an ihrem Vater, die sie so schwierig fand. Seine mangelnde Flexibilität. Wenn er sich entschieden hatte, war es praktisch unmöglich, ihn umzustimmen, egal, wie sehr sie sich bemühte. »So wie du dich jetzt bei der Firma entschieden hast?«, fragte sie.

»Clara, wir bekommen nicht mehr genügend Aufträge. Du hast den Prinzen-Auftrag nicht an Land gezogen, ich bin zweimal bei Großaufträgen unterboten worden. Wir müssen etwas tun, wir können nicht einfach den Kopf in den Sand stecken.«

»Aber unsere Produkte sind doch so gut.« Durch den ganzen Kummer hindurch spürte Clara schon wieder die Wut. Und auf einmal verstand sie, dass sie die von Manon geerbt haben musste. Ihr Vater flippte nie aus, aber sie schon.

»Konnte Manon schnell wütend werden?«, fragte sie.

»Manon – oh ja, sie konnte explodieren und Funken sprühen vor Wut. Genauso schnell verrauchte ihr Ärger allerdings auch wieder.«

Auch das kannte Clara von sich. »Und was noch? Was habe ich noch von Manon geerbt?«

»Die Großzügigkeit, Clara, und deine unglaubliche Kreativität. In Kombination mit viel Neugierde und einer gesunden Hartnäckigkeit. Du hast immer wieder Verbesserungen ausprobiert, immer weiter gearbeitet, auch wenn andere schon längst aufgegeben hätten.«

»Aber das hilft nichts, wenn du die Firma jetzt verkaufst.«

»Und die Fähigkeit, immer wieder auf den Punkt zu kommen, der dich ärgert, die hast du auch von deiner Mutter.«

Clara schüttelte den Kopf. »Die habe ich auch genauso von dir. Ebenso wie eine gewisse Sturheit.«

Ihr Vater lachte kurz auf. »Glaubst du das wirklich? Nein, ich bin nicht stur, ich bin nicht mutig und auch nicht stark. Aber du hast Kraft, Clara, die hast du von Manon. Mach etwas draus.«

Clara neigte den Kopf. Sie hatte doch die ganze Zeit versucht, etwas draus zu machen. Aber es hatte immer ein Stück gefehlt, welches, das wusste sie erst jetzt. Ein Teil ihres Selbst, das Erbe ihrer Mutter.

»Auf Wiedersehen, Papa.«

»Wann sehe ich dich wieder?«, fragte ihr Vater.

Clara überlegte. »Ich weiß es nicht«, antwortete sie dann ehrlich. »Ich muss erst einmal herausfinden, wer ich wirklich bin. Und das geht nur hier in San Michelle.«

Nachdem sie aufgelegt hatte, blieb Clara noch lange sitzen. Sie dachte an Thierry und seinen greifbaren Schmerz. Ihr Vater hingegen hatte alles hinter sich gelassen. Welcher Weg war der bessere? Und hatte man überhaupt wirklich eine Wahl, wenn es um so etwas wie Trauer und enttäuschte Liebe ging? Sie hatte keine Ahnung.

Aber sie spürte, dass es ihr selbst besser ging. Ganz einfach, weil sie jetzt wusste, woher die Wunde in ihrem Leben stammte. Sie konnte ihre Mutter nicht zurückholen, aber sie würde die Erinnerung an sie und an alles, was gewesen war, Gutes und Schlechtes, in sich aufnehmen. Und dann würde der Phantomschmerz, den sie immer gespürt hatte, verschwinden. Sie wusste es ganz sicher. Clara holte tief Luft. Alles würde besser werden. Nein, sagte sie sich dann, alles ist schon besser.

***

Ben

Ben fühlte sich aufgeregt und genervt zugleich. Aufgeregt, weil Clara gerade aus der Werkstatt zurückgekommen war und das allein seinen Puls steigen ließ. Clara hatte etwas an sich, das ihn aus der Reserve lockte. Genau aus der Reserve, in der er sich verbarrikadiert hatte, felsenfest überzeugt, die Liebe in seinem Leben wäre bereits aufgebraucht. Was für eine Fehleinschätzung! Clara kam in den Raum und er fühlte sich auf einmal wieder ungewohnt lebendig. Daran änderte auch seine Genervtheit wegen allem anderen nichts. Irgendwer, wahrscheinlich Juli selbst, hatte ausgerechnet seinem Vater einen Teil von Daniels kleinem Heimvideo mit der Frau ihres Geschäftspartners zugespielt und sein Vater war prompt ausgeflippt. Jetzt bestand er darauf, Juli mit Hilfe seiner Anwälte in die Enge zu treiben, was Ben für eine ganz schlechte Idee hielt. Eine Eskalation war nie gut, schon gar nicht, wenn die andere Seite schon mit Erpressung drohte. Juli sollte in Frieden ziehen und bekommen, was ihr zustand. Nach den wenigen Monaten Ehe, wie viel konnte das schon sein? Aber ein Teil von Prinz-Airtec – niemals. In diesem Punkt war Ben sich mit seinem Vater einig. Doch mit Gewalt würden sie nichts erreichen, davon war er überzeugt. Zu dem Elend mit Juli gesellte sich die Großreklamation, die alle in der Firma sprunghaft und nervös machte und die noch zusätzlich den Ärger seines Vaters anfachte. Dass weder Daniel noch er in München waren, um die schlimmsten Brände vor Ort zu löschen, machte die Sache auch nicht besser, und sein Vater hatte eine geschlagene halbe Stunde am Telefon herumgetobt. Ben hatte das Handy neben sich gelegt, gearbeitet und nur ab und zu kontrolliert, ob sein Vater noch dran war. Aber besonders erquicklich war es trotzdem nicht gewesen. Als Clara in der Tür aufgetaucht war, hatte Ben das als willkommene Gelegenheit genutzt, das kräftezehrende Gespräch zu beenden. Und jetzt war sie da und Ben spürte eine ungewohnte Hibbeligkeit.

»Ich bin in einer halben Stunde zum Essen eingeladen, ich habe die Zeit ganz aus den Augen verloren«, erklärte Clara jedoch nur schnell und verschwand nach oben. Dort hörte er zuerst eine Tür gehen und dann die Dusche rauschen.

Ben versuchte, sich wieder auf seine Arbeit zu konzentrieren. Aber gerade konnte er sich nichts Besseres vorstellen, als mit Clara zu reden, zu lachen und sie bitte auch noch einmal zu küssen wie auf diesem Parkplatz. Nur ohne Zuschauer und aus freien Stücken.

Konzentrier dich, sagte er sich streng, als er bemerkte, dass er gerade eine Mail zum dritten Mal las, ohne den Inhalt aufzunehmen. Doch es gelang ihm nicht, und es war vollends vorbei, als Clara in einem himmelblauen Kleid die Treppe wieder herunterkam. Sie sah bezaubernd aus. Ihre Haare waren noch feucht, zeigten aber schon an, dass sie sich garantiert wieder in die unbeugsamen Kringel legen würden. Ihre Augen leuchteten und sie lachte laut am Telefon. Jeglichen Stress schien sie unter der Dusche abgewaschen zu haben. Als sie auflegte, sah sie schockiert und amüsiert zugleich aus, eine verrückte Mischung, die nur sie beherrschte.

Ben starrte sie an, bevor er es bemerkte und schnell zum Türrahmen hinter ihr schaute.

»Mein Auto ist weg«, bemerkte Clara wie nebenbei.

»Wie meinst du das?«

Clara hob beide Hände wie bei einem Zaubertrick. »Mein nicht mehr fahrender Mercedes ist verschwunden. Ava ist an der Stelle vorbeigefahren, an der er gestern seinen Geist aufgegeben hat. Und er ist weg.«

Zu Bens Überraschung schien das bei ihr jedoch weder Panik noch Entsetzen auszulösen, stattdessen schien die Belustigung auf ihrem Gesicht die Oberhand gewonnen zu haben.

»Und nun?«, fragte er

»Ava hat bei der nächsten Polizeidienststelle vorgesprochen. Die haben ihr empfohlen, sich erstmal nicht aufzuregen, und ihr eine Liste gegeben, wohin das Auto überallhin abgeschleppt worden sein könnte. Denn ein offizieller Auftrag dafür fand sich nicht. Aber das ist nicht das Lustige.«

»Sondern?« Ben runzelte die Stirn.

»Ava hat bei der Gelegenheit den Kommissar wiedergetroffen, den sie vor einiger Zeit auf ihrer Arbeit kennengelernt hat. Damals gab es im Nachbargebäude den Verdacht auf einen bandenmäßigen Betrug und Ava hat nach der Befragung der Nachbarn durch diesen Kommissar ihm ewige Zeiten nachgeschmachtet. So sehr, dass ich schon Sorge hatte, sie würde sich noch verdächtig machen. Auf alle Fälle war dieser Typ heute rein zufällig in der Dienststelle, als Ava reinkam. Und diesmal hat sie es nicht beim Anschmachten belassen. Jetzt sind die beiden auf dem Weg zum Sushi-Essen und er hat ihr versprochen, sich höchstpersönlich um mein Auto zu kümmern.«

»Lustig«, sagte Ben trocken.

»Na ja, du hast Ava noch nie in Aktion erlebt. Außerdem hat der Kommissar wahrscheinlich nicht geahnt, was er mit seinem ›Haben Sie etwas Verdächtiges bemerkt?‹ ausgelöst hat.« Clara lachte. »Ava schwört Mark und Bein, dass es an seiner Stimme läge und dass ihre Kolleginnen sogar überlegt hätten, sich irgendwelche Beweise auszudenken, nur um noch einmal mit ihm sprechen zu können.«

Ben hob belustigt eine Augenbraue. »Das nenne ich mal Engagement.«

»Vielleicht liegt es eher an den schwierigen Arbeitsbedingungen bei Ava, da freut man sich eben über jede Abwechslung.« Sie zwinkerte Ben zu. »Auf alle Fälle freue ich mich jetzt aufs Essen. Aber was esst ihr?«

»Ich treibe schon etwas auf, keine Sorge«, erklärte Ben. »Außerdem schadet es nichts, wenn ich mal ein paar Stunden arbeite.«

»Aber eigentlich ist es hier am Abend in San Michelle zu schön zum Arbeiten …« Clara wies zum Küchenfenster, aus dem man direkt in den beginnenden Sonnenuntergang schauen konnte.

»Ich könnte dich ja zum Restaurant begleiten und unterwegs etwas für Daniel und mich holen.«

»Was für eine gute Idee. Zum Restaurant geht es auch nur den Berg hinunter. Meinst du, wir sollten Daniel wecken, bevor wir gehen?«

Jetzt musste Ben grinsen. »Du kannst es gern probieren, aber den bekommt niemand so leicht wach. Zumindest niemand, der nicht Juli heißt. Ich schreibe ihm eine Nachricht.«

Aus seiner Laptoptasche zog er ein Blatt Papier und schrieb rasch etwas drauf. »Ich lege es ihm vor die Tür.«

Doch bevor Ben die Treppe hinauflief, hauchte er Clara im Vorbeigehen einen winzigen Kuss auf den Mund. Das konnte er sich einfach nicht verkneifen. Als Clara ihn daraufhin anlächelte, wie nur sie es konnte, schmolz der letzte Rest des selbstverordneten Eises in Bens Herz.

Der Weg den Hügel hinunter in die Stadt war im Abendlicht absolut malerisch. Doch Bens Blick kehrte immer wieder zu Clara zurück, die neben ihm herlief und ihm von der Glaswerkstatt ihrer Mutter erzählte. Sie tat das so natürlich und ungekünstelt, so ganz sie selbst, dass er sich fragte, was er je an Frauen wie Juli hatte finden können. An ihr war alles perfekt gewesen – aber immer inszeniert.

Clara beschrieb, wie Glas in der Flamme bei mehr als achthundert Grad weich wurde. Sie erzählte von den Werkzeugen und wie man sie einsetzte und von den unglaublichen Kronleuchtern, die ihre Mutter hergestellt hatte. Dabei wirkte sie entspannter, als er sie bisher erlebt hatte. Was auch immer in der Werkstatt passiert war, es hatte ihr offenkundig ein Gefühl von Leichtigkeit gegeben und sie freier gemacht.

Zwischen den Häusern hindurch konnten sie ab und zu einen Blick auf das Meer erhaschen, aber als sie am Fuß des Hügels um die Ecke bogen, lag es auf einmal in seiner ganzen Pracht vor ihnen. Unendlich viele Schattierungen von Blau unter einem ebenso endlosen Himmel. Bens ganzer Ärger, sein Frust über die Dinge, die in letzter Zeit nicht so gelaufen waren, wie er es gewollt hatte, und seine Sorge, was noch kommen würde, fielen einfach von ihm ab.

»Schön«, sagte er leise.

Als er zu Clara sah, verstand er, dass es für sie genauso war.

13. Kapitel

Clara

Claire und Emma saßen schon am Tisch, als Clara etwas atemlos ins Restaurant kam. »Entschuldigt, dass ich zu spät bin.«

»Ganz Tante Manon, wenn man den alten Geschichten trauen darf«, erklärte Emma, aber Claire sprang auf, um Clara zu umarmen. »Das macht gar nichts. Es ist einfach wunderbar, dass du da bist. Und wenn du nicht ganz pünktlich kommst, ist es eben noch ein Stück mehr so, als wäre Manon zurückgekehrt.« Sie lächelte Clara an, bevor sie hastig hinzufügte: »Natürlich bist du ganz du selbst, keine Frage. Du erscheinst mir nur schon so vertraut. Gleichzeitig brenne ich darauf, dich kennenzulernen. Setz dich doch zwischen uns, da Emma dich ja bestimmt auch neben sich haben möchte.«

»Wo hast du deinen Freund und seinen Bruder gelassen?«, erkundigte sich Emma, nachdem Clara sich gesetzt hatte.

»Er ist nicht mein Freund«, protestierte Clara halbherzig und spürte prompt, wir ihr verdächtig warm im Wangenbereich wurde.

Aber Emma lachte nur. »Ich bin doch nicht blind, liebe Cousine. Du bist niemand für meine Glückskeksabteilung.«

»Ach, Emma, du und deine Glücksdinger.« Claire lächelte etwas schief.

»Glücksdinger? Also, maman, du solltest lieber selbst so einen Keks nehmen, anstatt so etwas zu sagen.«

»Stimmt genau«, erklärte eine Stimme hinter Clara.

Clara drehte sich um und da war Amélie. Sie lächelte in die Runde und ließ sich dann auf den vierten Stuhl, gegenüber von Clara, fallen.

»Hört, hört, unser Engel für die Zahnkranken spricht«, frotzelte Emma. »Guten Abend, liebe Schwester.«

»Salut, Emma.« Amélie seufzte voller Wohlbehagen. »Es ist so schön, hier zu sein.«

»Hier in diesem Restaurant oder bei uns?« Emma hob kritisch beide Augenbrauen.

»Bei euch natürlich«, gab Amélie zurück. »Ich könnte auch unten am Hafen essen.«

»Aber, Amélie, doch nicht heute Abend.« Claire hob mahnend den Zeigefinger. »Clara soll doch sehen, wie schön wir es in San Michelle haben.«

»Das habe ich schon.« Clara lächelte. »Es ist wirklich bezaubernd hier.«

»Und warte, bis du in diesem Restaurant die Bouillabaisse probiert hast«, meinte Emma. »Dann willst du nie wieder weg.«

»Stimmt«, sagte Amélie. »Aber auch der Fisch von der Tageskarte ist immer hervorragend.«

»Man kann hier guten Gewissens eigentlich alles essen«, sagte Claire und winkte dem Kellner. »Welcher Aperitif soll es sein?«, fragte sie.

»Champagner«, schlug Emma vor.

»Du hattest doch vorhin schon Crémant«, frotzelte Amélie. »Du kannst doch nicht den ganzen Tag lang trinken.«

Emma lachte glucksend. »Doch, heute kann ich das schon.«

»Also gut.« Claire bestellte eine Flasche. »Heute ist ja auch wirklich ein ganz besonderer Tag.« Und sie lächelte Clara herzlich an.

Clara erwiderte das Lächeln ihrer Tante, fragte sich aber, warum ihr trotz Claires entgegenkommender Freundlichkeit Amélie so viel vertrauter erschien.

»Es ist auf alle Fälle gefahrloser, hier zu essen, als wenn du kochst, maman«, meinte Emma.

Claire verdrehte die Augen. »Das ist kein Geheimnis, das du hier ausplauderst. Natürlich wollte ich Clara nicht zumuten, bei unserem ersten Abendessen meine Kochkünste auszuprobieren.«

»Mit uns warst du da nie so mildtätig.« Amélie legte ihren Kopf in die aufgestützten Hände und Emma schnaubte. »Wisst ihr noch, wie der arme Mathieu zwei Tage krank war, nachdem du dieses seltsame Gewürzcurry gekocht hattest?«

»Meinte Papa nicht sogar, er habe davon Halluzinationen bekommen?«, ergänzte Amélie.

Die Schwestern grinsten sich an.

»Und das war nur ein Fall aus unserer langen Leidenszeit«, sagte Emma mit einem theatralischen Seufzer zu Clara.

»Wie immer übertreibst du maßlos«, widersprach Claire. »Was soll die arme Clara denn jetzt denken? Die wenigen Male, die ich im Übrigen gekocht habe, lassen sich an zwei Händen abzählen.«

»Zum Glück«, murmelte Emma, aber ihre Augen funkelten vergnügt. »Also, maman, was ist jetzt mit dem Glückskeks? Ich habe zufällig einen in meiner Tasche. In deiner Altersgruppe sind wirklich nur nette Männer drin.«

»In meiner Altersgruppe?« Claire hob ihre schönen Augenbrauen. »Was soll denn das heißen?«

»Wie stellst du denn sicher, dass sie nett sind?«, erkundigte sich Amélie zeitgleich.

Emma kramte in ihrer Tasche. »Ich spreche ausführlich mit allen. Manchmal auch mit ihren Verwandten oder Freunden, wenn ich weiß, wer das ist.«

»Und da du halb San Michelle kennst …«, begann Amélie.

»… weiß ich, welche sympathischen Leute sich in den Keksen verbergen«, vollendete Emma den Satz. Sie holte ein himmelblaues Päckchen aus ihrer Tasche und legte es vor ihre Mutter auf den Tisch. »Also, wie wäre es?«

»Nein«, sagte Claire und schob es entschieden in Emmas Richtung zurück. »Bernard …«

»Papa ist seit zwei Jahren tot.« Amélie griff nach der Hand ihrer Mutter. »Und du warst schon lange nicht mehr froh. Seit bestimmt einem Jahr lachst du viel seltener.«

»Heute bin ich froh«, unterbrach Claire sie. »Ich könnte nicht froher sein.« Sie lächelte Clara an. »Bitte verzeih, dass Amélie und Emma gleich so zwanglos unsere Familiengeschichten vor dir ausbreiten. Aber so sind sie nun mal, meine Mädchen.«

»Ich finde das schön«, erwiderte Clara, die es tatsächlich genoss, ihren Cousinen zuzuhören. Dadurch fühlte sie sich, als wäre sie Teil eines Ganzen.

»Außerdem muss Clara uns ja kennenlernen, und da gibt es nichts Besseres, als mittenrein in die Suppe«, lachte Emma.

»Hast du eigentlich noch Geschwister?«, erkundigte sich Amélie und griff nach dem Brotkorb an der Seite des Tisches.

Claras Hochgefühl erhielt einen kleinen Dämpfer. Sie musste nur an Jörn denken, um sich prompt wie nach einem Tiefschwinger in den Magen zu fühlen. »Ich habe einen Stiefbruder«, antwortete sie knapp.

»Falsches Thema«, schloss Emma, der nichts zu entgehen schien, und nahm sich von dem Brot, das Amélie ihr hinhielt.

»Nein, nein, das ist schon in Ordnung«, erwiderte Clara sofort. »Ich finde, wir sollten einander alles fragen dürfen, oder? Besonders, wo wir uns jetzt erst kennenlernen.«

Amélie schaute ihr ins Gesicht. »Verrückterweise habe ich gar nicht das Gefühl, dass ich dich jetzt erst kennenlerne, du kommst mir irgendwie so vertraut vor.«

»Du mir auch«, erwiderte Clara verblüfft.

»Vielleicht, weil ihr als kleine Kinder so viel miteinander gespielt habt.« Claire griff nach Claras und nach Amélies Händen und drückte sie. »Vielleicht aber auch, weil …«

Sie sprach nicht weiter.

Emma klopfte energisch auf das weiße Tischtuch. »Die Wahrheit sollte unbedingt auf den Tisch kommen.«

Amélie nickte zustimmend. »Manches ist schon so schwer genug, wir sollten es nicht durch Unwahrheiten und Unvollständigkeiten noch schwieriger machen, nicht wahr, maman?«

Claire schien nicht ganz überzeugt, aber dann nickte sie und rang sich zu einem Lächeln durch. »Ich wollte sagen, Clara, dass Amélie dir vielleicht auch deshalb so vertraut vorkommt, weil sie von uns allen Manon am ähnlichsten sieht.«

Claras Blick schoss hinüber zu ihrer älteren Cousine. Die dunklen Haare, zwar glatt, dazu die ebenfalls dunklen Augen und die zarten Gesichtszüge.

»Nicht einmal so sehr von den Äußerlichkeiten, mehr noch von der Mimik und ihren Bewegungen«, erklärte Claire. »Ich bin manchmal selbst überrascht, wenn sie etwas sagt oder tut, weil ich denke, das hätte Manon auch so zum Ausdruck gebracht. Vom Temperament her kommt allerdings Emma mehr nach Manon, das ist klar.«

»Und vom Männergeschmack auch, nicht wahr?« Amélie lächelte ihre kleine Schwester an. »Du und Mathieu Albon …«

»Amélie!«, fuhr Claire sie fast geschockt an.

»Alles in Ordnung, Tante Claire, ich weiß Bescheid«, sagte Clara sofort.

»Dein Vater hat dir …« Claire sah sie ungläubig an.

Aber in diesem Moment kam der Kellner mit dem Champagner. Er goss ein und servierte jeder ein Glas. Doch keine von ihnen trank davon.

»Nein, mein Vater hat mir nichts gesagt«, begann Clara und biss sich auf die Lippe. »Bis vor sechsunddreißig Stunden wusste ich nicht einmal, dass es euch gibt. Aber ich bin heute Thierry begegnet und er hat es mir erzählt.«

»Das tut mir leid.« Claire sah ganz erschüttert aus.

»Aber sie hat ihn doch geliebt, oder?« Clara spürte, wie ihr schon bei dem Gedanken daran wieder die Tränen in die Augen traten. »So wie Thierry das beschrieben hat, war es die große Liebe zwischen Manon und ihm.«

Claire wurde so weiß wie die Wand. »Ja«, sagte sie mühsam. »Ja, ich denke, das war es. Aber sie hat auch dich geliebt und deinen Vater auch. Zumindest glaube ich das.«

Clara dachte an die Lampe auf dem Tisch ihres Vaters. Sie sah wirklich wie ein Liebesbeweis aus.

»Es tut mir leid, wenn ich etwas gesagt habe, das nicht gut war«, begann Amélie unglücklich.

Clara schaute auf. Sie griff über den Tisch und drückte die Hand ihrer Cousine. »Vielleicht kann man ja auch mehr Menschen lieben als nur einen«, sagte sie. Sie sah Amélie an, aber sie wandte sich mit ihrem Satz eigentlich an Claire, denn ihre Tante schien so traurig und erschüttert.

»Ja«, erwiderte Claire und eine einzelne Träne lief ihr über die Wange. »Das habe ich immer gehofft.«

»Außerdem heilt die Zeit«, sagte Amélie schlicht.

»Und es ist sehr lange her«, ergänzte Emma behutsam.

»Aber manche Dinge vergehen nie«, widersprach Claire. »Egal, wie man sich bemüht. Man denkt, es ist so lange her, das Leben muss doch weitergehen, aber trotzdem …« Ungeduldig wischte sie sich die Träne ab.

Amélie legte ihrer Mutter den Arm um die Schultern. »Jetzt ist Clara da und das allein ist wunderbar. Manon lebt in ihr weiter, das hast du selbst gesagt. Und, maman, überleg bitte mal, was Tante Manon gesagt hätte, wenn sie uns bei unserem ersten Abendessen zusammen heulen gesehen hätte.«

Clara blickte zu ihrer Tante, auf deren Gesicht ein zaghaftes Lächeln sichtbar wurde. »Du hast recht, Amélie. Manon wäre schockiert gewesen. Sie war so lebendig, so voller Tatendrang und Emotionen. Immer volle Kraft voraus. Ich bin sicher, sie würde wollen, dass wir glücklich sind. Jede für sich und wir alle zusammen.«

Amélie griff nach ihrem Champagner. »Also sollten wir unsere Gläser erheben auf Manon, auf Clara …«

»… und darauf, dass das Leben voller Überraschungen weitergeht!« Emma hob ihr Glas.

»Auf Manon und Clara«, wiederholte Amélie.

»Und auf euch«, ergänzte Clara.

»Auf die Gramonts de Mer«, schlug Emma vor.

»Also auf uns alle«, entschied Amélie.

Und darauf tranken sie.

Dann stellte Amélie ihr Glas ab. »Und jetzt erzähl uns bitte alles über dich, Clara. Ich bin so neugierig.«

»Und bitte lass deine Liebesgeschichten nicht aus, Clara, maman liebt sowas, auch wenn sie das nie zugeben würde.« Emma zwinkerte ihrer Mutter zu.

»Hör nicht auf mein Baby, Clara«, protestierte Claire milde. »Im Grunde genommen sind es meine Mädchen, die so neugierig sind.«

»Also das stimmt so auch nicht, maman.« Amélie schüttelte den Kopf. »Ich glaube, man kann die Lage so zusammenfassen: Wir sind alle drei furchtbar neugierig.«

»Und hungrig«, ergänzte Emma. »Lasst uns endlich bestellen.«

»Oh ja, eine gute Idee.« Claire winkte dem Kellner. Dann lächelte sie Clara an und Clara lächelte zurück. Das Leben war traurig, aber auch schön. Und dass sie jetzt hier war, gehörte eindeutig zu den schönen Dingen.

Nachdem sie bestellt hatten, sahen Claire, Emma und Amélie Clara erwartungsvoll an.

»Bitte keine weiteren Unterbrechungen. Damit du jetzt erzählen kannst«, sagte Emma und nahm sich noch mehr von dem wunderbar leichten Weißbrot, zu dem Olivenöl und Salz gereicht wurden.

Clara dachte an ihr Leben in München, an ihre Familie, an Ava, an Mentling-Glas, ihre Zukunft und ihre Vergangenheit. Womit sollte sie nur anfangen? Und dann hörte sie sich zu ihrer Überraschung selbst sagen: »Ich glaube, ich habe mich gerade verliebt.«

»Na also«, sagte Emma befriedigt, als wäre das ihr Verdienst.

»Wie schön«, meinte Claire sehnsüchtig.

»Ich beneide dich«, lächelte Amélie.

»Da kann man etwas tun. Glückskeks gefällig?«, fragte Emma Amélie.

Doch Amélie schüttelte nur den Kopf. »Aber ich möchte zu gern hören, in wen Clara sich verliebt hat.«

»In Ben natürlich«, sagte Emma und Claire unisono erstaunt.

»Das ist doch klar«, fügte Emma hinzu.

Alle vier lachten.

Und Clara erzählte davon, wie Ben sie aus dem Auto retten wollte und sie ihn dann vor seinen aufdringlichen Verehrerinnen in Schutz genommen hatte und wie …

Das Essen wurde gebracht und es war wirklich hervorragend. Mit jedem Gang, den Clara probierte – erst die Bouillabaisse, dann ein wunderbar zarter Saint Pierre-Fisch, schließlich eine Creme brûlée, die direkt aus dem Nachtischparadies zu stammen schien – hatte sie das Gefühl, mehr und mehr in San Michelle anzukommen. Dazu tranken sie einen wunderbar leichten Weißwein, der das Essen noch zusätzlich zu beflügeln schien. Alle anfängliche Zurückhaltung verflog, und wenn Clara sich auch in ihre neue Familie hätte verlieben können, wäre das garantiert an diesem Abend passiert. Wie konnte es auch anders sein, denn die Gramonts de Mer waren bezaubernd. Da war die zurückhaltende Claire, die aber auch wunderbar herzlich lachen konnte. Daneben die nach außen hin nüchternere, analytisch denkende Amélie, die jedoch vor Gefühl übersprudelte. Und Emma, die man in ihrer herzlichen Fröhlichkeit einfach lieben musste.

»Du hast ja noch gar nicht die Rosenfelder gesehen«, sagte Emma, als sie den Nachtisch aufgegessen hatten und der Espresso serviert worden war.

»Von diesen wunderbar duftenden Rosen, die ihr mir hingestellt habt?«

»Ja, genau«, erwiderte Amélie. »Sie waren der ganze Stolz unserer Großmutter.«

»Das stimmt«, meinte Claire. »Aber wir drei haben das Problem, dass wir alle Jeannes Gespür für Rosen nicht geerbt haben. Trotzdem kümmern wir uns natürlich darum. Ich fahre morgen früh wieder in die Felder und kann dich gern mitnehmen, dann kannst du dir alles vor Ort ansehen.«

»Sehr gern.« Clara dachte an den herrlichen Duft im oberen Flur. »Ich wüsste nicht, was ich lieber machen würde.«

»Also ich schon«, sagte Emma und zwinkerte ihr zu. »Da gibt es nur Rosen, soweit das Auge reicht. Mehr nicht. Kein Meer, kein Strand, kein Café.«

»Und die Rosen sind kapriziös, sage ich dir«, ergänzte Amélie. »Was haben die Dinger uns schon Nerven gekostet.«

Der Kellner kam an ihren Tisch. »Bitte Monsieur, die Damen sitzen hier.«

Ein großgewachsener, schlanker Mann mit dunklen Locken folgte ihm.

»Oh, Mathieu«, grüßte Amélie als erstes.

Emma, die gerade etwas in ihr Handy getippt hatte, schaute ruckartig auf.

»Guten Abend«, grüßte Mathieu höflich. »Madame Gramont de Mer, Amélie, Clara, Emma.«

»Guten Abend«, erwiderte Claire ruhig. Ihre Stimme klang gelassen, aber Clara sah, dass ihr fröhlicher Gesichtsausdruck einer strengen Maske gewichen war. Sie schob die leere Espressotasse von sich weg.

Mathieu wandte sich ihr direkt zu. »Ich möchte nicht stören, aber ich bin heute Abend hier zu einem Geschäftsessen verabredet und habe mitbekommen, dass Sie auch da sind. Also dachte ich, ich dürfte Clara vielleicht etwas zurückgeben.«

Jetzt erst sah Clara, dass Mathieu ihre Strandtasche in den Händen hielt. »Bitte sehr.« Er reichte sie ihr. »Haben Sie alle noch einen schönen Abend und entschuldigen Sie die Störung.«

»Mathieu«, tadelte Emma. »Jetzt sei doch nicht so albern formell!« Dann wandte sie sich an ihre Cousine. »Clara, er und wir kennen uns schon seit immer. Die Geschichte geht so, dass er am Tag meines dritten Geburtstags ein Feuerwerk für mich anzünden wollte, bei dem leider der Gartenschuppen abgebrannt wäre.«

»Das ist keine bloße Geschichte, der Gartenschuppen *ist* abgebrannt«, stellte Claire fest.

»Aber bitte, Großmutter Jeanne wollte sowieso einen neuen

bauen«, mischte sich Amélie ein. »Das hat sie immer gesagt. Willst du dich nicht zu uns setzen, Mathieu?«

»Nein, vielen Dank, die Arbeit ruft. Au revoir.« Er nickte ihnen allen zu, aber Clara bemerkte, dass sein Blick dabei am längsten an Emma hängen blieb. Dann verschwand er.

»Du warst jetzt aber nicht gerade nett zu ihm«, sagte Emma vorwurfsvoll zu ihrer Mutter. »Was ist denn nur los mit dir?«

»Warum habe ich Mathieu eigentlich schon so lange nicht mehr bei uns gesehen?«, erkundigte sich Amélie.

»Wahrscheinlich, weil er nicht mehr eingeladen wurde. Ist dir das nicht aufgefallen?«, antwortete Emma mit Blick auf ihre Mutter.

»Wirklich?« Eine Falte erschien auf Amélies ansonsten völlig glatter Stirn.

»Ihr habt recht, Mädchen, das war dumm«, gab Claire zu.

»Daran ist bestimmt nur die Rosensaison schuld«, sagte Amélie. »Die raubt uns den letzten Nerv.«

»Das stimmt, es wird alles besser, wenn die Rosensaison vorbei ist«, seufzte Claire aus vollem Herzen. »Aber jetzt genug gejammert. Immerhin erlauben uns die edlen Pflanzen, Jeannes Haus zu erhalten, und ich muss mich wegen der Galerie nicht so stressen und die Miete für dein Café bezahlen sie auch, Emma. Und bei dir, Amélie …«

Amélie setzte ruckartig ihr Glas ab. »Ich würde gern darauf verzichten.« Ihre Wangen röteten sich. »Aber apropos Galerie, maman. Du musst unbedingt mit Thierry wegen dieser unverschämten Mieterhöhung sprechen. Ich bin sicher, er ahnt nicht, was seine Leute da machen.«

»Oh, Thierry weiß das schon«, erwiderte Claire. »Er ist niemand, der die Sachen einfach so laufen lässt.«

»Aber er besitzt unendlich viele Häuser in San Michelle«, wandte Emma ein und legte ihre Serviette zusammen.

»Genug davon«, sagte Claire streng und stieß versehentlich fast ihr Glas um. »Ich möchte an meinem ersten Abend mit Clara nicht an solche Dinge denken!«

Clara sah, wie ihre Cousinen einen bedeutungsschweren Blick wechselten. Aber entweder sah Claire es nicht, oder sie zog es vor, es zu ignorieren. Stattdessen hob sie die Hand und bestellte die Rechnung.

»Also Clara, wenn du wirklich morgen mit in die Rosenfelder willst, müssen wir früh los. Ich hole dich um sechs Uhr ab, ja?«

»Alles klar«, sagte Clara.

Amélie trank ihren Espresso aus. »Und du könntest Daniel sagen, dass er schon um sieben in die Praxis kommen kann. Ich muss ihn vor den anderen Patienten behandeln. Die Rosensaison bringt meine Arbeitszeiten komplett durcheinander.«

»Dabei warst du am seltensten auf dem Feld«, erklärte Emma pointiert.

»Mädchen, ihr wollt euch doch jetzt nicht darüber streiten, oder?« Claire hob eine Augenbraue. »Was soll Clara denn denken?«

»Ich denke, dass ihr eine tolle Familie seid«, sagte Clara aus vollem Herzen.

»Und du gehörst jetzt für immer dazu«, entschied Emma.

***

Ben

Ben war verblüfft gewesen, als sein Handy mit einer Nachricht von Emma piepte. Aber als er ihre Zeilen gelesen hatte, breitete sich ein Lächeln auf seinem Gesicht aus. Wie gut, dass er ihr am Nachmittag in ihrem Café seine Kontaktdaten gegeben hatte! Rasch klappte er seinen Laptop zu, zog sich um und machte sich dann auf den Weg.

Die hohen Fenster des Restaurants de Mer leuchteten hell im Abendlicht. Direkt davor auf der Promenade schlenderten Eis essende Touristen vorbei, Liebespaare machten Selfies von sich und Einheimische gingen entspannt durch diese wunderschöne Gegend ihrer Heimatstadt.

Ben schaute sich um. Er hatte gewusst, dass San Michelle ein schöner Ort war, aber wie schön, war ihm bisher nicht klar gewesen. Hier wirkte alles richtig, nahezu perfekt an seinem Platz. Und verrückterweise hatte er auch das Gefühl, hier genau richtig zu sein. Seit er in San Michelle angekommen war, hatte sein Stresslevel abgenommen, und das sanfte Rauschen des Meeres, das er noch ganz leicht über die Geräusche der Stadt hinweghörte, tat sein Übriges. Gleichzeitig war Ben ungewohnt aufgeregt, dass er gleich Clara wiedersehen würde. Er fand es selbst fast absurd, aber so war es. Schon beim Gedanken an sie schlug sein Herz schneller.

Ben suchte sich eine freie Bank an der Promenade gegenüber vom Restaurant aus. Er lehnte sich an die Rückseite, um den Eingang im Blick zu behalten, und setzte sich nicht in Richtung des Meeres, wie alle anderen es taten. Dabei spürte er eine gewisse Nervosität an seinem Magen zupfen und er ertappte sich dabei, wie er unruhig mit dem Bein wackelte. Reiß dich zusammen, sagte er sich selbst, aber das brachte nichts. Schließlich fühlte er sich, als sei er das erste Mal verliebt. Dabei wusste er doch eigentlich, wie das ging. Oder?

Aus den Cafés und Bars ringsherum drang Lachen und Musik, aber Ben lauschte mehr auf das leise Rauschen des Meeres hinter ihm. Er dachte daran, was ihn hierhergebracht hatte, aber gerade verfing kein einziger Gedanke an Arbeit, Materialtests oder Juli. Stattdessen musste er immerzu an Clara denken. An ihr Lächeln, ihren Humor, ihre leuchtenden Augen und die neugierig-liebevolle Art, mit der sie dem Leben begegnete. Als er sie das erste Mal gesehen hatte, war sie ihm durchsetzungsfähig und direkt vorgekommen, jetzt wusste er, dass sie so viel mehr war. Und wie sie küssen konnte!

Er merkte, dass er wieder mit dem Bein zu wackeln begonnen hatte. Wie bei einem ersten Date. Nur, ein Date hatte er noch nicht einmal ausgemacht. Was war, wenn Clara umgekehrt das Zusammensein mit ihm nicht so weltbewegend fand wie er? Was sollte er tun, wenn sie vielleicht sogar gar nicht wirklich an ihm interessiert war? Ihm wurde heiß. Schon der Gedanke setzte ihn noch mehr unter Druck, als jede Reklamation, jede Bekanntschaftsanzeige von Pops das jemals hätte tun können. Der Wind frischte auf, aber Ben wurde es trotzdem immer wärmer. Irgendwann war ihm sogar so warm, dass er die Ärmel seines weißen Hemdes hochkrempelte.

Und plötzlich war sie da. Lachend kam sie mit ihren Cousinen und ihrer Tante aus dem Restaurant und er konnte ihre Haare im Gegenlicht aufleuchten sehen. Sein Herz wurde so weit, wie er es nie für möglich gehalten hätte.

Rasch stieß er sich von der Bank ab und ging in großen Schritten hinüber. Emma, Amélie und Claire hatten sich gerade verabschiedet und Clara stand für einen Moment allein vor dem Restaurant.

Und dann entdeckte sie ihn.

»Ben!« Er hörte ihre fröhliche Stimme, deren fast greifbare Wärme von ganz innen zu kommen schien.

»Hallo Clara«, sagte er so lässig es ihm gelang. »Hättest du gern Begleitung auf dem Heimweg? Emma hat mir Bescheid gegeben, dass ihr gerade fertig seid. Und da dachte ich …« Er konnte ihr kaum erzählen, was er gerade gedacht hatte – von ihr und ihren Küssen.

»Klar, sehr gerne.« Clara legte den Kopf schief. »Ich hab mich schon gewundert, warum Emma darauf bestanden hat, dass ich noch etwas Bewegung brauchen würde und weder Claire noch Amélie mich heimfahren dürfen. Eine nette Idee.« Sie schlenkerte mit der Strandtasche, die sie in den Händen hielt, und sagte das ganz locker dahin. Aber als Ben genau hinhörte, vernahm er an ihrer Stimme, dass sie auch nervös war. Oder vertat er sich da?

»Dann mal hier entlang«, sagte er und marschierte los. Erst nach ein paar Metern merkte er, dass Clara ihm nicht folgte. Abrupt drehte er sich um.

Sie lachte ihn an. »Nach Hause geht es dort entlang.« Sie zeigte genau in die Gegenrichtung.

»Ja, natürlich.« Hastig ging er zu ihr zurück. »Entschuldige.«

»Das macht doch nichts.« Sie lächelte ihn an. Und dann tat sie etwas, was er nie im Leben erwartete hätte. Sie hakte sich bei ihm unter. Und es fühlte sich absolut richtig an.

***

Clara spürte ihr Herz wirklich schnell schlagen. Als habe sie versucht, den Hügel hinaufzurennen, dabei ging sie hier in einem gemäßigten Tempo. Aber seit sie sich bei Ben eingehakt hatte, war sie ihm so nah. Sie spürte die Wärme seines Arms und seiner Seite und sie spürte, wie die Aufregung durch ihren Körper schoss. Das ist doch nur Ben, sagte sie sich. Aber irgendwie schien dieser Gedanke ihre Aufregung eher noch weiter zu verstärken, als abzumildern.

»Hattest du einen schönen Abend?«, fragte er, während sie an abendlich beleuchteten Geschäften vorbeischlenderten.

»Ja, sehr. Ich mag meine Cousinen und meine Tante.« Clara ging ein paar Schritte weiter. Und was tat sie hier? Sie hatte sich bei dem Mann, den sie zum Knieerweichen attraktiv fand, eingehakt.

Eingehakt?

Sie hätte sich ihm an den Hals werfen sollen und ihn welterschütternd küssen. Aber irgendwie bekam sie das nicht hin. Vielleicht war er ja wirklich gerade einfach nur vorbeigekommen und hatte sie aus Freundlichkeit mitgenommen? Clara biss sich auf die Unterlippe. Daten und so etwas war sowieso nie ihre Stärke gewesen. Glas schon eher – und nicht einmal das hatte mit den Prinzen geklappt. Langsam ließ sie den Arm sinken.

»Ist etwas nicht in Ordnung?« Ben blieb sofort stehen.

»Nein, gar nicht«, sagte sie rasch. »Ich bin nur nicht gut bei so was.«

»Bei was denn?«, erkundigte sich Ben.

Sie blickte auf. Die altmodische Straßenlaterne neben ihnen spendete ein angenehmes Licht und sie konnte Bens Augen dunkel in seinem Gesicht ausmachen.

»Na ja, du weißt schon.« Sie wurde flammend rot und blickte schnell wieder nach unten.

»Nein, ich weiß nicht«, antwortete er behutsam.

»Daten, Männer und der ganze Kram.« Sie flüsterte die Worte fast. »Bei Spannungskoeffizienten von Glas tue ich mich leicht und beim Tempern und all diesen Dingen. Da weiß ich einfach, was ich machen muss. Aber bei den anderen Sachen …«

»Und du glaubst, das geht mir anders?« Seine Stimme war auch leiser geworden.

»Ben, du hast hunderte, wenn nicht tausende Zuschriften auf eine Anzeige bekommen, du siehst super aus, du …«

»Du siehst auch super aus. Und meiner Meinung nach bist du bei allem gut, was du tust.«

Sie konnte ihn leise atmen hören.

»Willst du mir etwa sagen, dass du auch aufgeregt bist?«, fragte sie ihn.

Ben lachte leise. »Wenn es nicht so abgedroschen wäre, würde ich sagen, fühl meinen Puls.«

»Aber du brauchst doch nicht aufgeregt zu sein.« Clara kam das so unglaublich vor. »Warum solltest ausgerechnet du dich unruhig fühlen?«

Ben lachte leise. »Nett, dass du das sagst, aber ich sehe das anders.« Sie blickte auf und er schaute ihr direkt in die Augen.

»Ich habe eine Frau kennengelernt, die einfach unglaublich ist.« Seine Stimme klang so warm dabei, dass es sich fast wie ein Streicheln anhörte. »Sie bringt mich zum Lachen, sie ist klug, sie ist schön und einfach wunderbar. Aber ich weiß, dass sie mich zumindest am Anfang ziemlich doof fand, obwohl sie unglaublich hilfsbereit zu mir war. Und ich weiß nicht, wie sie das jetzt sieht. Das macht mich schon nervös.«

»Nervös?«

»Und aufgeregt, unsicher und fast überfordert«, wiederholte er, hob die Hand und strich ihr ganz leicht über die Wange.

»Aber das alles brauchst du nicht zu sein.«

»Nein?«

Clara schüttelte den Kopf.

»Na dann ist doch eigentlich alles ganz leicht, oder?« Seine Stimme war noch leiser geworden und tiefer.

»Wahrscheinlich schon«, flüsterte Clara zurück. Ihr Herz schlug schnell und fest.

Und dann neigten sie sich einander zu.

***

<u>*Ben*</u>

Und dann küsste Ben Clara, wie er es schon die ganze Zeit hatte tun wollen. Er küsste sie mit einer Leidenschaft, die ihn selbst überraschte. Er zog sie in seine Arme und küsste sie immer weiter, als wollte er sie nie wieder loslassen, nie wieder ohne sie sein. Und sie erwiderte seinen Kuss, als fühlte sie kein bisschen anders. Ben spürte sein Herz weit werden. Alles ist gut, entschied er glücklich, bevor er lange Zeit überhaupt nichts mehr dachte.

Als sie sich irgendwann atemlos voneinander trennten, meinte Ben: »Ich bin noch nie einer Frau wie dir begegnet, Clara!«

Sie antwortete nicht, sondern stellte sich auf Zehenspitzen und küsste ihn noch einmal, als hätte sie nie etwas anderes getan. Über ihnen leuchtete der Sternenhimmel von San Michelle und Ben bekam das Gefühl, nie glücklicher gewesen zu sein.

Der restliche Heimweg dauerte ziemlich lang, aber Ben nahm das nicht einmal wahr. Er hatte das Gefühl, zur richtigen Zeit am richtigen Ort mit der richtigen Person zu sein. Obendrein gab Clara ihm auch noch das Gefühl, dass ausgerechnet er der Richtige war, und das war einfach nur großartig. Mit dem Arm um sie ging er den Hügel hoch. Alle paar Meter blieben sie stehen, um sich zu küssen, und es wurde von Kuss zu Kuss noch schöner und leichter zwischen ihnen. Die Grillen zirpten, als Clara das Gartentor öffnete. Alles, was Ben sonst normal gefunden hätte, war auf einmal besonders, und er hatte das Gefühl, alles viel intensiver wahrzunehmen. Der leicht salzige Geruch in der Luft, die vom Meer heraufwehte, die Geräusche, die irgendwelche kleinen Tiere im Gras und in den Büschen machten, die Worte, die Clara ihm leise zu murmelte, als sie nach seiner Hand griff und sie gemeinsam den Gartenpfad entlanggingen. Der Wind raschelte leise in den Blättern, als Clara die Haustür aufschloss. Im

Eingang blieben sie abermals stehen, um sich zu küssen. Und Ben strich dabei über Claras Haare, die sich wieder ganz unnachahmlich um ihren Kopf gelegt hatten, über die zarte Haut ihrer Wangen und ihres Halses. Sie erwiderte jeden seiner Küsse und ihre Küsse wurden immer intensiver und leidenschaftlicher.

»Und jetzt?«, flüsterte Ben irgendwann.

»Jetzt nehme ich dich mit und gebe dich nicht mehr her«, erwiderte Clara ebenso leise. Sie griff wieder nach seiner Hand und zusammen stolperten sie durch das Wohnzimmer und die schmale Treppe hinauf. Atemlos, aufgeregt, verliebt.

»Clara«, flüsterte er, als sie die Tür des Zimmers hinten ihnen schloss. Mehr war nicht nötig.

Und alles, was kam, war ganz leicht, unkompliziert und einfach perfekt.

***

Claire Gramont de Mer

Claire stand in ihrem Badezimmer und schaute in den Spiegel. Es war schon spät und sie sollte eigentlich schlafen. Aber es zog sie einfach nicht in ihr einsames Bett. Der Tag hatte außerdem so viel Neues gebracht, das ihre Gedanken und Gefühle fesselte. Manchmal war sie erstaunt darüber, mit welch schlafwandlerischer Sicherheit ihre Töchter ihre zarten Finger in ihre Wunden legten. Sie schienen gar nicht zu merken, wie nah sie ihr dabei kamen. Oder vielleicht doch? Dabei hatte sie sich immer solche Mühe gegeben, dass die Mädchen nicht mitbekamen, was ihr Kummer machte. Natürlich wussten sie, wie am Boden zerstört sie von Bernards Tod gewesen war. Aber von der Geschichte mit Thierry hatten sie nichts mitbekommen, zumindest war sie sich dessen immer sicher gewesen. Aber heute Abend – so wie Emma sie angesehen hatte …

Claire stellte das zusätzliche Licht über dem Waschbecken an und betrachtete ihr Gesicht von allen Seiten im Spiegel.

Früher hatten Manon und sie sich oft verglichen. Manon mit ihren welligen dunkelbraunen Haaren, sie mit ihren deutlich helleren und fast glatten Haaren, die so untypisch für San Michelle waren und die auf einen angeblichen Seitensprung ihrer Ur-Großmutter zurückgingen und einmal pro Generation auftauchten. Auch vom Charakter waren Manon und sie ziemlich unterschiedlich gewesen. Die wilde Manon und die brave Claire, das war zumindest die Einteilung gewesen, gegen die sie immer gekämpft hatten. Jeanne hatte sie sich viel selbst überlassen und sie hatten sich geärgert, gestritten und waren trotzdem ein Herz und eine Seele gewesen. Selbst als Erwachsene und als Claire gerade Mutter geworden war, hatten sie noch über alles miteinander gesprochen. Sie waren ein Team geblieben, als Manon nach München gezogen war. Aber dann hatte sich das Leben von seiner hässlichsten Seite gezeigt und Claire war allein übrig geblieben. Lange Zeit hatte sie nicht glauben können, dass Manon wirklich gegangen war und nicht zurückkommen würde. Jedes Mal, wenn eine Tür aufgerissen wurde, hatte sie aufgeschaut und gedacht, Manon käme hereingestürzt, so wie es ihre Art war. Zwei Schritte vorwärts, keiner zurück. Aber Manon war nie zurückgekehrt und das Leben war trotzdem weitergegangen. Emma war geboren worden, das Kind, auf das Claire nicht mehr zu hoffen gewagt hatte. Trotzdem hatte sie die kleine Clara vermisst, aber nach ein paar Jahren hatte sie gewusst, dass sie auch Manons Tochter verloren hatte. Lange Zeit hatte sie es nicht wahrhaben wollen, hatte Briefe und Geschenke geschickt und versucht, mit ihrem deutschen Schwager zu sprechen, der aber jeden Gesprächsversuch abgeblockt hatte. Verrückterweise war ihr erst heute klar geworden, wie sehr sie Clara immer vermisst hatte.

Und dann die Sache mit Thierry. Über ein Jahr hatten sie nicht mehr miteinander gesprochen, und heute war er unerwartet in ihrer Galerie aufgetaucht. Kritisch musterte Claire die feinen Falten um ihre Augen. Sie erinnerten sie deutlich daran, dass der Weg des Lebens nur in eine Richtung ging. Ihr Blick wanderte über ihre Nase (hübsch und klein) zu ihrem Mund (zu schmal). Sie war streng in ihrem Blick. Schon allein wegen ihrer Arbeit als Kunsthändlerin war sie es gewohnt, genau hinzusehen, und das tat sie auch jetzt. Vorsichtig lächelte sie sich an. Ihr Lachen war immer ihr größtes Kapital gewesen, jetzt tauchte es nur noch selten auf. Dann dachte sie an den Abend mit den drei Mädchen und das Lächeln kam von ganz allein.

Sie fuhr sich über die Haare. Morgen würde sie noch irgendwo einen Friseurbesuch in ihren vollen Tag quetschen müssen, bevor sie zum Club de San Michelle ging. Der Club, Thierry … ihre Gedanken wanderten wieder zu seinem Auftauchen in ihrer Galerie. Bisher hatte sie gedacht, sie würden sich nach dem, was passiert war, nicht mehr wiedersehen, und schon gar nicht mehr miteinander sprechen. Aber irgendwie war da etwas in Bewegung geraten – bestimmt wegen Clara. Claire biss sich auf die Lippe. Natürlich hatte Thierry recht gehabt mit seinen Worten. Sie hatte Angst gehabt, Clara zu sehen. Er hatte sie schon immer gut verstanden. Vielleicht sogar zu gut.

Mit einer abrupten Bewegung schaltete sie das helle Licht aus. Morgen ist ein neuer Tag, dachte sie. Und sie spürte ein fast vergessenes Herzklopfen.

14. Kapitel

Clara

Clara erwachte aus einem zutiefst glücklichen Schlummer. Sie lag eingekuschelt in Bens Armen, der neben ihr ruhig und tief atmete. Obwohl sie kaum geschlafen hatte, fühlte Clara sich frisch und munter. Das frühmorgendliche Sonnenlicht strömte durch das offene Fenster und wurde begleitet von fröhlichem Vogelgezwitscher. In den kurzen Momenten, in denen die Vögel schwiegen, vermeinte Clara, das Rauschen des Meeres noch ganz leise in der Ferne zu hören. Sie lächelte glücklich. Irgendetwas in ihrer Nähe begann zu piepsen, und es dauerte einen Augenblick, bis Clara klar wurde, dass das ihr Handywecker war, der unter einem Haufen hastig ausgezogener Kleidung lag. Sie schlüpfte aus dem Bett, fischte ihn heraus und stellte ihn aus. Für einen Moment war sie versucht, zurück zu Ben ins Bett zu kriechen – der Platz an seiner Seite sah einfach zu einladend aus – doch dann fiel ihr ein, dass sie sich mit ihrer Tante verabredet hatte. Auf Zehenspitzen schlich sie also zu ihrem Koffer und wählte rasch ein helles Shirt und eine dunkelblaue Leinenhose aus. Auf dem Rückweg sah sie Ben an. Er sah wunderbar aus, wenn er schlief, fast so gut, wie wenn er wach war. Was für ein attraktiver Mann. Und wie schön es mit ihm gewesen war! Über Claras Rücken lief ein wohliger Schauer. Mit einem Lächeln verließ sie das Zimmer und huschte über den nach Rosen duftenden Flur hinüber ins Bad, wo sie mit Vergnügen duschte. Sie zog sich an, kämmte sich die Haare, was einer vergeblichen Liebesmüh gleichkam, und schminkte sich ein wenig. Dann warf sie sich in dem Spiegel über dem Waschtisch einen vergnügten Blick zu, atmete im Flur abermals tief ein und lief die schmale Treppe nach unten. Die Tür zur Küche war geschlossen, was sie überraschte, aber als sie sie öffnete, wehte ihr ein betörender Kaffeegeruch entgegen. Verblüfft schnupperte sie. Aber es bestand kein Zweifel. Jemand hatte Kaffee gekocht, der Espressokocher stand noch auf dem Herd.

Clara griff nach ihrer kleinen Handtasche, die sie gestern Abend achtlos auf den Küchentisch fallen gelassen hatte. Dort lag auch noch das eingeschlagene Tuch aus dem Hutladen, das Clara gestern für ihre Tante gekauft, dann aber ins Restaurant mitzunehmen vergessen hatte. Sie griff auch danach und ging durch das Wohnzimmer nach draußen. Das Erste, was sie hörte, als sie die Eingangstür öffnete, war ein ganz leises Quietschen. Sie blickte um die Ecke und entdeckte Daniel, der mit dem Laptop auf dem Schoß in der Hollywoodschaukel saß und leicht hin und her schwang. Neben ihm stand eine große Kaffeetasse und er schien konzentriert zu arbeiten. Seine Wangen waren wieder auf ihre normale Dicke zurückgegangen und er sah deutlich besser und nicht mehr ganz so fertig wie am Vortag aus.

»Guten Morgen«, grüßte sie ihn.

Er blickte auf und lächelte. »Guten Morgen, Clara. Vielen Dank für das wunderbare Bett in dem schönen Zimmer in dem tollen Haus. Es hat Wunder bewirkt.«

»Es freut mich, wenn es dir besser geht«, erwiderte Clara

und fragte sich dabei, was sie je an ihm hatte finden können. Ben war eindeutig tausendmal attraktiver. »Amélie lässt dir ausrichten, du mögest heute schon um sieben in die Praxis kommen.«

Daniel sprang sofort auf und warf dabei fast seine Kaffeetasse um. »Deine Cousine ist unglaublich, sie hat mich gerettet.« Dann warf er einen Blick auf seine Uhr. »Ich könnte dir noch einen Kaffee kochen, wenn du magst. Ich hoffe, es war okay, dass ich den Herd benutzt habe.«

»Ich dachte eigentlich, der Herd würde nicht funktionieren.«

»Das hat er eigentlich auch nicht. Aber ich habe ihm gut zugeredet.«

Clara sah ihn überrascht an und Daniel zwinkerte ihr zu. »Ich arbeite zwar als Ingenieur für Luft- und Raumfahrt, aber das bedeutet nicht, dass ich nicht auch einen bockigen Herd zum Arbeiten bekommen kann. Ganz besonders, wenn er morgens um fünf meine einzige Chance auf eine Tasse heißen Kaffee darstellt.«

»Ein Kaffee wäre in der Tat verlockend.« Dann hörte Clara jedoch ein Auto die Rue d'Ambre entlangkommen. »Aber ich muss jetzt los.«

Sie winkte Daniel kurz zu und lief dann den Gartenpfad entlang bis zu dem kleinen Tor, dessen weiße Farbe im Sonnenschein förmlich leuchtete.

Claire fuhr einen Geländewagen, der zu Claras großer Überraschung erstaunlich schmutzig war. Alles an ihrer Tante wirkte so ordentlich, da war der staubige Wagen wirklich eine Überraschung. Das Auto hielt vor ihr an und Clara kletterte auf den Beifahrersitz.

»Guten Morgen, Tata Claire«, sagte sie.

»Guten Morgen, Clara, schön, dich zu sehen«, erwiderte ihre Tante und fuhr sofort wieder los. Sie trug einen grauen Overall und hatte ihre hellbraunen Haare zum Pferdeschwanz zusammengebunden. Zusammen mit dem Cap auf ihren Haaren sah sie deutlich jünger aus. Sie setzte den Blinker und bog zügig ab. »Hast du gut geschlafen?«

Clara, die prompt an Ben und ihren wenigen Schlaf dachte, wurde rot. »Ja, schon«, murmelte sie hastig.

Claire lächelte, sagte aber nichts. Stattdessen fuhr sie zügig die Straße entlang, aber nicht in Richtung Meer, sondern hinauf in Richtung der Seealpen, die majestätisch vor ihnen aufragten.

Clara schaute aus dem Fenster, bewunderte das Meer im Seitenspiegel hinter sich und die bewaldeten Berge. »Ich habe übrigens eine Kleinigkeit für dich«, sagte sie und legte das eingeschlagene Päckchen auf das Armaturenbrett.

»Du musst mir doch nichts schenken«, sagte Claire.

»Ich möchte mich aber gern für die schöne Einladung gestern Abend bedanken.«

Sie verließen die Stadt und Claire bog abermals ab.

»Ich habe dir umgekehrt einen Espresso Mix und ein Croissant mitgebracht«, sagte ihre Tante und gestikulierte zu dem Getränkehalter zwischen ihnen. »Piaggo hat ein Herz für uns arme Früharbeitende.«

Clara sah zwei schmucklose Pappbecher und eine weiße Papiertüte daneben.

»Danke«, sagte sie und griff nach dem Becher.

»Gern geschehen, es freut mich sehr, dass du mitkommst. Die Rosen sind ein wichtiger Teil unserer Familie. Auch wenn es Tage gibt, an denen ich die Dinger ernstlich verwünsche.«

»Mathieu hat mir gesagt, dass ihr die Rosen sehr ernst nehmt und sie zum Beispiel nicht als Haarschmuck tragen würdet.«

Claire nickte. »Jeanne war so. Die Rosen waren in der Tat eine sehr emotionale Angelegenheit für sie. Ich glaube, für sie waren sie eine Art Verbindung zu deiner Mutter. Manon liebte die Rosen genau wie Jeanne und sie hatte ein ganz gutes Händchen für Pflanzen. Ich komme da bedauerlicherweise eher nach meinem Vater.«

Clara nahm einen Schluck vom Espresso Mix. Anders als im Frühstückscafé war hier die Mischung absolut gelungen. Süß und bitter, flüssig und gleichzeitig der Zunge samtig schmeichelnd.

»Hm«, machte sie. »Wie lecker!«

Claire lachte. »Ohne Espresso Mix hätte ich das Frühjahr nicht überstanden. So früh aufzustehen ist einfach nicht meins, und noch weniger, wenn ich am Abend zuvor noch spätabends Kunden in der Galerie betreut habe oder bei irgendwelchen Arbeitsessen war. Ich bin nicht mehr die Jüngste.«

»Du wirkst aber so«, sagte Clara und dachte, dass das Tuch Claire wirklich gut stehen würde.

Claire warf ihr einen schnellen Blick zu. »Vielen Dank, das höre ich am Morgen gern.« Sie lächelte und Clara lächelte zurück.

Für eine Weile fuhren sie weiter bergauf, während Clara ihr Croissant aß und den Espresso Mix austrank. Oben in den Bergen bog Claire abermals ab, diesmal auf eine Forststraße. Die Fahrt wurde deutlich ruckeliger. Automatisch streckte Clara ihre Hand aus, um sich am Griff festzuhalten.

Claire lächelte. »Die Rosen machen es einem nicht leicht.«

»Aber sie sind wirklich wunderschön und ihr Duft …«

»… ist betörend. Ja, ich weiß. Wir haben gestern einen ganz guten Abschluss in Grasse bekommen. Das heißt, wenn wir die Rosen irgendwie in die nächste Saison groß bekommen.«

Claire bog abermals ab und die Straßenverhältnisse wurden noch schlechter. So langsam verstand Clara, warum das Auto ihrer Tante so aussah, wie es aussah. Doch dann, nach einigen weiteren Minuten Fahrt, öffnete sich der Wald und gab den Blick auf einen langen, weiten sonnigen Berghang frei. Und dort stand in Reihen eine Rosenpflanze neben der anderen.

Claire bremste und parkte das Auto an der Seite der schmalen Straße.

»Willkommen in Jeannes Rosengarten«, sagte sie, bevor sie die Fahrertür öffnete.

Clara stieg ebenfalls aus. »Wie wunderschön!«

Sie schaute zu den Pflanzen, die etwa brusthoch wuchsen und deren Blüten im Sonnenlicht zart rosa schimmerten. Hier unter dem blauen Himmel sahen sie noch viel schöner aus als in der Glasvase oben im Flur von Manons Haus. Hier waren sie absolut perfekt.

»Schau dich in Ruhe um, ich fange kurz mit meiner Arbeit an, damit ich soweit bin, wenn unsere Mitarbeiterinnen kommen«, sagte Claire und ging mit schnellen Schritten auf die Pflanzen zu, schaute hier und da, kontrollierte einzelne Blüten und setzte Markierungen. Clara folgte ihr langsamer und schaute sich überall um. Sie konnte verstehen, dass ihre Mutter Jeannes Rosengarten geliebt hatte, sie fand ihn auch absolut bezaubernd. Um sie herum summten Bienen und Hummeln, Eidechsen huschten vorbei und das Rosenfeld schien insgesamt lebendig zu sein. Der sandige, steinige Boden zu ihren Füßen wirkte auch jetzt am Morgen warm und der leichte Duft der Rosen schwebte durch die Luft. Clara fühlte sich, als würde sie nach Hause kommen. Hier war sie schon gewesen und das mehr als einmal, dessen war sie sich ganz sicher. Genau wie am Meer, das ihr so richtig erschienen war, ging es ihr hier auch.

»Wunderbar«, murmelte sie leise vor sich hin. Lange Zeit hatte sie sich innerlich einsam gefühlt, ohne sagen zu können, wieso, aber hier war dieses Gefühl komplett verschwunden. Es war, als würde schon allein ihre Verbindung mit der Erde hier alles in Ordnung bringen. Clara schloss die Augen und atmete für eine Weile einfach nur ein und aus.

Il y a longtemps que je t'aime – Jamais je ne t'oublierai. Auf einmal wusste sie, dass Manon ihr das Lied hier vorgesungen hatte, und ihr fielen Melodie und Text aller Strophen so leicht wieder ein, als hätte sie es erst gestern zum letzten Mal mit ihrer Mutter gesungen.

Clara traten die Tränen in die Augen, aber wie auch am Meer, waren sie hier heilsam und wohltuend. Sie streichelte vorsichtig über die samtigen Blütenblätter und roch hier und da an den verschiedenen Rosen.

Claire war mittlerweile ein ganzes Stück des Hangs abgestiegen und sprach unten mit einer Frau, die ebenfalls in einem Overall dazugekommen war.

Auf dem Hang waren auf verschiedenen Höhen steinerne Befestigungen angelegt und Clara setzte sich auf eine dieser niedrigen Steinmauern und hielt ihr Gesicht in die Sonne. Dabei musste sie an Ava denken. Ava liebte Blumen.

Sie zog ihr Handy aus der Tasche, machte ein paar Fotos und schickte sie an ihre beste Freundin.

Ava antwortete sofort, was für diese Tageszeit eher ungewöhnlich war. *Wie geht es Dir? Bist Du schon verliebt in San Michelle? Verrat mir, was am schönsten dort ist.*

Am schönsten sind die Rosen, schrieb Clara zurück, dachte dabei aber an Ben. Ihn fand sie auch ziemlich schön. Das würde Ava sicherlich ebenfalls brennend interessieren. Aber Clara blieb beim Thema Rosen und schrieb weiter: *Die Rosen sind absolut unglaublich. Ich wünschte, Du könntest es hier sehen, Du wärst auch sofort verliebt!*

Schon die Fotos sind bezaubernd, hinreißend, überwältigend, da kann kein Mann mithalten, antwortete Ava postwendend. *Aber Vorsicht, Rosen haben Dornen. Was passiert sonst in San Michelle?*

Clara dachte an die vergangenen Stunden mit Ben und die Schmetterlinge in ihrem Bauch wachten alle auf einen Schlag auf. *San Michelle ist unglaublich. Wie übrigens auch Quasimodo, der wirklich kein Quasimodo ist.*

Wie kannst Du Dir da so sicher sein?, wollte Ava wissen.

Ich habe nachgesehen. Clara garnierte ihre Nachricht mit einem Herz.

Clara, erlebst Du da etwa Abenteuer? Ava schickte eine ganze Reihe Fragezeichen hinterher.

Ich glaube, so könnte man das bezeichnen, antwortete Clara und spürte, wie das Blut in ihre Wangen strömte. Oh ja, sie erlebte Abenteuer. Hier in San Michelle, in der Heimat ihrer Mutter.

Ich möchte auch da sein! Diesmal folgte eine ganze Zeile Ausrufungszeichen auf Avas Satz.

Komm her, lud Clara ihre beste Freundin ein.

Ich wünschte, ich könnte, ließ Ava sie wissen. *Aber ich gehe jetzt gleich auf ein Fotoshooting mit der Praktikantin. Gut, dass man mit Kameras nicht wirklich »shooten« kann. Sonst würde mir bestimmt der Finger am Auslöser ausrutschen. Genieß das Leben, Clara, Du hast es verdient! Eine dicke Umarmung von Ava*

»Clara?«, rief Claire.

»Ich komme.« Clara steckte das Handy in die Tasche und lief zu ihrer Tante hinunter.

»Schau mal hier, das hier war Jeannes liebster Rosenstock«, sagte Claire. Verrückterweise war es keine besonders schöne Pflanze, aber ihr Duft war noch betörender als der der anderen. »Jeannes Ziel war es, dass alle Rosen so duften sollten wie diese. Bei einem Teil des Anbaugebietes hat sie es noch geschafft. Aber sie ist nicht mehr fertig geworden und ich schaffe es nicht.« Claire zuckte bedauernd die Schultern. »Ich kann den Laden hier maximal am Laufen halten, aber das ist schon alles.«

»Es ist ein wunderbarer Ort«, sagte Clara. »Ich glaube, meine Mutter hat ihn sehr geliebt.«

Claire nickte. »Ja, das hat sie. Ich glaube sogar, es war ihr Lieblingsort. Schau mal dort.« Claire zeigte auf eine Steintafel, die deutlich weiter oben mitten auf dem Hang in der Sonne stand. »Jeanne hat für Manon eine Gedenktafel anbringen lassen. Sie hätte sie gern hier in dem Rosengarten beerdigt, aber das wurde ihr nicht erlaubt.«

»Ich glaube, das hätte meiner Mutter gefallen.«

Sie stieg mit Claire den Hang hinauf, bis sie vor dem Stein standen.

Manon Gramont de Mer, stand in schlichter Schrift darauf und daneben war eine wunderschöne Rose in den Stein gehauen worden.

Eine Träne kullerte über Claras Wange. Ganz leise begann sie zu singen. »À la claire fontaine.«

Und schon bei der zweiten Zeile setzte Claire mit einer wunderbar klaren und warmen Singstimme ein. »M'en allant promener – J'ai trouvé l'eau si belle – Que je m'y suis baigné.«

Zusammen sangen sie die Strophe zu Ende. »Il y a longtemps que je t'aime – Jamais je ne t'oublierai.«

»Ich werde sie nie vergessen«, versprach Clara, als sie fertig waren.

»Nein, ich auch nicht.« Claire umarmte sie. »Hier im Rosengarten kann man nicht sein, ohne an Manon zu denken.«

Für eine Weile hielten die beiden Frauen sich fest umschlungen, dann ließ Claire Clara wieder los.

»Ich bin froh, hier zu sein«, sagte Clara.

Claire nickte. »Ich bin auch so froh, dass du gekommen bist.«

Vorsichtig strich Clara über die Gedenktafel. Jetzt verstand sie auch, warum die Gramonts de Mer die Rosen nicht einfach so tragen würden. Es waren ganz besondere Blumen für sie.

Langsam ging sie mit ihrer Tante weiter. Sie kamen an leuchtenden Rosenstöcken und kleinen Rastplätzen vorbei.

»Jeanne hat hier sehr viel Zeit verbracht. Sie war der Meinung, dass man Rosen lieben muss, damit sie duften. Ich glaube, sie hat den Pflanzen alle Liebe gegeben, die sonst Manon bekommen hätte.« Vorsichtig streichelte Clara die Blätter einer Pflanze.

Claire ging mit ihr durch die Reihen, erklärte, was sie tun musste und wann die Rosenblüten geerntet würden. Als sie fertig waren, stand die Sonne schon deutlich höher am Himmel und es war merklich wärmer geworden.

Auf dem Rückweg zum Auto wurden Claras Schritte langsamer.

»Mein Vater hat gesagt …«, begann sie eine Frage, wusste dann aber nicht mehr weiter.

»Du kannst mich alles fragen, was du wissen möchtest«, erwiderte Claire. »Ich bin nicht sicher, ob ich auf alles eine Antwort habe, aber fragen kannst du.«

Clara schaute zurück zum Rosengarten. »Mein Vater meinte, Jeanne hätte mich ihm wegnehmen und nach San Michelle holen wollen.«

Claire seufzte. »Ich fürchte, es stimmt. Ich weiß nicht, warum Jeanne das gemacht hat. Ehrlich gesagt wusste ich überhaupt nichts davon, bis ich vor zwei Jahren wieder zu ihr gezogen bin. Da hat sie es mir erzählt. Es hat sie sehr gereut.«

Clara biss sich auf die Lippe. Davon wusste ihr Vater sicherlich nichts.

»Das muss sehr unglücklich gelaufen sein. Jeanne war in keiner Weise böse, sie konnte nur manchmal wenig rücksichtsvoll handeln. Für sie hast du hierhergehört, zumal Manon sich ja entschieden hatte zurückzukehren. Ich glaube nicht, dass Jeanne sich in ihrem Kummer nach Manons Tod klargemacht hat, was ihr Angebot für deinen Vater oder auch für dich bedeutet hätte. Ich weiß aber, dass Jeanne es später wieder in Ordnung bringen wollte, doch es ist ihr nicht gelungen. Dein Vater hat sich geweigert, mit ihr zu sprechen. Er war nicht einmal bereit, als sie schon krank war und es dem Ende zuging.«

»Vielleicht würde er es verstehen, wenn er hierherkäme«, sagte Clara und schaute noch einmal auf den wunderschönen Rosengarten. »Ich glaube, das ist hier der beste Ort der Welt dafür.«

»Das wäre wirklich wunderbar.« Claire klang wehmütig. »Ich würde mich sehr darüber freuen. Jeanne hat immer gehofft, dass es dir in San Michelle auch so gut gefallen würde. Deshalb hat sie dir auch Manons Haus vermacht.«

Abrupt drehte Clara sich um. »Mir?«

»Ja, und sie wollte, dass du es im Rosengarten erfährst.« Claire lächelte schief. »Jeanne konnte schon sehr entschieden in ihren Vorstellungen sein.«

Clara dachte an die Großmutter, die sie nicht gekannt hatte, und die ihr durch all die kleinen bruchstückhaften Erzählungen nun doch etwas vertrauter wurde.

»Jeanne wollte auch nicht, dass nach Manons Tod auch nur irgendetwas an ihrem Haus geändert wurde, deshalb sieht es noch genauso aus wie früher, obwohl so viel Zeit vergangen ist. Aber das heißt nicht, dass du nicht alles ändern kannst, was du möchtest.«

Aber Clara schüttelte den Kopf. »Erstmal möchte ich gar nichts verändern. Genau wie den Rosengarten finde ich es wunderschön, so wie es ist.« Sie schaute über die Rosenstöcke bis in den Himmel und spürte Dankbarkeit und Glück in ihrem Herzen. Sie, Clara, hatte das Haus ihrer Mutter in San Michelle bekommen! Das war unglaublich. Es war wunderbar.

***

Ben

»Wo ist Clara?«, fragte Ben, als er in die Küche kam und Daniel mit einem Cool Pack auf der Wange am Küchentisch vor seinem Laptop sitzen sah.

»Weg«, erwiderte Daniel, ohne aufzusehen.

»Wie weg?« In Bens Stimme trat eine minimale Anspannung.

Daniel zuckte die Achseln. »Sie musste los, schon vor Ewigkeiten. Im Kaffeekocher ist noch kalter Kaffee. Kannst du dir gern nehmen.« Er gestikulierte in Richtung des Herdes.

»Und hat sie dir gesagt, wohin sie geht?« Ben ließ den kalten Kaffee links liegen, nahm sich lieber ein Glas aus dem Schrank und ließ Wasser aus dem Hahn hineinfließen.

»Nein.«

Ben trank das Glas auf einen Zug leer. »Hat sie dir vielleicht etwas für mich ausgerichtet?«

»Nee.«

Ben fuhr sich durch die Haare. »Mensch Daniel, jetzt red doch mal mit mir!«

Daniel blickte auf. »Warum bist du denn so nervös? Ist doch alles gut.«

Ben seufzte. »Das musst du doch verstehen. Ich meine, sie und ich …«

»Ja, ich weiß. Das Haus ist nicht gerade schallisoliert.« Daniel lächelte schief. »Pops Annonce hatte also eindeutig ihr Gutes.«

»Das hat doch nichts mit dieser idiotischen Anzeige zu tun.« Ben zog einen Stuhl heraus, setzte sich dann aber doch nicht. »Wir kennen sie von Mentling-Glas, und du weißt, was das bedeutet.«

Daniel winkte ab. »Das ist deren internes Problem. Sie weiß es nicht und wird es auch nie erfahren. Also, wenn das meine Frau wäre …«

»Hände weg von Clara«, sagte Ben sofort und es klang ernst und drohend.

Überrascht sah Daniel ihn an. »Ben?«

Ben stand auf einmal ganz aufrecht. »Ich meine es ernst. Das mit Juli war Schicksal, aber Clara würde ich nicht so kampflos hergeben.«

Daniel hob beide Hände, als wolle er sich ergeben. »Keine Sorge, ich bin nicht interessiert, und ganz ehrlich, sie ist auch nicht an mir interessiert, so viel ist klar. Wenn ich mich für wen begeistern müsste, dann eher für Amélie.«

»Für wen?« fragte Ben stirnrunzelnd und ließ sich jetzt doch auf den Stuhl fallen.

»Die unglaubliche Cousine.«

»Du meinst Emma.«

Daniel verzog das Gesicht. »Ben, ich weiß, wen ich meine, und das ist Amélie. Aber egal, ich bin ganz sicher nicht auf der Suche nach einer neuen Frau.«

»Natürlich nicht«, murmelte Ben und spielte mit dem leeren Glas herum. »Daniel, wir müssen da noch etwas besprechen.«

»Ja, genau. Julis Forderungen. Sie hat mir eine Mail geschickt. Offenkundig war sie sich nicht ganz sicher, ob du mich in ihrem Sinne beeinflussen würdest.«

Daniel klang so zynisch, dass es Ben in der Seele wehtat.

»Sie meint, du wärest zu aufrecht und würdest nicht verstehen, worum es geht«, fuhr Daniel fort.

»Das tue ich sehr wohl«, erwiderte Ben. »Was willst du jetzt machen?«

Daniel zuckte die Schultern. »Ich werde ihr Geld anbieten. Ihre Produktionsfirma steckt in akuten Schwierigkeiten und sie ist sicherlich froh über eine rasche, finanziell attraktive Einigung.«

»Und wenn sie sich darauf nicht einlässt?«

Daniel fuhr sich über die Augen. »Sie wird es tun. Es ist nur eine Frage der Summe, die ich bezahle. Sie wird mich arm machen, aber dafür kommen wir bei Prinz-Airtec nicht unter Druck.«

Ben beugte sich vor und stützte den Kopf in die Hände. »Es gibt keinen anderen Weg?«

»Ich weiß keinen, und glaub mir, ich habe mir wirklich darüber den Kopf zerbrochen. Falls du keine bessere Lösung hast, werde ich es tun.«

Ben schüttelte den Kopf. Daniel tippte eine rasche Nachricht. »Ich habe sie gefragt, was sie will.«

Sein Handy piepste praktisch sofort mit der Antwort.

Daniel schnaubte und hielt Ben das Display hin.

»Das ist viel zu viel. Ihr wart gerade mal ein paar Monate verheiratet«, protestierte Ben.

Daniel tippte eine Antwort, las sie noch zweimal, dann zeigte er sie Ben.

»Das ist immer noch der Wahnsinn«, murmelte Ben. »Warum machst du das?«

»Sie hat noch mehr gegen mich in der Hand«, erwiderte Daniel schlicht. Ohne zu zögern schickte er seine Nachricht ab.

Kurze Zeit später piepste Daniels Handy abermals.

»Und jetzt?«, fragte Ben.

»Sie ist einverstanden. Also gebe ich unseren Anwälten Bescheid, dass sie ein wasserdichtes Agreement aufsetzen sollen.« Daniel klang ruhig, aber Ben sah an seinem flackernden Blick, dass ihm das alles ganz schön was ausmachte.

»Das ist ein ganz schön großes Opfer, das du bringst«, sagte er leise.

»Es ist die Quittung für meine Dummheit«, gab Daniel zurück.

Für eine Weile saßen die Brüder einander stumm gegenüber. Daniel schrieb eine Mail und schickte sie ab. Dann blickte er auf und sah Ben direkt in die Augen. »Bruderherz, ich wollte dir noch etwas sagen.«

»Was denn?«

»Das mit Juli tut mir leid. Ich hätte das damals nicht machen dürfen, ich hätte mich mehr zusammennehmen müssen. Sie war deine Freundin, ich hätte die Grenze respektieren müssen.«

Für Ben kam das unerwartet. Er erwiderte Daniels Blick, aber schwieg. Seit der Nacht mit Clara kam ihm das alles wie aus einem anderen Leben vor.

»Aber es ist auch gut, dass es passiert ist«, fuhr Daniel dann fort.

»Wieso?«

Daniel schien zu zögern, schließlich sprach er doch. »Als ich mich vorgestern Nacht so mit Juli gestritten habe, hat sie gesagt, es wäre immer ihr Ziel gewesen, mich arm und sich reich zu machen. Der Name Prinz-Airtec fiel mehr als einmal. Dazu noch ein anderer Name.« Er schaute auf den Tisch vor sich. »Erinnerst du dich an die Geschichte vom Flieger-Horst?«

»Ja.« Flieger-Horst war ein früherer Konkurrent von Prinz-Airtec gewesen. Mehrfach hatte er ihre Teile unerlaubterweise kopiert und es gab permanent Streitigkeiten zwischen den Firmen. Schon ihr Großvater hatte ständig Ärger damit gehabt.

Daniel holte tief Luft. »Weißt du noch, wie Papa sich gerichtlich gegen sie gewehrt und sie mit einer wahren Flut von Klagen überzogen hat? Papa hat da echt den harten Hund gegeben.«

Ben nickte langsam. Es war schon ewig her, aber er erinnerte sich noch daran.

»Flieger-Horst verlor alle Prozesse. In der Folge gingen ihm die Kunden flöten, die davon Wind bekamen. Schließlich meldete die Firma Insolvenz an und unser Vater bekam die Produktionsstätten für einen Schnäppchenpreis.«

»Gut, aber warum erzählst du mir das?«, fragte Ben.

»Leider war der gute alte Flieger-Horst Julis Opa. Mir war das nicht klar, dir?«

Ben schüttelte den Kopf.

»Auf alle Fälle hat Juli gesagt, du wärest für sie der Einstieg in unsere Firma gewesen, aber sie hätte irgendwann erkannt, dass ich das bessere, weil fehleranfälligere Opfer wäre.«

»Hat sie das so gesagt?«

Daniel lachte bitter auf. »Nein, das waren meine Worte. Ihre waren nicht so charmant.«

»Puh, das ist ganz schön krass.« Ben fuhr sich durch die Haare.

Daniel nickte. »Ja, das ist es. Und ich habe genau die Fehler gemacht, auf die Juli nur gewartet hat. Ich habe sie betrogen, meine Arbeit über unsere Ehe gestellt. Aber das habe ich dir jetzt nicht deshalb erzählt. Du hast mich nach dem Warum für Julis Handeln gefragt, und ich denke, das ist die Antwort. Ich hoffe, es bringt dir etwas Frieden.«

Ben hob den Kopf. Er wusste nicht, was er denken sollte.

Daniel streckte seine Hand aus, wie bei einem Spiel, das sie als Kinder immer gespielt hatten.

»Es tut mir leid, was ich getan habe. Ehrlich. Aber in diesem Fall war es gut, dass ich so ein Trottel war. Ich möchte, dass du das weißt. Und ich will, dass du weißt, dass ich niemals etwas mit Clara anfangen würde. Niemals.«

Ben legte seine Hand drauf. »Danke«, sagte er dann schlicht.

***

Thierry Albon

Thierry stand vor seinem Schneider und war tatsächlich nervös.

»Der Smoking muss perfekt sitzen«, verlangte er.

»Selbstverständlich«, antwortete der Schneider milde und half ihm in das Jackett. »Voilà Monsieur Albon, einfach perfekt.«

Thierry warf einen kritischen Blick in den Spiegel. Er sah sich nicht gern an, Eitelkeit war keine seiner Schwächen. Aber das Bild, das ihm entgegenblickte, war vernünftig. Er sah immer noch passabel aus, und wenn er sich Mühe mit seiner Haltung gab, vielleicht auch etwas besser als passabel. Er kontrollierte den Sitz seines Jacketts und der Schneider nickte ihm zu. Das war also in Ordnung.

»Ein besonderer Anlass, Monsieur?«, fragte der Schneider.

»Ein Mann sollte immer gut aussehen«, gab Thierry zurück. Aber seine Gedanken gingen zu Claire. Dass er heute Abend an dem Dinner im Club de San Michelle teilnehmen würde, lag nur daran, dass er mit ihr sprechen wollte. Wenn er ehrlich war, hatte es ihn überrascht, dass sie zugesagt hatte. Eigentlich hatte er angenommen, sie würde es kategorisch ablehnen. Und er wusste, er hätte es auch verdient. Aber sie würde tatsächlich kommen und er konnte nicht anders, als sich einzugestehen, dass er deswegen nervös war.

»Ja, es ist ein besonderer Anlass«, gab er schließlich vor seinem Schneider zu, einem Mann, den er seit Jahrzehnten kannte. »Schicken Sie den Smoking zu mir nach Hause, ich habe noch etwas zu erledigen«, fügte er dann wieder sachlich hinzu.

»Selbstverständlich, Monsieur Albon. Ich nehme an, Sie haben an die passende Blume gedacht.«

»Ja, das habe ich.« Thierry dachte an die Ansteck-Rose, die er gekauft hatte und die perfekt zu dem kleinen Strauß passte, den er mit dem Gedanken an Claire ausgesucht und ihr geschickt hatte.

Ich hätte das nicht tun sollen, es wirkt übertrieben, dachte er auf einmal. Es ist nur ein Abendessen, sagte er sich. Aber er wusste, dass es nicht stimmte. Nicht von seiner Seite.

»Und schicken Sie ein neues Smokinghemd mit, gewaschen und gebügelt«, verlangte er.

Der Schneider nickte und half ihm wieder aus dem Jackett.

»Halbhohe Samtslipper sind jetzt die große Mode bei den jüngeren Herren«, sagte er dabei.

»Ich bin nicht mehr jung«, erwiderte Thierry fest. Alle Jugendlichkeit hatte er in dem Moment verloren, als er von Manons Tod erfahren hatte. Vor knapp zwei Jahren hatte es noch einmal ein kurzes Wiederaufflackern gegeben, aber das hatte er willentlich im letzten Jahr zerstört.

»Danke«, sagte er dann knapp zu seinem Schneider, der wie aufs Stichwort den Anproberaum verließ.

Thierry beugte sich vor und musterte sich im Spiegel. Alter Mann, dachte er. Dann riss er sich los, zog die Smokinghosen aus und seinen Anzug wieder an. Er hatte noch reichlich zu tun. Mehrere Termine mit Investoren standen an, dazu ein Mittagessen mit Mathieu. Aber zunächst würde er zu einer Notarin gehen. Er hatte seiner Sekretärin aufgetragen, einen Termin bei einer Kollegin von Mathieu zu vereinbaren, die bisher noch nicht für seine Firma gearbeitet hatte. Denn das, was er zu tun hatte, war privater Natur. Er würde Claire das Haus schenken, in dem ihre Galerie lag. Dennoch sollte sie keine Dankbarkeit ihm gegenüber empfinden müssen. Thierry hasste erzwungene Dankbarkeit wie kaum etwas anderes. Tatsächlich konnte in diesem Punkt viel Geld eine Last sein. Wie sollte man unterscheiden, warum sich jemand freundlich einem gegenüber verhielt? Thierry seufzte leise.

Einen Moment später klingelte sein Handy. Es war Jenny aus New York. Zumindest nahm er an, dass sie von dort aus anrief. Aber sicher wusste er das nie, denn sie reiste gern und viel.

»Jenny«, begrüßte er sie.

»Thierry«, antwortete sie und er musste unwillkürlich lächeln. Sie sprach seinen Namen immer noch in der amerikanisierten Form aus. All die Jahre und nichts hatte sich geändert.

»Was kann ich für dich tun?«

»Immer noch kein Freund von Small Talk?«, fragte sie amüsiert.

»Nein«, antwortete er wahrheitsgemäß.

»Also gut. Dann mache ich es kurz und knapp. Ich weiß nicht, ob Mathieu es dir gesagt hat, aber ich werde noch einmal heiraten.«

Thierry warf dem Mann im Spiegel einen letzten Blick zu, dann verließ er die Umkleide.

»Herzlichen Glückwunsch. Das ist jetzt Ehe Nummer vier, oder?«

Jenny lachte leise. »Mit Zahlen warst du schon immer besser als mit Menschen. Ja, es ist Ehe Nummer vier. Ich wollte dich zur Hochzeit einladen, denn ich heirate John, der früher zu unserem gemeinsamen Freundeskreis gehört hat.«

Thierry dachte an den kleinen, untersetzten, aber ausgesprochen fröhlichen Banker, den er immer sehr geschätzt hatte.

»Das entspricht ja gar nicht deinem Beuteschema, Jenny, das könnte glücklich ausgehen«, murmelte er.

»Ich nehme das als Glückwunsch«, erwiderte sie locker.

Thierry lächelte. Jegliche Bitterkeit zwischen ihm und Jenny war weggewaschen worden, als seine Exfrau sich in seinen dunkelsten Stunden um ihn gekümmert hatte. »Ja, nimm es als Glückwünsch und sag mir, womit ich dir eine Freude zur Hochzeit machen kann.«

»Indem du kommst.«

Thierry runzelte seine eindrucksvollen Augenbrauen. »Wirklich?«

»Ja. Mathieu kommt auch. Ich wünschte, er würde eine Frau mitbringen. Er muss doch endlich mal jemanden finden. Und du auch.«

Thierry setzte zu einem Widerspruch an, schluckte ihn dann aber herunter.

»Schick mir die Einladung, ich werde sehen, was sich machen lässt«, antwortete er etwas steif.

»Das werde ich. Und danke, Thierry, ich werte das als Zusage aus deinem Mund.«

Thierry verabschiedete sich und legte auf. Eine Frau in seinem Leben? Er atmete tief ein und lange aus. Dann wandte er sich an seinen Schneider. »Zeigen Sie mir die Samtslipper«, sagte er.

***

Clara

Clara war von Kopf bis Fuß staubig und ihre Leinenhosen waren voller Erde, aber sie war glücklich, als Claire sie vor Manons Gartentor wieder absetzte.

»Danke«, sagte sie zu ihrer Tante.

»Es war mir eine Freude«, erwiderte Claire herzlich. »Ich nehme dich jederzeit wieder mit.«

Clara wollte Claire gerade zum Abschied umarmen, als sie auf einmal stutzte. »Da ist ja mein Auto.«

Irritiert blickte sie zu dem blauen Mercedes, der vor Manons Haus im Schatten eines Baumes parkte. Das Kennzeichen ließ keinen Zweifel, dass es wirklich ihr Wagen war, der vorgestern am Straßenrand in München liegen geblieben war. »Wo kommt der denn auf einmal her?«

»Ich glaube, da steckt ein Brief hinter dem Scheibenwischer.« Claire zeigte in die Richtung.

Clara öffnete die Tür von Claires Geländewagen und sprang heraus. Als sie die Tür hinter sich zuschlug, schob eine ganze Staubwolke in die Luft. Clara lief zu dem Mercedes hinüber, der zu allem Überfluss auch noch wie frisch geputzt glänzte, und zog vorsichtig den weißen Umschlag unter dem Scheibenwischer hervor.

An Clara, stand außen drauf. Und innen auf einer Karte:

Clara – Du brauchst hier ein Auto. Wie willst Du sonst von A nach B kommen? San Michelle endet nicht an den Stadtgrenzen und es gibt auch an der restlichen Côte d'Azur so viel zu entdecken. Außerdem sollten so schöne Oldtimer wie Deiner die Pflege bekommen, die sie verdienen. Wie ich Dir ja erzählt hatte, gibt es in San Michelle die beste Autowerkstatt der Welt. Ich war daher so frei, Dein Auto herbringen und reparieren zu lassen. Solltest Du es jedoch anders vorziehen, schicke ich es selbstverständlich wieder zurück. Wenn Du Deinen Wagen aber hier haben möchtest, nimm es als kleines Geschenk zu Deiner Ankunft, über die wir uns alle sehr freuen!

Mathieu

Clara zeigte ihrer Tante den Brief und Claire zog eine Augenbraue hoch.

»Nett«, sagte sie dann. Aber sie klang nicht ganz überzeugt.

»Ist etwas mit Mathieu nicht in Ordnung?«, fragte Claire, der der Unterton bei ihrer Tante nicht entgangen war.

Claire schüttelte den Kopf. »Nein, es ist alles in bester Ordnung. Und es ist ein sehr nettes Geschenk«, sagte sie dann fest.

»Ja, das ist es wirklich.« Clara strich über den glänzenden Kotflügel des Wagens. Sie ging um ihn herum und stellte fest, dass selbst die hintere Stoßstange repariert worden war und nicht mehr nach unten hing.

»Bitte verzeih, aber ich muss jetzt los«, meinte Claire. »Wir sehen uns hoffentlich bald.«

»Ja, unbedingt!«, erwiderte Clara. Sie umarmte ihre Tante zum Abschied, bevor Claire wieder in ihren Geländewagen sprang und davonbrauste.

Clara schaute zurück auf ihr Auto und auf einmal hatte sie eine Riesenlust, damit einen Ausflug zu machen. Und sie wusste auch schon genau, mit wem.

Vorher aber machte sie noch zwei Fotos und ein Selfie von sich und dem hübschen Oldtimer in seiner bezaubernden Umgebung.

Das Auto hat sich angefunden, schrieb sie dazu an Ava, *ein Freund der Familie hat es nach San Michelle bringen und reparieren lassen.* Während sie das tippte, fiel ihr auf, dass Ava den Kommissar gar nicht mehr erwähnt hatte. *Ist das eine gute oder eine schlechte Nachricht in Bezug auf die Münchner Polizei?*, fügte sie daher noch hinzu.

Eine gute, antwortete Ava postwendend. *Nur die Stimme des Kommissars war himmlisch, der Rest war nicht überzeugend. Ich glaube langsam, der perfekte Mann für mich muss erst noch gebacken werden.* Mehrere weinende Emojis folgten.

Vielleicht solltest Du doch herkommen, schlug Clara vor. *Meine Cousine Emma betreibt hier in ihrem Café eine Glückskeks-Partnervermittlung.*

Was auch immer das ist, alles wäre garantiert besser, als hierzubleiben, antwortete Ava. *Jetzt muss ich aber erstmal dieses Fotoshooting überleben. Grüß Dein Auto, wir haben es hier sehr vermisst. Wie Dich im Übrigen auch. Mein einziger Trost ist, dass Du jetzt Sonne für uns beide tankst! Was macht Quasimodo?*

Das werde ich gleich herausbekommen. Mit einem Lächeln ließ Clara den Mercedes stehen und ging durch das Gartentor zu Manons Haus, dessen helle Steine in der Sonne zu leuchten schienen. Es war so ein wunderbarer Ort und zusammen mit der Vorfreude, Ben gleich wiederzusehen, zauberte er ein Lächeln auf Claras Gesicht.

Ben und Daniel saßen am Küchentisch und arbeiteten. Ben sprang sofort auf, als Clara hereinkam. Er strahlte sie so an, dass daneben alles andere verblasste.

»Da bist du ja.«

»Lust auf einen kleinen Ausflug?«, fragte sie. »Draußen steht mein Auto.«

»Dein Auto?« Verwunderung trat in seine angenehm tiefe Stimme.

»Überraschung«, sagte Clara. »Ich ziehe mir nur schnell etwas Frisches an und hole den Autoschlüssel.« Dann runzelte sie die Stirn. Wie auch immer sie das in der Werkstatt hinbekommen hatten ohne Schlüssel. Aber bei so einem alten Auto war das anscheinend kein Problem. Sie ging an Ben vorbei auf die Treppe zu, ließ es sich aber nicht nehmen, ihm zumindest im Vorbeigehen einen kleinen Kuss auf die Lippen zu hauchen. Auf dem Weg die Treppe hinauf, beim Umziehen, ja selbst beim Wiederhinuntergehen veranstalteten die Schmetterlinge in ihrem Bauch eine Polonaise. Clara konnte sich nicht erinnern, sich je so glücklich, froh und verliebt gefühlt zu haben.

Ben wartete schon draußen vor dem Haus auf sie.

»Jetzt kann ich dich so richtig küssen«, murmelte er und legte seine Arme um sie. Sie küssten sich und es war genauso wunderbar wie die Küsse in der vergangenen Nacht.

»Clara, du bist eine Wucht«, murmelte Ben irgendwann.

»Du bist aber auch nicht von schlechten Eltern«, erwiderte sie vergnügt. Hand in Hand gingen sie den Gartenpfad entlang zu Claras Mercedes. Clara schloss auf und stieg dann auf der Fahrerseite ein, Ben setzte sich neben sie.

»Bei diesem Wetter müsste man diesen wunderbaren Wagen nur noch in ein Cabriolet verwandeln können«, überlegte Clara laut, während sie ihren Schlüssel ins Zündschloss schob.

»Das macht man doch nur in Filmen. Alle anderen bekommen sonst einen entsetzlichen Sonnenbrand.«

»Besonders, wenn sie kein so schönes mit Rosen bedrucktes Tuch aus dem Hutladen tragen wollen«, sagte Clara und lachte ihn an.

Ben küsste sie als Antwort gleich noch einmal.

»Jetzt müssen wir aber los«, meinte Clara irgendwann. Sie

startete den Motor, der ohne zu zicken sofort ansprang, und fuhr problemlos an.

»Wohin soll es gehen? In die Berge oder ans Meer?«

»Mir ist beides recht. Such du etwas aus.«

Also folgte Clara der Strecke, die Claire genommen hatte, dann fuhr sie aber an der Stelle weiter geradeaus, an der Claire abgebogen war. Der Weg brachte sie schließlich tatsächlich auf einen Berg, einen mächtigen Ausläufer der Seealpen. Ganz oben fand sich ein Parkplatz mit Aussichtspunkt, von dem aus man weit über das Land und das Meer schauen konnte.

»Schön hier«, sagte Ben, als sie am Geländer standen, sah dabei aber nur Clara an.

»Das finde ich auch«, erwiderte Clara, ohne ihren Blick von seinem Gesicht zu lösen.

Dann fuhren sie hinunter ins Tal, wo sie an der Grenze von San Michelle das Auto neben der Straße parkten und an einer kleinen Bucht ins tiefblau schillernde Wasser sprangen.

»So soll das Leben sein«, sagte Clara als sie unter einer kleinen Mittelmeerwelle hindurch getaucht war.

»Ganz genau so«, erwiderte Ben. »Mit Clara, Sonne, Strand und Meer.«

***

Claire Gramont de Mer

Claire saß an ihrem Schreibtisch und arbeitete konzentriert. Sie hatte gerade einen Videocall mit einem sehr guten Kunden aus Tokio hinter sich und hoffte, dass sie das geplante Geschäft mit ihm abschließen konnte. Natürlich brachten die Rosen eine einträgliche Summe, aber es machte Claire deutlich glücklicher, wenn sie mit ihrer Galerie Geld verdiente.

Ihre Assistentin brachte die neuen Visitenkarten herein, die Claire hatte drucken lassen.

»Danke«, sagte Claire, nahm die schmale Schachtel entgegen und öffnete sie. Schlichte Karten, nur mit dem Namen der Galerie, der auch ihr Name war, und den Kontaktdaten. Sie stellte die Schachtel neben sich und machte sich eine mentale Notiz, nachher noch welche einzustecken, falls sie heute Abend im Club welche davon brauchen sollte. Sie spürte einen kleinen Schauer der Aufregung. Der Club de San Michelle. Thierry. Doch den letzten Gedanken verdrängte sie sofort wieder.

Sie schaute zurück auf ihren Bildschirm. Das Angebot für Tokio musste einfach perfekt werden. Sie ging es noch einmal im Detail durch, tauschte zwei Kunstwerke in der Reihenfolge ihrer Darstellung und fügte einen persönlichen Satz an den Kunden ein. Dann schickte sie es ab.

Als sie aufschaute, sah sie Emma in der Tür stehen.

»Kleines«, sagte sie gedankenverloren wie früher. »Komm doch rein.«

»Ich bin kein Kleines mehr«, erwiderte Emma gut gelaunt und ließ sich auf den Stuhl gegenüber von ihrer Mutter fallen. »Und ein Zartes bin ich auch nicht.«

Claire lächelte. Sie liebte die mangelnde Eitelkeit ihrer Jüngsten, genau wie Emmas Humor und ihre stete gute Laune.

»Was führt dich her?«, fragte sie.

»Ich habe gerade meinen Arbeitstag im Café beendet und dachte, ich schaue mal bei dir vorbei«, sagte Emma. »Frischgebackener Glückskeks gefällig?«

Sie zog einen aus ihrer Tasche.

»Nur, wenn es einer von der Aufmunterungssorte ist«, sagte Claire. »Möchtest du einen Kaffee trinken?«

»Nein danke, Kaffee hatte ich im Überfluss. Ich wollte nur kurz mit dir reden.«

Claire studierte Emmas Gesicht. »Alles gut bei dir?«

»Ja«, erwiderte Emma, aber Claire spürte, dass ihre Tochter etwas auf dem Herzen hatte.

»Ist es wegen Mathieu?«, fragte sie ins Blaue hinein.

»Nein, eigentlich nicht. Aber wenn du das schon ansprichst, könntest du mir mal sagen, warum du so seltsam zu ihm bist?«

Claire faltete ihre Hände. »Ich hatte einfach das Gefühl, dass das mit Mathieu und dir nicht gut ist. Er ist so reich und alt.«

»Reich und alt?« Emma hob beide Augenbrauen. »Man könnte glauben, du sprichst von einem alten Tatterich, dabei ist er nur ein paar Jahre älter als ich. Außerdem ist da nichts zwischen Mathieu und mir.«

»Ja, natürlich.«

»Und was das liebe Geld angeht, so kann man doch davon nie genug haben, oder?«

»Ehrlich gesagt, weiß ich das nicht.« Aber Claire dachte an den wirklichen Grund für ihre Abwehr Mathieu gegenüber. Thierry. Doch davon durfte ihre Tochter nie etwas erfahren, zumal es im Übrigen nicht Mathieus Schuld war, was zwischen seinem Vater und ihr passiert war. »Ich werde Mathieu wieder einladen«, versprach sie.

»Danke, maman«, meinte Emma.

»Aber das ist nicht der Grund für dein Kommen, oder?«

Emma schüttelte den Kopf. »Nein. Ich wollte mit dir über die Rosen sprechen. Ich weiß, dass sie unser Familienerbe sind und so, aber ich mag sie wirklich nicht so sehr. Ich bin wahrscheinlich der einzige Mensch auf der Welt, der ihren Duft nicht liebt.«

»Nicht der einzige …«

»Wieso? Wer denn noch nicht?«

»Amélie«, erwiderte Claire mit einem kleinen Lächeln.

»Ich glaube, wir beide haben einfach als Kinder eine Überdosis davon abbekommen. Bei Jeanne hat immer alles danach gerochen und für sie waren diese Rosen heilig. Aber für uns nicht. Was ich also sagen möchte, ist, dass ich lieber etwas anderes für die Familie machen würde, als mich in der nächsten Saison wieder um die Pflanzen zu kümmern.«

»Und was wäre das?«

»Ich würde lieber wieder bei dir arbeiten. In der Galerie.«

Claire hob überrascht eine Augenbraue. »Wirklich? Ich dachte, du wärst froh, dein eigenes Café zu haben.«

»Das bin ich auch. Aber wenn die Wahl zwischen Galerie und Rosen besteht, dann würde ich lieber die Galerie nehmen. Das heißt, wenn du mich hier gebrauchen kannst.«

»Aber ja, du fehlst mir sehr. Du bist einfach ein Verkaufsgenie.« Jetzt lächelte Claire ganz offen.

»Aber maman, das aus deinem Mund! Wo es doch nur um die Kunst gehen soll.« Emma lachte fröhlich.

»Emma«, mahnte Claire, klang aber sehr amüsiert.

»Also, meinst du das ernst?«, fragte Emma. »Dann könnte ich ja an zwei oder drei Vormittagen in der Woche bei dir aushelfen, während du dich tapfer um das Familienerbe im Rosengarten kümmerst.«

»Einverstanden«, sagte Claire. »Ich freue mich, wenn du zurückkommst. Übrigens: Clara haben die Rosen wirklich gefallen. Ich glaube, sie kommt in diesem Punkt mehr nach Jeanne und ihrer Mutter.«

»Wie schön«, sagte Emma. »Jetzt müssen wir sie nur noch dazu bekommen, dass sie bleibt. Hast du ihr das schon mit dem Haus gesagt?«

Claire nickte. »Ja, und sie hat sich sehr gefreut. Sie soll sich alles in San Michelle ansehen und frei entscheiden können, ob sie bleiben möchte. Aber so wie ich dich kenne, hast du schon einen Plan gestrickt, um sie zu überzeugen.«

»Aber klar doch. Als Erstes feiern wie heute Abend ein echtes San Micheller Fest und dann zeigen Amélie und ich ihr alle schönen Stellen unserer Stadt. Da muss sie doch bleiben wollen. Niemand bei Trost möchte von hier weggehen.«

»Oder zumindest nicht wiederkommen«, sagte Claire und dachte an ihre Schwester.

»Hier ist der schönste Ort der Welt«, sagte Emma im Brustton der Überzeugung.

»Das finde ich auch, mein Schatz«, erwiderte Claire mit einem Lächeln.

Emma stand auf. »Zeit, den Grill an den Strand zu bringen. Aber sag mal, maman, woher stammen eigentlich die wunderschönen Blumen vorn im Eingangsbereich der Galerie?«

»Von einem Geschäftspartner«, antwortete Claire fest. Doch als Emma schon gegangen war, fragte sie sich, ob sie Thierry wirklich als solchen bezeichnen konnte.

15. Kapitel

Clara

Clara saß in Manons Glaswerkstatt am Brenner und versuchte sich an einer weiteren Vase. Die vom Vortag waren nicht so elegant geworden, wie Clara sich das vorgestellt hatte, aber immerhin waren sie dicht. Die schönste von ihnen stellte jetzt das Zuhause für Thierrys leider schon fast verblühte rote Rose dar. Irgendwie hatte Clara angenommen, er würde heute eine neue bringen, aber anscheinend beabsichtigte er das nicht.

Sie veränderte die Gasmischung noch einmal leicht und tatsächlich klappte es so schon etwas besser und die nächste Vase wurde eindeutig hübscher. Es war zwar nicht Manons Kunst, aber auch nicht die Hässlichkeit einer Anfängerin, entschied Clara, als die Vase fertig war. Draußen im Sonnenschein saß Ben mit seinem Laptop auf der Hollywood-schaukel und sie musste sich zusammenreißen, nicht ständig nach ihm zu schauen oder von seinen Küssen zu träumen und sich dabei noch zu verbrennen.

Sie drosselte die Flamme. Gerade als sie erneut nach der Glasstange aus Murano greifen wollte, klingelte ihr Handy. Es war ihr Vater. Clara zögerte einen Augenblick, dann stellte sie den Brenner aus und ging dran.

»Hallo, Papa.«

»Hallo, mein Mädchen. Geht es dir gut?«

Clara dachte an Ben, die Rosen, Manons Haus und das unglaubliche Meer, in dem sie vorhin geschwommen war.

»Ja«, antwortete sie ehrlich.

»Das freut mich«, erwiderte ihr Vater etwas steif, und da ahnte Clara, dass er schlechte Nachrichten für sie hatte.

»Was gibt es?«, fragte sie direkt. Eigentlich wollte sie es gar nicht wissen. Aber es hatte keinen Sinn, Unangenehmes aufzuschieben, obwohl sie es viel lieber getan hätte.

»Ich habe dem Verkauf von Mentling-Glas zugestimmt und werde morgen den Vertrag unterschreiben«, erwiderte ihr Vater. »Ich wollte, dass du es weißt.«

Clara schluckte schwer. Mentling-Glas war ihr Zuhause gewesen, so wie diese Werkstatt hier Manons Heimat gewesen war. Clara blickte auf den Brenner und fühlte wieder diesen quälenden Kummer. Doch dann schaute sie auf. Das hier war jetzt irgendwie auch ihr Zuhause oder könnte es zumindest werden. Sie dachte an die Rosen, die Pflege brauchten, und das Meer, das sich schon in ihr Herz gestohlen hatte, ganz zu schweigen von ihrer wunderbaren neuen Familie.

»Es wird wohl nichts ändern, wenn ich dir sage, dass ich deine Entscheidung für falsch halte?«, fragte sie ihren Vater ruhig. Es tat weh, sogar sehr, aber nicht mehr so unaushaltbar wie noch vor wenigen Tagen.

»Wenn du mir zeigst, dass ich mich irre …«, begann ihr Vater.

Aber wie sollte sie ihm bis morgen beweisen, dass er sich irrte? Das war unmöglich. Viel zu kurz. Was sollte sie außerdem sagen? Sie hatte doch alle ihre Argumente wieder und wieder vorgebracht. All ihre Begeisterung für Glas, all ihre Kreativität und ihre Hartnäckigkeit hatten nichts gebracht. De facto war es noch genauso wie in dem Moment, in dem sie Hals über Kopf in München aufgebrochen war. Sie hatte verloren und Mentling-Glas würde es so wie bisher nicht mehr geben.

»Danke, dass du mir Bescheid gesagt hast«, erklärte sie förmlich. Mehr konnte sie nicht sagen. Nicht zu diesem Thema. Also verabschiedete sie sich und schaute dann lange auf das Holz der Arbeitsplatte vor sich.

Sie saß immer noch regungslos da, als die Tür der Werkstatt geöffnet wurde und Amélie hereinschaute.

»Hallo Clara«, sagte sie. »Emma schickt mich. Heute Abend gibt es ein Fest am Strand. Sie meinte, ich solle dir Bescheid sagen und dich besser noch gleich abholen. Hast du Lust?«

»Immer«, antwortete Clara und stand auf. Hier in San Michelle hatte man anscheinend einfach keine Zeit, traurig zu sein.

***

Thierry Albon

Thierrys Nervosität nahm noch weiter zu, während er auf Claire wartete. Er hatte ihr seinen Wagen geschickt, aber auf einmal war er sich nicht mehr sicher, ob sie auch wirklich kommen würde. Er schaute auf sein Handy, um zu sehen, ob sie doch noch abgesagt hatte, aber da war nichts. Sein Fahrer hatte sich auch nicht gemeldet, trotzdem wurde Thierry seine Unruhe nicht los.

Er ging vor dem Eingang des Clubs de San Michelle hin und her und ließ die Zufahrt nicht aus den Augen. Hier oben auf dem Berg war es wirklich unglaublich schön, insbesondere wegen der unberührten Wälder auf den Hängen der Seealpen um sie herum. Thierry liebte den weiten Blick über das Grün bis hinunter zum Meer. Das war auch der eigentliche Grund für seine Mitgliedschaft in dem exklusiven Club. Er liebte die Landschaft und ihre Schönheit und oft ging er hier oben einfach nur spazieren und hing seinen Gedanken nach. Manchmal aß er auch im Club – allein für sich oder mit Mathieu – manchmal spielte er Tennis oder Schach oder traf hier wichtige Geschäftspartner. Aber eigentlich schätzte er den Club de San Michelle als sein Refugium, das er für sich behielt. Eine Frau hatte er noch nie hierher eingeladen.

Limousinen fuhren vor und wieder ab, weitere Gäste kamen an, man begrüßte sich und wechselte ein paar Worte. Jeden Moment rechnete man mit den Ehrengästen des Abends, Nicolas, dem Cousin des regierenden Herzogs, und seiner bezaubernden Frau Valerie. Normalerweise wartete Thierry im Park hinter dem Clubgebäude auf seine Gäste, aber Claire wollte er gleich bei ihrer Ankunft empfangen. Und dann fuhr sein Wagen vor. Thierry sah es und spürte seinen Puls steigen. Sie war da.

In einem eleganten Bogen steuerte der Fahrer das Auto bis direkt vor den Eingang und der Portier öffnete schwungvoll die Tür des Fonds. Doch es war nicht Claire, die ausstieg, sondern eine deutlich jüngere, gut gelaunte Frau mit wunderschönen grauen Augen in einem eleganten Kleid.

»Bienvenue Comtesse Delacroix«, sagte der Portier.

Auf der anderen Seite stieg der Interimsherzog aus dem Wagen. Nicolas hatte den eigentlichen Herzog vor einiger Zeit vertreten, als dieser sehr krank gewesen war. Als Dank hatte der Herzog ihm Namen, Titel und ein wunderschönes Landgut geschenkt und Nicolas und Valerie kamen regelmäßig zu Besuch nach San Michelle. Thierry war Nicolas oder Nick, wie er eigentlich genannt wurde, bereits mehr als einmal begegnet und musste zugeben, dass er ein sehr netter Mann war. Auch seine Frau war eine reizende Person, aber sie war eben nicht Claire. Er wollte gerade seinen Fahrer fragen, wieso er die falschen Gäste mitbrachte, als Claire noch ausstieg. Sie plauderte mit Valerie und sah fröhlich, entspannt und gut aus. Nein, sie sah mehr als gut aus, sie war wunderschön. Thierrys Puls beschleunigte sich noch ein wenig.

»Thierry«, grüßte Claire, als sie ihn sah. »Es gab eine kleine Panne am herzoglichen Wagen und da war ich so frei, Comtesse und Comte Delacroix mitzubringen.«

»Perfekt«, erwiderte Thierry mit einem Lächeln. Er schüttelte die Hand der jungen Gräfin und ihres Gatten und wechselte drei Sätze mit ihnen. Dann wandte er sich wieder Claire zu. Sie trug ein schlichtes langes schwarzes Kleid, das ihre hellen Haare betonte, dazu eine ebenso schlichte schwarze Abendhandtasche und hatte sich ein wunderschönes mit Rosen bedrucktes Tuch um die Schultern gelegt. Er streckte auch ihr seine Hand entgegen und sie nahm sie höflich.

»Danke für die Einladung, Thierry.« Er roch ihr leichtes Parfüm, das wie ein Hauch an ihm vorbeiwehte.

»Es ist mein Vergnügen, Claire«, erwiderte er.

Aber Claire wandte sich schon wieder der Comtesse zu, die zu ihr sagte: »Ich hoffe sehr, in Ihrer Nähe sitzen zu können, Madame Gramont de Mer. Das, was sie über die Art Basel erzählt haben, war so spannend.«

»Und wenn wir nicht zusammensitzen, wird sich bestimmt eine andere Gelegenheit für ein Gespräch ergeben«, erwiderte Claire herzlich. Die Frauen lächelten sich an.

Thierry atmete tief ein und wieder aus. Claire war einfach wunderbar. Auch hier war sie wie ein Fisch im Wasser, genau wie in ihrer Galerie oder an jedem anderen Ort, an dem er bisher mit ihr gewesen war.

Ein Ober kam mit einem Tablett. Thierry nahm zwei Gläser Champagner und reichte eines davon Claire.

»Du siehst phantastisch aus«, sagte er dabei zu ihr.

»Du siehst auch nicht schlecht aus. Schicke Schuhe«, entgegnete sie gelassen.

Er lächelte. »Du findest nicht, dass ich dafür zu alt bin?«

»Bist du das denn?«, fragte sie zurück und strich ihre hellen Haare nach hinten.

Sag du es mir, wollte er sagen, brachte es jedoch nicht über die Lippen. Er schaute ihr in die Augen und sie erwiderte seinen Blick, dennoch hatte er nicht die geringste Ahnung, was sie dachte.

»Möchtest du das Bild von Gerhard Richter sehen? Es wurde vor Kurzem umgehängt.« Er bot ihr den Arm. Sie hakte sich bei ihm ein, aber nur ganz leicht, als wolle sie jederzeit loslassen können. »Sehr gern«, meinte sie dazu.

Er ging mit ihr in die Bibliothek, wo das Bild, das sie seinerzeit vermittelt hatte, jetzt ausgestellt wurde. Es war das schlichte, aber unfassbar spannende Portrait einer Frau.

»Berauschend schön«, meinte Claire. »Und gut gehängt. Ein Kompliment an denjenigen, der diese Stelle dafür ausgesucht hat.«

»Hattest du nicht diesen Ort vorgeschlagen?«

Sie schüttelte leicht den Kopf. »Ich war noch nie hier.« Sie nahm einen Schluck Champagner.

»Was ist eigentlich dein Lieblingsbild?«, fragte er sie. »Ich habe dich das nie gefragt.«

Claire sah ihn an. »Das stimmt. Es gibt viele Bilder, die ich liebe. Aber am meisten die, die Amélie und Emma für mich gemalt haben.«

»Geht es deinen Mädchen gut?« Er wollte ihr nicht sagen, dass er vorhin mit Mathieu über die beiden gesprochen hatte. Und er würde ebenfalls niemals zugeben, dass Amélie den günstigen Kredit für ihre Praxis nur seinetwegen bekommen hatte.

»Ja, danke der Nachfrage«, sagte Claire. »Und du hattest übrigens recht. Clara ist ein wunderbarer Mensch, den man einfach liebhaben muss. Wie Manon«, fügte sie hinzu. Sie sah ihn an und er wusste, was sie tat – und warum. Er senkte leicht den Kopf. Dann hob er ihn wieder und schaute ihr direkt in die Augen. »Claire«, begann er. Doch in diesem Moment wurde er vom Maître d'hôtel unterbrochen, der geräuschlos hinter ihnen in die Bibliothek gekommen war.

»Madame Gramont de Mer, Monsieur Albon. Ich wollte Ihnen Bescheid geben, dass es eine kleine Änderung in der Sitzordnung gegeben hat. Madame, Sie sitzen jetzt neben Comte Delacroix und seiner Gattin.«

Claire nickte. »Danke«, erwiderte sie mit einem Lächeln.

Der Maître d'hôtel ging wieder und Claire schaute zurück zu Thierry. »Du wolltest etwas sagen?«

»Ja«, sagte Thierry. Aber er schaffte es einfach nicht, das auszusprechen, was ihm auf der Seele lag. Stattdessen meinte er: »Ich möchte, dass du dich heute Abend wohlfühlst, Claire. Was auch immer ich dazu tun kann – auch wenn es bedeutet, dass ich ganz weit weg von dir sitzen muss.«

Sie lächelte und etwas von ihrer alten Belustigung leuchtete kurz in ihren Augen auf. »Soweit würde ich dann doch nicht gehen, Thierry«, meinte sie. »Ich denke, es reicht, wenn der Graf und seine Frau zwischen uns sitzen.«

Thierry hätte gern mit ihr gelacht, so wie früher. Aber früher war vorbei. Also begrüßte er formvollendet den Alterspräsidenten des Clubs und seine Frau, die gerade die Bibliothek betraten, und stellte ihnen Claire vor. Danach sprach er mit einer Managerin der Bank von San Michelle, die die Filiale in New York leitete, während Claire sich mit einem Ehepaar unterhielt, das im letzten Jahr eine Videoinstallation in ihrer Galerie gekauft hatte. Sie bewegte sich mit Leichtigkeit und Eleganz und ihr Lächeln schien alles heller werden zu lassen. Thierry hätte sie den ganzen Abend ansehen können und musste sich mehrmals sehr zusammennehmen, um im Gespräch zu bleiben und nicht nur in der Betrachtung von Claire zu versinken.

Bis zum Essen gerufen wurde, war er sich sicher, dass er überall mit ihr hingehen würde. Auch an den Nordpol, wenn nötig. Doch das Eis zwischen ihnen war kein bisschen geschmolzen. Stattdessen musste er feststellen, dass Claire diverse Interessenten unter den männlichen Gästen auf den Plan rief. Damit hatte er nicht gerechnet und er fragte sich, ob er mit dieser Einladung am Ende einen Riesenfehler gemacht hatte. Claire lächelte ihn zwar an und war unfassbar charmant, aber sie ließ in ihrem Unterton ihm gegenüber keinen Zweifel daran, dass sie beide in zwei unterschiedlichen Welten lebten und sie die Grenzen dieser Welten sehr wohl zu achten gedachte.

Bei Tisch saß Thierry ihr gegenüber neben einer Venture-Capital-Spezialistin aus dem Silicon Valley, die eine interessante Gesprächspartnerin war. Wobei Thierry auch von dieser Unterhaltung nicht allzu viel mitbekam und hinterher nicht einmal hätte sagen können, wie seine Tischnachbarin eigentlich geheißen hatte. Claire unterhielt sich auf der anderen Seite gut gelaunt und sehr herzlich mit dem Grafenpaar, das seinerseits so herrlich uneitel und offen war, dass jedes San Micheller Herz im Raum höher schlug. Dass die beiden auch noch augenscheinlich zutiefst verliebt in einander waren, beflügelte die Stimmung noch zusätzlich. Die Comtesse berichtete von ihrer Arbeit als Ärztin und fragte nach der Verbindung von Medizin und Kunst. Claire erzählte ihr, dass beispielsweise der deutsche Maler Carl Gustav Carus auch Arzt gewesen sei. Dies führte wiederum dazu, dass eine ältere Dame, nach eigenem Bekennen ein großer Humboldt-Fan, dessen Freundschaft zu Carus erwähnte. In kürzester Zeit kam eine lebhafte Unterhaltung über das Thema Freundschaft in Gang, weitaus lebendiger, als das im Club sonst der Fall war. Claire und die Comtesse Delacroix bildeten das Zentrum der Unterhaltung und Thierry beobachtete Claires lebhafte Mimik, die ausdrucksstarken Bewegungen ihrer Hände und ihr warmherziges Lächeln und spürte ein starkes Ziehen in der Herzgegend.

Ach Claire, dachte er. Aber als sie ihn ansah, versteckte er seine Gefühle und gab sich nur Mühe, der charmanteste Gastgeber zu sein, der er sein konnte.

***

Clara

Die versteckte Bucht hätte Clara niemals gefunden, wenn Amélie sie, Ben und Daniel nicht dorthin gebracht hätte. Sie lag hinter einer Art natürlichen Absperrung aus Steinen und Sand, über die man erst klettern musste, um an den eigentlichen Ort zu kommen. Aber wenn man das geschafft hatte, bekam man das Gefühl, in einem kleinen Paradies gelandet zu sein. In der Bucht war der Sand so fein wie Puderzucker, das Wasser kräuselte sich in perfekten kleinen Wellen und die letzten Strahlen der abendlichen Sonne gaben dem Ganzen einen wunderbaren Rotstich und eine angenehme Wärme.

Als sie ankamen, war das Fest schon in vollem Gange. Musik tönte aus transportablen Boxen, ein Grill rauchte vor sich hin und eine Menge Leute standen zusammen, quatschten und tranken Bier und Wein.

»Schön hier«, meinte Clara und schaute sich um. Emma stand in der Mitte der Bucht und lachte mit Mathieu. Sie winkte, als sie die Ankömmlinge entdeckte, und kam zu ihnen herübergelaufen. Sie umarmte Clara und drückte ihr einen Glückskeks in die Hand.

»Willkommen zu meiner Glückskekse- und Sternenhimmel-Party. Aber keine Sorge, für dich ist da nur ein netter Spruch darin.« Sie grinste und wandte sich an ihre Schwester. »Du hingegen könntest einen echten Glückskeks gebrauchen, so viel ist sicher.«

Amélie rollte mit den Augen. »Ich bitte dich, ich bin gerade mal ein Jahr geschieden, Emma. Ich bin wirklich nicht auf der Suche.«

»Ein Jahr ist eine Ewigkeit«, widersprach Emma. »Der längste Liebeskummer, den ich je hatte, dauerte drei Tage.«

»Du flunkerst«, murrte Amélie.

»Natürlich«, erwiderte Emma lachend. »Aber kommt doch einfach mit mir rüber, dann stelle ich euch die anderen vor.« Und sie fasste nach Claras Arm und zog sie mit sich. Als Erstes gingen sie zu Mathieu. Er trug ein weißes Hemd und blaue Hosen wie beim Segeln und sah aus wie aus einer Werbung für San Michelle. Aber anders als die Models auf den Anzeigen, die Ava in ihrer Arbeit bastelte und Clara regelmäßig zeigte, lächelte er echt und entspannt.

»Hallo Clara«, begrüßte er sie freundlich.

»Hallo Mathieu, ich muss sagen, du hast recht mit deiner Begeisterung für San Michelle.« Clara hielt ihm die Wange hin, als er sie umarmte und zwei Küsschen gab. »Danke, dass du meinen Mercedes hast abholen und reparieren lassen. Du warst wie eine gute Fee – und wie eine sehr schnelle Fee noch dazu.«

Mathieu lachte. »Man tut, was man kann «, erwiderte er und begrüßte Amélie. »Hallo, ich bin Mathieu Albon«, sagte er dann zu Ben und Daniel.

»Mathieu Albon?« Daniel klang fast überrascht. »Ich glaube, wir hatten schon mal beruflich miteinander zu tun.«

Mathieu runzelte leicht die Stirn. »Daniel Prinz?«

»Von Prinz-Airtec«, ergänzte Daniel.

Mathieu hob die Hand. »Natürlich. Es ging um eine Unternehmensübernahme. Wie nett, dass wir uns in echt kennenlernen.«

Sofort begannen die beiden, über irgendwelche fachlichen Dinge zu plaudern. Ben klinkte sich in die Unterhaltung ein und Clara beobachtete ihn für einen Moment. Er hatte so eine freundliche, wertschätzende Art und sein Lächeln war einfach umwerfend. Das hätte sein Großvater in der Anzeige schreiben sollen, dachte sie.

Doch dann riss Emma sie aus ihren Überlegungen. »Komm Clara, wir brauchen jemanden, der den rauchenden Grill in den Griff bekommt, und Amélie, du musst unbedingt Sébastien kennenlernen.« Sie schob ihre Schwester in Richtung eines ernst aussehenden Mannes, der etwas am Rand stand.

»Emma, wie sie leibt und lebt«, meinte Amélie zu Clara und entwand sich Emmas Griff. »Und nein, Emma, ich möchte niemanden kennenlernen, ich kümmere mich lieber um den Grill.«

»Wie du meinst«, erwiderte Emma fröhlich. »Bier, Wein und Limonade stehen da hinten, irgendwo ist auch eine Flasche von Thierrys Sommerlikör, den wir endlich mal austrinken müssen. Nehmt euch, was ihr mögt. Komm Clara, du musst aber schon noch ein paar Leute kennenlernen.«

Und sie nahm Clara mit zu einer Gruppe von ihren Freunden, die sie mit großem Hallo begrüßten.

Eine Menge neuer Namen prasselte auf Clara ein und dazu viele Fragen, woher sie kam und wie es ihr hier gefiel. Irgendwer drückte ihr ein Bier in die Hand (aus San Michelle, wie mehrmals betont wurde) und jemand anderes lud sie gleich zum Segeln ein. Während die Sonne über dem Meer unterging und in einem unglaublichen Farbenspiel im Wasser verschwand, stellte Clara fest, dass San Michelle nicht nur wunderschön war, sondern anscheinend auch von den nettesten, unkompliziertesten Menschen der Welt bewohnt wurde.

Sie schaute zu Ben, der noch mit Mathieu redete, und zu Amélie, die zusammen mit Daniel den Grill zum Laufen zu bringen versuchte. Alles schien einfach gut hier. Dazu passte auch, dass sie sich herrlich glücklich und frei fühlte. Es schien, als wäre sie endlich am richtigen Ort angekommen. Ganz kurz dachte sie an Mentling-Glas, das morgen endgültig verschwinden würde, aber dann legte Emma ihr die Hand auf die Schulter und riss sie aus ihren Gedanken.

»Alles in Ordnung?«, fragte sie.

»Ja, wunderbar«, erwiderte Clara ehrlich und blickte abermals zu Ben, der gerade über etwas, das Mathieu gesagt hatte, lachte. Es ist perfekt, dachte sie und spürte das Glück wie pure Wärme durch ihren Körper strömen. Dann ließ sich sie von Emma noch zwei langjährigen Freunden der Familie vorstellen und hielt für Amélie eine Weile das Grillbesteck.

Als es dunkel geworden war und der Grill endlich nicht mehr nur rauchte, sondern auch heizte, aßen sie gegrillten Fisch mit Gemüse auf geröstetem hellem Brot. Es schmeckte rauchig, heiß und unglaublich köstlich.

»Das ist so lecker«, lobte Clara.

»Aber nicht so lecker wie im Club de San Michelle, oder Mathieu?«, fragte jemand.

»Ach Quatsch«, rief jemand anderes zurück. »Außerdem ist es hier am Meer so schön wie nirgends sonst.«

Clara lächelte in der Dunkelheit. Genau das fand sie auch.

Nach dem Essen wurde getanzt, gelacht und gegrillt, bis die letzte Kohle zu Asche zerfallen war. Die Musik vermischte sich mit dem endlosen Rauschen des Meeres. Der Sand blieb lange warm und der Wind wehte nur leicht in der Bucht. Clara sah, dass Amélie und Daniel die Köpfe wieder zusammensteckten und dass Mathieu seinen Arm um Emma gelegt hatte. Alles wirkte friedlich und gut.

»Schön hier?«, fragte Ben sie irgendwann, als sie aneinander gelehnt an der Wasserkante standen und in den Himmel schauten. Er streichelte ganz leicht über ihre Schulter.

»Mehr als das«, erwiderte sie.

»Das finde ich auch«, sagte er und küsste sie, und Clara dachte, dass sie diese Küsse nie mehr missen wollte.

»Was ist eigentlich dein Lieblingssternbild?«, fragte Ben.

Clara entdeckte die Venus, die Waage und den großen Wagen, der auf Französisch die große Pfanne genannt wurde.

»Glückskeks«, erwiderte sie mit einem Lächeln und zog das kleine Päckchen von Emma aus der Tasche, das sie ganz zu öffnen vergessen hatte.

»Gute Wahl«, erwiderte Ben ernsthaft, aber dann hörte sie ihn in der Dunkelheit lachen.

»Ich bleibe hier«, sagte sie auf einmal felsenfest überzeugt. Natürlich, das war die Lösung.

»Für immer?«, fragte Ben.

Clara zuckte mit den Schultern. »Das weiß ich noch nicht. Aber erstmal schon. Ich glaube, San Michelle ist der schönste Ort der Welt.«

»Mit dir zusammen auf alle Fälle.« Ben zog sie an sich. »Ich glaub, ich bin am perfekten Ort gelandet.«

Clara spürte ihr Herz glücklich und schnell schlagen. »Bestimmt. Wo sonst gibt es Glückskekse und Sternenhimmel?«

***

Claire Gramont de Mer

Es war ein schöner Abend gewesen und der Club war wirklich so wunderbar, wie alle erzählten. Das Abendessen hatte köstlich geschmeckt und Claire musste zugeben, dass Thierry der perfekte Begleiter war. Aufmerksam, charmant, gut aussehend. Zudem war er ein interessanter Gesprächspartner. Ihre anfängliche Besorgnis vor dem Treffen mit ihm hatte Claire schnell ablegen können und sie hatte sogar mehrmals im Laufe des Abends herzlich gelacht. Genau wie sie es gehofft hatte, war es ihr zudem möglich gewesen, in dem exklusiven Club einige Kontakte zu knüpfen, und sie hatte sich ganz wunderbar mit Comtesse Delacroix unterhalten, die die längste Zeit des Jahres mit ihrem Mann in Neuseeland lebte. Sie hatten verabredet, dass die Comtesse sie morgen in der Galerie besuchen würde und von ihr eine Führung bekommen sollte.

Jetzt jedoch war der offizielle Teil des Abends zu Ende und als Claire gemeinsam mit Thierry den Club verließ, wurde sie doch wieder nervös. Was er wohl von ihr erwartete? Aber am Eingang wandte sich Thierry an den Portier, der dort den Dienst versah. »Können Sie uns bitte noch einen zweiten Wagen rufen.« Es war genau so, wie er zu ihr in der Galerie gesagt hatte, sie musste nicht mit ihm kommen oder gehen.

»Es ist schon in Ordnung, wir können einen Wagen nehmen«, sagte Claire wieder ruhiger.

»Gut.« Thierry gab dem Portier mit einer Handbewegung zu verstehen, dass der zweite Wagen doch nicht benötigt würde.

Nach einem kurzen Augenblick fuhr Thierrys großer dunkler Wagen vor. Der Fahrer sprang heraus, aber Thierry hatte schon nach dem Türgriff des Fonds gefasst und öffnete den Wagenschlag für Claire. Er schloss ihn geräuschlos hinter ihr, nachdem sie Platz genommen hatte, dann ging er um den Wagen und stieg ebenfalls ein. Ohne dass etwas gesagt wurde, fuhr das Auto ab. Die Scheibe zwischen dem Fahrer und dem Font war geschlossen und Claire schaute aus dem Fenster in die Nacht, während der Wagen sich wie eine große, geschmeidige Katze langsam bergabwärts bewegte.

Draußen schien der Mond auf die bewaldeten Seealpen. Es gab keine Straßenbeleuchtung, nur kleine Leuchtstrahler am Straßenrand, die den Weg markierten. Claire war sich sicher, dass man draußen viele Geräusche des Waldes in der Nacht hören konnte, aber hier drinnen im Wagen war es still.

»Möchtest du etwas trinken?«, fragte Thierry, nachdem sie ein paar Minuten schweigend gefahren waren.

So wie früher, dachte Claire und spürte einen Schwall unerwünschter Wärme aufsteigen.

»Ich komme nicht mit zu dir, wenn du das meinst«, sagte sie sofort.

Zeitgleich meinte Thierry: »Das bedeutet nicht, dass du zu mir kommen musst.«

In der Dunkelheit sahen sie sich an, aber Claire konnte nur Thierrys Schatten ausmachen.

»Ich …«, begann sie, sprach dann aber nicht weiter.

»Ich habe nur daran gedacht, dass du früher gern etwas auf dem Heimweg getrunken hast«, sagte Thierry dann, aber seine Stimme verriet nichts über seine Gefühle.

»Das war früher«, sagte sie und drehte den Kopf wieder zum Fenster. Neben sich hörte sie Geräusche, als würde eine Flasche aufgeschraubt, Eis klirrte in einem Glas.

»Ich möchte wirklich nichts trinken«, sagte sie schärfer, als sie beabsichtigt hatte.

»Es ist auch nicht für dich, sondern für mich«, antwortete Thierry. Seine Stimme klang in der Dunkelheit tief und einen Hauch heiser.

»Aber du hast doch nie etwas getrunken.«

»Dinge ändern sich, Claire.«

Wieder hörte sie das Eis klirren.

»Dann nehme ich doch auch ein Glas«, sagte sie schließlich.

Sie spürte, wie er es ihr hinhielt, und griff danach.

»Danke.«

Wieder wurde die Flasche aufgeschraubt und Eiswürfel klackten am zweiten Glas.

»À ta santé«, sagte Thierry dann.

Claire nahm einen Schluck. Es war ein hervorragender Whiskey, samtig und weich, gleichzeitig voll und torfig. Genau das, was sie mochte. Sie fragte sich, ob sie das Thierry sagen sollte, aber dann schwieg sie doch.

»Danke, dass du mitgekommen bist«, sagte Thierry, als der Fahrer den Wagen aus der Zufahrt zum Club auf die Straße steuerte.

»Du hättest mich nicht gebraucht. In diesem Raum dort waren etliche Frauen, die liebend gern den Abend mit dir verbracht hätten«, gab Claire zurück und legte sich eine Haarsträhne hinters Ohr. »Und die dich jetzt sicherlich auch begleitet hätten.«

»Ich habe es genossen, dass du es warst.«

Claire schnaubte leise, dann nahm sie noch einen Schluck Whiskey. »Warum?«, fragte sie nach einer Weile, doch einen Hauch neugierig.

»Weil du eine sehr gute Gesprächspartnerin bist, es ist immer interessant, sich mit dir zu unterhalten. Und du bist eine schöne Frau, Claire.«

Claire musste an das denken, was sie früher verbunden hatte. Es war, als könnte Thierry ihre Gedanken lesen, denn er fuhr fort: »Ich meine das so, wie ich das sage, Claire.«

Claire machte eine abrupte, abweisende Handbewegung. »Thierry, da sind interessante Frauen, gebildete Frauen, Frauen mit spannenden Jobs, mit großen Vermögen, weitläufigen Beziehungen. Der Club ist berühmt für seine Mitglieder und das zu Recht. Du brauchst mir nicht zu erzählen, dass ich die eine herausragende Person wäre. Das war ich noch nie für dich.«

»Heute Abend schon«, entgegnete Thierry schlicht.

Claire atmete langsam aus.

Der Fahrer bog abermals ab und steuerte dann den Hügel hinauf, auf dem Thierrys und ihr Haus nebeneinander lagen.

Hier gab es Straßenbeleuchtung und Claire wusste, dass sie Thierry besser sehen könnte, wenn sie jetzt hinüberschaute, aber sie tat es nicht. Stattdessen sagte sie sich immer wieder, dass sie gleich aussteigen würde. Dann würden sich ihre Wege wieder trennen. Sie spürte ihr Herz schlagen, etwas schneller, als es ihr angemessen schien. Aber ihr Herz und sie hatten schon häufiger Auseinandersetzungen darüber gehabt, was richtig war, und ihr Herz hatte sich immer durchgesetzt.

Der Wagen bremste vor der Einfahrt zu Thierrys Haus, aber Thierry klopfte an die Scheibe und der Wagen fuhr weiter bis zu der Villa der Gramonts de Mer.

»Ich hätte die paar Schritte auch laufen können«, bemerkte Claire knapp.

»Ich weiß«, erwiderte Thierry ruhig. »Aber ich möchte dich nach Hause bringen.«

Der Wagen hielt an.

»Lass mich dich noch bis zur Haustür begleiten, Claire«, sagte Thierry. »Ohne Hintergedanken, versprochen.«

»Wenn du keine Hintergedanken mehr hast, bist du tot«, gab Claire zurück.

Thierry lachte. »Da könntest du recht haben. Darf ich trotzdem mitkommen?«

Er öffnete seine Tür. Bevor Claire etwas hätte machen können, wurde der Wagenschlag auf ihrer Seite vom Fahrer geöffnet, der ihr die Hand hinhielt, um ihr beim Aussteigen zu helfen. Aber Claire reichte ihm nur das leere Glas und stieg alleine aus.

Der warme Abendwind umfing sie zusammen mit der reichhaltigen Geräuschkulisse der Nacht. Irgendwo in den Bergen rief ein Käuzchen und die Grillen um sie herum zirpten laut. Unten am Berg in ihrem alten Haus würde man auch noch das Meer rauschen hören, das wusste Claire.

Als sie das Auto umrundete, hörte sie, wie Thierry zu dem Fahrer sagte: »Sie können den Wagen wegbringen, ich brauche ihn heute nicht mehr.«

»Sehr wohl, Monsieur Albon.«

»Keine Meetings mehr heute Abend, Thierry?«, fragte sie. »Keine late evening Videocalls? Irgendeine Börse auf der Welt hat doch sicherlich geöffnet.«

»Bestimmt. Aber ich habe nichts vor.«

Sie ging voraus und er folgte ihr, bis sie zu ihrem Gartentor inmitten einer hohen Hecke kamen, die ihr Haus von der Straße, aber auch von Thierrys Grundstück trennte. Obwohl sie seit über zwei Jahren wieder hier wohnte, fühlte sie sich immer noch einen Hauch fremd. Ihr Herz schlug noch etwas schneller, als sie die Zufahrt zu ihrem Haus entlang schritt. Thierry war neben ihr, aber er hielt genügend Abstand, damit sie sich nicht eingeengt fühlen musste. Sie wusste, dass er diese Dinge meisterhaft be-herrschte, und das Abstandhalten war seine Königsdisziplin. Und auf einmal spürte sie eine ganz gehörige Portion Wut. Wut, die in ihr vor sich hin geköchelt hatte, seit er sie so brutal seines Lebens verwiesen hatte. Wut, die sie ihn nie hatte spüren lassen, aber die nie erloschen war.

Abrupt blieb sie im Schatten des großen Hauses stehen.

»Ich könnte dich schlagen für das, was du mir angetan hast«, sagte sie mit kippender Stimme. Und sie hörte selbst, wie verletzt und rau sie sich auch jetzt noch anhörte.

»Dann tu es, Claire«, antwortete er und seine Stimme klang vertraut, herausfordernd und fremd zugleich.

Sie atmete abrupt ein. »Du willst, dass ich dich schlage?«

»Wenn du dich danach besser fühlst, dann mach es.«

Claire holte tief Luft. »Ich habe noch nie jemanden geschlagen«, sagte sie dann wieder ruhiger. Fast instinktiv hatte sie ihre rechte Hand erhoben und ließ sie langsam wieder sinken.

»Tu es, Claire. Beherrsch dich nicht.«

Sie wandte sich ab.

»Was willst du von mir?«, fragte sie nach einer Weile. Sie war wütend auf ihn, aber mindestens auch so wütend auf sich, dass sie gestern seinen Cognac und seinen Champagner getrunken und heute seine Einladung auf den Berg angenommen hatte. Wie hatte sie sich nur so dämlich bestechen lassen können? Wie konnte sie ihn nur wieder so attraktiv finden? Alte, bittere Wunden rissen mit Wucht auf.

Thierry trat näher. »Schlag mich. Tu es.«

»Was für ein krankes Spiel soll das werden?« Claire dachte an die vielen Dinge, die sie miteinander gemacht hatten, Grenzen, die sie miteinander verschoben hatte. Das Zusammensein mit Thierry hatte sie am Leben erhalten, als ihr Mann zu Hause im Sterben lag. Sie wusste es und hasste sich für dieses Wissen. Ihr wurde heiß und übel zumute.

»Es ist kein Spiel, das ich mit dir spielen will. Aber wenn ich dir sage, was ich will, wirst du mich abweisen. Also müssen wir erst wieder auf Augenhöhe miteinander kommen.«

»Du hast mich so gedemütigt wie noch nie ein Mensch vorher oder hinterher.« Claires Stimme wurde schärfer. »Wie kannst du es wagen zu denken, dass wir je wieder auf Augenhöhe kommen könnten? Du hast mich in dem Moment in den Staub getreten, als ich schwach war. Bernard war tot, ich … ich …« Sie konnte nicht weitersprechen.

Sie musste daran denken, wie sie in seinem Wohnzimmer gestanden hatte. Sie hatten zusammen über irgendetwas gelacht und sie hatte ihn angesehen und gefragt: »Warum werden wir nicht einfach auch offiziell ein Paar?« Es war ihr wie eine gute Idee vorgekommen. Ihr Mann war seit einem Jahr tot und Bernard hatte betont, dass sie glücklich sein sollte. Und sie und Thierry führten doch eigentlich schon eine Beziehung. Es hatte als friends with benefits angefangen und jetzt waren sie bis hierher gekommen. Nichts hatte Claire auf das vorbereitet, was dann gefolgt war. Der Blick, den Thierry ihr zugeworfen hatte, hatte das Lachen auf einen Schlag aus ihrem Körper vertrieben. Jetzt noch schoss ihr das Adrenalin ins Blut, wenn sie nur daran dachte.

Sie ging weiter, hastig, hektisch und fuhr sich dabei durch die Haare.

Thierry folgte ihr. »Ich weiß, was ich gesagt habe.«

Abrupt blieb Claire abermals stehen. Sie sah das Haus vor sich aufragen mit dem Licht der kleinen Lampe, die sie im Erdgeschoss anschaltete, wenn sie abends nicht da war. »Du hast gesagt, ich wäre nichts weiter als ein Zeitvertreib für dich, eine reine Ersatzbefriedigung.« Claires Stimme zitterte, als sie seine Worte wiederholte. »Und dann hast du den Satz gesagt, der schlimmer war als alles andere.« Der Satz, in dem er zum Ausdruck gebracht hatte, dass Manons Tod für sie von Vorteil gewesen wäre.

Sie sprach nicht weiter. Damals hatte sie sich gefühlt, als hätte er sie getreten. Sie war in die Knie gegangen wie von körperlichen Schmerzen und Thierry hatte sie einfach auf dem Boden liegen lassen und war aus dem Raum gegangen.

»Schlag mich, Claire, ich hab es verdient«, sagte Thierry ruhig, der ihr gefolgt war.

Und auf einmal loderte die Wut noch schlimmer hoch, als sie es je erlebt hatte.

»Ja, das hast du«, schrie sie auf, holte aus und schlug ihn mitten ins Gesicht. Sie spürte das Auftreffen ihrer Hand und den Schmerz, der daraufhin durch ihre Knochen schoss, besonders da, wo ihr Ring saß.

»Hat das weh getan?«

»Ja.«

Sie schlug abermals zu und dann nochmal. Ihre Hand brannte, also prügelte sie mit ihren Fäusten gegen seine Brust, seine Arme, seine Schultern.

Und dann kamen die Tränen, würgend, packend. Die Gefühle wuschen über sie hinweg. »Ich habe Manon geliebt«, schrie sie verzweifelt. »Ihr Verlust war neben Bernards Tod das Schlimmste, was mir je passiert ist. Du hattest kein Recht, das zu sagen, was du zu mir gesagt hast. Niemand hat das.«

Sie beugte sich vornüber und spürte die Übelkeit wieder, die sie damals auf dem Fußboden seines Wohnzimmers auch gefühlt hatte.

»Ich will mit dir sein, Claire.«

Claire schoss hoch. »Soll das ein Witz sein?«

»Nein, das ist die Wahrheit.« Thierry war in ihrer Nähe, aber nicht zu nah. »Ich liebe dich, Claire, das ist mir heute Abend klar geworden. Ich habe dich auch vorher schon geliebt, aber da konnte ich dich nicht an mich heranlassen. Nein, du bist nicht wie Manon, du bist zu hundert Prozent anders. Du bist du. Ich war ein Idiot.«

»Und woher kommt diese plötzliche Einsicht?« Ihre Stimme wurde wieder ruhiger und das Adrenalin in ihrem Blut ebbte ab.

»Als ich gestern mit Clara gesprochen habe, wusste ich es auf einmal. Mir wurde klar, dass das Leben weitergeht und dass ich einen Riesenfehler gemacht habe. Ach, was heißt da, einen, dutzende werden es gewesen sein.« Seine Stimme transportierte dieselbe Wut auf sich, die sie auch kannte. »Dich damals wegzuschicken, war der größte von allen.«

Claire schluckte schwer. »Weißt du, was du da sagst?«

Thierry bewegte sich nicht. »Ja«, sagte er, seine Stimme klang tief in ihrem Ohr. »Ich habe dich gedemütigt, weil ich dich dafür gehasst habe, dass du durch meinen Panzer gekommen bist. Du warst in Not, aber ich war es auch. Du bist der einzige Mensch, der mich jemals wieder berührt hat. Wenn du lachst, wenn du über Kunst redest und Bilder in meinem

Kopf entstehen lässt, wenn du …« Er sprach nicht weiter.

Claire schlang die Arme um sich.

»Und jetzt?«, fragte sie nach einer Ewigkeit.

»Jetzt brauche ich einen Cool Pack und ein Pflaster. Dein Ring …«

»Um Himmels willen.« Claire rannte fast zur Haustür und schaltete dort das Licht an. »Thierry«, ihre Stimme fing an zu zittern, als sie zurückkam und ihn ansah. Blut tropfte von einer Platzwunde auf seiner Wange auf den Kragen seines Hemdes.

»Verdient«, meinte er lapidar.

»Ich bin gar nicht der Typ für solche Gewalt«, sagte Claire zitternd.

»Du bist der Typ für alles«, erwiderte Thierry. »Du weißt es nur nicht. Aber so ist es.«

»Mit niemandem sonst habe ich je …« Sie sprach nicht weiter, sie konnte nicht.

Thierry legte ihr ganz leicht die Hand an die Wange. »In dem Punkt geht es mir nicht anders. Mit dir habe ich Dinge erlebt wie mit niemandem sonst. Mit dir ist alles anders. Bitte, Claire.« Seine Stimme war kaum mehr ein Flüstern.

Claire atmete ein.

»Keine Notlösung?«, flüsterte sie dann.

Thierry schüttelte den Kopf. »Nein! Das habe ich nur gesagt, um dich von mir fernzuhalten. Es hat nie gestimmt.« Er lehnte seinen Kopf gegen ihre Stirn. »Du hast mir mein Leben zurückgegeben. Ich war so dumm. Es tut mir wirklich leid. Ich will denselben Fehler nicht noch einmal machen.«

Claire legte ihre Hand auf seinen Arm, vorsichtig, tastend. »Und Manon?«

»Manon ist gestorben«, sagte Thierry. »Wir werden sie immer vermissen. Aber du bist nicht sie. Das warst du nie. Und das, was ich gesagt habe, war nur eine unberechtigte Grausamkeit. Ich wusste es in der Sekunde, in der ich es ausgesprochen habe. Manon hätte mich dafür in Grund und Boden gebrüllt. Und sie hätte recht gehabt.« Sie hörte die Wehmut in seiner Stimme, aber sie verging, als er weitersprach. Vorsichtig, behutsam strich er über ihr Kinn. »Claire, das

Leben geht weiter. Das habe ich wirklich verstanden. Deshalb stehe ich hier vor dir. Spät, sehr spät, aber ich hoffe nicht zu spät?« In seine Stimme trat eine Unsicherheit, die sie so bei ihm noch nie gehört hatte.

»Die Masken sind runter«, sagte sie fast mehr zu sich selbst.

»Ja«, antwortete er. »Könntest du es dir vorstellen, es trotzdem noch einmal mit mir zu versuchen? Auch offiziell, wenn du willst.«

Sie senkte den Kopf und er nahm die Hand von ihrem Gesicht. Claire verstand, dass es ganz allein ihre Entscheidung war. Sie konnte sich umdrehen und weggehen und sie wusste, er würde es akzeptieren und sie nie wieder fragen.

Sie hob ihren Kopf und schaute ihm ins Gesicht. Die Konturen seiner Gesichtszüge schienen hart, aber sein Blick war es nicht. Sie stellte sich auf die Zehenspitzen und küsste ihn ganz leicht auf den Mund. »Wir müssen deine Wunde versorgen«, meinte sie dann.

»Das hat Zeit«, antwortete er und zog sie in seine Arme. »Aber das nicht.« Und dann küsste er sie, wie sie es noch nie bei ihm erlebt hatte. Und all ihre Emotionen, die positiven und die negativen, verschmolzen zu einem einzigen Gefühl und Claire ließ sich einfach fallen, mitten in die Nacht.

16. Kapitel

Clara

Clara erwachte frühmorgens und ihr erster Gedanke galt dem Glas. Es war, als hätten ihre Träume in der Nacht Rat gehalten und ihr die Lösung präsentiert. Wie verrückt, dass sie nicht früher darauf gekommen war! Aber auf einmal war Clara klar, was die Zahlen im Arbeitsbuch ihrer Mutter bedeuteten. Es waren keine Ordernummer oder ähnliches, sondern Temperaturangaben. Und auch die Kerben am alten Brenner waren nicht aus Zufall dort gewesen. Offenbar hatte Manon die Hitze und die Gasmischungen, die sie verwendete, viel genauer reguliert, als Clara das je gemacht hatte. War das der Schlüssel zur Kunst ihrer Mutter? Vorsichtig befreite sich Clara aus Bens Armen, die sie im Schlaf wieder sanft umfasst hatten. Sie schaute ihn an und hauchte ihm dann einen Kuss auf die Wange, bevor sie aufstand. Das mit den Temperaturen und den Gasmischungen musste sie sofort ausprobieren. Sie schlüpfte ins Bad, wo zu ihrer Überraschung eine Frauenhandtasche lag, die nicht ihr gehörte, ihr aber bekannt vorkam, und machte sich in Windeseile fertig. Dann ging sie die Treppe hinunter, die in der morgendlichen Kühle leicht knarzte. Unterwegs drehte sie noch einmal um, lief die Treppe wieder hoch und holte die Vase mit den Rosen. Irgendwie war sie sich sicher, dass Manon zur Blütezeit immer Rosen mit ihrem betörenden Duft in der Werkstatt gehabt hatte. Hatte Claire nicht auch gesagt, dass Manon die Rosen so sehr geliebt hatte?

Clara ging hinüber in die Werkstatt, wo sie die Rosen auf die Werkbank stellte. Dann setzte sie sich und schlug hastig das Arbeitsbuch auf. Bisher hatte sie nur über den kreativen Aspekt von Manons Arbeit nachgedacht, aber sicherlich hatte ihre Mutter sich auch analytisch mit Glas auseinandergesetzt. So wie Clara das bisher vor allem gemacht hatte. Vielleicht hatte sie die Schmelzpunkte der verschiedenen Glasarten genau berechnet und das Glas auch anschließend noch weiterbearbeitet, um es bruchfester zu machen?

Clara blätterte durch die Aufzeichnungen ihrer Mutter und auf einmal fielen ihr all die Anmerkungen auf, die sie bisher nicht verstanden oder schlicht übersehen hatte. Manon hatte viel mehr über Glas gewusst, als Clara geahnt hatte, und sie hatte ihrer Tochter ihr gesamtes Wissen in Form dieses Buches hinterlassen. Ganz genau studierte Clara alles, was ihre Mutter notiert hatte, und mit jeder Seite, die sie so durcharbeitete, wuchs auch ihr Wissen und ihr Verständnis – nicht nur von dem, wie Manon etwas gemacht hatte, sondern auch von Glas im Allgemeinen.

Und auf einmal wurde Clara auch bewusst, warum Manon an Mentling-Glas geschrieben hatte. Ihr Vater hatte damals ein neues getempertes Sicherheitsglas hergestellt, das niemand so produzieren konnte wie er, und offenkundig wollte Manon mehr darüber wissen. In dieser Zeit hatte sie auch selbst zunehmend getempert, das Glas also über längere Zeit auf eine Temperatur unterhalb seines Schmelzpunktes erwärmt, um seine Kristallstruktur zu beeinflussen. Vielleicht hatte sie sich von dem Kontakt zu Mentling-Glas Antworten zu Fragen erhofft, die sie hier in ihrer Werkstatt in San Michelle umtrieben. Clara schaute auf. Mentling-Glas. Warum musste die Firma nur verkauft werden? Warum konnte sie nicht einfach gleichzeitig mit Manons Werkstatt weiterexistieren? Auf einmal spürte Clara wieder den Kummer, den der Verlust von Mentling-Glas bei ihr auslöste. Sie stand auf und holte tief Luft. Aber gerade konnten weder Manons Werkstatt noch der Rosenduft irgendetwas besser machen und so ging sie zurück ins Haupthaus. Als sie durch das Wohnzimmer kam, hörte sie Ben und Daniel in der Küche miteinander sprechen. Es klang zwar nicht wie ein Streit, aber doch wie eine ernsthafte Diskussion. Unwillkürlich spitzte sie die Ohren.

»Wir müssen ihr das jetzt sagen!« Das war Bens Stimme.

»Ben, es ändert doch nichts. Wie müssen jetzt los. Außerdem haben wir die Informationen auch erst …«

Clara bog in die Küche. Dort goss Daniel am Herd gerade Kaffee ein, während Ben sich neben ihm durch die Haare fuhr.

Beide Männer verstummten, als Clara hereinkam.

»Guten Morgen«, wünschte sie.

»Guten Morgen«, erwiderte Daniel. »Kaffee gefällig?«

»Ja, gern«, sagte Clara und bemerkte, dass Daniels Trolley und Bens Reisetasche neben der Tür standen.

Ben kam zu ihr herüber und küsste sie zart. »Wir haben gerade erfahren, dass heute Mittag unser Time Slot für die Materialtestung ist.« Er lächelte sie an.

»Also müssen wir gleich los.« Schwungvoll reichte Daniel Clara und Ben ihre Tassen und nahm sich selbst eine. Eine ist noch übrig, registrierte Clara. Und tatsächlich hörte man oben Schritte auf den Dielen.

»Das mit dem Time Slot ist ja super«, meinte Clara dann und nippte an dem heißen, starken Espresso.

»Ja, wir sind auch echt froh darüber. Nur leider haben wir es jetzt furchtbar eilig.« Daniel packte seinen Laptop, der noch auf dem Küchentisch gelegen hatte, in seinen Koffer.

Es knarrte auf der Treppe und zu Claras Überraschung kam ausgerechnet Amélie in die Küche. Als sie Clara sah, errötete sie.

»Amélie, ma chère.« Daniel reichte ihr den letzten Kaffee und legte ihr den Arm um die Schultern. Plötzlich schien er es nicht mehr eilig zu haben. Amélie wurde tiefrot, aber Clara tat so, als bemerke sie es nicht.

Sie schaute wieder zu Ben. Sie wollte ihn umarmen und sich mit ihm über den freien Time Slot freuen, aber plötzlich musste sie wieder an das Elend in München denken und sagte mit einem tiefen Seufzer: »Heute wird Mentling-Glas verkauft.«

Daniel hatte gerade Amélie geküsst und murmelte abgelenkt: »Das ist kein Verlust, Clara.«

»Wieso ist das kein Verlust?«, fragte Clara irritiert.

Daniel schaute sie an und eine Falte erschien auf seiner Stirn. »Ach, vergiss es einfach. Es lohnt sich nicht, dem nachzutrauern.«

Clara ließ ihre Tasse sinken. »Wie meinst du das?«

Für einen Moment herrschte unbehagliches Schweigen in der Küche. Dann bemerkte Clara, wie Ben und Daniel einen schnellen Blick wechselten.

»Was schaut ihr euch denn so an?«, fragte sie und knallte ihre Tasse auf den Tisch. Was wusste Daniel, was wussten die beiden, das sie ihr verschwiegen? »Sagt mir gefälligst, was los ist.«

Da war sie wieder, die plötzlich explodierende Wut, die sie von ihrer Mutter geerbt hatte.

»Clara, bitte, du musst …«, begann Ben.

»Keinen Weichzeichner und kein ›Clara bitte‹«, unterbrach Clara ihn. »Sag mir einfach, was Sache ist.«

Wieder wechselten Ben und Daniel einen Blick, bevor Ben seine Tasse vorsichtig abstellte. »Für den Auftrag, den wir zu vergeben hatten und auf den du dich beworben hast, gab es doch noch ein weiteres Angebot mit einem deutlich günstigeren Preis. Du erinnerst dich vielleicht?«

Clara nickte.

»Das Seltsame war nur, dass dieses zweite Angebot in letzter Konsequenz auch von Mentling-Glas kam«, fuhr Daniel vor.

»Wie bitte?« Befremdet runzelte Clara die Stirn.

»Offiziell kam es über eine Zweitfirma, aber wir sind keine Anfänger und haben die Zusammenhänge recherchieren können. Wir fanden das merkwürdig. Daher wollte unser Vater bei unserem gemeinsamen Meeting auch wissen, ob du auf den günstigeren Preis einschwenken würdest. Aber das hast du nicht gemacht.«

»Ich wusste nichts davon«, murmelte Clara, in deren Kopf es zu summen begann. Das zweite Angebot kam aus ihrer Firma? Und es gab eine Zweitfirma? Das ergab doch überhaupt keinen Sinn.

Daniel nahm seinen Arm von Amélies Schulter. »Die zwei Angebote haben uns wirklich stutzig gemacht. Ihr habt euch damit selbst unterboten. Also haben wir uns umgehört. Und siehe da: Auch andere Firmen haben in letzter Zeit schlechte Erfahrungen mit Verträgen und Absprachen mit Mentling-Glas gemacht. Verträge, die im letzten Moment gekündigt wurden, Glas, das über irgendwelche Subunternehmer geliefert werden sollte.«

Clara dachte an die Verträge, die ihr Vater nicht bekommen hatte. War das der Grund dafür gewesen? Sie zog ihr Handy aus der Tasche und wählte die Nummer ihres Vaters, doch es ging nur die Mailbox dran.

»Und was passiert, wenn man das billigere Angebot nimmt?«, fragte sie dann und schaute mit immer noch gerunzelter Stirn hoch.

Daniel hob die Hände und ließ sie wieder sinken. »Der Vertrag kommt nicht zustande, das Angebot wird im letzten Moment zurückgezogen.«

Die Prinzen hatten es also versucht mit der billigeren Variante. Claras Mund wurde trocken.

»Wie sollte das auch mit dem niedrigen Preis funktionieren?«, fragte Clara, aber sie sagte es mehr zu sich selbst.

Ihr Glas war hervorragend, aber es hatte nun mal seinen Kostenpunkt. Auf der anderen Seite wollte es ihr nicht in den Kopf, dass sich ihre Firma über so seltsame Konstruktionen wie Zweitfirmen selbst unterboten und auf diese Weise verhindert hatte, dass es zu vernünftigen Vertragsabschlüssen kam. Wer machte so etwas? Das war doch verrückt.

»Und das soll ich euch glauben?«, fragte sie.

Wieder wechselten Ben und Daniel einen Blick. Ben hob seinen Arm, wie um Clara zu umarmen, ließ ihn dann aber wieder sinken. »Ich weiß, dass das schwer verständlich klingt, aber es sieht danach aus, als wäre das wirklich passiert.«

»Wisst ihr, wer hinter der zweiten Firma steht?«, fragte Clara, während sie ihr Handy in der Hand drehte. Sie versuchte immer noch zu kapieren, was passiert sein konnte. Es musste ein Fehler sein. Ein schrecklicher, tragischer Fehler.

Keiner der Brüder antwortete, aber Ben hob abermals seinen Arm. »Clara, ich …«

»Ben, wer?« Clara spürte Unsicherheit und Unwillen zu gleichen Teilen in sich aufglimmen. Warum sagte er ihr nicht einfach, was es zu sagen gab? Sie schaute ihm direkt in die Augen. »Wer?«, wiederholte sie.

Für einen Moment war es absolut still in der Küche, dann meinte Ben leise: »Die Firma heißt Freund-Glas. Aber der alleinige Geschäftsführer ist der Finanzvorstand von Mentling-Glas.«

Es war, als hätte er eine Bombe explodieren lassen.

»Jörn«, flüsterte Clara. Er war der Finanzvorstand. Für einen Augenblick stand sie stocksteif da. Dann schoss ein anderer Gedanke durch ihren Kopf. »Das hast du gewusst, Ben, und mir nicht Bescheid gegeben?«

»Clara, du musst wissen …«

Clara spürte, wie alles Blut in ihren Beinen versackte. »Kein Wort hast du gesagt!« Und dann kam ihr ein noch entsetzlicherer Gedanke: Wenn sie es früher gewusst hätte, hätte sie den Verkauf vielleicht noch verhindern können. Die Wut schoss wie eine Rakete in ihr hoch.

»Komm, Clara, wir …«, sagte Daniel beruhigend, aber sein Tonfall regte Clara nur noch mehr auf. »Ihr habt es die ganze Zeit gewusst«, brüllte sie. »Ihr habt euch immer so komisch angeschaut, aber ihr habt es mir nicht gesagt, keinen Pieps. Ihr habt mich einfach ins Messer laufen lassen.« Sie fühlte sich so betrogen wie noch nie in ihrem Leben. Sie hatte angenommen, sich auf Ben verlassen zu können. Aber nein, sie hatte sich vertan. Und wie sehr hatte sie sich vertan! Er und sein Bruder hatten einfach nur versucht, das billige Angebot zu bekommen, und sich nicht einmal die Mühe gemacht, sie auf das sich abspielende Drama bei Mentling-Glas aufmerksam zu machen. Kein Wort, obwohl Ben wusste, wie wichtig ihr die Firma war.

Erschüttert und mit vor Empörung bebender Brust drehte sie sich um und lief an Ben vorbei zur Treppe.

»Clara«, rief Ben hinter ihr. »Ich weiß es doch auch erst seit …«

Aber sie hielt nur für eine Sekunde inne. »Fahr zu deinem Materialtest, Ben, geh einfach. Wir sind fertig miteinander.«

Dann rannte sie die Treppe hinauf. Oben in Manons Zimmer wählte sie panisch die Nummer der persönlichen Assistentin ihres Vaters, nur um zu erfahren, dass er gerade mit Jörn das Haus verlassen hatte und erst nach dem Notartermin zurückkommen würde. Die persönliche Assistentin weinte, sie hatte soeben erst vom Verkauf erfahren. Clara tröstete sie, so gut sie konnte, dann legte sie auf und wählte Jörns Nummer. Er drückte sie weg. Als sie ihn abermals anrief, diesmal mit unterdrückter Nummer, antwortete nur die Mailbox. Sie wählte die Nummer von Jörns Assistentin, aber die ging auch nicht ans Telefon. Clara ließ sich auf das Bett fallen. Was sollte sie nur machen? In wenigen Stunden würde der Verkauf über die Bühne gehen und sie war hier weit weg an der Côte d'Azur und konnte ihn nicht aufhalten. Jörn spielte falsch, das war genau das, was sie im Innersten befürchtet hatte. Aber wie sollte sie den Verkauf noch stoppen? Wenn sie diese Info vor ein oder zwei Tagen gehabt hätte, wäre es möglich gewesen, nach München zu fahren und mit ihrem Vater zu reden, aber so? Ihre Augen füllten sich schneller mit Tränen, als sie sie wegblinzeln konnte. Und Ben – warum hatte er ihr nicht gesagt, was er wusste? Wie hatte er sie nur so fatal im Dunkeln tappen lassen können? Verloren, sie hatte verloren! Mentling-Glas, Ben und den Glauben daran, dass alles irgendwie gut werden könnte.

***

Ben

Ben stand wie unter Schock, als er Daniels Koffer und seine Reisetasche in den Transporter einlud und dann selbst hinterherstieg.

»Daniel«, sagte er und schaute seinen Bruder an.

»Fahr einfach«, antwortete Daniel. »Die Geschichte bei Mentling-Glas ist verrückt. Das ist Sabotage aus den eigenen Reihen. Aber es ist nicht unsere Schuld und wir können nichts daran ändern.«

Ben ließ den Motor an, aber er gab kein Gas. Er konnte einfach nicht. »Ich muss noch mal mit Clara sprechen«, sagte er und stellte den Motor wieder ab. »Ich muss ihr sagen, dass ich das mit Jörn auch erst seit gerade eben weiß. Ich konnte doch nicht ahnen, dass die Firma verkauft werden soll.«

»Ben, das ist mir alles klar«, erwiderte Daniel eindringlich. »Aber mach nicht denselben Fehler wie ich, für eine Frau irgendwas aufs Spiel zu setzen. Fahr jetzt nach Toulouse, wir haben keine Zeit zu verlieren. Hinterher kannst du immer noch versuchen, es wieder gerade zu biegen.«

Aber Ben wusste, dass es hinterher kein Geradebiegen geben würde. Nicht bei Clara. Sie war so geradeaus und klar. Und er konnte den Blick aus ihren Augen gerade eben nicht vergessen, als sie erfahren hatte, was bei Mentling-Glas gespielt wurde. Warum hatte er es auch vorher nicht angesprochen? Aber er kannte die Antwort genau. Er hatte zunächst sicher sein wollen, dass seine Informationen korrekt waren. Und dass Jörn im Fokus stand, wusste er selbst erst, seit er gerade eben die Rückmeldung über das Zweitunternehmen von Frau Müller von der IT bekommen hatte. Davor war alles nur ein reiner Verdacht gewesen.

»Ich muss es Clara erklären«, sagte Ben zu Daniel. Er musste ihr sagen, dass es dumm gewesen war, ihr seinen Verdacht nicht gleich mitzuteilen. Und dass es ihm leidtat.

»Ben, bitte fahr los«, unterbrach Daniel seine Gedanken

und klang dabei mitleidig und ungeduldig zugleich.

»Ich kann nicht.« Ben sprang aus dem Auto und lief zurück zu dem Gartentor und dann den Gartenpfad entlang bis zur Tür von Manons Haus. Aber die Tür war geschlossen. Er klingelte. Nichts rührte sich.

»Clara, bitte sprich mit mir«, rief er laut. Doch es kam keine Antwort. Das Haus lag still und wie verlassen da. Ben lief zu den Fenstern des Wohnzimmers und klopfte dort an. Keine Reaktion. Er ging weiter und schaute durch die Küchenfenster. Dort standen noch die leergetrunkenen Kaffeetassen auf dem Tisch, ansonsten war nichts und niemand zu sehen. Auch in der Werkstatt war Clara nicht.

»Clara«, rief Ben. »Clara!«

Aber er bekam keine Antwort und niemand reagierte, als er Sturm klingelte. Schließlich ging er geschlagen zurück zum Transporter. Die Vögel sangen und der Wind rauschte in den Blättern, aber das war Ben vollkommen gleichgültig. Er hatte einen Fehler gemacht und jetzt wollte Clara nicht mehr mit ihm sprechen. Bei jedem anderen Menschen hätte ihn das nicht so gestört. Aber hier ging es um Clara, die wunderbarste Frau, die er je kennengelernt hatte.

***

Clara

»Komm hier entlang«, sagte Amélie und stieg kurzerhand über eine halbhohe Hecke.

»Aber es ist zu spät«, jammerte Clara, während sie ihrer Cousine hinterherstolperte. »Ich kann es nicht mehr rechtzeitig nach München schaffen.«

»Es ist erst zu spät, wenn alles tot ist«, erwiderte Amélie grimmig. »Das ist bei Zähnen nicht anders als bei allem anderen. Glaub mir, ich weiß, wovon ich spreche.« Sie reichte Clara die Hand und zog sie über eine mittelhohe Steinmauer. Die ganze Zeit bewegte sie sich mit geradezu schlafwandlerischer Sicherheit.

»Wo sind wir?« Durch die Tränen, die immer noch ihre Sicht behinderten, schaute Clara sich um. Seit Amélie in Manons Zimmer hochgekommen war und erfahren hatte, was passiert war, hatte sie sich in die energischste Frau verwandelt, die Clara je erlebt hatte. Schon während sie für Clara nach Taschentüchern gesucht hatte, hatte sie bei der lokalen Airline angerufen. Sie hatte versucht, einen Sitzplatz auf dem nächsten Flug für Clara zu ergattern, was aber aussichtslos war, weil ausgerechnet heute alle von den Filmfestspielen abreisten. Parallel dazu hatte sie Emma eine Nachricht geschrieben, in ihrer Praxis Bescheid gegeben und schließlich die verheulte Clara bei der Hand genommen, sie aus Manons Zimmer gezogen, die Treppe hinuntergeführt und aus der Hintertür bei der Küche bugsiert, die Clara bisher noch nicht einmal bemerkt hatte. Jetzt kletterte sie vor Clara über einen Zaun. »Das ist Emmas und mein alter Schleichweg zu Jeannes Haus. Auf diesem Weg quer durch die Gärten sind wir sogar schneller als mit dem Auto.« Amélie öffnete ein Tor und marschierte energisch weiter.

»Und der Hund da?« Clara wies auf den wild kläffenden, eindeutig nicht gut gelaunten Wachhund im Grundstück vor ihnen.

»Ach, das ist Simba. Kein Problem, ich kenne ihn, seit er ein paar Tage alt ist. Nicht wahr, Simba?« Amélies Stimme änderte sich und wurde lockend und schmeichelnd. Simba hörte prompt auf zu bellen und fing an, mit dem Schwanz zu wackeln. »Siehst du?«, sagte Amélie. »Jetzt komm.«

»Aber wir haben doch schon bei der Airline angerufen und sie hatten keine freien Plätze mehr. Was soll denn das noch bringen?« Hoffnung und Verzweiflung kämpften in Claras Herz um die Vormacht.

»Es gibt immer eine Lösung«, sagte Amélie fest. »Na ja, manchmal auch nicht«, schränkte sie dann ein.

»Wann denn zum Beispiel?«, fragte Clara und hetzte hinterher.

»Bei meiner Ehe«, gab Amélie zurück. »Der Typ war ein Idiot.«

Wie Ben, dachte Clara und schniefte noch heftiger. Sie hatte ihn so toll gefunden, aber er hatte sich als reine Luftnummer entpuppt. Er und sein bescheuerter Bruder.

»Was findest du eigentlich an Daniel?«, fragte sie, während sie Amélie über eine weitere Hecke folgte.

Amélie errötete. »Können wir ihn bitte vergessen?«

»Natürlich«, erwiderte Clara.

Gleichzeitig wurde ihr klar, dass sie Ben niemals vergessen würde. Ihn verdrängen – klar, aber vergessen – keine Chance. Mit niemanden sonst hatte sie unter dem Sternenhimmel Glückskekse gegessen, war sie im Meer geschwommen, bis sie bibberte, hatte sie die halbe Nacht lang gelacht und sich unendlich wohl gefühlt. Doch bevor sie noch tiefer in den Kummer fallen konnte, meinte Amélie plötzlich: »Da drüben ist es. Wir sind gleich da.«

***

<u>*Thierry Albon*</u>

Eigentlich hatten Claire und er nur Kaffee kochen wollen, aber jetzt standen sie hier in ihrer Küche und schmusten herum. Thierrys Handy klingelte ununterbrochen. Verpasste Meetings, nicht getroffene Entscheidungen zu Käufen und Verkäufen, aber das alles war ihm vollkommen gleichgültig. Stattdessen stand er hier, hielt die Frau, die er liebte, in seinen Armen und hatte nur den Wunsch, dass sich nie etwas ändern möge.

»Oh, Claire«, murmelte er und küsste sie.

Claire löste sich von ihm und knöpfte ihre elegante Bluse zu. »Wie war das mit dem Kaffee, Thierry?«, fragte sie leicht atemlos.

»Ich glaube, der muss warten, wie überhaupt alles andere«, flüsterte er. Er stand barfuß in seinen Smokinghosen und mit halboffenem Hemd vor ihr und schaute auf sie herab. Sanft strich er über ihre Wange, ihr Kinn, ihren Hals.

Claire protestierte lachend: »Ich muss in die Galerie.«

»Bitte nicht.« Er legte seine Wange an ihre.

»Und du musst ins Büro. Die Welt dreht sich nicht ohne dich.«

»Doch«, murmelte er und küsste sie. Dann hob er sie hoch und setzte sie vor sich auf die Arbeitsplatte neben die Kaffeemaschine. Ihre Küsse wurden leidenschaftlicher. Er hatte sie fast überzeugt, die Arbeit zu vergessen, als auf einmal hinter ihnen die Tür aufging.

»Maman«, sagte eine Stimme schockiert.

Thierry hob Claire sofort runter, blieb aber noch vor ihr stehen, damit sie ihre Kleidung wieder in Ordnung bringen konnte. Claire schielte über seine Schulter.

»Amélie, Liebes, es ist nicht so, wie es aussieht«, stammelte sie.

Ihre harmlosen Worte wirkten wie ein Schock für Thierry. Es war nicht so, wie es aussah?Also wollte Claire diesmal nicht zu ihm stehen! Thierry spürte einen schweren Stich in der Herzgegend, und es war, als würden auf einen Schlag alle Farben verblassen. Wenn Claire nicht einmal ihren Töchtern die Wahrheit sagte, dann hatte er ihr Herz doch nicht gewonnen. Thierry schluckte schwer. Die Zurückweisung tat ihm bis ins Mark weh und die Schmerzen in der Herzgegend wurden schlimmer. Doch wie er es gewohnt war, riss er sich zusammen. Er räusperte sich und machte sich bereit, die Rolle des hilfsbereiten Nachbarn zu spielen, der nur kurz herübergekommen war, um die defekte Kaffeemaschine zu reparieren.

Claire trat hinter ihm hervor. »Entschuldige, Amélie«, sagte sie und ihre Stimme klang alles andere als fest. Dann griff sie nach Thierrys Hand. »Das, was ich gerade gesagt habe, war falsch. Ehrlich gesagt ist es genauso, wie es aussieht. Thierry und ich, wir …« Ihre Stimme verebbte.

Ruckartig schaute Thierry zu Claire, dann folgte er ihrem Blick. Das Bild, das sich ihm bot, war ganz anders, als er es erwartet hatte. Da stand Amélie, leicht errötet mit einem ausgesprochen energischen Gesichtsausdruck, und hinter ihr Clara, der die Tränen nur so über die Wangen kullerten.

Entsetzt sah Claire Thierry an. »Was hast du ihr denn erzählt, dass sie so weint, wenn sie uns sieht?«, fragte sie fassungslos. Dass sie dabei in den San Micheller Dialekt gewechselt war, merkte sie nicht einmal.

Abwehrend hob Thierry beide Hände. »Nur die Wahrheit.«

»Von uns?«

»Nein, nein, nein«, unterbrach Amélie sie. »Das hat nichts mit euch zu tun, auch wenn ich sicher bin, dass Emma etwas wie *endlich* sagen wird, wenn sie es erfährt. Nein, Clara hat ein echtes Problem. Deshalb sind wir hier.«

»Okay«, murmelte Claire, die sich wieder zu fangen schien. »Amélie, bring Clara doch erstmal richtig rein ins Haus, am besten ins Wohnzimmer, und dann besprechen wir, was zu tun ist.«

»Keine Zeit«, sagte Amélie und klang wie die erprobte Zahnmedizinerin, die sie war. »Clara muss nach München und das so schnell wie möglich.«

»Nach München?«

Thierry merkte, dass Claire sich immer noch an seiner Hand festklammerte. Irgendwie fand er es süß. Vorsichtig umfasste er ihre Finger mit seinen viel größeren Händen.

»Ihr Vater verkauft heute die Firma, aber es sieht alles nach einem Betrug aus und Clara kann ihn nicht erreichen.« Die Worte hasteten nur so aus Amélies Mund. »Sie muss sofort los, aber Flüge gibt es keine. Kannst du etwas machen?«

Claire blinzelte. »Ich?«

»Sie kann mein Flugzeug haben«, ließ Thierry sich vernehmen.

»Echt jetzt?«, fragte Emma, die gerade in die Küche kam. »Das ist das Vernünftigste, was du seit langem gesagt hast, Thierry.«

Dann schaute sie auf die verschlungenen Hände von Claire und Thierry.

»Und das hast du auch gut gemacht, Thierry«, meinte sie zufrieden.

Thierry lächelte, bis er wieder zu Clara schaute.

Die Tränen, die aus ihren Augen liefen, glichen zwei Sturzbächen und sahen nicht so aus, als würden sie versiegen.

»Aber wir haben doch eine Lösung«, sagte er zu ihr.

»Ihr redet Dialekt«, fuhr Emma ungeduldig dazwischen, »sie kann euch nicht verstehen.«

»Willst du nach München fliegen?«, fragte Thierry auf Französisch.

»Wäre das möglich?« Clara klang ungläubig, wischte sich aber die Tränen mit dem Handrücken ab.

»Ja, fahr sofort zum Flughafen.«

»Wow, das ist …«, begann Clara.

»… wunderbar«, beendete Claire den Satz, drehte sich zu Thierry und küsste ihn völlig entspannt und sehr eindeutig vor aller Augen.

Das ist auch wunderbar, dachte Thierry daraufhin, sogar noch viel wunderbarer.

***

Clara

Clara war noch nie mit einem Privatjet geflogen. Aber sie hatte gerade nicht die Zeit, groß auf den Luxus in der Dassault Falcon um sich herum zu achten.

Ich muss wissen, wer der Käufer ist und bei welchem Notar der Kaufvertrag unterschrieben werden soll. Könntest Du das herausbekommen?, schrieb sie an die persönliche Assistentin ihres Vaters.

Doch die Antwort, die sie erhielt, war nicht sehr ermutigend.

Niemand weiß hier irgendetwas. Alle stehen unter Schock. Es wird gemunkelt, dass Abitral Enterprises den Zuschlag bekommt. Anscheinend liefen die Verhandlungen über den Verkauf ausschließlich über Jörns Büro. Seine PA ist nicht im Haus und ich kann sie auch privat nicht erreichen. Ich habe alle Notare, die die Firma sonst in Anspruch nimmt, angerufen, aber nirgends eine Terminbestätigung bekommen.

Clara trommelte mit den Fingern auf die breite Armlehne ihres Sessels. Was sollte sie jetzt tun? Sie hatte es bei Jutta probiert, die keine Ahnung hatte, und bei verschiedenen

Kollegen von Jörn, die ebenfalls nichts wussten oder nichts sagen wollten. So kam sie nicht weiter. Clara lehnte sich zurück und schloss die Augen. Der Sitz war unfassbar bequem und hatte mit einem normalen Flugzeugsitz so viel zu tun wie Sprudelwasser mit Champagner.

Champagner! Clara riss die Augen wieder auf. Das war die Lösung. Jörn hatte Ava hunderte Male eingeladen, mit ihm auszugehen, in seinem Porsche zu fahren, Champagner zu trinken ... Clara nahm ihr Handy und drückte auf die Kurzwahltaste von Ava. Geh dran, flehte sie, und das Schicksal hatte anscheinend ein Einsehen, denn Ava nahm tatsächlich sofort ab. »Du musst mir helfen«, begann Clara, bevor Ava noch irgendetwas sagen konnte.

»Mit Quasimodo?«, erkundigte sich Ava interessiert.

»Nein, Quasimodo ist Vergangenheit.«

»Vergangenheit?«, fragte Ava ungläubig. »Aber du klangst so glücklich!«

Clara spürte, wie ihr Magen einen Satz nach unten machte, als wären sie gerade durch ein Luftloch geflogen. Aber das Flugzeug bewegte sich ganz gleichmäßig nach vorn.

»Das müssen wir wann anders besprechen, denn hier geht es um einen Notfall«, sagte Clara so fest es ihr gelang.

»Also, wenn im Liebesleben etwas schiefgeht, ist es doch ein Notfall, oder? Zumindest fühlt es sich meistens so an.«

Claras Herz ächzte. »Ja«, gab sie kleinlaut zu. Aber dann riss sie sich zusammen. Um den Herzschmerz würde sie sich später kümmern.

»Du musst Jörn bezirzen«, sagte sie stattdessen zu Ava. »Mit Champagner und allem.«

»Jörn und Champagner?« Avas Stimme machte einen wenig begeistert klingenden Satz erst nach oben, dann nach unten.

»Ich weiß, du kannst dir Schöneres denken ...«

»... viel Schöneres«, bekräftigte Ava. »Im Vergleich zu Jörn ist ja sogar meine Praktikantin erträglich.«

»Das verstehe ich, aber du bist wirklich meine letzte Hoffnung.« Und sie erzählte Ava, was sie herausbekommen hatte und wo sie sich gerade befand.

»In Thierrys Privatjet?«, hakte Ava verblüfft nach, hielt sich dann aber nicht mit den Äußerlichkeiten auf, wofür Clara sie liebte. »Alles klar, ich verstehe, um was es geht. Ich verspreche dir zu tun, was ich kann.«

»Danke«, sagte Clara und schöpfte zum ersten Mal seit dem entsetzlichen Gespräch mit Ben wieder einen Funken Hoffnung.

»Ich melde mich. Halt mir die Daumen«, sagte Ava und legte auf.

Clara umklammerte ihre Daumen. Wenn das half, wollte sie das nur zu gern machen. Wogegen es allerdings auf keinen Fall half, waren die Gedanken an Ben, die sofort zurückkamen, jetzt, wo Clara nur auf Avas Rückruf warten konnte. Sie dachte an sein Lächeln mit dem kleinen Grübchen und das Funkeln in seinen Augen, wenn er lachte. Sie dachte an die Art, wie er seinen Kopf auf die Arme stützte, wenn sie nachts im Bett miteinander geflüstert hatten, und an alles, was sie da sonst noch so gemacht hatten. Ihr Magen zog sich krampfhaft und sehr schmerzlich zusammen.

»Nein«, wehrte sie sich halblaut. Doch ohne dass sie etwas dagegen machen konnte, stiegen die Erinnerungen an die Oberfläche: Wie sie ihn auf dem Parkplatz geküsst hatte, wie sie zusammen unter dem Sternenhimmel am Meer getanzt hatten und wie er ihre Schultern und ihren Rücken gestreichelt hatte, bis sie in den Schlaf hinübergeglitten war. Bis vorhin hatte sie gedacht, mit Ben einen Sechser im Lebenslotto gezogen zu haben. Nur leider hatte sie sich da getäuscht. Die Krämpfe in ihrem Magen wurden noch schmerzhafter. Sie ließ den Kopf zur Seite sinken. Sie musste daran denken, wie sie in der Küche wegen Mentling-Glas herumgebrüllt hatte und spürte zu allem anderen auch noch ein Gefühl von Scham. Auf der anderen Seite hatte er es verdient. Warum war er auch so ein elender Gewinnmaximierer? Aber jetzt ging es um Mentling-Glas. Doch die Bilder von Ben schoben sich gnadenlos davor, es war, als hätte er auch in Abwesenheit ihre Aufmerksamkeit gepachtet. Verzweifelt und voller Kummer holte Clara Luft. Würde sie jetzt auf ewig mit diesen

Erinnerungen leben müssen?

Als ihr Handy klingelte, fuhr sie hoch.

***

Ben

Abrupt fuhr Ben an einer Tankstelle raus.

»Was ist los?«, fragte Daniel. »Gibt die alte Karre jetzt ganz den Geist auf?« Tatsächlich gab der Transporter mittlerweile auch in den anderen Gängen ungute Geräusche von sich.

»Wir brauchen Benzin. Außerdem muss ich telefonieren. Ich muss das einfach mit Clara in Ordnung bringen.« Ben parkte den Wagen neben einer freien Zapfsäule und stellte den Motor ab. »Du tankst.«

»Okay.« Daniel schnallte sich ab und öffnete die quietschende Beifahrertür.

Aber Ben war schon aus dem Auto gesprungen und wählte Claras Nummer. Mit etwas Verzögerung begann es zu klingeln. Schließlich ging sie dran, es rauschte leicht im Hintergrund.

»Clara, bitte hör mir zu«, begann er hastig.

»Vergiss es, Ben. Ruf mich nie wieder an.«

Sie legte direkt auf.

Dann probierte er es abermals, aber diesmal ging sie nicht einmal mehr dran. Ernüchtert ließ Ben das Handy sinken. So konnte er sie nicht erreichen. Aber er musste sie sprechen, er musste ihr sagen, wie die Lage wirklich war. Also probierte er es bei Emma, jedoch ebenfalls ohne Erfolg. Schließlich wandte er sich an Daniel. »Hast du Amélies Nummer?«

»Schon.« Zu Bens Überraschung blieb Daniel sehr zurückhaltend. »Sie hat wahrscheinlich gerade nicht den besten Eindruck von uns«, meinte er dann. »Ich habe ihr schon geschrieben, aber sie hat nicht geantwortet.«

Aber Ben hielt ihm nur die Hand hin. »Gib mir mal dein Handy.«

Daniel zögerte, reichte es ihm dann aber doch. »Sei nett zu ihr, okay?«

»Ich bin immer nett.« Aber Ben war klar, dass Clara das wahrscheinlich nicht dachte, so wie sie sich über ihn aufgeregt hatte. Er fuhr sich durch die Haare und wählte Amélies Nummer. Nachdem es drei Mal geklingelt hatte, wurde abgenommen.

»Daniel«, begann sie ohne Schnörkel. »Das war nachts sehr schön und morgens ziemlich hässlich. Ich habe meine Erfahrung mit hässlichen Dingen. Daher würde ich vorschlagen, dass du mich nicht mehr kontaktierst.«

»Entschuldigung, hier ist Ben«, erklärte Ben hastig.

Für einen Moment war es still am anderen Ende. Dann räusperte sich Amélie. »Was möchtest du?«, fragte sie knapp und sehr zugeknöpft.

»Weißt du, wo ich Clara finden kann? «

Amélie antwortete nicht.

»Bitte, Amélie.« Ben schloss kurz die Augen. Was sollte er nur tun, wenn er niemals wieder mit ihr reden könnte?

»Sie ist in München. Besser gesagt, auf dem Weg dorthin.« Amélie schien zu zögern. »Thierry hat ihr seinen Jet geliehen. Das ist alles, was ich dir sagen kann.«

»Kannst du mir Thierrys Nummer geben?«, bat Ben.

»Das nicht, aber ich gebe ihm Bescheid, dass du ihn sprechen willst.«

Ohne weitere Worte legte Amélie auf.

Ben überlegte fieberhaft. Clara war auf dem Weg nach München. Das bedeutete, sie war bereit zu kämpfen. Und das würde er auch tun, und zwar um ihr Herz.

»Daniel, ich fürchte, du musst allein zum Materialtest fahren. Ich muss mich um etwas anderes kümmern.«

»Das ist jetzt nicht dein Ernst, oder? Das ist der wichtigste Test seit langem für uns und du willst dich aus dem Staub machen?« Daniel schaute komplett ungläubig. »Wegen einer Frau?«

Aber Ben schüttelte den Kopf. »Nicht wegen irgendeiner Frau, sondern wegen *der* Frau. Und das verstehst du doch, oder?«

17. Kapitel

<u>*Clara*</u>

Ava schaltete und fuhr in einem halsbrecherischen Manöver um die Kurve. »Steht unser Plan?«

Clara klammerte sich am Türgriff fest. Avas Angebot, sie mit ihrem Firmenwagen am Flughafen abzuholen, war ihr vorhin wie eine gute Idee vorgekommen. Aber nun bereute sie es gründlich. Ava war einfach eine grauenhafte Autofahrerin. Wie hatte sie nur jemals die Führerscheinprüfung bestehen können?

Allerdings schien Ava sich hinter dem Steuer durchaus wohlzufühlen. Sie schaltete hastig und beschleunigte nicht gerade beifahrerfreundlich. »Jörn glaubt, dass wir nicht mehr miteinander sprechen und dass du in San Michelle bist. Das verschafft uns einen Vorteil. Ich werde versuchen, ihn so lange wie möglich aufzuhalten. Aber mehr als ein paar Minuten werde ich nicht rausschlagen können, auch weil ich sofort zurück zur Arbeit muss. Reicht dir das?«

Die Champagnerflasche zu Claras Füßen wurde bedenklich herumgeworfen, als Ava hektisch die Spur wechselte.

»Das muss reichen«, erwiderte Clara und spürte die Aufregung wie einen Klumpen in ihrem Magen. Sie musste ihren Vater allein sprechen, das war ihre einzige Chance.

Ava hatte bei ihrem Telefonat mit Jörn herausgefunden, dass tatsächlich die Firma Abitral Enterprises aus Übersee die Übernahme von Mentling-Glas plante. Clara erinnerte sich, dass sie den Chef dieses Konkurrenzunternehmens schon zweimal in der Firma gesehen hatte. Beide Male waren länger her, deutlich länger als von einem Verkauf die Rede gewesen war. Und beide Male war er in Begleitung von Jörn unterwegs gewesen. Clara konnte einfach nicht glauben, dass das ein Zufall war.

»Dein Vater muss dir einfach zuhören«, sagte Ava.

»Ich hoffe es. In der letzten Zeit hat er es eher nicht getan.« Clara dachte an ihre vielen vergeblichen Bemühungen in den letzten Monaten, ihren Vater umzustimmen.

»Aber da wusstest du ja auch noch nicht, was du jetzt weißt«, gab Ava zu bedenken.

»Hm.« Clara schaute ihre beste Freundin an, die abrupt den Gang wechselte.

»Außerdem reicht es, wenn er dir heute zuhört«, erklärte Ava fest. Vollkommen ungerührt fuhr sie über eine eigentlich schon rote Ampel. Wütendes Hupen folgte ihr. Sie hob in einer sehr eindeutigen Geste die Hand und bog dann ohne zu blinken ab.

»Bist du bereit?«, fragte sie und begann, sich nach einem Parkplatz umzusehen.

»Ja. Danke, Ava.«

Mit einer Vollbremsung hielt Ava an und stellte dann den Wagen mitten ins Parkverbot.

»Das mache ich doch gern. Ich muss nur hoffen, dass meine Chefin es nicht mitbekommt, dass ich das Fotoshooting einfach so verlassen habe.« Für einen Moment umwölkte sich Avas schönes Gesicht, dann munterte sich ihre Miene wieder auf. »Aber Jörn aufs Kreuz zu legen, ist es wert!«

Clara sprang aus dem Auto.

»Viel Erfolg!«, rief Ava ihr hinterher.

Clara ging direkt zum Eingang des Bürogebäudes, in dem das Notariat lag. Sie ging durch die gläserne Eingangstür und blieb drinnen in der Eingangshalle stehen und tat so, als müsse sie etwas an ihrem Schuh in Ordnung bringen. Diverse Personen gingen an ihr vorbei ein und aus. Clara musterte sie. Aber es war niemand, den sie kannte. Als sie gerade das Gefühl hatte, unmöglich noch länger an ihrem Schuh herumdoktern zu können, ohne aufzufallen, hörte sie draußen ein großes Hallo und dann einen erstaunlich lauten Knall. Zweifelsohne waren das Ava und der Champagner. Kurze Zeit später öffnete sich die Eingangstür und der Chef von Arbitral Enterprises kam herein. Er wischte sich etwas von seinem Anzug. Wahrscheinlich Champagner, dachte Clara und musste aller Anspannung zum Trotz grinsen. Ava war einfach unnachahmlich!

Claras Vater folgte ihm und reichte ihm gerade ein Taschentuch, als er an Clara vorbeiging.

Jetzt oder nie, dachte Clara und richtete sich auf.

»Papa«, sagte sie und berührte ihren Vater am Arm. »Ich bin gekommen, um mit dir zu sprechen. Es dauert nur ganz kurz, aber es muss jetzt sein.« Erst nach einem Augenblick merkte sie, dass sie Französisch gesprochen hatte.

»Clara!« Ihr Vater sah sie überrascht an. »Ich dachte, du wärest in San Michelle.«

»Das war ich auch. Bis gerade eben. Aber jetzt bin ich hier und ich muss dich dringend sprechen.«

»Kindchen, das ist gerade ganz ungünstig. Können wir das bitte nach dem Termin machen?«

Der Chef von Arbitral war zu den Aufzügen vorausgegangen und drehte sich jetzt ungeduldig um.

»Are you coming, Mr. Mentling?«

Aber Clara legte ihre Hand auf den Arm ihres Vaters. »Papa, bitte. Nur fünf Minuten.«

Durch die Eingangstür sah sie, dass Jörn sich gerade von

Ava losmachte. Ihr lief die Zeit davon.

»Bitte tu es für Manon«, sagte Clara schnell.

Ihr Vater runzelte die Stirn.

Clara holte tief Luft. »Was ich meine, ist, dass wenn du mir jetzt nicht zuhörst, es vielleicht nie wieder eine Gelegenheit für dieses Gespräch geben wird.«

Sie spürte, wie ihr Vater zögerte.

»Bitte.«

»Also gut, aber wirklich nur ganz kurz. Please go ahead«, wandte sich ihr Vater höflich an den Chef von Abitral. Der schaute wenig begeistert, nahm dann aber den nächsten Fahrstuhl. Durch die Eingangstür sah Clara Jörn mit einem triumphierenden Lächeln auf das Gebäude zusteuern. Ava rief ihm etwas hinterher und er drehte sich noch einmal um. Kurzerhand zog Clara ihren Vater durch eine Tür in der Eingangshalle ins Treppenhaus.

»Du bist betrogen worden«, sagte sie. »Ich weiß nicht, warum, aber Jörn hat über eine Zweitfirma unsere Angebote unterboten und die Verträge platzen lassen.«

Das Gesicht ihres Vaters rötete sich leicht. »Aber Clara, das ist doch vollkommen abwegig. Wie kommst du auf solche Ideen? Ich weiß, dass du nicht für den Verkauf bist, aber dir so etwas auszudenken, nur um jetzt alles durcheinanderzubringen, das geht zu weit.«

Er machte einen Schritt zurück in Richtung Eingangshalle.

Clara spürte eine aufsteigende Panik, dass ihr Vater ihr nicht glauben würde. Gleichzeitig entzündete sich in ihrem Bauch auch eine ordentliche Portion Ärger. Zum zweiten Mal an diesem Tag fühlte sie sich Manon sehr ähnlich. »Ich habe mir das nicht ausgedacht«, betonte sie klar und deutlich. »Frag die Prinzen von Prinz-Airtec. Denen ist es aufgefallen. Jörn spielt ein doppeltes Spiel. Du kannst es mir glauben oder nicht, aber du solltest zumindest die Fakten überprüfen.«

Ihr Vater schaute ungläubig. »Was du nur immer mit deinem Bruder hast …«

»Stiefbruder«, korrigierte Clara automatisch. »Uns wurde vorgegaukelt, dass Mentling-Glas keine guten Geschäftsabschlüsse mehr machen könnte und die Firma unrentabel wäre und deshalb verkauft werden müsste. Aber vielleicht stimmt das gar nicht.«

Ihr Vater seufzte. »Für Änderungen ist es jetzt zu spät. Warum machst du das im Übrigen? Du hättest auch in San Michelle bleiben und es dir da gut gehen lassen können.«

Clara musste bei diesen Worten als Erstes an Ben denken, aber sie schob den Gedanken beiseite.

»Weil ich an Mentling-Glas glaube. Genau wie an Manons Glaskunst im Übrigen«, fügte sie hinzu. Sie sah ihrem Vater direkt in die Augen. »Überprüf die Sache. Wenn ich Recht habe, sag den Verkauf ab. Wenn nicht, verkauf die Firma, so wie du meinst.«

Ihr Vater zauderte. »Ich weiß nicht, Clara. Es ist doch eigentlich schon alles fix.«

Clara sah ihn an. Er war wie immer nicht entscheidungsfreudig und nicht besonders flexibel. Dennoch hatte ihr Vater so gut er konnte versucht, ihr das beste Leben zu geben. Und zu diesem Leben hatte Mentling-Glas gehört.

Aber ihr Leben war mehr als das. Clara dachte an Jeannes Rosenfeld und an den Glasleuchter von Manon, sie dachte an das Meer mit seinem unglaublichen Blau und an den betörenden Duft der Rosen, sie dachte an das Lachen ihrer Cousinen und den leuchtenden Sonnenschein in San Michelle.

Und aus heiterem Himmel wurde Clara genau in diesem Moment etwas bewusst. Es war an der Zeit, ihren eigenen Weg zu suchen. Und dazu gehörten San Michelle und Manons Werkstatt genauso wie alles, was sie bei Mentling-Glas gelernt hatte. Aber Mentling-Glas selbst musste nicht mehr unbedingt mit dabei sein.

Eine unglaubliche Last fiel von Claras Schultern. Sie musste nicht an der Vergangenheit kleben, sie konnte sich neu entscheiden und neue Wege gehen. Sie war frei.

Sie lächelte ihren Vater an. »Ich habe dir alles gesagt, was ich weiß, jetzt wünsche ich dir Glück, dass du die richtige Entscheidung fällst.« Sie umarmte ihn kurz, dann drehte sie sich um und verließ das Treppenhaus.

Langsam ging sie durch die Eingangshalle, dann wurden ihre Schritte schneller. Wie es genau weitergehen würde, wusste Clara nicht. Aber das machte nichts, denn eines wusste sie sicher: Glas würde immer dabei sein. Und San Michelle und ihre Familie dort gehörten jetzt ebenfalls zu ihrem Leben. Denn wo sonst gab es schon Glückskekse unter dem Sternenhimmel?

Doch dann ganz plötzlich musste sie wieder an Ben denken und auf einmal sah ihre Zukunft nicht mehr ganz so verheißungsvoll aus. Denn was waren schon Glückskekse unter dem Sternenhimmel ohne ihn?

***

Thierry Albon

»Sie konnte noch rechtzeitig mit ihrem Vater sprechen.« Mit einem zufriedenen Gesichtsausdruck nahm Claire ihr Handy vom Ohr.

»Gut«, sagte Thierry. Er war ohne Grund, und ohne dass er eigentlich dafür Zeit gehabt hätte, in Claires Galerie vorbeigekommen. Aber er hatte sie einfach noch einmal sehen müssen. Jetzt zeigte sie ihm die neu angekommenen Kunstwerke, die sie gerade aufgehängt hatte.

»Schönes Bild«, meinte er, sah dabei aber nur Claire an.

Sie schüttelte den Kopf, lächelte aber. »Das ist von einer ganz spannenden jungen Künstlerin. Ich liebe ihre Bilder. Schau mal, wie schön das gezeichnet ist.« Sie zeigte auf bestimmte Bereiche des Bildes. Dabei legte sie Thierry die Hand auf die Schulter. Es fühlte sich wunderbar an.

»Sehr hübsch.«

Gemeinsam gingen sie weiter.

»Dann hoffe ich, dass Clara jetzt direkt nach San Michelle zurückkommt. Ist dein Flugzeug noch in München?«, erkundigte sich Claire.

»Nein, das ist mit Mathieu auf dem Weg nach London.« Sanft griff er nach Claires Hand und küsste sie.

Claire runzelte ganz leicht die Stirn. »Aber wie kommt Clara dann zurück?«

»Es gibt eine andere Möglichkeit. Ich habe vorhin mit Ben telefoniert.«

»Du hast mit Ben gesprochen? Aber er hat Clara im Stich gelassen, als sie Hilfe gebraucht hätte. Er hat ihr nicht gesagt, was los war.« Claire schien geradezu empört.

Thierry lächelte. »Ich liebe es, wie du Claras Partei ergreifst. Aber vielleicht war alles ein wenig anders. Ich habe keine Schwierigkeiten, ihm seine Version der Dinge zu glauben.«

»Hm«, machte Claire und klang nicht gerade sehr überzeugt.

»Außerdem kann ich mich sehr gut daran erinnern, wie wütend Manon aus heiterem Himmel werden konnte. Wenn Clara ihre Emotionalität nur halb geerbt hat …«

Er legte Claire den Arm um die Schultern und zog sie leicht an sich. »Ich weiß, du bist da anders. Aber auch du kannst wütend werden, nicht wahr?«

»Aber nur aus gutem Grund«, versicherte Claire. Aber er sah das Funkeln in ihren Augen dabei.

»Komm, zeig mir deine Bilder«, meinte er schlicht. Aber dann zog er sie doch in seine Arme und küsste sie. Hier in ihrer Galerie, vor aller Augen, und es fühlte sich großartig an.

***

Clara

Clara fuhr mit der S-Bahn zum Flughafen. Das Münchner Umland zog vor ihren Augen vorbei, aber sie hatte keinen Blick für Häuser, Bahnhöfe und die Waldstücke dazwischen. Sie musste immerzu an Ben denken. Ohne ihn wäre sie jetzt nicht hier. Ohne seine Recherchen hätte sie keine Chance gehabt, etwas gegen den Verkauf von Mentling-Glas zu unternehmen. Sie erinnerte sich, wie sie vorhin in der Küche ausgeflippt war, und auf einmal tat es ihr leid. Vielleicht hätte sie ihm doch zuhören sollen. Oder zumindest mit ihm sprechen, als er sie später noch einmal angerufen hatte.

Die S-Bahn bremste. Hallbergmoos war die nächste Haltestelle.

Aber was wäre gewesen, wenn sie zu spät gekommen wäre? Sie brauchte Ehrlichkeit und Offenheit um sich herum und konnte ihren Lebensplan doch nicht auf Thierrys Privatjet bauen. Thierry. Sie musste daran denken, wie er vorhin in der Küche Claire angesehen hatte. Das war Liebe, da war sie sich sicher. Sie wusste zwar nicht, seit wann oder wie Claire und Thierry miteinander verbandelt waren, aber es hatte absolut richtig ausgesehen. So, wie es sich für sie mit Ben angefühlt hatte. Ben. Ihr Herz wurde schwer und sie spürte, wie ihre Augen, diese miesen Verräter, sich schon wieder mit Tränen füllten.

***

Ben

»Electrical Switches?"

»Off.«

»Avionics Master?«

»Off.«

»Gear Handle?«

»Down.«

»Flaps?«

»Test to 15° and up.«

Routiniert checkten Ben und Pops das Flugzeug.

»Danke, dass du gekommen bist«, sagte Ben zu seinem Großvater, als sie mit der Kontrolle fertig waren.

»Danke, dass du mich angerufen hast, mein lieber Junge. Jetzt, wo ich hier im Cockpit sitze, spüre ich, wie sehr ich doch das Fliegen in den letzten Wochen vermisst habe. Ich würde sagen, es ist noch besser als Zimmer streichen.« Pops zwinkerte Ben zu und setzte dann seine Unterschrift in das Logbuch, das Ben ihm hinhielt.

Ben zog den Kragen seines weißen Hemdes gerade. Gerade so hatte er es von der Côte d'Azur hierher geschafft, und das auch nur, weil Thierry etwas gedreht hatte und er deshalb mit einem anderen Privatflieger von Nizza nach München hatte mitfliegen können.

»Und wo ist die Passagierliste?«, fragte Pops so betont beiläufig, dass es auffälliger nicht hätte sein können.

»Es gibt nur eine einzige Passagierin«, erwiderte Ben und bemühte sich um Lässigkeit, doch seine Stimme verriet seine Aufregung.

»Und sie ist so besonders, dass wir diesen Aufwand für sie betreiben?«, wollte Pops wissen.

Ben überlegte, was er darauf erwidern sollte, das ihr gerecht wurde.

»Warte, bis du sie kennenlernst«, sagte er dann nur.

»Also gut.« Pops setzte sich gerade hin. »Aber beim Fliegen habe ich nur Augen für das Flugzeug.«

Ich nicht, dachte Ben und spürte, wie die Aufregung wie Wärme durch seine Adern floss.

***

Clara

Clara war überrascht, dass das Flugzeug, das man ihr zeigte, ein anderes als auf dem Hinweg war. Sie war noch überraschter, als zwar jemand vom Bodenpersonal sie an Bord brachte, sie dann aber dort allein ließ.

»Guten Flug, Frau Mentling«, war das letzte, was sie hörte, dann wurde die Tür von außen zugeschoben.

Etwas unsicher blieb Clara im Gang zwischen den vier großen cremefarbenen Clubsesseln stehen. Aber als nach einer Weile immer noch niemand kam, setzte sie sich schließlich. Die dunkelbraune Tür zum Cockpit war geschlossen, aber sie hörte dort drinnen jemanden sprechen.

Sie dachte jetzt non-stop an Ben. Auf dem Weg zum General Aviation Terminal hatte sie versucht, ihn anzurufen, aber er war nicht ans Telefon gegangen. Sicherlich war er bei seinen Materialtests und vielleicht hatte er sie schon vergessen. Doch als ihr Handy den Eingang einer Nachricht meldete, schaute sie geradezu hektisch darauf. Aber es war nicht Ben, der sich gemeldet hattet, sondern Ava.

Jörn hat gerade das Date abgesagt. Also gibt es wohl doch keinen Grund zum Feiern für ihn! Hurra!!! Ich halte weiter alle Daumen, dass Mentling-Glas das bleibt, was es ist …

Also hatte ihr Vater die Firma tatsächlich heute nicht verkauft. Immerhin, dachte Clara, aber dann kehrten ihre Gedanken zu Ben zurück und ihr wurde wieder schwach zumute. Die Tür zum Cockpit öffnete sich und Clara wischte sich hastig über die Augen. Ein grauhaariger Mann trat heraus. Obwohl sie sich sicher war, dass sie ihn noch nie gesehen hatte, kam er ihr nicht ganz unbekannt vor.

»Guten Tag«, begrüßte er sie freundlich. »Mein Name ist Heribert Waldner, ich bin der Co-Pilot auf diesem Flug. Unser Kapitän macht gerade alles bereit für einen pünktlichen Start und bittet Sie, es sich bequem zu machen. Unsere Flugzeit wird heute 1 Stunde und 35 Minuten betragen, Sie kommen also genau richtig nach San Michelle, um dort einen glücklichen Abend zu verbringen.«

Einen glücklichen Abend? Claras Magen machte mal wieder einen Satz nach unten, dabei flog die Maschine noch nicht einmal.

»Danke«, zwang sie sich zu sagen und hoffte, dass ihre Stimme nicht zu dünn klang.

»Dann wollen wir mal los.« Der Co-Pilot, der viel älter war, als Clara das erwartet hätte, ging zu der Kabinentür, schloss sie vollständig und sicherte sie von innen.

»All doors in flight«, sagte er laut, bevor er Clara zeigte, wie sie sich anschnallen konnte, und ihr einen guten Flug wünschte.

Dann verschwand er im Cockpit und schloss die Tür hinter sich. Clara fragte sich, warum er ihr so bekannt vorgekommen war. War er ein bestimmter Typ? Oder hatten nicht vielmehr seine Augen sie an Ben erinnert?

Ich werde schon verrückt, dachte Clara erschrocken. Ich kann doch jetzt nicht für den Rest meines Lebens überall Ben sehen. Hektisch drehte sie ihr Gesicht zum Fenster.

Die Triebwerke wurden angelassen und kurz darauf setzte sich die Maschine in Bewegung. Vor der Startbahn hatte sich eine Schlange gebildet und sie mussten auf dem benachbarten Zubringer warten. Clara beobachtete die großen Linienmaschinen, die an ihnen vorbei zur Startbahn rollten. Im Vergleich zu ihnen wirkte ihr Flugzeug winzig, aber Clara musste zugeben, dass alles ausgesprochen komfortabel war. Holzvertäfelung, eleganter Teppich am Boden, unfassbar bequeme Sessel, die man auch in Liegeposition bringen konnte.

Ben würde die Maschine sicherlich auch lieben, dachte sie und spürte einen Stich im Herzen.

»Ready for take-off«, kam die Stimme des Co-Piloten über Lautsprecher aus dem Cockpit.

Ab jetzt wird nur noch an Schönes gedacht, nahm sich Clara fest vor.

Kurze Zeit später beschleunigte die Maschine und hob dann butterweich ab. In einem Bogen flog sie über Freising und wandte sich dann nach Südwesten. Das Wetter in München war trüb gewesen, aber als sie durch die Wolkendecke kamen, strahlte die Sonne hell und leuchtend.

So hell und sonnig wird mein Leben ab jetzt auch sein, entschied Clara. Aber leider fühlte es sich gerade gar nicht so an. So sehr sie sich auch bemühte, lauter positive Möglichkeiten heraufzubeschwören – sie würde in Emmas Café gehen und im Meer baden, sie würde weiter an den Vasen in Manons Werkstatt arbeiten und ihre Tante ins Rosenfeld begleiten – so wenig erfolgreich war sie damit. Stattdessen kehrten ihre Gedanken zu Ben zurück und alles erschien düsterer, als hätte sie einen schwarzen Filter vor das Licht gezogen.

Ich habe Liebeskummer, gestand sie sich irgendwann ein. Und allein dieses Eingeständnis war so, dass sie sich noch elender fühlte. Die Tränen, die anscheinend ein Dauerabo bei ihr gebucht hatten, machten sich schon wieder bemerkbar. Warum bin ich nur so eine Heulsuse geworden?, fragte Clara sich verzweifelt. Sie starrte aus dem Fenster und blinzelte wie wild. Doch bevor sie noch so richtig zu heulen beginnen konnte, knackte der Lautsprecher leise.

»Willkommen auf unserem Flug nach San Michelle, dem schönsten Ort der Welt«, sagte eine tiefe Stimme aus dem Cockpit.

Ben, dachte Clara und saß automatisch aufrecht. Ihr Herz fiel in einen Galopp. Ben, dachte sie abermals. Aber das war unmöglich. Er war in Toulouse. Nichts war ihm wichtiger gewesen als die Materialtests. Nein, der Kapitän hatte sicherlich nur eine ähnliche Stimme.

»Clara, ich hoffe, du genießt den Flug«, fuhr die Stimme fort. »Wir, also ich, freue mich auf alle Fälle, dass du hier bist.« Die Maschine flog ruhig weiter, aber in Clara blieb nichts ruhig. Sie biss sich auf die Unterlippe. Hatte sie nicht gesagt, dass sie so gern mal mit Ben fliegen würde? Und das wurde jetzt Wirklichkeit? Ihr Herz entschied sich, noch hastiger zu schlagen. Sie stand auf und ging bis zur Tür des Cockpits. Vorsichtig klopfte sie dort an.

Es dauerte nur einen Augenblick, dann wurde geöffnet.

»Kommen Sie herein«, sagte der Co-Pilot fröhlich.

Aber Clara nahm weder ihn, die gläsernen Bedienpanel noch die berauschende Aussicht wahr, stattdessen hatte sie nur Augen für den Mann auf dem Kapitänssitz. Ben.

Ben, wollte sie rufen, aber kein Ton kam aus ihrem Mund.

Er drehte sich um. Für einen Moment tat keiner von beiden etwas.

»Clara, es tut mir so leid, dass ich nicht früher etwas gesagt habe«, sagte er dann. »Ich wollte erst sicher sein, aber das war mein Fehler. Es tut mir leid, nächstes Mal sage ich gleich etwas.«

Sie schaute in seine Augen. »Und ich hätte mich nicht so aufregen sollen, sondern dir lieber zuhören. Ohne Daniels und deine Recherche hätte ich niemals von dem Betrug erfahren.«

»Ich übernehme dann mal«, mischte der Co-Pilot sich ein.

»Danke«, sagte Ben, ohne seinen Blick von Clara zu lösen. »Darf ich dir Pops vorstellen?«

Ein Lächeln breitete sich auf Claras Gesicht aus.

»Hallo Pops«, sagte sie.

»Hallo Clara«, erwiderte der Co-Pilot gut gelaunt, während er weiter auf die Bedienelemente vor sich schaute. »Schön, dich kennenzulernen. So wie ich das verstanden habe, ist deine Freundschaft zu Ben der indirekte Erfolg meiner Anzeige.« Er lachte leise.

»Vergessen wir die Anzeige.« Ben stand auf und kam zu Clara. »Ich habe dich vermisst. Schon allein in dieser kurzen Zeit hast du mir richtig gefehlt!«

»Du mir auch.« Sie sah zu ihm auf und schaute direkt in seine wunderschönen Augen.

»Keine Missverständnisse mehr?«, fragte er leise.

»Immer über alles reden?«

»Versprochen«, erwiderte Ben ernsthaft.

»Ich verspreche es dir auch.«

Dann zog Ben sie in seine Arme. Sie küssten sich, als wollten sie sich nie wieder loslassen, nie wieder hergeben, nie wieder ohne einander sein. Es war ein Kuss wie ein Anfang, wie etwas Neues, wie das Beste, was man sich denken konnte.

»Und jetzt fliegen wir zusammen nach San Michelle«, sagte Ben.

»Nach Hause«, sagte Clara und genau so fühlte es sich an.

Epilog

Die Party war in vollem Gange.

»Ein gelungenes Fest«, sagte Emma zufrieden und schaute in den wunderschön beleuchteten Garten von Thierrys Haus, in dem sich die Gäste tummelten.

»Absolut! Das hast du gut organisiert«, stimmte Amélie ihr zu, »und der Anlass ist auch nett.«

Die Schwestern lächelten sich an.

Clara präsentierte die erste kleine Kollektion von Manon & Clara Design und Claire und Thierry hatten beschlossen, das mit einem rauschenden Fest zu feiern. Gefühlt war halb San Michelle da und Emma hatte sogar schon Nick und Valerie, Comte und Comtesse von Delacroix, gesehen. Die ‚Des Gars', die beliebteste Band von San Michelle, spielten auf und die extra zu diesem Zweck aufgebaute Tanzfläche war gut besucht.

»Champagner?« Ein Kellner hielt Emma und Amélie sein Tablett hin.

»Liebend gern«, sagte Amélie und nahm zwei Gläser. Sie reichte eines Emma.

Dann blickten sie sich gemeinsam weiter um.

»Guck mal, ist das nicht süß?« Emma zeigte auf Claire und Thierry. Die beiden standen neben der Tanzfläche, hielten Händchen wie Teenager und strahlten dabei vor Glück.

»Ja, sehr schön«, stimmte Amélie ihr zu. »Clara und Ben sind aber auch ein hübsches Paar.«

Emma folgte dem Blick ihrer Schwester. Clara und Ben tanzten gerade schwungvoll zu einem flotten Lied der Des Gars.

»Du hast recht. Ben kommt aus einer sehr gut aussehenden Familie, findest du nicht?«, fragte Emma dann.

Aber Amélie ging nicht darauf ein, stattdessen meinte sie: »Es ist aber auch wirklich gut gelaufen für Clara und Ben.«

»Zum Glück«, pflichtete Emma ihr bei.

Ben und Daniel hatten das Patent auf ihr neues Material beantragt, dessen Tests noch besser ausgefallen waren als erhofft. Mit dem Rückenwind dieses Erfolgs hatte Ben beschlossen, sich fast vollständig dem Tüfteln an neuen Materialien zu verschreiben. Und da das regelmäßige Tests bei Airbus bedeutete, war ein Stützpunkt von Prinz-Airtec in San Michelle absolut angebracht. So zumindest hatte Ben das seinem Vater verkauft. Allerdings war er regelmäßig auch in München, besonders wenn Clara ebenfalls dort war. Sie arbeitete weiter bei Mentling-Glas und half dabei, die Firma wieder in ruhigeres Fahrwasser zu steuern.

»Krasse Geschichte mit dem Stiefbruder.« Emma schüttelte den Kopf. »Und ich habe manchmal das Gefühl, dass noch mehr rauskommen wird.«

Amélies seufzte. »Und das alles nur wegen der Schulden, weil er das Spielen nicht lassen konnte.«

»Natürlich hat auch die Familiensituation ihren Teil dazu beigetragen. Stell dir vor, wie entsetzt Jörn gewesen sein muss, als ihm klar wurde, dass er niemals Mentling-Glas erben würde. Zwar ist seine Mutter die Frau von Claras Vater, der ihn aber nie adoptiert hatte, weil sein eigener Vater ja noch lebt. Dazu

Jörns immer weiter auflaufende Schuldenlast. Er muss verzweifelt gewesen sein.«

»Trotzdem war es ein furchtbarer Fehler, sich auf das krumme Geschäft mit Arbitral Enterprises einzulassen. Der Plan, Mentling-Glas in Schieflage zu bringen und so einen kostengünstigeren Kauf eines eigentlich soliden Unternehmens möglich zu machen, ist schon grässlich genug. Aber darauf zu setzen, die Hälfte des so entstandenen Gewinns einzustreichen – auf so eine bescheuerte Idee muss man erstmal kommen.«

»Aber daraus ist ja nichts geworden«, sagte Amélie zufrieden.

Emma nickte. »So etwas würde ich mit dir nie machen.«

»Ich mit dir auch nicht«, beteuerte Amélie. Sie lächelten sich in völliger Einigkeit zu.

»Aber ein wenig weniger Ernst im Leben würde dir nicht schaden«, sagte Emma. »Nimm dir doch mal ein Beispiel an Pops.«

»Ja, Pops ist eine Wucht.« Beide Schwestern hatten ihn fest in ihr Herz geschlossen. Gerade unterhielt er sich lebhaft mit Mathieu, mit dem er manchmal segeln ging, seit er nach seiner Ankunft am Flughafen von San Michelle einfach dageblieben war.

»Er liebt das Wetter, die Menschen, das Essen und mich, hat er mir gesagt«, lächelte Emma.

»Mir hat er das Gleiche gesagt, nur dass er mich liebt.«

»Das alte Schlitzohr!« Emma lachte. »Und wen liebst du?«, erkundigte sie sich dann beiläufig bei ihrer Schwester.

Amélie schwieg.

Aber als Emma zu ihr sah, bemerkte sie, dass Amélies Blick in die Ferne geschweift war.

Emma griff in ihre Tasche und zog einen Glückskeks heraus, der in einer pinken Verpackung steckte. »Sonderanfertigung«, sagte sie dazu.

»Aber ich will nicht«, protestierte Amélie.

»Amélie, es wird Zeit.« Emma schaute ihrer Schwester in die Augen. »Ich weiß, dass du Angst hast, aber du musst dem Glück auch eine Chance geben.«

Amélie senkte den Kopf. Für eine Weile tat sie nichts, dann nahm sie behutsam den Glückskeks entgegen. Vorsichtig wickelte sie ihn aus.

Als sie ihn auseinanderbrach, kam eine handgeschriebene Nummer auf einem schmalen Zettel zum Vorschein. »Es ist eine deutsche Nummer«, sagte Amélie nach einem Moment leise.

»Es ist Daniels Nummer«, erwiderte Emma sanft. »Er wartet, dass du anrufst.«

»Du meinst, das sollte ich wirklich tun?« Amélies Stimme wurde noch leiser.

»Ja.« Emma legte ihren Arm um die Schultern ihrer Schwester. »Du denkst immer noch an ihn. Das ist ein Grund, anzurufen.«

»Und du?«, fragte Amélie dann.

»Ich weiß es noch nicht, aber ich bin mir sicher, dass das Abenteuer weitergehen wird.« Und mit einem Lächeln hob Emma ihr Glas und prostete ihrer Schwester, Clara und Ben, Pops, Mathieu, Claire und Thierry zu. »Auf das Leben, auf die Glückskekse und den Sternenhimmel von San Michelle!«

Neuerscheinungen

Liebe Leserin, lieber Leser!

Ich hoffe, »Glückskekse und Sternenhimmel« hat Ihnen so richtig gut gefallen!
Wenn Sie per Mail über meine Neuerscheinungen informiert werden möchten, freue ich mich über eine E-Mail mit dem Betreff »Sternenhimmel« an info@nellyberlin.com.
Auch über alle anderen Rückmeldung freue ich mich sehr!

Viele fröhliche Grüße von Ihrer Nelly Berlin

Weitere Romane von Nelly Berlin

Hochzeit aus heiterem Himmel (bei Amazon Publishing 2015)

Verliebt aus heiterem Himmel (erschienen im Selbstverlag 2016)

Goldrichtig verliebt (erschienen im Selbstverlag 2016)

Liebe, Glück und Schokolade (erschienen im Selbstverlag 2017)

Verliebt gewinnt! (erschienen im Selbstverlag 2018)

Herzschmerz und Champagner (erschienen im Selbstverlag 2018)

Liebesglück und Sommersprossen(erschienen im Selbstverlag 2020)

Liebesglück und Herzklopfen (erschienen im Selbstverlag 2020)

Zwilling aus heiterem Himmel (erschienen im Selbstverlag 2022)

Über die Autorin

Nelly Berlin ist eine deutsche Ärztin und Autorin. Sie liebt romantische Geschichten mit liebenswerten Charakteren, unerwarteten Wendungen und einem schönen Happy End.

Da solche Geschichten im echten Leben nicht so häufig sind, hat Nelly beschlossen, ein paar erfundene hinzuzufügen. Ihre Geschichten sind sonnig und fröhlich, die handelnden Personen liebenswert und charmant.

Nelly liebt es, ihre Leserinnen und Leser zum Lächeln zu bringen und sie für ein paar Stunden aus dem Alltag zu entführen. Und gibt es eine bessere Medizin als Träumen und Lachen?

Besuchen Sie Nelly auch auf: www.nellyberlin.de

Printed in Poland
by Amazon Fulfillment
Poland Sp. z o.o., Wrocław

37425975R00203